華山歸還 화산귀환

華山歸還

화산귀환 4

비가 장편소설

목차

12장 그 실력으로 말입니까? 007

13장 그냥 제 변덕이라고 해두죠 187

14장 잘 가게나, 친구들 353

12장

그 실력으로 말입니까?

"늦는구나."

현종이 미간을 찌푸렸다. 남영에서 온 연통대로라면 이미 당도를 하고도 남았을 시간이다.

'검총이라니. 욕심인 것을.'

그는 저도 모르게 한숨을 내쉬었다.

화영문주의 말대로라면 아마도 남영으로 갔던 제자들도 검총에 들었다가 아무것도 얻지 못하고 나온 모양이었다. 검총이 얼마나 위험한 곳이었는지를 전해 들은 현종은 저도 모르게 그런 곳에 왜 들었느냐고 역정을 내고 말았다. 그러나 이내 그들이 왜 위험을 무릅쓰고 검총에 들었을지를 생각하니 그저 미안할 뿐이었다.

"장문인. 아이들을 단단히 나무라셔야 합니다."

현상의 말에 현종이 고개를 돌렸다. 현상의 표정은 살짝 굳어 있었다.

"저도 그 아이들이 못마땅해서 이런 말을 하는 게 아닙니다. 저희는 아무것도 가지지 못한 문파입니다. 과거의 영광은 영광일 뿐, 지금은 그저 다시 시작하는 문파에 불과합니다."

"그렇지."

"그런 우리에게 가장 소중한 것은 바로 아이들입니다. 문파에 이득을 안겨 주는 것보다 자신들의 안전이 몇 배는 중요하다는 것을 아이들도 알아야 합니다."

현종이 크게 고개를 끄덕였다.

"그 부분은 내 단단히 일러두마."

곁에서 둘의 대화를 듣고 있던 운암이 빙그레 미소를 지었다.

"하지만 공에 대한 칭찬도 반드시 있어야 할 것입니다. 이번에 그 아이들이 너무 많은 것을 해냈습니다."

"그렇지, 그렇지. 그 역시 맞는 말이지."

목소리의 크기가 다르다. 아이들을 나무라야 한다는 부분에서는 침울하던 현종이 아이들을 칭찬해야 한다는 부분에서는 절로 들떠 목청을 키우고 있었다. 현상이 그 광경을 보고 쓴웃음을 머금었다.

'하기야 그 아이들이 너무 대단한 일을 해내기는 했지.'

그 무당과 싸워 이겼다. 게다가 위험한 검총에 들어가고서도 무사히 살아서 나왔다. 현상이 화산에 입문한 뒤로 화산이 이런 큰일을 해낸 적은 단 한 번도 없었다. 화종지회가 있었다고는 하지만, 그건 어쨌든 화산의 안에서 벌어진 일이다. 그래서 결과를 도통 안 믿는 이들도 많지 않았던가.

화산의 제자들이 화산을 나가 강호에 당당히 이름을 떨쳤다는 것이 중요하다. 그리고 거의 몰락할 뻔했던 화영문을 재건하여 화산 속가의 명맥을 이어 갈 수 있게 된 것 역시 굉장한 공이었다. 현상조차도 쏟아지는 소식들에 먹지 않아도 배가 부를 지경인데, 장문인은 오죽하겠는가?

현종은 이 순간에도 자꾸만 산문 쪽을 힐끔거렸다. 항상 단정하게 무릎 위에 얹혀 있던 그의 손이 오늘따라 갈피를 잡지 못하고 꼼지락대고 있었다. 현상은 저도 모르게 웃고 말았다.

'좋으시겠지.'

어찌 즐겁지 않겠는가? 이번 일로 이득을 보았기 때문에 즐거운 게 아니다. 화산의 제자들이 강호에 나가 화산의 이름을 떨치는 모습이 더없이 기꺼운 것이다. 몇 년 전만 해도 본산마저 잃을 처지에 놓여 있었으니 말이다. 그때에 비하면 지금은 복에 겨운 지경이다.

'청명이 정말 많은 것을 바꿨구나.'

이 모든 것을 청명 홀로 이뤄 낸 것은 아니다. 현상은 다른 이대제자와 삼대제자들의 노력 또한 무척이나 컸다는 것은 부정하지 않았다.

하지만 그 노력을 하게끔 만든 이가 청명이다. 잔잔한 호수에 던진 돌이 파문을 일으키듯, 청명의 존재가 화산이라는 고인 물에 커다란 격랑을 일으킨 것이다.

'비유하자면 호수에 던진 돌멩이라기보다는 연못에 떨어진 바윗덩어리에 가깝겠지.'

연못의 형태를 완전히 바꿔 놓았으니 말이다.

"현영은 어디에 갔느냐?"

"……장문인께서 언제 애들이 도착해도 연회를 할 수 있도록 준비하라고 시키셨잖습니까."

"아. 그랬지 참."

"부디 고정하십시오. 그리고 현영도 장로가 아닙니까. 장로에게 자꾸 그런 사소한 일을 맡기시면 문파의 위신이 서지 않습니다."

현종이 황당하다는 눈빛으로 현상을 바라보았다.

"운자 배에게 시키라는 것을 그놈들 못 믿는다고 제가 간다는데, 내가 무슨 수로 말리라는 게냐?"

아, 그랬나?

"애들 맛난 것 먹여야 한다고 신이 나서 가는 걸 누가 어찌 막겠느냐."

"……죄송합니다."

그건 몰랐지. 현영을 떠올린 현상은 고개를 내젓고 말았다. 자금의 압박에 시달려 다 죽어 가던 예전의 현영을 생각하면 지금 모습이 훨씬 낫기는 하지만…… 좀 과하지 않은가. 요즘 화산을 보면 뭔가 중도가 없는 느낌이다. 장로든 제자든 말이다.

그때 돌연 현종이 살짝 눈을 크게 떴다.

"저기 오는 것 아닌가?"

"아……!"

현상이 얼른 고개를 돌렸다. 그에게도 누군가가 빠르게 접근하는 인기척이 느껴졌다.

"오는 모양입니다."

"허허허. 뭐가 그리 급하다고 저리 바지런히 달려오는지 모르겠군."

현종이 너털웃음을 지으며 산문을 향해 걸어 나갔다. 제자들이 복귀한다고 하여 장문인이 일일이 마중을 나가는 것은 격에 맞지 않는 일일지도 모르지만, 현종은 딱히 그런 것을 신경 쓰지 않는 이였다. 기쁨을 있는 그대로 표현하는 것 역시 자연스러운 일이 아닌가.

현종이 산문 앞에 서자 지나던 제자들도 은근히 눈치를 살피며 모여들었다. 이유야 정확히 모르지만 곧 무슨 일이 벌어질 거라는 사실은 눈치챈 것이다.

현종이 그 모습을 보며 흐뭇하게 웃었다. 이제는 화산에도 제자들이 모여 성과를 거두고 온 이들을 축하해 주는 날이 온 것이다.

빠르게 접근한 이들이 산문 코앞까지 당도한 것을 느낀 현종이 빙그레 웃으며 입을 열었다.

"어서 돌아오너라. 고생이 많았구…….'"

콰아아아아아아아앙!

"뭐, 뭐야!"

"습격인가?"

현종의 따뜻한 인사는 산문이 말 그대로 박살이 나면서 터진 폭음에 깔끔하게 묻혀 버렸다. 산산조각 나 버린 산문을 보는 현상의 눈가에 뿌연 습기가 차올랐다.

'새로 지은 지 얼마 되지도 않았는데…….'

그리고 그 박살이 나 버린 문으로 괴이한 몰골의 무리가 밀려들었다. 현상은 저도 모르게 헛바람을 삼키며 검을 움켜잡았다.

하지만 이내 그는 산문을 박차고 들어온 이들이 화산의 제자들이라는 사실을 깨달았다. 워낙 몰골이 꾀죄죄해서 순간 알아보지 못한 것이다.

'뭔 전쟁터에라도 다녀왔나?'

흙먼지를 잔뜩 뒤집어쓰고 두 눈에는 핏발이 선 채 달려 들어오는 아이들을 보고 있으니 대체 이게 무슨 상황인가 싶었다. 하지만 당황한 그와 다르게 현종은 장문인다운 품격을 유지했다. 그가 살짝 양팔을 벌리고는 푸근한 미소를 지었다.

"다들 고생이 많았구나. 어서 돌아오…….'"

"장문인!"

선두의 청명이 뭔가 울컥한 듯 버럭 소리를 지르더니 현종의 품 안으로 뛰어들었다.

"허허허허."

현종이 더없이 기껍다는 듯 너털웃음을 지었다. 공을 세우고 온 제자가 마치 오랜만에 아비를 보듯이 정을 표현하는데 싫을 장문인이 어디…….

"으라차아아아!"

응? 너 뭐 하니? 하지만 그 생각이 틀렸다는 걸 깨닫는 데는 그리 오랜 시간이 필요하지 않았다. 현종에게 달려든 청명이 그를 냅다 들어 어깨에 얹더니 장문인의 처소 쪽으로 냅다 달리기 시작했다.

"뭐, 뭐 하는……!"

현상이 놀라 막 제지하려는 찰나였다. 그의 시야에 불쑥 익숙한 얼굴이 들어왔다.

"으, 응? 백천아! 이게 뭐 하는, 어? 어엇!"

하지만 백천은 두말없이 현상을 둘러업더니 청명을 따라 달리기 시작했다. 어안이 벙벙하여 옆에 멍하니 서 있던 운암도 어느새 윤종의 어깨에 올라타는 신세가 됐다.

그렇게 세 사람이 미친 듯이 장문인의 처소 쪽으로 질주하기 시작하자 놀란 화산의 문도들이 뒤따라가려 했다.

하나.

챙! 챙!

검을 뽑아 든 조걸이 눈을 부라리며 사형제들을 위협했다.

"가까이 오지 마. 접근하는 것들은 썰어 버릴 테니까."

심지어 유이설까지 조걸의 뒤를 받치자 감히 접근하려는 이들이 없었다. 뭔가 말을 하려던 이들도 반쯤 돌아가 버린 조걸의 눈을 보고는 입을 꾹 다물었다.

'왜 저런대?'

'어디 하루 이틀입니까?'

'적당히 하자. 제발 적당히 좀!'

조걸과 유이설이 뒷걸음질로 먼저 간 일행을 따라가자 누군가가 깊은 한숨을 내쉬었다.

"……이젠 저 미친놈들이 하다 하다 장문인까지 납치하네."

그 누구도 '미친놈'이 '미친놈들'로 변해 버린 것에 이의를 제기하지 않았다.

◆ ◈ ◆

"이, 이, 이……. 이, 이……. 이? 이게 뭐라고?"

상자를 잡은 현종의 손이 파들파들 떨렸다. 그의 옆에는 함께 납치(?)되어 온 현상과 운암이 앉아 있었고, 앞에는 상거지 꼴이 되어 버린 청명과 그 일행이 퍼질러져 있었다.

"끄으으으으……."

"죽을 것 같다……. 진짜 죽을 것 같아."

본디 장문인 앞에서는 의관을 정제하고 반듯한 모습을 보이는 것이 기본적인 예의지만, 이들에게는 그럴 만한 힘도 남아 있지 않았다. 이유야 간단하다.

'세상 모든 놈들이 도둑놈으로 보였어.'

'빌어먹을, 바로 옆에 혼원단이 있다고 생각하니 잠도 안 오고.'

'어깨 부딪혔다고 칼부림 날 뻔했네.'

혼원단이 어떤 보물인가? 강호에서는 한 알의 혼원단을 천금과도 바꾸지 않는다. 말 그대로 무가지보(無價之寶). 값을 매길 수 없는 보물이다. 더구나 그들이 얻은 것은 겨우 혼원단 따위가 아니었다.

혼원비결(混元祕訣)! 그 혼원단을 만들어 낼 수 있는 비법까지 손에 넣지 않았던가.

혼원단이 아무리 대단하다고는 하나 혼원비결에는 비할 수 없다. 만일 화산이 혼원비결을 손에 넣었다는 말이 밖으로 나돌기라도 한다면, 지금 당장 완전 무장을 하고 화산으로 쳐들어올 이가 한둘이 아닐 것이다.

결국 화산의 제자들은 혼원비결을 얻었다는 사실을 감추면서 전전긍긍 길을 떠나야 했다.

문제는 그런 귀한 보물을 가지고 다니다 보니 멀리서 사람만 보여도 경기를 일으키게 되어 버렸다는 점이다. 그나마 혼원비결이 청명의 품 안에 들어가 있었기에 망정이지, 청명이 없었다면 칼부림이 몇 번 났어도 이상하지 않을 정도였다. 그렇게 신경이 극도로 곤두선 상황이 지속되니, 화산의 제자들은 차라리 어떻게든 빨리 화산에 당도하는 게 낫다는 결론을 내렸다. 그래서 이곳까지 쉼 없이 전력으로 달려온 것이다.

"이, 이 물건이 뭐라고 했느냐?"

"혼원단이요."

"호, 혼원……. 혼원단? 혼원다아안? 이, 이게 그 혼원단이라는 말이더냐? 그 약선의 혼원단?"

"네. 그리고 혼원비결이라고, 연단법도 같이 들었어요."

"여, 연단? 연단법?"

현종의 눈이 점점 돌아갔다. 지금 이 녀석들이 뭐라고 하는 거지? 약선? 이백 년 전의 그 약선 말인가? 그 약선의 혼원단과 혼원단의 연단법을 구해 왔다고? 대체 어떻게?

"이, 이게 무슨……. 아니, 이게 대체 무슨……."

탈검무흔이 약선의 다른 정체라는 것도, 검총이 어떤 곳인지도 정확히 알지 못하는 현종으로서는 마른하늘에 날벼락……. 아니, 마른하늘에 금벼락을 맞은 것 같은 기분이었다. 난데없이 혼원단과 혼원비결이라니.

"일단 확인해 보세요."

현종이 마른침을 꿀꺽 삼켰다. 상자가 열리는 딸깍 소리와 함께, 청아하기 짝이 없는 향이 순식간에 방 안을 가득 채웠다.

"오오오오!"

"세, 세상에!"

현상과 운암에게서 평소 볼 수 없던 격한 반응이 튀어나왔다. 현종 역시 격정을 감추지 못하며 상자 안을 훑었다.

"이, 이게……. 이게 정말……."

장문인의 눈에 뿌연 물막이 차오르던 바로 그때였다. 문이 벌컥 열렸다.

"히익!"

"으아아! 깜짝이야!"

열린 문으로 한 사람이 들어섰다.

"아니, 왔으면 얼른 밥부터 먹게 해야……."

현영이었다. 그는 하던 말을 멈추고 현종의 손에 들린 상자와 청명을 번갈아 바라보았다. 그러더니 이윽고 세상에서 가장 푸근한 미소를 지었다.

"또 뭘 벌어 왔느냐?"

"……."

이 깜찍한 것 같으니!

"검충을 만든 게 약선이었단 게로구나."
백천으로부터 모든 설명을 들은 현종은 놀라움이 여실히 드러나는 표정으로 앞에 놓인 상자를 바라보았다.
혼원단이라니! 의심의 여지도 없다. 향을 맡은 것만으로도 단전이 꿈틀거리는 느낌이었다. 게다가 이 상자가 백천이 말한 곳에서 나왔다면 더더욱 의심의 여지가 없었다. 누가 그런 곳에다가 가짜를 만들어 두겠는가? 약선이 아니면 그럴 사람이 없고, 청명이 아니라면 찾아낼 사람도 없다.
그나저나……. 현종이 새삼스럽다는 눈빛으로 청명을 바라보았다.
'무당의 허산자와 동수를 이루었다고?'
조금은 과장일지도 모른다. 하지만 어쨌거나 그 허산자와 승부를 겨루어 패하지 않았다는 것만은 분명한 사실이었다.
"허허허허."
헛웃음이 흘러나왔다. 과연 현종은 무당의 장로와 싸워 동수를 이룰 수 있을까? 황당하기까지 한 무위다.
하나, 현종이 진정으로 놀란 것은 청명의 강함 때문만은 아니었다. 청명의 무력이야 사실 이미 현종도 이해하기를 포기한 지 오래니 새삼스러울 것도 없었다. 그가 진정으로 놀란 건 약선의 안배를 완벽하게 파악하고 약선의 무덤을 찾아낸 청명의 심계 때문이었다. 현종조차도 두어 번 설명을 듣고서야 어찌하여 그곳에 약선의 무덤이 있어야 했는지를 이해했다. 그런데 청명은 홀로 단서를 파악하고 약선의 무덤을 찾아냈다는 뜻이 아닌가?

'과거 은하상단 사건 때부터 이 아이가 무척이나 영민하다고 생각하긴 했지만…….'

설마 이 정도일 줄이야. 그때, 현영이 슬쩍 혼원단이 든 상자를 바라보더니 상자를 거의 빼앗듯 채어 갔다. 손이 허전해진 현종이 괜한 아쉬움에 입맛을 다셨지만, 현영의 마음도 충분히 짐작하기에 그저 입을 꾹 다물었다.

"그러니까 그, 그럼 이, 이게 그 약선의 혼원……. 그러니까, 그 혼원단?"

"……네."

"약효로는 대환단도 한 수 접어 줘야 한다는 그 혼원단?"

"……네."

현영이 청명을 멍하니 바라보며 입을 뻐끔거렸다. 표정이 그 짧은 시간 사이에도 수차례 변했다.

"지, 진짜 재, 재신이라도 붙었나? 대체 뭐 어떻게 생겨 먹었기에 밖에만 가면 이런 걸 물어 오는 거지?"

청명이 속으로 발끈했다. 물어 오다니! 내가 개도 아니고!

"허, 허어……. 너 또 어디 나갈 일 없느냐?"

"……."

"아니, 아니지! 아니야! 이런 공을 세운 놈인데! 사흘 동안 입에 고기만 처넣어 주어도 모자랄 판에 또 밖으로 돌리려고 하다니! 가자! 가자, 이놈아! 내가 돼지를 잡아 주마! 아니, 내가 소라도 잡아 주마! 혼원단을 물어 오는 놈한테 뭘 못 잡아 주겠느냐!"

운암이 식은땀을 흘렸다.

"지, 진정하십시오, 장로님!"

"내가 지금 진정하게 생겼느냐! 이런, 미친. 혼원단이라니! 세상에 뭐 어떻게 생겨 처먹은 놈이기에 남영에 보내 놨더니 혼원단을 가져와? 북해에 보내면 여의주라도 물어 오겠네! 장문인! 바깥에 할 일 또 없습니까?"

당장이라도 청명을 꽁꽁 묶어서 북해로 보내 버리겠다는 듯한 눈빛이었다. 그 눈빛에 어린 새파란 살기를 느낀 청명은 자신도 모르게 움찔했다.

"허어, 혼원단이라니."

현상 역시 도무지 믿지 못하겠다는 듯 연신 상자와 청명을 번갈아 바라보았다. 어찌 놀랍지 않겠는가. 혼원단과 검총은 그들이 전혀 생각하지 못했던 일이다. 화영문의 일을 해결하라고 보냈더니 이런 어마어마한 짓을 벌이고 돌아올 줄 누가 알았겠는가? 가장 먼저 정신을 차린 현종이 무거운 목소리로 상황을 정리했다.

"너희가 고생이 많았구나."

"아닙니다, 장문인. 화산의 제자로서 당연히 해야 할 일이었습니다."

그 순간 듣고 있던 현상이 조금 가라앉은 목소리로 백천을 질책했다.

"아무 일이 없었으니 다행이긴 하나, 이번에는 너희가 너무 경솔했다."

백천이 말없이 고개를 숙였다.

"혼원단을 얻고 혼원비결을 찾아내었으니, 다시없는 공을 세웠다는 걸 부정하지는 않겠다. 하지만 그 와중에 단 한 사람이라도 참변을 당했다면 너희는 지금처럼 웃고 있지 못했을 것이다."

백천이 고개를 끄덕였다. 현상의 말이 맞았다. 검총 안에서도 몇 번이고 죽을 고비를 넘기지 않았던가. 그곳에서 무사히 빠져나온 것은 반쯤 요행이었다.

"제자, 명심하겠습니다."

"그래. 잔소리라고 생각하지 말거라. 나는 저런 영단 따위보다는 너희의 안전이 몇 배는 중요하다."

그러자 듣고 있던 현영이 콧김을 뿜었다.

"사형이 그렇게 말해 버리면 저랑 장문인이 뭐가 됩니까?"

현종이 눈을 크게 치떴다. 아니, 나는 왜? 가만히 있는 나는 왜 끌고 들어가나?

"이, 일단 사제는 좀 진정하게나."

현종의 말에 현영이 뭔가 더 할 말이 남았다는 듯 입술을 달싹거렸다. 하지만 결국에는 장문인의 권위를 존중한다는 듯 입을 다물었다.

현종은 슬며시 현영이 쥔 혼원단 상자를 잡아당겼다. 현영의 손에 힘이 들어갔다. 하지만 현종이 살짝 눈을 부라리자 결국은 아쉬움이 가득한 표정으로 상자를 넘겼다.

"크흠."

현종이 나직이 헛기침하고는 슬그머니 상자를 뒤쪽으로 빼놓았다. 한창 돈독이 오른 저놈이 다짜고짜 이걸 팔아먹을지도 모른다.

"백천아. 혹 너희들이 이 귀물을 손에 넣었다는 사실을 아는 이들이 더 있느냐?"

"누구에게도 알리지 않았습니다."

"화영문에도?"

"예, 장문인. 그 누구에게도 말하지 않았습니다."

현종이 고개를 끄덕였다.

"잘했구나."

보물은 피를 부른다. 혼원단을 손에 넣었다는 사실이 알려지면 수많은 이들이 화산을 노리려 들 것이다. 심지어는 화산이 혼원단을 제조해 내기 전에 습격하여 혼원비결을 손에 넣으려는 이들이 생길지도 모른다.

'그나마 다행이라면 약선의 실체를 아는 이들이 많지 않다는 점이구나.'

그곳에 모인 대부분은 오로지 신병에만 관심 있는 이들이었다. 탈검무흔과 약선에 대해 알고 있던 이들은 딱 둘.

'무당과 개방.'

구파일방에 속한 두 문파가 혼원단의 존재를 알았다고 해서 다짜고짜 화산을 습격하진 않겠지만, 그래도 은근히 방해해 올지도 모르는 일이었다. 화산이 몰락할 당시, 믿었던 구파 어느 곳에서도 도움을 받지 못했단 걸 아는 현종이다 보니 그들에 대한 신뢰가 떨어질 대로 떨어져 있었다.

'하지만 그들 역시 아직은 우리가 혼원단을 손에 넣었다는 것을 알지 못한다. 정보가 새어 나가는 것만 조심한다면 문제는 없을 것이다.'

화산이 험준한 산속에 있다는 것이 이럴 때는 썩 도움이 되었다. 객이 쉴 새 없이 왕래하는 무당이나 소림이라면 혼원단의 제조를 숨기는 것도 보통 일이 아니었을 테니까.

현종이 상자를 열고는 혼원비결을 꺼내 들었다. 정말 중요한 것은 혼원단이 아니라 바로 이것이다.

"선인이 도우셨구나."

청명이 그 말에 웃고 말았다. 현종을 비웃은 것이 아니다. 이번은 정말 '선인(先人)'이 도운 것이나 다름없다. 청명이 과거 청문과의 일을 꿈에서 다시 보지 않았더라면 절대 약선의 무덤을 찾아낼 수 없었을 테니까.

그때 현종이 크게 헛기침했다. 그리고 청명의 의아한 시선을 받으며 슬그머니 혼원단이 든 상자를 앞쪽에 내려놓았다.
 "네 말을 들어 보면 약선은 누군가가 자신의 뜻을 이어받아 혼원단을 이어 주기를 바란 것 같은데, 이걸 우리가 사용하는 것이 과연 도리에 맞는가 하는 의문이 드는……."
 청명이 날름 혼원단 상자를 챙겨 들었다.
 "그럼 제가 얼른 가서 팔아먹고 올게요."
 "에헤이! 에헤이! 사람 말은 끝까지 들어야지!"
 화들짝 놀란 현종이 재빨리 말을 바꿨다.
 "그런 생각이 들기는 하지만! 화산이 혼원단을 부활시켜 정도 문파로서의 소임을 다한다면 약선도 선계에서 기뻐하겠지!"
 쌍욕 하고 있을 것 같은데? 정말 선계라는 것이 있고, 선인들이 그곳에 모여서 세상을 내려다보고 있다면 아마 지금쯤 약선은 화산을 향해 쌍욕을 쉴 새 없이 내뱉고 있을 것이다. 뭐, 물론 그러다가 청명의 사형제들에게 몰매 맞고 조용해졌겠지만. 장문사형, 쪽팔리게 지지 마쇼!
 현종은 생각을 정리하려는 듯 가만히 눈을 감았다. 청명도 이번에는 재촉하지 않았다. 갑자기 혼원단과 혼원비결이 뚝 떨어진 셈이니, 장문인으로서는 그 혼란스러움을 말로 다 할 수 없을 것이다.
 "우선은 확인부터 해 봐야겠지."
 마침내 현종이 운암을 향해 묵직하게 말했다.
 "의약당주를 데리고 오거라."

 • ❖ •

 책장이 사라락 넘어갔다. 의약당주가 식은땀을 뻘뻘 흘리면서 혼원비결을 확인했다. 화산에 있는 이들 중에서는 의약당주 운각(雲覺)이 연단에 가장 조예가 깊다. 그러니 그가 확인할 수밖에 없는 것이다.

"으으으음."

운각의 입에서 앓는 소리가 흘러나올 때마다 지켜보는 이들의 속은 바짝바짝 타들어 갔다.

"거, 책 하나 읽는 데 더럽게 오래 걸리네!"

참다못한 현영이 역정을 내자 현상이 눈을 부라리며 나무랐다. 현영은 못마땅한 표정으로 구시렁대며 목소리를 낮췄다.

읽는 운각도 미칠 노릇이었다. 갑자기 불려 와 책자를 확인하는 것만으로도 당황스러운데, 비결을 확인하는 내내 현자 배, 운자 배, 백자 배에 심지어 청자 배까지 이글거리는 눈으로 이쪽만 주시하고 있지 않은가. 공자님이 돌아오셔도 이런 상황에서는 집중하여 책을 읽지 못할 것이다.

하나, 이런 상황을 해결해 주어야 할 장문인 현종조차도 철판을 뚫어 버릴 것 같은 눈빛으로 그를 보고 있으니 뭘 어쩌겠는가.

"자, 장문인."

"그래, 어떠냐?"

"이, 이건 확실히 혼원단의 비결이 맞는 것 같습니다. 연단의 이치가 맞아떨어집니다. 군데군데 저는 상상도 하지 못할 고차원적인 비술이 들어가 있긴 하지만……."

"하지만?"

운각이 마른침을 삼키고는 말했다.

"굳이 이해하지 않아도 이곳에 나와 있는 연단법을 충실히 따르기만 하면 혼원단을 제조할 수 있게 기술되어 있습니다!"

"오!"

현종이 더없이 기껍다는 눈빛으로 운각을 바라보았다.

"그럼, 만들 수 있다는 것이더냐?"

운각이 빙그레 웃으며 대답했다.

"무립니다."

……끝내 현영의 이마에 핏대가 섰다.

"아니, 이놈이 지금 사람을 가지고 노는 것도 아니고!"

"지, 진정하십시오, 사숙! 아니, 장로님."

운각이 땀을 뻘뻘 흘리며 말했다.

"제 능력으로 혼원단을 만드는 건 그리 어렵지 않은 일입니다. 이 혼원비결만 있다면 연단을 웬만큼 아는 이는 누구라도 혼원단을 만들어 낼 수 있을 겁니다."

"그럼 뭐가 문제냐? 능력이 있는데 못 만들어 낼 게 뭐가 있어!"

"아, 아니. 그게……."

운각이 깊은 한숨을 내쉬었다.

"……혼원단을 만들기 위한 재료들이 말도 안 되게 비쌉니다."

어? 돈? 짜증이 확 올라 있던 현영이 빠르게 평온한 표정을 되찾았다. 다른 건 몰라도 돈 이야기라면 진지해질 수밖에 없는 현영이었다.

"혼원단을 대량으로 만들어 내려면 화산을 통째로 내다 팔아야 할 지경입니다. 화음에 있는 사업체들을 모조리 정리해도 불가능할 겁니다."

현영의 얼굴이 확 일그러졌다.

"뭔 놈의 영단이 그리 비싸단 말이냐!"

"여, 영단은 당연히 비쌉니다. 생각해 보십시오. 돈이 흘러넘치는 소림도 대환단은 몇 알 못 만들지 않습니까. 이 정도 재료라면 최상급의 영단치고는 굉장히 저렴하게 만들어 낼 수 있는 겁니다. 약선씩이나 되니까 이런 재료로 혼원단을 만들어 낼 수 있는 거지, 다른 이들이라면 열 배를 들여도 어렵습니다."

듣고 있던 현영이 한숨을 푹 내쉬었다.

"그러니까, 결국은 돈이 없어서 못 만든다는 거냐? 대체 얼마나 비싸기에 그러는 것이냐? 화산도 이제는 돈이 부족한 문파는 아니다."

"그게……."

운각과 함께 대충 재료의 값을 매겨 본 현영의 눈이 사시나무처럼 떨리기 시작했다.

"어, 얼마? 어……."

금방이라도 거품을 물고 쓰러질 것 같던 현영이 이내 현종을 향해 삿대질해 대기 시작했다.

"장문인! 그, 그 망할 비결인지 나발인지 당장 가져다 버리십시오! 그 몹쓸 것 때문에 화산이 망할 겁니다! 약선인지 나발인지 그 늙은이는 노망이 났던 게 틀림없습니다! 이건 보물이 아니라 독입니다, 독!"

현종이 망연한 표정으로 현영을 바라보며 물었다.

"그렇게나 어렵더냐?"

"어려운 정도가 아닙니다! 지금 화산의 소출로는 한 알도 만들기 어렵습니다. 저걸 만들려면 화음의 모든 재산을 처분해야 하는데, 그건 화산을 좀먹는 일입니다! 싸움 잘하는 거지를 어디다 씁니까!"

그거 개방이 들으면 좀 섭섭해하겠는데?

현영은 아예 게거품을 물 기세로 반대하고 나섰다.

"이건 절대 안 됩니다! 고수 하나 만들어 보려다가 기껏 다시 세운 화산의 기둥뿌리가 뽑혀 나갈 겁니다! 재경각주로서 절대 허가할 수 없습니다."

"끄으응."

또 그놈의 돈 때문에 화산이 다시 한번 도약할 기회를……. 현종이 앓는 소리를 내었다. 그때 가만 듣고 있던 청명이 태연하게 말했다.

"아, 그건 괜찮아요. 돈이 문제라는 거죠?"

"그, 그렇지."

현영을 돌아보며 청명이 씨익 웃었다.

"그럼 괜찮아요."

"……대체 무슨 소리를?"

모두의 시선을 받으며 청명은 자신의 앞섶을 움켜잡았다. 그리고 돌연 옷을 좌우로 쫙 벌렸다. 가슴팍에서 뭔가 둥글둥글한 것들이 우르르 쏟아졌다. 바닥에 떨어진 것들을 확인한 현영의 눈이 휘둥그레졌다.

"야, 야…… 야명주? 이, 이게 다?"

청명이 의기양양하게 씨익 웃었다.

"우린 부자니까."

알아 가면 알아 갈수록 더 알 수가 없는 놈이 청명이었다. 말없이 멍하니 청명을 바라보던 현영은 저도 모르게 중얼거리고 말았다.

"……진짜 재신(財神)이네?"

◆ ❖ ◆

혼원단에 대한 일은 아주 빠르게 진행되었다. 우선 혼원단 제조에 필요한 재료를 사 모으는 일은 은하상단에 전적으로 맡기기로 했다. 은하상단이라면 정보를 다른 곳에 퍼프릴 일도 없고, 화산이 원하는 대로 은밀하게 일을 처리해 줄 것이라는 믿음이 있기 때문이다. 덕분에 화음에 있던 황종의가 급하게 화산으로 소환되었다.

"이, 이걸 전부 말입니까?"

종이에 써진 재료 목록을 본 황종의 표정에 경악이 어렸다.

"이런 물품들을 대체 어디다 쓰시려고……?"

현영이 빙그레 미소를 지었다.

"그리 놀랄 것 없소이다. 화산도 이제 슬슬 기틀이 잡혀 가니, 예전의 영단들을 다시 만들어 볼까 하는 것뿐이외다."

"영단이라 하시면……?"

"자소단 외에 뭐가 또 있겠소?"

"아……."

현영의 입매가 살짝 비틀렸다. 은하상단을 완전한 외인이라 생각하지는 않지만, 그렇다고 화산의 식솔들과 같은 취급을 할 수도 없었다. 혼원단이라는 이름이 새어 나가면 무슨 일이 벌어질지 모른다. 평범한 이들이야 검총에 그저 신병을 얻으러 들어간 것이니 혼원단의 존재 자체를 모르지만, 개방과 무당에서 이 일을 알게 되면 어떻게 나올지 모르는 일이다. 그러니 최대한 숨기는 게 맞는다.

"그럼 이 물건들을 구해 드리면 되겠습니까?"

"그렇소이다. 그리고 한 가지 부탁이 더 있소."

"부탁이라 하시면?"

현영이 살짝 침중해진 어조로 입을 열었다.

"우리가 이런 물품들을 구한다는 말이 밖으로 새어 나가지 않으면 좋겠소이다."

"예? 어째서……?"

현영이 살짝 입술에 침을 발랐다.

"강호는 무정한 곳이 아니외까. 지금 화산은 수많은 문파의 이목을 끌고 있소이다. 이미 종남과 한번 거사를 치렀고, 이번에는 무당과도 가벼운 문제가 있지 않았소이까."

"그렇습니다."

황종의가 선선히 고개를 끄덕였다. 확실히 맞는 말이다. 화종지회에서 종남에게 개망신을 주며 명성을 드높인 화산은 이번 남영행에서 다시 한번 그 가치를 강호에 증명했다. 화산의 제자들이 무당의 제자들을 상대로 완벽하게 승리했다는 사실은 물론이거니와…….

"저…… 한 가지 여쭤도 되겠습니까?"

"얼마든지 말씀하시오."

"혹여 화산의 문하 분들이 검총에 들어 활약했다는 소문이 사실인지 궁금하여……."

"사실이외다."

"아……!"

황종의가 격하게 고개를 끄덕였다.

'그렇다면 확실히 이해가 가는구나.'

화산이 남영에서 한 활약에 대한 소문은 벌써 화음까지 퍼지기 시작했다. 검총이 무너지는 위기 상황에서 화산의 제자들이 중인들을 구해 내었다는 소문. 그리고 그 검총 안에서 천하에 이름 날린 이들을 여럿 꺾었다는 소문까지도.

특히나 그중에서도 어마어마하게 퍼지고 있는 이름이 바로 화산신룡 청명의 이름이었다. 화종지회에서의 활약으로 천하제일 후기지수라는 칭호를 얻어 내었던 청명은 지난 이 년간의 침묵으로 세인들의 관심에서 살짝 멀어지고 있었다. 하지만 이번 남영에서의 활약으로 그 명성은 다시 끝을 모르고 드높아지는 중이었다.

'무당의 장로와 동수를 이루었다는 말이야 과장된 소문이겠지만, 그런 말이 퍼질 정도로 신위를 보였다는 뜻이겠지.'

그렇다면 현영이 이 모든 일을 조심스럽게 추진하고 싶어 하는 이유를 이해할 수 있다. 안 그래도 가공할 기세로 명성을 높여 가고 있는 화산이 자소단까지 다시 제작한다면 얼마나 더 강해지겠는가? 화산을 좋게 생각하는 문파든, 화산을 싫어하는 문파든 신경을 곤두세우지 않을 수 없는 일이다.

"걱정하지 마십시오, 장로님. 상인에게 있어서 가장 중요한 것은 신의지만, 고객의 뜻을 헤아리는 것 역시 그에 못지않게 중하다고 배웠습니다."

"허허허. 내 이래서 황 소단주를 신뢰하는 것 아니겠소."

그때 황종의가 살짝 걱정된다는 투로 입을 열었다.

"그런데…… 이 물품들을 모두 구하려면 필요한 재물이 한두 푼이 아닐진대……."

화산의 재정 상태를 빤하게 알고 있는 황종의다 보니 이 부분에 대한 의문을 품을 수밖에 없었다. 하지만 현영의 반응은 그의 예상과 전혀 달랐다.

"아, 돈은……. 으헤헤!"

화들짝 놀란 황종의가 물품 목록을 보다 말고 고개를 들었다. 어느새 안색을 멀쩡하게 수습한 현영이 슬쩍 시선을 피했다.

잘못 들었나……? 황종의가 고개를 갸웃하며 다시 물었다.

"어, 그러니까 돈은……?"

"크흠! 돈, 그렇지. 아, 돈은 걱정하지 않으셔도 되오. 지금 바로 지불……. 크흡! 내가 돈을 지불할…… 테니까!"

황종의의 표정이 멍해졌다. 선불? 이 어마어마한 품목을 사는 돈을 선불로 주겠다고?

"아, 아니, 그 많은 재물이 대체 어디서?"

"허허. 화산의 재력은 소단주께서 알고 있는 것보다 훨씬……. 크흐흐흡. 휘얼……씬 뛰어나외다."

현영이 자꾸만 터져 나오려는 웃음을 억눌렀다.

'문파에 재신이 있는데, 돈이 무어가 문제겠는가! 낄낄낄낄!'

최대한 체면을 지키려고는 하는데, 도무지 치밀어 오르는 기쁨을 막을 수가 없다. 자꾸만 입꼬리가 씰룩거리고 경망한 웃음이 새어 나왔다. 현영이 옆에 놓인 함 하나를 슬그머니 황종의에게 내밀었다. 황종의가 상자를 얼결에 받으며 다시 고개를 갸웃했다.

"이게 무엇입니까?"

"열어 보시오."

황종의가 조심스레 함을 열어 보았다. 이윽고 그 안에서 말 그대로 휘황찬란한 빛이 뿜어져 나왔다. 그의 눈이 휘둥그레졌다.

"이, 이거?! 이건 야명주가 아닙니까?"

"그렇소이다."

잠깐 말을 잃고 벙긋대던 황종의가 이내 입을 쩌억 벌렸다.

"아니, 야명주가 어떻게 이리 많이…….''

그 하나하나가 같은 크기의 보석보다 더 비싸게 취급되는 것이 야명주다. 그런데 그런 진귀한 물건이 이렇게나 많다니. 수많은 재물을 보아 온 황종의지만, 야명주를 이리 대량으로 보는 것은 난생처음이었다.

'심지어 하나하나가 모두 최상급이 아닌가!'

그의 반응을 살피며 현영이 슬쩍 웃었다.

"소단주라면 그 물건의 가치를 아실 거라고 생각하외다. 적당히 값을 매겨 주시오. 그거면 충분하겠소?"

황종의의 몸이 움찔했다. 상인으로서의 본능과 상인으로서의 도리가 그의 안에서 충돌하고 있었다.

'소탐대실해서는 안 된다!'

이내 그는 살짝 입술을 깨물고는 재빨리 계산을 마쳤다.

"과합니다, 장로님. 일단 자세히 감정을 해 보아야겠지만, 이 절반으로도 말씀하신 품목을 모두 사고 남습니다."

"그렇소이까?"

현영이 미묘한 미소를 머금었다. 이 야명주의 가치는 이미 그도 알고 있다. 그저 황종의가 어떤 대답을 하는지 듣고 싶었을 뿐이다.

'아직은 믿어도 되겠군.'

황종의의 계산은 현영과 크게 다르지 않았다. 아니, 오히려 현영의 예상보다 좀 더 후하게 쳐준 편이다.

"그럼 이 야명주를 모두 처분하여 값을 치르고, 남은 것은 화산으로 돌려주십시오."

"제, 제게 이런 큰일을 맡기신다는 말씀이십니까?"

"하하하. 화산과 은하상단은 형제 같은 곳이 아니오. 은하상단을 믿지 못한다면 어딜 믿겠소?"

현영과 황종의가 슬쩍 시선을 교환했다. 뒤로는 서로 딴생각을 할지 모르나, 표면적인 시선에는 서로에 대한 신뢰가 가득했다.

"그럼 수수료는……?"

"양심적으로."

"……."

"양심! 양심적으로!"

거, 날강도가 따로 없네.

"……그럼 그리하겠습니다. 자세한 감정을 끝내는 대로 연통 넣어 드리지요. 그리고 처분이 완료되면 재물을 화산으로 보내 드리겠습니다. 금전으로? 아니면 전표로?"

"금전이 좋겠소이다."

"예, 장로님!"

황종의가 재빨리 상자를 들어 옆구리에 꼈다.

"그럼 저는 한시라도 빨리 이 물건을 감정하고 판로를 알아보겠습니다."

"허어, 차라도 한잔하고 가시지 않고서 말이오."

"재물을 보고 차가 넘어간다면 상인이 아니지요! 하루속히 좋은 소식을 들려드리겠습니다."

"내가 부탁한 것을 잊지 마시오."

"절대 밖으로 새어 나가는 일은 없을 것입니다. 물론 이 야명주의 출처 역시 세인들이 알 일은 없을 겁니다."

척하면 착이라고, 황종의는 현영의 의도를 재빠르게 이해하고 시원하게 가려운 곳을 긁어 주었다.

"그럼 살펴 가시오."

"강녕하십시오."

황종의가 후다닥 밖으로 나가자 현영이 살짝 입을 가렸다. 그의 어깨가 가늘게 떨렸다.

"푸훗!"

참을 수 없는 웃음이 터져 나온다.

"흐하하하하하핫!"

어깨춤이 절로 나온다.

"크하하하핫! 내가 그 복덩이 놈 덕분에 꿈에도 그리던 일을 직접 해 보는구나!"

화산을 찾아온 상인에게 거금을 넘겨주고 원하는 물품들을 사 오라 시키는 건 현영이 평생 그리고 또 그리던 꿈이었다. 그런데 그 꿈이 이루어졌다. 그것도 상상 이상의 거대한 규모로.

"크으, 이 예쁜 놈! 생각 같아서는 정말 용이라도 잡아다 구워 먹여야 하는데."

용은 구할 수 없으니 소 정도로 만족해야겠지. 흐뭇한 미소가 현영의 입가에 번졌다. 이윽고, 기쁨으로 넘실거리던 현영의 눈빛이 조금 진중해졌다.

'이걸로 화산은 다시 한번 날개를 펼칠 것이다.'

지금 화산에 가장 부족한 것은 누가 뭐라고 해도 내공이었다. 무학이야 칠매검을 되찾으면서 어느 정도 급한 갈증을 풀었지만, 내공은 세월과 함께 쌓여 나가는 것. 재능과 훈련만으로는 벌어진 내력의 격차를 따라잡을 수가 없다. 이대제자와 삼대제자가 중심이 되어야 하는 화산의 입장에서는 타 문파의 노고수들이 가진 어마어마한 내력이 가장 골치 아픈 문제였던 것이다.

하지만 혼원단을 제조해 제자들에게 먹일 수 있다면 완전히는 아니더라도 어느 정도는 그 문제를 해소할 수 있을 것이다. 그렇게 된다면 화산은 다시 한번 도약이 가능해진다.

자리에서 벌떡 일어난 현영이 장문인의 처소로 향했다. 조금 전 있었던 일을 보고하려는 참이었다.

"장문인 계십니까!"

대답도 듣지 않고 문을 열고 들어선 현영은 돌연 움찔하며 멈춰 섰다.

"으, 으응? 왔느냐?"

……어색한 정적이 내려앉았다. 현종이 손에 든 수건을 슬그머니 내렸다. 그의 앞에는, 얼마나 공들여 닦아 댔는지 반질반질하다 못해 광까지 나는 혼원단 상자가 놓여 있었다.

"……그리 좋으십니까?"

"크흐흠."

현종이 어색하게 헛기침했다. 현영은 저도 모르게 씨익 웃고 말았다. 늘 제자들 앞에서 체통을 지키느라 좋아도 좋은 티를 내지 못하고 슬퍼도 슬픈 티를 내지 못하던 현종이다. 그런데 얼마나 좋으면 저 상자를 저리 닦아 대고 있겠는가?

"좀 안전한 데다 숨겨 두십시오! 그러다 잃어버리기라도 하면 어떻게 합니까!"

"내 품이 화산에서 제일 안전한 곳 아닌가?"

"……청명이 놈 품이 아니라요?"

현종이 입을 다물었다. 가만 듣고 보니 그런 것도 같고.

"여하튼 소단주와는 이야기를 잘 마쳤습니다. 물품은 생각보다 빨리 구할 수 있을 것 같습니다."

"오, 그래? 허허허허허. 거참 모든 일이 지금처럼 술술 풀리기만 하면 좋겠구나. 허허허허허허."

서로를 마주 보며 웃는 현종과 현영의 눈가에 눈물이 찔끔 배어났다. 불과 몇 년 전까지는 상상도 못 했던 광경이다. 그때는 이렇게 마주 앉을 때마다 서로에게 듣기 싫은 말을 할 수밖에 없었다. 지금처럼 이리 시선을 마주하고 너털웃음을 터트리는 날이 올 줄은 꿈에도 몰랐다. 고작 몇 년 만에 그들의 처지가 이리 바뀌어 버린 것이다.

"참 기이한 녀석입니다."

"도기(道器)지."

현영의 표정이 샐쭉해졌다.

"그런 도기가 어디에 있습니까?"

"허허허. 겉만 보지 말게나. 진중하게 선인의 길만을 따른다고 해서 도가 찾아오는 건 아닐세. 때로는 제 타고난 성정을 그저 지키는 것만으로도 도가 찾아오는 법이지."

"거, 쓸데없는 소리 하지 마시고! 이번에는 청명이 놈에게 뭘 주실 겁니까?"

"으…… 으응?"

"상이요! 상! 저만한 일을 해냈는데 상 하나 안 주고 넘어간다는 게 말이나 됩니까? 소도 여물을 줘야 일을 하는 법입니다! 제대로 거하게 상을 줘야 청명이 놈이 또 나가서 공을 벌어 올 것 아닙니까!"

"……아."

"저번에 흐지부지 유야무야 넘어간 것, 똑똑히 기억하고 있습니다. 이번에는 절대 그냥은 못 넘어갑니다!"

현종은 어째 조금 떨떠름한 눈빛으로 현영을 바라보았다.

"불만이 있는 건 아니라 그저 궁금해서 묻는 것이네만…… 자네는 대체 누구 편인가? 나인가, 그 아이인가?"

"뭘 그런 걸 물어보십니까. 당연한 것을! 기분 나쁩니다, 장문사형!"

현영의 격한 반응에, 현종이 살짝 누그러진 표정으로 반성했다.

"……미안하네. 내 농이 지나쳤네. 우리가 함께한 세월이 있는…….."

"당연히 청명이 그 아이지요! 막말로 장문인이 제게 해 준 게 뭐가 있습니까!"

……아? 그쪽이야?

"내가 장문인 사탕발림에 재경각 맡았다가 이렇게 장가도 못 가고 폭삭 늙어 버렸는데! 장문인이 어찌 편을 논하십니까! 내가 장가도 못 가는 바람에 딸 하나 못 낳아서 청명이 놈을 사위로도 못 들이는데!"

"아, 아니, 나이를 생각해야지. 자네 딸이면 이미…….."

"그럼 손녀라도 있겠지!"

현영이 버럭 소리치며 거의 삿대질을 해 댔다.

"여하튼 내 이번에는 절대 그냥은 못 넘어가니까 어떤 상을 내리실 건지 확실하게 하십시오! 그 혼원단도 원래는 청명이 거 아닙니까! 왜 장문인이 그걸 자기 것인 양 그렇게 품고 있습니까! 일단 그놈한테 한 알 먹이고! 그다음에……!"

벌컥!

어느새 소리를 듣고 달려온 현상이 문을 박차고 들어와 현영을 냉큼 밖으로 끌어냈다.

"뭐! 왜, 또! 놔 봐! 장문인! 제 말을 잘 생각하십시오! 장문인! 그거 그냥 날름 삼키면 내가 대가리를……. 읍! 읍읍! 으으으으읍!"

문이 쿵 거칠게 닫히면서 불어온 바람이 현종의 머리카락을 살짝 들어 올렸다.

"허……. 허허."

멍하니 있던 현종이 웃음을 터뜨렸다.

"좋은 일이지. 아암, 좋은 일이야."

그런데 이상하게 요즘 들어 내 권위가 좀 많이 사라진 것 같은데……
기분 탓이겠지?

• ◆ •

화산에 봄이 찾아왔다.
응? 봄은 이미 한참 전에 오지 않았느냐고? 아니, 아니. 지금 찾아온 봄은 그런 '봄'과는 달랐다. 그러니까 이게 어떤 봄이냐 하면…….
"후후후후후후."
"……."
"후후후후후후후."
현영이 더없이 부드러운 미소를 지으며 이곳저곳을 따뜻한 눈빛으로 돌아보고 다녔다. 원래 온화한 사람이었다면 괜찮을 것이다. 그러나 평소에는 뭐 하나 책잡을 것 없나 눈이 시뻘게져 돌아다니던 사람의 이러한 변화는 화산의 제자들에게 공포감을 심어 주기에 충분했다.
"후후후후. 돈이 남는다는 말이지. 그럼 이 전각도 새것으로 바꾸고. <u>ㅎㅎㅎㅎㅎ</u>."
그의 몸에선 연신 따사롭고 온화한 기운이 쏟아졌다. 그가 지나가는 곳마다 매화가 피어나는 것만 같았다. 저러다 갑자기 도를 깨닫고 등선해 버리는 건 아닌지 걱정이 들 지경이었다. 심지어 달라진 사람은 현영뿐만이 아니었다.
"허허허허."
"하하하하하핫!"
"장문인! 날이 너무 좋지 않습니까?"

우르르르릉!

"허허, 그래. 금방이라도 소나기가 올 것처럼 먹구름이 밀려오는구나. 아름다운 광경이다. 날이 매일 이렇기만 하면 좋겠구나."

몰아치는 바람을 맞으며 현종과 현상이 크게 너털웃음을 터뜨렸다. 그리고 그들 역시 현영처럼 온화하기 짝이 없는 기운을 뿜어내며 화산 이곳저곳을 사뿐사뿐 거닐었다.

더 무서운 것은, 그들이 그러다 마주치는 제자들에게 하나같이 따뜻하기 짝이 없는 시선을 보낸다는 점이었다. 애정이 뚝뚝 묻어나는 게 보일 정도였다. 아무래도 화산의 윗대들이 단체로 상태가 좋지 않은 모양이었다. 심지어 운암마저 피식피식 웃고 다닌다고 하니, 대체 이곳에서 무슨 일이 벌어지고 있는지 다들 걱정할 수밖에.

'단체로 왜 저러시지?'

'좋은 일이 있는 건 알겠는데, 대체 얼마나 좋은 일이기에 저러시는 거지?'

일의 전모를 알지 못하는 화산의 제자들은 왠지 모를 찝찝함에 계속 시달려야만 했다.

그리고 그중 화룡점정을 찍은 이가 바로 청명이었다. 청명은 마치 배부른 강아지 같은 표정으로 느긋하게 산내를 누볐다. 거기까지야 그렇다 치는데…….

"응? 훈련을 빼먹었어? 괜찮아, 괜찮아. 그럴 수도 있지. 사람이 어떻게 매일같이 열심히 하냐. 쉬어, 쉬어. 쉬는 날도 있어야지."

"……."

"응? 내가 없는 사이에 단장애에 설치해 둔 줄들이 끊어졌는데, 보수를 안 해 뒀다고? 허허허허. 그럼 보수를 하면 되지. 시간 날 때 느긋하게 하라고. 혹시 다친 사람은 없어?"

"히이이이이이익!"

청명은 마치 온화한 선인(仙人)이라도 된 것처럼 사방으로 자애로움을 흩뿌렸다. 하지만 그 모습을 바라보는 이대제자와 삼대제자들은 결코 청명처럼 여유로울 수가 없었다.

"……저 새끼 도대체 왜 저러는 거야?"

되레 더 불안했다.

"사람이 죽을 때가 되면 안 하던 짓을 한다던데. 어디서 병이라도 걸려 온 거 아냐?"

"쟤가 병에 걸린다고? 쟤가? 병도 사람은 가리는 법이다. 병보다 청명 이 놈이 더 독할 텐데."

"확실히 공감이 가는 말이로군."

평소의 청명 같았으면 누군가 훈련을 빼먹는 순간, 그 사람의 대가리 를 깨 버리겠다고 난리를 쳤을 것이다. 단장애의 훈련 시설이 보수가 안 되었다는 말을 듣는 순간, 말한 이의 목에 동아줄을 묶어서 단장애에서 던져 버렸을 것이다. 그런 청명이 다친 사람이 없는지 걱정한다고?

'머리가 이상해졌나? 차라리 때리라고, 인마!'

'저건 무조건 함정이다. 오늘이라도 당장 보수를 해야 해. 아니면 내일 은 내 대가리가 깨질지도 모른다!'

이 무서운 변화를 참지 못한 화산의 제자들은 사건의 전말을 알고 있 을 만한 사람을 다그치기로 했다.

"사형! 백천 사형! 대체 밖에서 무슨 일을 저지르고 돌아오신 겁니까!"

백상을 필두로 몰려온 이대제자들을 맞이하며 백천이 쓴웃음을 머금 었다.

"일은 무슨 일."

"아무리 봐도 이상하지 않습니까! 아니, 이건 이상함을 넘어 수상하기까지 합니다!"

"청명이 놈이 다친 데는 없냐는 소리를 하고 다녔다고요! 그 마귀의 환생 같은 놈이!"

"……그건 확실히 놀랄 일이로군."

백천이 피식 웃어 버리고는 대수롭지 않다는 듯이 말했다.

"다들 기분이 좋으니 좋은 일 아니더냐."

"그렇지요. 그렇기는 합니다. 하지만 지켜보는 사람은 못내 불안하단 말입니다."

그러자 백천이 딱 잘라 말했다.

"불안해할 것 없다. 이건 모두에게 좋은 일이고, 너희에게도 좋은 일이다. 다만 아직은 기밀이라 너희에게 말해 줄 수가 없다."

"사형! 섭섭합니다. 저희를 못 믿으시는 겁니까?"

여기저기서 나오는 불만의 목소리에, 백천의 눈썹이 꿈틀했다.

"뭐 불만이라도 있냐?"

이대제자들이 움찔했다. 백상의 얼굴이 푸들푸들 떨렸다.

'아니, 사람이 어쩌다가! 예전에 그 온화하던 백천 사형은 어디로 가고! 닮을 놈을 닮으란 말입니다! 닮을 놈을!'

백천이 고개를 삐딱하게 꺾으며 물었다.

"불만 있는 놈 또 있어?"

"……없습니다."

저항이 사그라들자 백천이 영 못마땅하다는 듯 혀를 찼다.

"때가 되면 알려 줄 것이다. 궁금한 건 알겠지만 지금은 제 본분을 지키고 기다리면 된다. 알겠느냐?"

"예, 사형. 그런데……."

"음? 또 뭐?"

"무당 놈들은 어땠습니까?"

백상의 말에 백천이 살짝 입가를 뒤틀었다.

"사형이 무당의 진현을 꺾으셨다면서요!"

"무당의 진현이라면 천하에 이름 높은 검룡이 아닙니까! 그런 자를 사형이 꺾으셨다니!"

백천이 나직이 한숨을 쉬었다.

"검룡은 강했지. 하지만 그 검룡이라는 이름에 그리 걸맞은 이는 아니었다. 너희 중에서도 검룡의 상대가 될 만한 이는 많을 것이다."

"에이, 사형이니까 그게 되는 거지. 저희가 언감생심……."

"빈말이 아니다."

진지하게 말한 백천도 새삼스레 사제들을 가만히 바라보았다. 말해 놓고도 스스로 괴이하다 여겼다. 어느새 화산이 이렇게나 강해졌다. 과거에는 종남 하나 어쩌지 못해서 벌벌 떨던 화산이 이제는 무당의 유망한 후기지수를 충분히 감당할 수 있게 된 것이다. 이게 다 그 망할 놈 덕분이기는 한데…….

"그럼 이제 사형이 검룡의 칭호를 가져와야 하는 것 아닙니까?"

누군가의 물음에 백천의 얼굴이 살짝 일그러졌다.

"……그 칭호만큼은 받고 싶지 않다."

"왜 그러십니까? 용의 칭호가 얼마나 영광스러운 별호인데."

"……그 위에 화산신룡이 있지 않으냐."

듣고 보니 그랬다. 납득한 사제가 고개를 끄덕였다. 그리고 사실 사숙과 사질이 한데 묶이는 건 그리 보기 좋은 모습은 아니다. 아무리 저 사질 놈이 인간 같지 않은 놈이라고는 해도 말이다.

"여하튼 그런 허명 따위에 연연하지 말고, 수련에 박차를 가하거라. 지금보다 더 강해져야 한다."

혼원단을 취했을 때 완전히 제 것으로 만들려면 말이다.

그러나 백천은 굳이 그 뒷말을 붙이지 않았다. 아직 일이 무르익지 않았는데 괜히 설레발칠 필요도 없거니와, 제자들이 일제히 흥분하게 되면 말이 새어 나갈 위험도 있다. 물론 이 험한 화산 안에만 있는 제자들에게서 어디로 말이 새어 나가겠냐마는, 지금은 돌다리도 두드리다 못해 쾅쾅 내리쳐 보고 건너야 할 때다.

"그런데, 사형. 그…… 청명이 놈이 무당의 장로와 맞붙어서 동수를 이뤘다는 말이 사실입니까?"

일순 백천의 눈썹이 파들파들 떨렸다.

"……나는 못 봤다."

"아, 그럼 역시……."

백천의 얼굴이 살짝 일그러졌다. 사실 이건 제 입으로 말하고 싶지 않았다. 하지만 이렇게 대충 얼버무리는 쪽이 더 자존심 상했다.

"동수인지 뭔지는 모르겠지만, 내가 갔을 때 둘이 한번 맞붙은 듯했고, 청명이 놈이 부상 없이 멀쩡했던 건 사실이다."

모두의 눈동자가 일제히 뒤흔들렸다.

"그럼 진짜……?"

"……에이, 아무리 그래도…… 그건 말이 안 되지…… 않나?"

입으로는 말이 안 된다고 하지만, 다들 속으로는 다른 생각을 하고 있었다. 그 괴물이면 정말 가능할지도 모른다고 말이다. 물론 상식적으로야 말이 안 되지만…….

그때 백상이 고개를 갸웃하며 말했다.

"그게 말이 안 되는데……. 아니, 잠깐만……. 생각해 보면 사형이 검룡을 쉽게 꺾었는데……."

거기 쉽게는 왜 추가됐냐?

"그런데 청명은 대사형을 가지고 노니까 가능할 것 같기도 하……."

주절거리던 백상이 제 실수를 깨달은 것은 선명한 이 가는 소리를 들은 뒤였다. 아차 한 백상의 얼굴에서 핏기가 가셨다. 그는 이 가는 소리가 들려온 곳으로 천천히 고개를 돌렸고, 그곳엔 당연히…… 백천이 있었다.

이를 으득으득 갈아붙이며 백천이 천천히 자리에서 일어났다.

"가지고 놀아?"

"……사, 사형?"

"흐음, 그렇군. 그렇게 생각했단 말이지?"

"그, 일단 좀 진정하십……."

"진정이라. 참 좋은 말이지. 하지만 지금은 그보다 다른 걸 해 보고 싶군. 그 가지고 논다는 게 어떤 건지 너희들도 한번 겪어 보는 게 좋겠어!"

다음 순간, 백천이 벼락같이 검을 뽑고 사제들에게 달려들었다. 그러자 사제들이 기겁하여 사방으로 뿔뿔이 달아났다.

"아니! 왜 하는 짓이 하필 그놈이랑 닮아 가냐고!"

"닮을 걸 좀 닮으시지!"

"으아아아! 사형! 검! 검! 진짜 베입니다!"

멀리서 그 광경을 바라보던 유이설이 고개를 내젓고는 한숨을 푹 내쉬었다.

그렇게 화산 전체에 훈훈한 분위기(?)가 퍼지는 가운데, 예상치 못한 뜻밖의 인물이 화산을 방문했다.

"청명아! 장문인이 지금 바로 오라신다!"

"응? 나?"

"그래. 아, 조걸이도."

윤종의 말에 청명이 고개를 갸웃했다. 장문인이 이리 급하게 찾을 이유가 있던가? 어쨌든 뭐 이유는 가 보면 알 일이니, 앞선 윤종을 일단 두말없이 따랐다. 셋은 빠른 걸음으로 장문인의 처소에 당도했다. 윤종이 고했다.

"장문인, 윤종입니다. 청명과 조걸을 데리고 왔습니다."

"어서 들거라."

윤종이 조심스럽게 문을 열고 안으로 들어섰다. 뒤따라 장문인의 처소에 들어선 청명은 빠르게 안에 있는 이들을 확인했다. 특별할 것 없이, 평소에 보던 그 사람들이다. 현종, 현상, 현영, 운암, 그리고 백천에 유이설까지. 그 외에 다른 사람이 하나 있다면…….

"오?"

청명을 마주한 은하상단의 상단주 황문약이 빙그레 미소를 지었다.

"소도장. 그동안 강녕하시었소?"

"와! 오랜만에 뵙네요! 별일 없으셨어요?"

"하하. 별일이랄 게 있겠소? 소도장의 도움으로 아주 편하게 지내고 있소."

"정말 그래 보이시네요. 좀 회춘하신 것 같은데?"

황문약이 겸연쩍은 미소를 지었다. 아닌 게 아니라, 그의 모습은 과거보다 훨씬 더 젊어 보였다. 병상에서 일어나 건강을 되찾은 뒤로 그전보다 더 혈색이 도는 것은 물론이고, 귀밑머리마저 거뭇거뭇하게 자라나고 있었다. 실로 회춘이라는 말이 과하지 않을 정도였다.

셋 다 왜 불렀냐고 묻는 대신 일단 자리에 앉았다. 그제야 현종이 입을 열었다.

"말씀하신 대로 청명을 불러들였습니다. 어떤 말씀을 하시려는 게요, 은하상단주?"

현종의 말에 황문약이 침음성을 흘렸다.

"으음, 제가 이리 장문인을 직접 찾아뵌 것은, 화산에서 저희 은하상단에 의뢰한 일 때문입니다."

"……혹여 문제가 있소?"

"문제라기보다는……."

황문약이 살짝 망설이는 듯 말끝을 흐리더니 이내 한숨을 푹 내쉬었다. 그리고 면목 없다는 듯 고개를 숙였다.

"장문인. 죄송하지만, 지금 은하상단의 능력으로는 화산의 의뢰를 수행할 수 없을 것 같습니다."

청명이 순간 눈을 크게 부릅떴다. 이게 뭔 소리야?

"……아, 아니, 은하상단의 능력으로 안 된다고요?"

황문약이 고개를 들고는 쓴웃음을 지었다.

"변명을 좀 하자면, 지금 화산의 의뢰는 은하상단뿐만 아니라 천하의 어떤 상단도 해낼 수 없습니다. 어느 상단에 의뢰해도 마찬가지라는 뜻이지요."

어? 안 돼? ……그럼 내 혼원단은? 어라? 이러면 안 되는데?

"끄으으…….."

청명의 눈에 이글이글 불꽃이 피어올랐다.

"아니, 세상에 안 되는 게 어디 있어요! 안 되면 되게 해야지!"

청명이 버럭 역정을 내자 황문약은 무척 난처한 표정을 지었다. 다른 이들이 이런 말을 했다면 불쾌한 기색을 보였을지 모르지만, 상대는 무려 청명이다. 황문약은 그에게 받은 것이 너무 많았다.

"소도장, 일단 진정하시게."

"내가 지금 진정하게 생겼……!"

"눌러라."

현종이 나직하게 명하자 백천과 윤종이 잽싸게 청명을 잡아 눌렀다.

"끄으으응."

청명이 앓는 소리를 냈다. 현종이 황문약을 향해 우려 섞인 목소리로 넌지시 물었다.

"혹, 빙정 때문에 그러는 것이오?"

북해의 가장 깊은 험지에서 나는 빙정은 혼원단을 만드는 데 필요한 물품 중 가장 귀하고 구하기 어려운 것이었다. 심지어 북해빙궁의 관리하에 있기 때문에 돈이 있다고 해서 쉬이 손에 넣을 수 있는 것도 아니었다.

하지만 황문약은 의외로 쓰게 웃더니 고개를 저었다.

"빙정을 구하기가 어려운 건 사실이지만, 은하상단의 능력이라면 그 정도는 충분히 구할 수 있습니다."

"하면?"

"구하지 못하는 품목은 빙정이 아닙니다. 바로 이 자목초(紫木草)라는 것이지요."

현종이 고개를 갸웃했다. 분명 자목초 역시 구해 달라고 하기는 했지만, 딱히 대단한 것 없어 보이는 물건이라 크게 신경 쓰지 않았다.

"이게 그리 귀한 물품입니까? 굉장히 고가라든가?"

"전혀 그렇지 않습니다. 물론 자목초 역시 특정한 곳에서만 나는 희귀한 품목이기는 하나, 그 효능이 대단하달 게 없어 딱히 약초라고 할 수도 없는 물건입니다."

"한데 어찌하여?"

황문약이 깊은 한숨을 내쉬었다.

"장문인께서는 당연히 새외오궁(塞外五宮)에 관해 알고 계시겠지요."

"물론이오."

새외오궁. 중원의 변방에 있는 다섯 개의 세력. 그 하나하나가 중원의 구파일방에 필적하는 힘을 가지고 있다 해서 특별히 묶어 부르는 세력이다. 남해태양궁(南海太陽宮), 북해빙궁(北海氷宮), 포달랍궁(布達拉宮), 남만야수궁(南蠻野獸宮), 마라혈궁(魔羅血宮). 이 다섯 문파를 통틀어 새외오궁이라 부른다. 혹은 대외적인 활동이 전무한 마라혈궁을 제외하고 새외사궁으로 칭하기도 했다.

"문제는 그 새외오궁 중 남만야수궁입니다."

현종이 눈을 끔벅였다. 대체 남만야수궁이 뭘 어쨌다는 말인가? 그 의문을 이해한다는 듯이 황문약이 곧장 설명을 이어 갔다.

"자목초는 운남의 깊은 골짜기에서 나는 자생초입니다. 과거에는 구하기가 어렵지 않았습니다. 특별히 유통하는 상인이 없어서 직접 운남으로 가야 하는 번거로움은 있었지만, 그게 전부였지요. 그런데 지금은 자목초 자생지로 가는 길이 아예 막혀 있습니다."

"……길이 막히다니, 그게 무슨 소리요?"

"앞서 말씀드린 남만야수궁이 길을 막고 있습니다. 정확히는 자목초의 자생지로 가는 길은 물론이고, 자신들의 세력권 전체에 중원인들이 아예 통행하지 못하게 막고 있습니다."

"아니, 일개 문파가 길을 막는다는 게 말이나 되는 일입니까?"

현종이 황당해하며 물었다. 황문약은 한숨을 쉬며 답했다.

"남만은 우리의 상식이 통하지 않는 곳입니다. 그곳의 무파들과 무력 집단은 한 지역을 점거하고 마치 왕처럼 군림하고 있습니다. 나라의 힘이 그들을 통제하지 못합니다."

현종은 눈살을 찌푸렸다. 영 말이 되지 않는 소리는 아니다. 애초에 새외오궁 중 포달랍궁이나 북해빙궁은 각 지역에서 거의 왕실처럼 군림하고 있지 않은가? 남만야수궁 역시 그와 같다고 해도 이상할 건 없다.

"한데 그들이 왜 길을 막는다는 말입니까?"

"과거 마교 혈사 이후로 남만야수궁과 중원의 관계가 급속도로 악화되었습니다. 마교가 처음 새외를 휩쓸기 시작할 때 중원에 도움을 요청했지만, 중원은 그들에게 도움을 주지 않았습니다. 새외의 일 따위에 전력을 낭비할 필요가 없다는 이유에서였지요."

잠자코 듣던 청명이 살짝 혀를 찼다.

'그랬다가 나중에 개 피 봤지.'

그 마교가 아래쪽을 모조리 정리하고 북진할 때는 도와줄 이들이 남아 있지 않았으니까.

"그런 이유에서, 마교의 발호(跋扈)가 정리된 이후로 남만야수궁은 중원인들과의 교류를 완전히 차단했습니다. 그로도 모자라 이젠 접근 자체를 불허하고 있고요."

황문약이 한숨을 내쉬었다.

"그 때문에 상단들의 피해도 이만저만이 아니었습니다. 운남의 차는 중원에서도 가장 유명합니다. 이 차가 본디 사천과 섬서 상인들의 가장 큰 수입원이었는데, 운남과의 교역로가 막혔으니 막대한 손실이 있을 수밖에요."

진중하게 듣던 백천이 상황을 정리했다.

"그 말인즉, 상인들이 이문을 포기해야 할 만큼 저들의 태도가 강경하다는 뜻이군요."

"그렇소이다."

현종의 표정이 굳었다.

"장문인. 다른 물품은 모두 구해다 드릴 수 있습니다. 하지만 자목초만큼은 저희의 힘으로도 어쩔 도리가 없습니다. 죄송합니다."

"고개를 드시오, 상단주. 그게 어찌 상단주의 잘못이겠소."

부드럽게 황문약을 위로하면서도 현종의 얼굴은 펴질 줄을 몰랐다. 화산이 더 강해질 길을 발견했다 생각했건만, 생각지도 못한 암초에 걸리고 만 것이다. 그가 의약당주 운각을 향해 물었다.

"의약당주. 어떤가. 자목초가 없다 하더라도 혼……. 자소단을 제조할 수 있겠는가?"

고개를 숙였던 운각은 이내 몇 번 마른침을 삼키고는 한숨을 내쉬며 말했다.

"장문인. 연단이란 그저 재료들을 합치기만 하는 것이 아닙니다. 모든 재료를 완벽하게 배합하고 특별한 연단법을 거칠 때 상승의 작용이 일어나는 것입니다. 재료가 단 하나라도 빠지거나 정확한 양이 들어가지 않으면 본래 나와야 할 효능의 십분지 일도 기대하기 어렵습니다."

"으으음."

"완벽한 영단을 조제하지 못할 바에야, 차라리 재료들을 생으로 먹는 게 나을 것입니다. 자목초가 없이는 자소단을 만들 수 없습니다."

모두의 표정이 어두워졌다. 그때였다.

"그러니까……."

마치 지옥에서 들려오는 것 같은, 음산하기 짝이 없는 목소리가 방 안을 울렸다. 물론 그 목소리의 주인공은 청명이었다.

"그 남만야수궁 놈들이 내 혼……. 아니! 내 자소단을 만드는 재료를 내어놓지 않고 있다는 거죠?"

청명의 얼굴이 금방이라도 폭발할 듯 달아올랐다.

"아니! 이 새끼들이 뒈지려고!"

"눌러!"

"예!"

청명이 발작하려 하자 주위에 있던 이들이 부리나케 달려들어 그를 잡아 눌렀다.

"놔! 이거 안 놔? 이 새끼들이 미쳐 가지고! 뭐 대단한 것도 아니고 풀쪼가리를 안 내놓겠다고 난리를 쳐?"

"지, 진정해라. 그만한 놈들이 길을 막고 있다는데 무슨 방도가 있겠느냐!"

"막아? 길을 막아? 처맞으면 비키게 되어 있어! 대가리가 깨지고도 길 막는다고 설치는지 한번 보자고!"

청명이 눈을 희번덕댔다.

"으라차아아아아!"

그리고 단숨에 자신을 누르고 있는 이들을 날려 버리며 자리에서 벌떡 일어났다. 그의 불타오르는 눈빛을 본 현종이 움찔했다.

"장문인!"

"……아, 왜."

또 뭐 하려고, 인마!

"운남으로 갑니다! 제가 그 새끼들 대가리 다 깨 버리고 자목초를 가지고 오겠습니다."

백천과 윤종이 기겁하며 청명을 움켜잡았다.

"인마! 남만야수궁이라고! 새외오궁이란 말이다!"

"그런 곳에 시비를 걸면 목이 열 개라도 모자란다!"

하지만 청명은 태연하기 그지없었다.

"내가 왜 내 목을 걱정해! 그 새끼들이 제 목을 걱정해야지!"

……와, 이게 묘하게 납득이 되네. 이게 납득이 돼.

그런데 의외로 가만히 상황을 주시하던 조걸이 나직하게 입을 열었다.

"상단주님. 운남에서 중원인의 출입을 금한다면, 다른 지역 사람들을 고용할 수는 없습니까? 서역인이라든가. 중원인이 아닌 사람들은 운남 안으로 들여보낼 수 있는 게 아닌지요?"

"오?"

황문약이 눈을 크게 떴다.

"와……. 똑똑하다, 우리 조걸이."

"저 사형이 의외로 한 번씩 잔머리가 잘 돌아간다니까."

순간 조걸은 너희들이 너무 생각이 없는 거 아니냐며 반문하고 싶었지만, 일단 입을 꾹 닫았다. 그때 황문약이 무거운 표정으로 고개를 저었다.

"우리 역시 그런 시도를 해 본 적이 있네만…… 다 실패로 돌아갔네. 운남에서 교역하는 서역인들은 이 물품들을 중원으로 반출하지 않겠다는 서약을 하지. 개중 물건을 파는 이들이 없는 건 아니나, 잘못 걸리면 목이 달아날 일이라 쉽사리 손을 대려 하지 않을 걸세."

"……그렇군요."

황문약이 한숨을 푹 내쉬더니 덧붙였다.

"게다가 특히 이 자목초는 운남 깊은 곳, 남만야수궁의 영역 바로 옆에서 나는 것이네. 이곳은 서역인들의 출입마저 금지된 곳이라 그런 방식으로는 손에 넣을 수 없어. 심지어 이곳에는 야수궁 소속이 아닌 운남인들의 출입마저 금지되어 있다네."

조걸이 이해했다는 듯 살짝 고개를 숙였다. 그런 그를 바라보는 황문약의 눈에 이채가 어렸다.

'상재가 있는 녀석이로군.'

그리고 이 자리에는 상재가 아니라 독기가 있는 녀석도 있었다. 청명이 이를 갈며 말했다.

"결론 났네요! 당장 운남으로 달려가서 그 새끼들한테 자목초를 내놓으라고 해야죠!"

"……야수궁이라니까."

"그게 뭐! 나는 화산이야!"

배를 쭉 내미는 청명을 보는 현종의 마음에는 참 여러 가지 감정이 휘몰아쳤다. 저토록 문파에 대한 자부심이 넘치는 걸 보니 뿌듯하기도 하고, 너무 대책이 없어서 황당하기도 하고. 하지만 청명의 말대로, 이미 결론은 나 있는 것이나 다름없었다.

자목초는 반드시 손에 넣어야 한다. 혼원단이라는 희대의 영약 제조법을 손에 넣고서도 재료가 없어서 손가락을 빤다는 건 있을 수 없는 일이다. 이건 화산의 총력을 동원해서라도 반드시 이루어야 할 일이었다. 마침내 마음을 굳힌 현종이 청명을 바라보았다.

"청명아, 할 수 있겠느냐? 이는 더없이 위험한 일이다. 하지만 반드시 필요한 일이기도 하다. 그러니 내 너에게 묻고 싶구나. 다치지 않고 무사히 자목초를 구해 돌아올 수 있겠느냐?"

진지한 물음에, 청명이 입꼬리를 씨익 끌어 올리며 웃었다.

"장문인. 저 청명입니다."

현종의 눈이 파르르 떨렸다. 그 말을 듣는 순간 가슴속에 신뢰가 가득 차 넘실거렸다. 그래. 저 아이는 청명이다. 화산에서 청명을 믿지 못한다면 누굴 믿겠는가? 저 아이는 이 화산을 이끌어 가는 아이다. 당연히 믿고 신뢰…….

"걱정하지 마십시오! 제가 그놈들 대가리를 다 박살 내 버리고 자목초를 챙겨서 돌아오겠습니다! 아니, 말이 되는 짓거리를 해야지! 우리가 황금을 내놓으라고 했나, 아니면 왕 자리를 내놓으라고 했나! 기껏 풀때기 조금 가져간다는데 그걸 막아? 뒈지려고 아주 그냥! 주둥아리에 풀 쑤셔 박고 콱 불 싸질러 버릴라!"

……신뢰는 얼어 죽을……. 어쩌다가 도문에 저런 것이 나서는. 파들파들 떨리던 얼굴을 진정시킨 현종이 힘겹게 고개를 돌렸다.

"현영. 최대한 빠르게 아이들을 준비시키거라."

"……장문인?"

현영의 눈빛이 흔들렸다. 그러나 현종은 단호하게 말했다.

"청명이를 운남으로 보낼 것이다."

"알겠습니다."

그리고 청명을 가만히 보며 당부했다.

"반드시 성공해야 한다."

"걱정하지 마세요! 제가 자목초 밭을 아예 통째로 옮겨 와 버릴 테니까!"

……왠지 운남 사람들에게 미안한 마음이 들어, 현종은 크게 헛기침을 했다. 그때, 여전히 자리를 지키고 있던 현영이 살짝 현종에게 눈치를 줬다. 그 눈짓을 알아챈 현종이 슬쩍 자리에서 일어났다.

"음, 그럼 나는 잠시."

현영과 현종은 얼른 방을 빠져나와 전각에서 최대한 멀찍이 떨어졌다. 현종이 먼저 입을 뗐다.

"무슨 일인가?"

현영이 살짝 인상을 찌푸리며 말했다.

"또 아이들만 위험한 곳에 보낼 생각이십니까?"

"통솔할 이가 하나쯤 있으면 좋다는 것은 알고 있네. 하지만 자네도 알다시피 저 아이들은 저들끼리 두었을 때……."

현영이 영 못마땅한 표정으로 현종의 말허리를 끊었다.

"그런 것 말고요. 애들을 그렇게 위험한 곳에 보내는데, 대책은 있어야 할 것 아닙니까! 그거 먹입시다."

"……응? 그거?"

"혼원단 말입니다, 혼원단!"

현종이 눈에 띄게 움찔했다.

"……아, 아니, 자목초를 얻어 온다는 보장이 없는데 일단 이 혼원단은 아끼……."

"장문인, 언제 그렇게 도둑놈이 되셨습니까?"

"도, 도둑놈이라니?"

"그게 화산 겁니까? 청명이 놈이 구해 왔으니 청명이 놈 것이 아닙니까! 그리고 같이 구해 온 녀석들의 것이지요! 그게 뭐라고 지금 아끼려 드십니까! 그러다 애들이 다쳐 오기라도 하면 어쩌려고!"

현영이 눈에서 불을 뿜었다. 아이들이 다쳐 오기라도 한다면 현종의 머리통을 뽑아 버릴 기세였다.

"애들 먹이십시오, 그 혼원단."

"……."

"지금!"

"……."

"당장!"

아, 알았다고. 먹이면 되잖아, 먹이면!

◆ ◆ ◆

윤종은 자신들의 앞에 놓인 다섯 알의 혼원단을 보며 눈을 끔뻑였다. 그러다 천천히 고개를 들어 장문인을 바라보았다. 현종은 더없이 자애로운 표정으로 그들을 바라보고 있었다.

"먹거라."

"……이, 이걸요?"

윤종이 현종과 혼원단을 번갈아 바라보았다.

"저희가 말입니까?"

현종이 더없이 근엄하게 고개를 끄덕이며 그렇다 대답하려 했다. 하지만 그러기도 전에 옆에 있던 현영이 툭 말을 뱉었다.

"그럼 내가 먹으리?"

윤종이 더 놀란 눈으로 현영을 바라보았다.

"당연히 그래야 하는 것 아닙니까? 일단은 장로님들부터 드셔야……."

"에잉, 말 같지도 않은 소리를 하는구나."

현영이 단호하게 윤종의 말을 끊었다.

"나이 먹을 대로 먹어서 죽을 날만 기다리는 우리가 이걸 먹어 뭣 하겠느냐? 우리가 이런 걸 먹으면 낭비밖에 되지 않는다."

모두가 당황한 기색을 어쩌지 못하고 눈만 굴리니, 그는 다시 피식 웃으며 말했다.

"이 혼원단은 너희가 구해 온 것이니, 당연히 너희가 먹어야지. 그리고 설사 이 혼원단을 구해 온 이들이 너희가 아니라 우리라고 할지라도 혼원단을 먹는 건 너희가 되어야 한다."

"……장로님."

"시간 끌 것 없다! 이게 뭐 대단한 거라고. 너희가 다섯 알을 먹어도 열다섯 알이나 더 남아 있다! 연구하기에는 충분한 양이지. 아니, 오히려 과할 정도로 많다. 그러니 부담 갖지 말거라."

현종이 슬쩍 현영의 말을 거들었다.

"운남에서 자목초를 구하기가 쉽지 않을 것이다. 그러니 이 혼원단을 복용하고 가면 큰 도움이 될 것이니라."

현영이 살짝 시선을 틀며 현종을 째려보았지만, 현종은 사람 좋은 웃음을 지으며 그 시선을 필사적으로 외면했다.

'누가 보면 처음부터 주려고 한 줄 알겠습니다?'

'가만히 좀 있어라, 가만히! 나도 체면이 있지 않으냐!'

눈빛으로 서로의 마음을 교환한 두 사람이 동시에 헛기침했다.

"그러니까, 이거 먹으면 된다는 거죠?"

그때 잠자코 있던 청명이 아무렇지도 않게 손을 뻗어서 혼원단을 덜렁 집어 들었다.

"헉!"

"인마! 살살 좀! 그게 어떤 건데!"

"야야야야! 부서진다! 부서져!"

"확 마!"

순간 격하게 쏟아지는 반응에 청명은 움찔하고 말았다.

"아니, 영약 하나 잡았다고 사람을 이렇게 타박하나!"

"그게 어떤 영약인데! 너를 팔아도 못 사, 이놈아!"

청명은 순간 눈시울이 시큰해졌다.

'이놈의 거지 문파. 얼마나 못 먹고 자랐으면…….'

아니, 아무리 그래도 그렇지! 사람 나고 영약 났지! 영약 나고 사람 났나! 역시 이게 다 문파에 영단이 부족해서 생기는 일이다. 그러니 무슨 수를 써서라도 혼원단의 재료를 구해 와야 한다. 당대의 화산만을 위한 일이 아니다. 이건 후대의 화산을 위해서도 꼭 필요한 일이다.

"어쨌든 먹으면 되는 거죠?"

"……."

"엥? 왜 대답이 없으십니까, 장문인?"

현종의 눈에서 눈물이 찔끔 배어났다. 제자들이 혼원단을 먹는 게 아까운 게 아니다. 연단법을 되살리는 데 실패해서 이 혼원단이 마지막 남은 스무 알이 된다고 해도 일단은 저놈들에게 먹이고 봐야 한다는 건 그도 잘 안다. 다만 뭐랄까…….

'또 구하지 못할 수도 있는데.'

영약이란 단순히 내력을 증진하는 데만 쓰는 게 아니다. 인력으로 어찌할 수 없는 주화입마나 큰 내상을 입었을 때 요상단으로 활용할 수도 있다. 이리 막 써 버리는 것보다는 아무래도 좀 꿍쳐 놨다가 나중에 애들이 다치기라도 하면 그때 먹이는 것이 좋지 않을까, 하는 생각이 가시질 않았다.

수십 년 동안 화산을 이끌어 온 그의 고된 삶이 도무지 불안함을 버리지 못하게 만들었다. 현영이 들으면 거지 근성만 쌓였다고 욕하겠지만 사실이 그런 걸 뭘 어쩌겠는가? 앞으로 화산은 더 많은 일을 겪어 갈 테고, 아이들이 다치는 일도 늘어날 텐데, 이걸 잘 쟁여 두면 그럴 때마다 요긴하게 쓸 수 있을…….

"먹어라!"

하지만 현영은 피도 눈물도 없었다.

"아끼면 똥 되는 거다. 신경 쓰지 말고 먹거라. 안 그렇습니까? 장.문.인?"

"……그럼. 그래야지. 그렇지, 먹어야지."

네가 장문인 해라, 네가!

두 사람 사이에 오가는 묘한 기류엔 전혀 관심 없는 청명이 슬쩍 고개를 끄덕였다. 그러고는 재빨리 혼원단을 입에 넣으려고 할 때였다. 지금까지 가만히 대화를 듣고 있던 백천이 자리에서 일어나더니 장문인과 현영을 향해 정중하게 절했다.

"제자 백천, 장문인과 장로님의 은혜를 잊지 않겠습니다."

"은혜는 무슨."

현영이 그 모습을 보며 흐뭇하게 웃었다. 저놈은 언제 봐도 참 예의가 바르다니까.

하지만 현영은 예의 바른 그보다, 예의라고는 화산에 들어오기 전에 팔아먹고 온 청명이 훨씬 더 좋았다. 봐라. 다른 놈들이 여전히 눈치를 보는 와중에도 청명은 혼원단을 보며 침을 질질 흘리고 있지 않은가? 그래, 그래. 눈에 넣어도 안 아플 내 새끼. 먹어야지. 먹고 쑥쑥 세져야 더 큰 걸 벌어 오지!"

"사문의 은혜를 잊지 않겠습니다."

청명을 제외한 나머지도 재빨리 백천을 따라 절했다. 그 허례가 귀찮았던 현영이 현종에게 눈짓했다.

"……일어나거라."

"예, 장문인."

"너희가 보답하는 길은 어서 그 혼원단을 섭취하고 우리의 걱정을 풀어 주는 것이다."

"말씀대로 하겠습니다."

백천이 살짝 긴장한 눈빛으로 혼원단을 집어 들었다. 소림의 대환단 이상 가는 영단. 하나만 강호에 풀려도 혈겁을 부를 수 있다는 그 어마어마한 영단을 먹는 날이 올 줄이야. 이것도 다 저놈 덕분인가.

백천은 살짝 쓴웃음을 지었다. 청명이 화산에 오지 않았다면 지금쯤 어떤 삶을 살고 있었을까? 이제 와선 잘 상상도 되지 않았다.

'생각하지 말자.'

지금은 잡생각을 할 때가 아니다. 이 영약을 온전히 흡수하여 내 것으로 만드는 것이 중요하다. 백천이 살짝 긴장한 표정으로 가부좌를 튼 뒤 혼원단을 입가로 가져갔다.

입 안으로 들어간 혼원단은 순식간에 사르륵 녹더니, 절로 목을 타고 넘어갔다. 마치 산속 깊은 계곡의 청수를 한 모금 들이켠 것 같은 청량감이 몸 안 가득 퍼졌다. 한 방울 한 방울 떨어지던 청수는 이내 물줄기가 되고, 곧 콸콸 흐르는 폭포가 되어 백천의 전신을 휘돌기 시작했다. 그 압도적인 감각에 그는 몸을 떨었다.

'이것이 혼원단……!'

기운이 봇물 터지듯 밀려들었다. 그 작은 영단을 하나 먹은 것만으로 어떻게 이리 많은 기운이 불어나는지 이해하기 어려울 정도다.

'집중해!'

백천은 일순 찾아오려는 잡념을 날려 버렸다. 그리고 몸 안에 불어나는 혼원단의 기운을 인도하여 대주천을 시작했다.

콰아아아아아아!

흡사 몸속에 홍수가 터진 것 같다. 밀려드는 혼원단의 기운이 그의 몸 안에 박혀 있던 불순물들을 과격하게 씻어 내고 기맥을 확장했다. 인도를 시작한 것은 백천이었으나, 혼원단의 기운은 이내 그의 통제를 벗어나 길을 제멋대로 누비기 시작했다.

하지만 백천은 위기감보다는 형용할 수 없는 고양감을 느끼는 중이었다. 전신이 기운으로 꽉 들어찬 것 같은 느낌. 어쩌면 두 번 다시 느껴 볼 수 없을 그 어마어마한 감각에 정신이 날아가 버릴 것만 같았다.

기운이 대맥을 넓히고 세혈 하나하나를 개통하기 시작했다. 막혀 있던 기혈이 뚫리고 깨끗하게 청소되어 새것처럼 거듭났다. 손끝의 미세한 곳까지 모두가 생생하여 손에 잡힐 것만 같다. 온몸의 감각이 새로이 돋아났다.

'이게 영단의 힘!'

왜 무인들이 영단 하나를 손에 넣기 위해서 목숨을 거는지 그제야 알 수 있었다. 아무리 수련을 하고 아무리 애를 써도 인력으로는 할 수 없는 일이 있는 법이다. 지금 혼원단의 기운은 그 인력으로 할 수 없는 일을 아무렇지도 않게 해치우고 있다.

그러나…… 이 이상은 무리였다. 아직 몸속에 혼원단의 기운이 넘쳐

나고 있었지만, 지금 백천의 힘으로는 그것을 모두 흡수하여 자신의 것으로 만들 수 없었다. 기본적으로 영단의 기운은 몸 안에 가둬 두고 시간을 들여 녹여 내야 한다. 백천은 더 이상 욕심을 부리지 않고 기운을 천천히 갈무리했다. 과욕은 언제나 패망의 지름길이 된다는 것을 알고 있기 때문이다.

전신을 휘돌던 혼원단의 기운이 백천의 인도에 따라 단전 안으로 밀려 들어 가기 시작했다. 혼원단의 기운이 모조리 단전 한구석에 안착한 것을 확인한 백천은 천천히 대주천을 마무리하고 눈을 떴다.

"음!"

몸이 부르르 떨렸다. 전에 없이 온몸에 힘이 넘쳤다. 마음만 먹는다면 무엇이라도 해낼 수 있을 것 같은 느낌. 넘쳐 나는 활력이 어마어마한 고양감을 자아냈다.

"장문인! 저는……."

백천이 감격에 떨며 막 한마디를 하려는 순간이었다. 백천이 고개를 갸웃하며 현종을 바라보았다. 현종이 조금 이상했다. 평소처럼 근엄하게 입을 다물고 있거나 인자하게 웃고 있는 것이 아니다. 그답지 않게 입을 헤 벌린 채, 풀린 눈으로 뭔가를 바라보고 있었다. 그리고 시선의 위치도 조금 이상했다. 사람이 선 것보다 조금 위. 대체 이 방 안에서 왜 저런 곳을 보고 있다는 말인가? 심지어 현종뿐 아니라 현영 역시 같은 곳을 보고 있었다.

백천은 멍한 표정으로 그들의 시선을 따라 고개를 돌렸다. 그리고…….

"이, 이런, 미친! 이게 뭐야?"

그답지 않게 화들짝 놀라 뒤로 후다닥 물러나고 말았다. 시선의 끝에는 당연하게도 청명이 있었다. 하지만 저건 그냥 '있었다'라는 말로는 표현하기 어려웠다. 왜냐고? 위에 있었으니까.

'왜 사람이 공중에 떠 있어?'

백천의 표정에 당혹감이 어렸다. 가부좌를 튼 청명은 말 그대로 허공에 떠올라 있었다. 현종도 현영도 이 기괴한 광경에서 눈을 떼지 못했다.

'경지에 이른 고수가 운기를 하면 허공에 떠오른다는 말을 들은 적은 있지만······.'

단 한 번도 눈으로 확인한 적 없는 일이기에 그저 호사가들이 지어낸 말이겠거니 했다. 그런데 설마 이 광경을 두 눈으로 보게 될 줄이야.

물론 청명의 경지가 높아서 벌어진 일만은 아닐 것이다. 혼원단의 어마어마한 기운을 흡수하는 과정에서 일시적으로 벌어진 일로 보는 게 맞는다. 하지만 어찌 되었든 지금 눈앞의 광경이 대경할 노릇이라는 건 전혀 달라지지 않는다.

"헐? 저게 뭐야?"

"······세상에."

하나하나 눈을 뜬 그의 사매와 사질들도 경악을 감추지 못했다. 하지만 놀랄 일은 아직 끝이 아니었다.

고오오오오!

갑자기 청명의 몸에서 오색의 광채가 뿜어져 나오기 시작했다.

"오, 오기조원(五氣朝元)?"

"아, 아니. 좀 다른 것 같습니다······?"

현종이 두 눈을 부릅떴다. 그들이 아는 어떤 지식과도 맞아떨어지지 않는 현상이다. 다만 확실한 것은 하나.

'뭔가 엄청난 게 벌어지고 있는 것 같은데?'
주변의 공기가 청명을 향해 빨려 들어갔다.
두두두두두두두!
그와 동시에 그들이 있는 전각이 통째로 뒤흔들리기 시작했다.
"히, 히익? 무, 무너질 것 같은데?"
"나가라! 당장 여기서 나가!"
현영의 고함과 동시에 모두가 헐레벌떡 뛰쳐나갔다. 죽어라 뛰며 백천이 소리쳤다.
"아니, 저 미친놈은 운공 하나도 곱게 끝나는 일이 없냐! 돌아 버리겠네, 진짜!"
그야말로 모두의 심정을 대변하는 말이었다.

· ◆ ·

백상이 화산의 전각들을 돌아보며 낮은 한숨을 내쉬었다.
'요새 영 분위기가 싱숭생숭한 것 같은데.'
정확하게 말하면 싱숭생숭하다기보다는 뭔가 붕 뜬 것 같은 느낌이었다. 따지고 보면 청명이 놈이 화산에 들어온 이후로는 쭉 분위기가 묘하긴 했지만, 얼마 전 청명과 그 일행이 남영에서 복귀하면서부터 더욱 심해졌다. 심지어 장로님들까지 들떠 있는 게 확실히 보였다.
'보나 마나 뭔가 대단한 걸 했겠지.'
이제는 이대제자 중 누구도 청명의 대단함을 부정하는 이가 없다. 이 년이나 겪었으니 알기 싫어도 알 수밖에 없는 것이다. 게다가 그 역시 청명으로부터 받은 것이 있으니까.

까놓고 말해, 풀때기만 뜯어 먹으며 다 떨어진 옷만 입고 살던 때와 고기를 물릴 때까지 뜯으며 좋은 옷을 입고 다니는 지금을 어찌 비교할 수 있겠는가? 아무리 도사라고는 하지만, 이슬만 먹고 살 수는 없는 법. 문파 전체가 자금난에 시달리던 그때보다야 지금이 백배 낫다는 건 부정할 수 없었다.

다만, 때때로 백상은 과거의 적막하던 화산이 살짝 그립기도 했다. 청정도량 본연의 느낌이 살아 있던 그때의 화산이 말이다.

"너무 과한 생각……."

우르릉.

돌연 귀에 들려온 소리에, 백상이 위를 올려다보며 중얼거렸다.

"소나기라도 오려나? 갑자기 천둥이……."

우르릉.

어? 지금 옆에서 들린 것 같은데? 하기야 여기가 워낙 지대가 높으니까 천둥소리가 가깝게 들린다고 해도 이상한 건 아니…….

우르르르릉!

백상의 고개가 획 돌아갔다. 아니, 아무래도 천둥소리가 아닌 것 같았다. 소리가 난 곳을 찾아 두리번거리던 그의 눈이 이내 휘둥그레졌다.

"저, 저거 왜 저래?"

장문인의 처소에서 먼지가 피어오르고 있었다. 단순한 비유가 아니라, 정말 말 그대로 먼지가 구름처럼 피어올랐다.

우르릉!

때마침 천둥 치는 소리가 또다시 울렸다. 이윽고 전각이 통째로 흔들리기 시작했다. 어? 저거 저러면 안 되는데? 저기 저거 장문인 처소인데 분명……?

"으아아아아아! 이게 뭔 일이냐고!"

"제발 좀! 제발 적당히 좀 하자! 제발!"

그리고 그 전각에서 백천과 유이설, 사질들, 장로님, 심지어 장문인까지 빛의 속도로 튀어나왔다. 그 광경에 백상은 그만 넋을 놓고 말았다.

"······또 무슨······."

생각할 시간은 길지 않았다. 벼락이 떨어지는 소리가 나더니 급기야 전각이 통째로 무너졌다. 기와가 사방으로 비산하고 기둥이 기우뚱 넘어갔다.

"헐······."

저기가 저렇게 무너지면 안 되는 곳인데. 저거······ 장문인 처소인데. 중요한 덴데······. 폭삭 무너지는 전각을 멍하니 바라보던 백상이 저도 모르게 중얼거렸다.

"······진짜 문파 꼴 잘 돌아간다."

개판이네, 개판이야······.

한편 폭삭 주저앉아 버린 전각을 보는 현종의 눈썹은 쉴 새 없이 떨리고 있었다. 입을 열었지만, 벙긋거리기만 할 뿐 뭐라 할 말을 찾지 못했다. 옆에서 연신 기침하던 현영이 손사래를 치며 눈살을 찌푸렸다.

"에헤이! 콜록! 콜록! 에헤이! 뭔 놈의 전각이 고작 이런 걸로 무너지나 그래."

아니, 인마! 지금 내 집이 무너졌는데, 그러고 끝날 일이냐?

"쯧쯧. 꼼짝없이 새로 짓게 생겼네."

살짝 발끈했던 현종의 귀가 일순 움찔했다. 새 집? 어······. 그건 좋은데? 새 집을 얻게 되었으니 좋아해야 할지, 헌 집이 무너졌으니 슬퍼해야 할지 애매했다.

"아, 아니지."

지금 이게 중요한 게 아니지! 고개를 휘휘 저은 현종이 목을 쭉 뺐다.

"청명이 녀석은 어떻게 되었느냐?"

"저기 있잖습니까."

"응? 어디?"

"노안이 오셨나. 저기요, 저기."

현영이 가리킨 곳을 본 현종이 눈을 가늘게 떴다. 과연, 무너진 전각의 잔해들이 두어 번 들썩거리더니 그 안에서 한 사람이 뻘뻘뻘 기어 나왔다.

"아니, 이게 왜 무너졌어! 누구야! 어떤 놈이야?!"

너다, 이놈아. 네가 했다고, 네가!

청명은 마구 짜증을 내며 밖으로 나오더니 무너진 전각을 보며 혀를 내둘렀다.

"얼마나 막 지었으면 이게 무너지냐! 누가 자재 빼먹었어!"

현종이 답도 없다는 듯 한숨을 내쉬려는 그때였다.

"장문사형. 오기조원 아니었습니까?"

현영이 물었다. 현종이 침음하다 답했다.

"글쎄……. 내가 알던 오기조원과는 조금 다르더구나. 오기조원을 이룬 이들은 운공을 할 때, 오색의 원이 다섯 개 나타난다고 들었다. 하지만 오색의 광채는 보였으나, 원은 없지 않았더냐?"

"……그럼 그 비슷한 정도는 될까요?"

"그것도…… 글쎄다. 어쨌든 혼원단을 먹인 게 효과가 있었던 모양이구나."

현종은 청명을 보며 허허 웃고 말았다. 운공을 하더니 몸이 허공에 뜨고, 오색의 광채를 뿜어냈다. 이쯤 되면 숫제 등선할 기세가 아닌가?

"그럼 말입니다, 장문인."

"또 뭐."

"저놈은 대체 얼마나 더 세진 겁니까?"

현종이 입을 다물었다. 얼마나 더 세졌냐고? 어……. 현종이 말을 하지 못하고 머뭇거리자 현영의 눈이 가늘어졌다.

"장문인도 잘 모르시는 것 아닙니까?"

"크흐흠. 그럴 리가 있느냐?"

"그럼 왜 말을 못 하십니까?"

……아니, 이 사람아! 내가 그걸 어떻게 아나? 저런 건 살아생전 듣도 보도 못했는데. 막말로 무당 장로랑 맞상대하던 놈이 영약 먹고 더 강해졌는데, 그걸 현종의 수준에서 무슨 수로 파악하라는 말인가? 싸워 보자고 할 수도 없고.

"굉장히……. 음, 굉장히 강해졌……겠지?"

"…….."

"그러니까 음……. 허허허. 네게 설명하기는 어렵구나."

……그, 그런 눈으로 보지 마. 현종이 슬쩍 시선을 피했다. 현영이 한숨을 내쉬었다.

"여하튼 강해졌다는 건 좋은 일이니까요."

"그래. 좋은 일이지."

정말 좋은 일일지는 잘 모르겠지만……. 일단 전각도 날아갔고 말이지.

이렇게 모두가 술렁일 때, 청명은 물끄러미 제 손을 내려다보고 있었다.

'생각지도 않게…….'

그가 영단에서 뽑아낼 수 있는 기운은 한계가 있다. 그의 몸에 쌓인 기운들은 천하에서 가장 정순한 기운이다. 아무리 영단이 정제하고 또 정제한 정기만을 모은 것이라 하나, 청명의 기운과는 비교할 수 없다. 그렇기에 과거 설매단을 먹고도 크게 효험을 보지 못한 게 아니던가.

하지만 이 혼원단은 청명이 생각한 영약과는 달랐다. 내재된 기운이 자소단에 비해서 굉장히 많은 건 아니다. 대신 자소단에 비해서 몇 배는 더 정순한 기운을 품고 있었다. 어쩌면…….

'이거 나한테 딱 맞는 물건인데?'

물론 받아들인 기운 중 이 할도 채 흡수하지 못하고 나머지는 모두 배출해야 했지만, 이 할이 어디인가? 전에 설매단을 먹었을 때는 그 쥐꼬리만 한 기운 중에서도 겨우 한 톨만 흡수하지 않았던가!

살짝 주먹을 쥐었다 폈다. 몸 안에 활력이 넘쳤다. 물론 아직은 갈 길이 구만리다. 과거의 힘을 되찾는 건 아직 요원한 일이니까. 하지만 혼원단 덕분에 그 시기를 한참 당긴 듯했다.

만족스러운 미소를 지은 청명이 슬쩍 고개를 돌렸다. 그의 사형들이 죽을상을 하고 서 있었다.

'괴물 같은 새끼!'

'보나 마나 더 세졌겠지!'

'저거, 저거 눈에서 빛 나오는 거 봐. 저게 사람이냐? 사람이야?'

청명에게 익숙한 사형제들은 그의 몸에서 뿜어져 나오는 기파만으로도 알아챌 수 있었다. 청명이 과거보다 훨씬 더 강해졌다는 사실을 말이다.

"하늘도 무심하시지. 왜 같은 걸 먹었는데……."

이쯤 되면 좀 억울할 만하다. 영약이 사람을 가리는 것도 아닐진대. 누구는 영약 먹고 기운 세졌다고 좋아하는 수준이고, 누구는 공중에 떠서 전각을 날려 버리니 너무 불공평하지 않은가?

그때 현영이 청명에게 달려왔다.

"어떠냐? 효과가 좀 있느냐?"

"크으, 장로님! 이거 약발 죽여줍니다!"

"……그, 그래. 다행이구나."

청명이 살짝 입술을 핥았다.

'생각보다 효과가 있다 이 말이지?'

지금 청명에게 있어서 가장 부족한 것은 어찌 되었건 내공이다. 워낙 정순한 기운이라 시간을 들이는 것 외에는 내력을 늘릴 방법이 없다고 생각했는데, 도움이 될 방도를 찾아낸 것이다.

이거…… 더 먹으면 내력이 더 늘까? 청명이 살짝 눈을 번뜩거리며 현종을 응시했다. 현종은 저도 모르게 품 안에 든 혼원단 상자를 꽉 움켜잡았다.

'아, 안 돼. 절대 안 돼!'

저 승냥이 같은 놈이 혼원단을 노리는 것이 분명하다. 이건 화산의 미래와도 같은 물건인데! 하지만 청명은 입맛을 다시며 현종을 향해 걸어왔다.

"장문인. 그거…… 몇 알 더 쓴다고 별일이 있을 것 같지는 않은데 말이죠."

"으, 으응? 이거?"

현종이 화들짝 놀라 뒤로 물러났다. 그리고 청명이 무슨 말을 더 꺼내기도 전에 마구 소리를 질렀다.

"안 된다! 안 된다고! 앞으로 무슨 일이 있을 줄 알고! 화산은 아직 의약당이 제 기능을 하지 못한단 말이다! 다치는 이가 나오면 혼원단이라도 써서 살려야지! 이건 더는 못 내놓는다! 차라리 나를 밟고 가져가라!"

"크으."

청명이 감격했다는 듯이 탄성을 흘렸다. 그냥 아까워서 신줏단지 모시듯 하는 줄 알았더니, 저런 깊은 뜻이 있었을 줄이야. 역시나 문파의 제자들을 아끼는 데는 현종만 한 사람이 없다.

하지만 현종은 몰랐다. 지금 자신이 얼마나 큰 실수를 저질렀는지 말이다.

"그러니까, 크게 다치거나 했을 때 사용할 용도로 남겨 두셔야 한다는 거죠?"

"……그렇지?"

청명의 어투에서 뭔가 수상한 기운을 감지한 현종이 움찔했다. 분명 뭔가를 실수한 것 같은데.

"장문인, 일단 감사드립니다."

"으, 응?"

청명이 직각으로 허리를 꾸벅 숙였다. 그 공손한 반응에 현종의 불안감은 오히려 점점 커져만 갔다. 고개를 든 청명이 씨익 웃으면서 말했다.

"운남이라는 위험한! 더없이 '위험한' 곳으로 가는 저희 제자들에게 이 혼원단은 큰 도움이 될 겁니다! 다시 한번 말씀드리지만 그 위험하기 짝이 없는 곳! 무슨 일이 벌어질지 모르는 곳! 남만야수궁이라는 무시무시하기 짝이 없는 놈들이 지배하는 그 땅에!"

아니, 네가 대가리 다 깬다면서…….

"크으, 장문인. 저는 괜찮습니다! 이 청명은 화산을 위해서라면 목숨도 내던질 수 있습니다."

"어……."

"하, 지, 만!"

청명이 고개를 획 돌리더니 비장한 목소리로 외쳤다.

"사숙과 사형들이 그 위험한 땅에 갔다가 부상을 당해 죽기라도 하면 저는 죽어서도 눈을 감을 수 없을 겁니다!"

어……. 어? 이야기가 왜 그렇게 돼?

"아, 아니, 그……."

"그 위험한 상황에 혼원단 딱 한 알……. 아니! 세 알! 아니! 다섯 알만 있으면!"

"왜 점점 늘어나느냐……."

이 날강도 같은 놈아!

"딱 다섯 알만 있으면 목숨을 부지하고 돌아올 수 있을 것 같은데! 딱 다섯 알만 있으면! 하아……. 하지만 안 되겠죠? 그 혼원단은 화산의 미래를 위한 것이니까요……."

"그, 그렇……."

청명이 백천을 획 돌아보았다.

"사숙! 장문인께서 사숙은 화산의 미래가 아니라십니다!"

"나는 왜 끌어들이냐, 이 미친놈아!"

"말이 그렇잖아요, 말이! 아이고, 이놈의 문파! 제자들이 목숨 걸고 사지에 걸어 들어가는데 그놈의 영약 쪼가리가 아깝다고오오오오! 사람 나고 영약 났지! 영약 나고 사람 났나!"

그때였다. 누군가가 현종의 어깨에 턱 손을 올렸다. 현종이 돌아보니 현영이 체념한 표정으로 빙그레 웃고 있었다.

"……그냥 주십쇼. 속 터져 죽는 것보다는 낫잖습니까."

현종이 끙끙 앓으며 머리를 마구잡이로 움켜잡았다.

"준다, 줘! 이 날강도 같은 놈아!"

가면 갈수록 청명을 대하는 말이 거칠어지는 현종이었다.

현종이 도끼눈을 뜨고 청명을 노려보았다. 하지만 청명은 그 날카로운 시선을 받으면서도 배부른 강아지 같은 표정만 지을 뿐이었다.

"으헤헤."

"……."

"큽. 크흡. 으헤헤!"

……도가에 투신한 지가 어언 수십 년. 망해 버린 화산을 이끄느라 수많은 위기와 고통을 겪으면서도 단 한 번도 흔들리지 않았던 현종의 평정심에 이 순간 빠직빠직 금이 가고 있었다.

'뒤통수 한 대만 후려갈기면 소원이 없겠다.'

원시천존이시여. 어찌 저런 것을 화산에 보내셨습니까. 제가 무슨 죄를 지었다고! 화와 복은 함께 온다더니 저놈이 딱 그 짝이었다. 화산의 가장 큰 홍복이 화산의 가장 큰 재앙이라니, 이런 경우가 대체 어디 있단 말인가?

"크흡. 장문인. 감사……. 크흐흡!"

청명이 웃음을 참을 수 없다는 듯이 고개를 숙이며 가슴께를 문질렀다. 그 꼴을 보고 있자니 현종은 속에서 천불이 나는 기분이었다.

'아까워서 이러는 게 아니야, 아까워서!'

이건 숫제 강탈이 아닌가! 거 좋게 좋게 줄 수도 있는 것을 이리 강탈해 가나! 그것도 장문인 품에 든 것을?

"끄으으응!"

현종이 영 불편한 기색을 감추지 못하자 현영이 슬쩍 눈치를 주었다.

"장문인."

"안다, 알아!"

괜히 현영에게 성질을 한번 부린 현종이 살짝 이를 갈며 청명에게 말했다.

"……쉽지 않은 일이 될 것이다."

"크으으으. 걱정하지 마십시오, 장문인! 혼원단이 있는데 뭐가 걱정이겠습니까?"

……저 새끼 저거 일부러 저러는 건가? 뒤통수 한 대만! 진짜 딱 한 대만! 하지만 그건 이뤄질 수 없는 꿈이었다. 자신이 너무 흥분했다는 것을 깨달은 현종은 무겁게 한숨을 쉬곤 크게 헛기침을 했다.

"청명아."

장문인의 목소리가 진지해진 것을 알아챈 청명이 몸가짐을 바로 했다.

"예, 장문인."

"자꾸만 너희에게 어려운 일을 시키는 것 같아 내가 마음이 편치 않구나."

청명이 고개를 들어 현종을 바라보았다. 그리고 이내 빙그레 미소 지었다.

"장문인. 다 그런 것 아니겠습니까?"

다 그런 것이라……. 어쩐지 맥이 풀린 현종은 그만 웃어 버렸다.

때때로 속을 박박 긁어 놓기도 하고, 때로는 감당할 수 없을 만한 일도 종종 벌이지만, 그럼에도 청명을 미워할 수 없는 것이 이런 점 때문이었다. 묘하게 달관한 태도. 어떨 때는 정말 나이에 맞지 않을 정도로 아이 같은 느낌이지만, 어떨 때는 오히려 현종보다 더 연장자처럼 느껴지기도 한다.

'여전히 기이함이 사라지지 않는구나.'

한 사람 안에 어찌 저리도 여러 가지 면이 있을 수 있는가? 현종은 헛웃음을 흘리며 말을 이어 갔다.

"그래, 네 말이 맞구나. 다 그런 것이지. 하지만 이 미안함은 어찌할 도리가 없구나."

"걱정하지 마십시오. 거리가 좀 멀다는 것 말고야 문제 될 일이 없으니까요."

"새외오궁은 모두가 그 폐쇄성과 괴팍한 성정으로 유명하지만, 그중에서도 특히 남만야수궁의 궁도들은 중원의 법도가 통하지 않을 만큼 괴이하고 거칠다고 들었다."

"괜찮습니다."

청명이 흐뭇하게 웃었다.

"따로 방법이 있느냐?"

"헤헤. 아시면서."

청명이 슬쩍 허리에 찬 검을 툭 건드렸다.

……어……. 그렇긴 하지. 그게 예로부터 많은 일에 있어 정답이었지. 하지만 여기는 도가인데…….

현종이 눈을 질끈 감았다. 애초에 도를 따질 거라면 청명을 밖으로 내돌려서는 안 되는 일이다. 그런 현종의 마음을 헤아린 것인지, 백천이 슬쩍 청명의 앞으로 나섰다.

"장문인, 너무 심려치 마십시오."

그러자 현종의 얼굴에 살짝 화색이 돌았다. 오, 보아라. 저 헌앙한 기세를. 청명을 보고 있다가 백천을 보니 봄볕을 받은 눈처럼 고통이 사르르 녹아내리는 기분이었다.

"남만야수궁이라고 해도 대화가 통하지 않는 사람들은 아닐 것입니다. 최대한 대화로 풀어 볼 수 있도록 노력하겠습니다. 진심으로 다가간다면 그들도……."

"우리 모가지를 잘라서 장대에 걸겠지."

"예, 참 보기 좋은……. 내가 말을 하잖아, 인마!"

"말 같은 말을 해야지! 애초에 대화로 모든 게 해결될 것 같으면 전쟁은 왜 일어나나!"

"전쟁은 너 같은 놈이 있어서 일어나는 거지! 너 같은 놈 때문에! 세상에 너 같은 놈만 있으면 그게 사람 사는 곳이겠느냐! 아비규환이지?!"

"말 다 했냐? 오늘 화산 한번 아비규환 만들어 봐?"

아옹다옹하는 백천과 청명을 망연히 보던 현종이 고개를 내저었다. 저 놈도 글렀다. 예전의 그 헌앙했던 백천은 이미 청명에게 물들어 사라진 지 오래였다.

'이래서야 화산의 미래가…….'

밝은 것도 같고, 어두운 것도 같고……. 혼란스럽기 짝이 없다.

"크흠. 여하튼 최대한 이 녀석이 날뛰지 못하도록 막을 테니, 저희를 믿어 주십시오."

현종이 무겁게 고개를 끄덕였다.

"백천은 듣거라."

"예, 장문인."

"지금부터 너는 나를 대행한다. 남만에서 네가 하는 말은 나의 말이 될 것이고, 너의 뜻은 곧 화산의 뜻이 될 것이다."

전권을 준다는 말이었다. 그 말의 무거움을 아는 백천이 저도 모르게 탄식했다.

"너무 무겁습니다, 장문인."

"너라면 할 수 있을 것이다."

현종이 빙그레 미소를 지었다. 경험이라는 것은 애초에 그런 것이다. 해 보지 않은 일에 대해서는 두려움이 앞설 수밖에 없다. 그 두려움을 짊어지고 하나하나 해 나가야만 비로소 자신의 세상이 더 넓어지는 법이다.

"그럼 다녀오겠습니다."

"건승을 기원하마."

백천이 그 자리에서 꾸벅 절을 했다. 그러자 남은 이들도 현종을 향해 절을 하고는 하나둘 자리를 떠났다. 일행은 남영행을 갔던 이들과 달라진 게 없었다.

백천, 청명, 운종과 조결. 그리고 유이설.

이 말인즉, 지금 이 면면이 화산의 중진이 가장 신뢰하는 이들이라는 뜻이다. 물론 청명은 '신뢰'라는 말과 조금 맞아떨어지지 않지만.

그들이 산문을 벗어나는 모습을 보며 현상이 살짝 걱정 어린 어투로 입을 열었다.

"인솔하지 않아도 되겠습니까?"

현종 역시 현상의 말이 걸리는지 나직하게 한숨을 쉬었다.

"일전의 남영행은 아이들만 가야 하는 일이었습니다. 하지만 이번엔 다릅니다. 험지에 아이들을 보내면서 누구 하나 따라가지 않는 것은 너무 위험합니다. 저라도 보내 주십시오. 제가……."

"거, 사형. 괜히 엉덩이 비집고 들이밀지 마십쇼."

현상이 떨떠름한 표정으로 현영을 돌아보았다. 현영의 표정은 태연하다 못해 뚱했다.

"우리가 가서 인솔하면 뭐가 달라집니까?"

"이 사람아. 그래도 우리가 어른 아닌가."

현영이 코웃음을 쳤다.

"그 어른으로서 여태껏 우리가 한 게 뭡니까? 화산 말아먹고, 현판 내릴 지경으로 만든 것밖에 더 있습니까?"

"크흐흠."

현상이 슬쩍 얼굴을 붉히며 크게 헛기침을 했다. 현영은 그 모습을 보며 혀를 찼다.

"늙은이들이 어린 녀석들을 보면 모든 게 다 걱정스럽고 미덥지 못한 법입니다. 하지만 그렇다고 해서 일일이 간섭하려 들다가는 성장하려는 아이들 발목을 잡는 것밖에 되지 않습니다."

"네가 언제부터 아이들을 그리 신뢰했느냐?"

"신뢰 안 합니다. 제가 저놈들을 어떻게 믿습니까?"

"그런데?"

현상의 반문에 현영이 피식 웃었다.

"신뢰하지 않지만, 적어도 저놈들이 저보다 낫다는 건 압니다."

현상이 입을 다물었다. 그때 잠자코 듣고만 있던 현종이 가만히 고개를 끄덕였다.

"품 안의 자식이라…….."

내어놓으면 걱정스럽고, 그저 바라만 보게 되는 것이 자식이다. 하지만 그렇다 해서 자식을 품 안에 끼고 사는 건 자식을 위한 길이 아니다.

때로는 험지를 겪고 상처를 입어야 성장하는 법이니까.

"화산의 선인들께서 저 아이들을 지켜 주시겠지."

그 선인들을 되레 괴롭히던 놈이 아이들 사이에 끼어 있다는 건 결코 알 수 없는 현종이었다.

아이들이 떠나고 얼마 되지 않아, 낯선 목소리가 들려왔다.

"객이 찾아왔으니! 화산의 도우들께서는 박정케 내치지 마시고 시원한 냉수 한 잔만 내어 주시오!"

산문 쪽에서 들리는 소리였다. 뒤숭숭해진 화산을 단속하던 현영이 영문을 모르고 고개를 돌렸다.

'객? 뭔 놈의 객? 오늘 화산에 찾아올 객이 있었나?'

마침 수문 위사도 세우지 않은 상황이라 객을 맞아 줄 사람이 없었다. 결국 현영이 직접 산문으로 가 닫힌 문을 열어젖혔다. 문밖에는 웬 거지가 바닥에 주저앉아 있었다.

"아이고! 이놈의 산은 왜 이리 험하고 가파릅니까. 올라오다 숨넘어가는 줄 알았네."

"누구시오?"

거지가 자리에서 벌떡 일어났다.

"아! 저는 개방의 홍대광이라고 합니다!"

거지가 포권을 하자 현영이 얼떨떨한 표정으로 마주 포권 했다. 고개를 든 거지가 말했다.

"이, 일단 냉수 좀!"

"……."

"크으으으으으!"

잠시 후, 시원하게 냉수를 들이켠 홍대광이 고개를 들고 사람 좋은 미소를 지었다.

"아이고. 이렇게 환대해 주시니 감사합니다, 장문인! 저는 개방의 낙양 분타를 맡고 있던 홍대광이라고 합니다."

"허허. 내가 화산의 장문인인 현종이오."

"이렇게 연락도 없이 찾아온 무례를 용서해 주십시오."

홍대광이 그 자리에서 넙죽 절했다. 현종이 당황하며 손을 내저었다.

"왜 이러시오. 어서 일어나시오."

그러면서 새삼 그는 달라진 자신의 위상을 실감했다. 허리에 맨 매듭으로 보아 저 홍대광이라는 이는 칠결개가 분명하다. 본디 개방은 매듭으로 자신의 신분을 나타낸다. 십결은 방주. 구결은 은퇴한 전대 방주나 은퇴한 장로들. 팔결은 장로. 그리고 바로 칠결이 개방의 각 분타주들이나 본타의 요직들이 맺는 매듭이다.

다시 말해 칠결개인 홍대광은 개방의 실질적인 요인이자, 후대 개방 방주의 후보라고 할 수 있는 사람이었다. 그런 이가 그의 앞에서 이리 넙죽넙죽 절하다니. 과거였다면 상상할 수 없는 일이다.

"그런데 무슨 일로 예까지 오시었소?"

"하하. 다름이 아니라, 제가 이번에 새로 열린 개방 화음 분타에 분타주로 오게 되었습니다."

"아, 화음에?"

현종이 살짝 놀란 눈빛으로 바라보자 더 놀란 홍대광이 반문했다.

"화산신룡이 말씀드리지 않았습니까?"

"……그 아이가 워낙 좀……."

"으음. 그렇지요. 그럴 수 있지요."

청명을 떠올려 본 홍대광이 바로 이해하고 고개를 끄덕였다. 뭘 해도 이상하지 않은 사람이 바로 청명이다.

"하여튼 화음에 분타를 열게 되어, 화음의 주인이라 할 수 있는 화산에 인사를 드리러 왔습니다."

"좋은 일이오."

현종이 흐뭇하게 웃었다. 개방이 앞마당에 분타를 연다는 건 문파의 정보를 빼 가겠다는 선언이나 다름없지만, 문파들은 그걸 꺼리기보단 되레 반기는 편이었다. 그 대신 더 많은 정보를 얻고, 개방과 우호를 다질 수 있으니까 말이다.

"그러니 앞으로도 종종 찾아뵙겠습니다. 아, 그리고 화산신룡의 요청으로 남영에도 거지들이 상주하기로 했습니다. 화영문으로 전할 것이 있으시면 저희가 대신 전해 드릴 수 있습니다."

"……그래 주시겠소?"

"하하. 물론입니다, 장문인. 화산과 좋은 관계를 맺을 수 있다면 이런 일은 얼마든지 해 드릴 것입니다. 그리고 개방의 정보가 필요하다면 언제든 말씀해 주십시오. 제가 다룰 수 있는 한도 내의 정보라면 최대한 전해 드리겠습니다."

"참으로 감사하오."

현종의 말에 홍대광이 코 밑을 쓱 훔쳤다.

'장문인은 평범한 사람 같군.'

그래도 화산에 화산신룡 같은 미친놈만 있는 건 아니라 다행이다. 그럴 리가 없다고 생각하면서도 화산을 오르는 내내 찝찝하지 않았던가. 마음이 놓였다.

"앞으로 잘 부탁드리겠습니다."

"이쪽이야말로 잘 부탁드리오."

화기애애한 분위기 속에 덕담이 오고 갔다. 그러다 홍대광이 문득 생각난 듯 물었다.

"그런데…… 화산신룡은 어디 갔습니까? 그래도 나름 겪은 게 많은 사이인데, 얼굴 한번 안 비치다니."

"아……. 그 아이들은 일이 있어 방금 외유를 나갔소이다."

"외유요? 돌아온 지 얼마 되지도 않았을 텐데."

홍대광이 고개를 갸웃하며 물었다.

"그럼 언제쯤 돌아옵니까?"

"글쎄요……. 운남이 워낙 먼 곳이라."

"우, 운남이요? 운남에 갔단 말입니까? 아, 아니! 사람을 여기로 불러 놓고 자기는 왜 그 먼 데까지 갔답니까! 그럼 저는 어떡하라고!"

"……그걸 왜 여기에 따져?"

"이, 이런 일이 어디 있습니까! 그놈이 시킨 일은 다 했고, 거지들까지 잡아 왔는데! 막상 일을 시킨 놈은 운남으로 가 버리다니! 언제 출발했습니까?"

"방금……."

"으아아아아! 화산신룡! 이 망할 놈아아아아아아!"

홍대광이 부리나케 밖으로 뛰어나갔다. 문이 쾅 닫히며 현종의 앞머리가 또다시 휘날렸다. 닫힌 문을 황당하게 바라보던 현종이 허탈한 웃음을 터뜨렸다.

"허허허허."

청명이 놈이 데리고 오는 놈들은 왜 하나같이 이 모양인가. 화산에 골칫거리 하나가 더 늘었다는 생각을 지울 수 없는 현종이었다.

· ◆ ·

한편, 화산을 내려와 화음에 도착한 청명 일행은 지체 없이 은하상단의 지부로 향했다. 기다리고 있던 황종의가 정중하게 말했다.
"오르시지요."
백천은 커다란 마차를 보며 쓴웃음을 머금었다.
"이걸 타는 겁니까?"
마차 앞에 매인 네 마리의 말을 보고 있자니, 과연 이런 호사를 누려도 되는지 난감한 마음이 먼저 들었다.
"너무 과한 듯합니다만."
"과하지 않습니다."
황종의가 겸연쩍은 표정으로 덧붙였다.
"저희의 부족함으로 생긴 일입니다. 도울 수 있다면 무슨 일이라도 해야지요."
황종의는 송구함에 연신 허리를 접어 댔다.
화산이 의뢰한 일을 은하상단에서 해내지 못해 벌어진 일이다. 물론 은하상단의 잘못은 아니지만, 화산 덕에 많은 이득을 보고 있는 처지다 보니 아무래도 눈치가 보일 수밖에 없었다. 황문약 역시 화산의 제자들이 다음 일을 행하는 데 있어 불편함이 없도록 지원하라는 지시를 내렸고 말이다.
"크으. 사두마차라니. 돈 좀 쓰셨네요."
청명이 어깨를 으쓱했다.

"그런데 이게 별 쓸모가 없을 것 같네요. 저희가 뛰어가는 게 더 빠르거든요."

"뭐, 뭔 소리야!"

"사람이 어떻게 말보다 빨리 가!"

사형제들의 반발이 튀어나왔지만, 청명은 당연하게도 웃으며 사뿐히 찍어 눌렀다.

"돼, 돼. 걱정하지 마. 사람은 노력해서 못 할 게 없어!"

"아니, 이 미친놈아! 상식적으로 생각해야 할 것 아냐!"

"어허. 그 상식을 부수는 게 무인이 해야 할 일이지. 개 발에 땀이 나도록 뛰면 말보다 빠를 수 있어!"

"……미쳤나, 진짜."

청명의 말에 황종의가 웃어 버렸다.

"물론 청명 도장이라면 가능하겠지요. 물론 다른 화산 분들께도 그리 어려운 일은 아닐 겁니다. 다만 가는 길에 힘을 조금이라도 아끼시는 게 좋겠지요. 그 부분도 다 생각을 했습니다."

"오?"

"사천으로 가는 길 중간중간에 저희 상단의 상인들이 말을 준비하고 기다릴 겁니다. 말이 지칠 때쯤 바로 말을 갈고 달릴 수 있게 말입니다. 쉬는 시간 없이 계속 달릴 수 있다면 운남까지 가는 시간을 확 줄일 수 있지 않겠습니까?"

가만히 듣고 있던 백천이 깜짝 놀라 물었다.

"그 귀한 말을 말입니까?"

"귀하다 한들 화산 분들이 하시는 일보다 귀하겠습니까? 걱정하지 마십시오. 저희 상단에 이 정도 여력은 있습니다."

백천이 재빨리 황종의를 향해 포권 했다.

"은하상단의 호의에 참으로 감사드립니다."

진정으로 감사하고 감탄한 부분도 있다. 하지만 이리 빨리 감사를 표해 버린 것은 저 청명이 놈이 죽어도 뛰어가겠다 할까 봐서다.

"흐으으음."

저 봐. 저 봐. 벌써 마음에 안 든다는 듯이 입을 삐죽 내밀고 있잖아. 저 주둥아리를 그냥!

"은하상단의 호의를 거절하는 것도 예의는 아닐 테니! 염치 불고하고 타고 가도록 하겠습니다."

"이를 말입니까."

"모두 타라!"

백천은 황급히 앞장서서 마차에 뛰어들듯 올랐다. 다른 사형제들 역시 뒤도 돌아보지 않고 마차에 오른다. 그러자 청명도 어쩔 수 없다는 듯 살짝 앓는 소리를 내며 마차에 탔다.

이내 청명의 시선이 모두를 훑었다. 모두가 일제히 약속이라도 한 듯 시선을 내리깔고 청명의 눈을 철저하게 외면했다.

잠시 후, 청명이 천천히 고개를 끄덕였다.

"뭐…… 좋아. 이게 차라리 나을 수도 있지."

……너무 순순히 납득하잖아……? 저 새끼 또 무슨 꿍꿍이지? 모두가 오히려 덜컥 불안해졌다.

그러나 상황을 잘 모르는 황종의는 그 광경을 보며 미소 짓고 말았다. 모르는 사람이 보기에는 그저 사이좋은 숙질간의 모습으로만 보일 것이다.

마차의 문 바로 앞에 선 황종의가 아쉽다는 듯 말했다.

"원래는 제가 수행을 해야 했겠지만, 자목초가 아닌 다른 물건들도 구하기가 그리 쉬운 것들은 아닌지라 부득이하게 운남까지 동행할 수는 없을 것 같습니다."

"에이, 당연하죠. 뭐 대단한 일이라고."

청명이 손사래를 치자 황종의가 한결 마음이 편해졌다는 듯 웃었다.

"대신 운남까지의 상행에 익숙한 이가 마차를 몰고 여러분을 모실 것입니다. 이 행수."

"예!"

한 사내가 앞으로 나와 고개를 살짝 숙였다.

"은하상단의 이보(李寶)입니다! 제가 여러분들을 운남까지 모시겠습니다."

"잘 부탁드립니다."

"잘 부탁드려요."

이보가 공손하게 인사를 하는 화산의 제자들을 보며 미소 지었다.

'소단주님의 말씀과는 다르게 무척 예의 바르신 분들이로군.'

도가에서 엄격한 수행을 하는 이들이니 이 정도는 당연한 건지도 모른다. 그런데 왜 소단주님께서는 이들을 조심하라고 한 걸까? 잘 모시라는 말과 조심하라는 말은 분명히 다를 텐데.

"그럼 출발하겠습니다."

조심스레 마차 문을 닫은 이보가 황종의를 돌아보았다.

"다녀오겠습니다, 소단주님."

"이 행수에게 무거운 짐을 지워 준 것 같아 내 마음이 편하지 않소. 상단의 존폐가 걸린 일이라 생각하고 최선을 다해 주시오."

"물론입니다!"

이보가 고개를 꾸벅 숙이고는 마차에 올랐다. 그러고는 곧장 고삐를 당기며 마차를 출발시켰다. 저 멀리 사라지는 마차를 보는 황종의의 표정이 살짝 무겁게 가라앉았다.

'아무리 청명 도장이라고는 하나, 남만야수궁은 쉽지 않은 곳일 텐데.'

괜히 말해 봐야 잔소리밖에는 되지 않는다 싶어 이런저런 말을 삼갔다. 하지만 걱정되는 것만은 어쩔 수 없는 일이었다.

• ◈ •

마차는 쉼 없이 나아갔다. 황종의의 호언장담대로 말들이 달리다 지칠 즈음에는 관도에 이미 새로운 말들이 준비되어 있었다. 덕분에 말을 재빠르게 교체하고 다시 나아가기를 반복하는 게 가능했다.

그러다 보니 마차에서 침식을 해결하는 상황이 되어 버렸지만, 누구도 불만을 품지 않았다. 이번 운남행이 화산에 얼마나 중요한 일인지 다들 알고 있기 때문이었다.

"사숙, 남만야수궁은 어떤 곳입니까?"

윤종의 물음에 백천이 낮은 침음을 흘렸다.

"음, 사실 나도 남만야수궁에 대해서는 잘 알지 못한다. 그러니 일단 운남으로 가는 길에 사천의 개방 지부에 들러서 정보를 얻어 볼까 한다."

"개방 지부요?"

"그렇다. 이번 남영의 일로 개방과 관계를 만들었으니 그 정도 정보야 얻을 수 있겠지."

윤종은 작게 탄성을 흘렸다. 확실히 개방과 연을 만들어 둔 것이 크게 작용한다는 생각이 들었다. 예전이었다면 정보를 얻을 곳이 없어서 고생깨나 했을 것이다.

"하지만 듣자 하니 야수궁에 대한 정보는 개방에도 그리 많지 않은 모양이다. 이미 중원과 교류가 끊긴 지 한참이나 되었으니 말이다."

"그렇겠네요."

"외공을 주로 사용하고, 야수궁이라는 말 그대로 신수들을 부린다는 말은 들어 보았다만…… 이 역시 워낙 오래된 정보라."

그때, 가만히 그들의 말을 듣고 있던 청명이 입을 열었다.

"야수궁이 어떤 곳인지는 별로 중요하지 않아. 개들이 동물을 부리든 돈으로 귀신을 부리든, 중요한 건 개들이 어떤 놈들이냐가 아니라 얼마나 강하냐겠지."

"으음."

그도 틀린 말은 아니라는 듯, 백천이 고개를 끄덕인다. 살짝 백천의 눈치를 살핀 조걸이 조심히 입을 뗐다.

"제가 듣기로는 새외오궁은 하나하나 구파일방에 못지않은 힘을 가지고 있다고 들었습니다."

"나도 그 말은 여러 번 들어 보았다."

"하면, 남만야수궁 역시……."

백천이 고개를 내저었다.

"글쎄. 과거에는 그 평가가 틀리지 않았을 테지만, 지금은 과거와 같을 수는 없을 것이다. 마교가 발호했을 때 새외오궁은 모조리 박살이 나지 않았더냐."

"북해빙궁은 제외하고 말이죠."

"그렇지."

과거 마교가 제일 표적으로 삼은 것은 중원이 아니었다. 중원과 새외의 문파들이 연합할 것을 우려한 마교는 새외오궁부터 차례차례 무너뜨렸다. 중원의 북쪽에 있어서 마교의 손이 닿지 않았던 북해빙궁을 제외하고는 모두가 마교의 손에 박살이 나 무릎을 꿇고 말았다. 그 과정에서 수많은 이들이 죽어 나갔다고 하니, 백 년이라는 짧은 기간 만에 과거의 힘을 모두 되찾지는 못했을 것이다.

"그럼 일이 조금 쉬울 수도 있겠네요."

"그러면 좋겠지만……."

그때 둘의 대화를 듣고 있던 청명이 마차의 창을 열고 밖으로 고개를 빼꼼 내밀었다.

"이보 행수님!"

"예, 청명 도장님!"

"밥 먹고 가죠! 밥 먹고!"

"조금만 있으면 마을에 도착하는데, 거기서 쉬시는 게 좋지 않을까요?"

"아니요. 여기가 좋네요."

"예, 알겠습니다."

이보가 관도 한쪽에 마차를 댔다. 일행은 모두 영문을 모르겠다는 듯 청명을 바라보았다.

"왜 갑자기 마차는 세우고 그러느냐?"

"할 일이 있어서. 다들 내려."

청명이 씨익 웃었다. 뭔가 살짝 불안해진 이들이 마른침만 삼키며 그를 바라보았다. 그러나 청명은 웃음기 가득한 표정으로 활짝 열린 문을 가리킬 뿐이었다.

"뭐 해? 안 내리고?"

……불안하다. 뭔가 심각하게 불안하다.

모두가 주섬주섬 짐을 챙겨 마차에서 내렸다. 하지만 조걸만은 단호하게 제 짐을 마차 안으로 꾹꾹 밀어 넣었다. 윤종이 슬그머니 물었다.

"왜 짐은 두고 내려?"

"저놈이 마차를 그냥 보내면 어떻게 합니까? 짐이라도 두고 내려야 못 그러죠."

"……네 짐이 있으면 저놈이 마차를 안 보낸다고?"

"…….."

"네 짐만 없어지는 게 아니라?"

조걸이 말없이 짐을 다시 들었다. 새삼 청명이 어떤 놈인지를 다시 깨달은 것이다. 화산 문하들 모두가 마차에서 내리자 청명이 고개를 갸웃했다.

"짐은 왜 가지고 내렸어?"

"뭘 하려는 거냐, 대체?"

백천이 영문을 모르겠다는 듯 묻자 청명이 어깨를 으쓱한다.

"말했잖아. 해야 할 일을 한다고."

"그러니까 그게……."

"사숙. 검총에서 사숙은 얼마나 도움이 됐지?"

청명이 백천의 말을 잘라 버리고는 역으로 물었다. 느닷없는 질문에 백천의 얼굴이 딱딱하게 굳었다.

"나는……."

도움……. 도움이라. 청명에게? 백천은 입술을 잘근잘근 깨물었다. 자존심이 확 상하지만, 대답은 이미 정해져 있었다.

"짐만 됐지."

마음 같아선 백번 부정하고 싶었다. 하지만 이미 훤히 드러난 사실을 부정하는 게 훨씬 더 꼴사나운 짓임을, 백천은 아주 잘 알고 있었다.

"맞아."

사숙과 사형들을 망신 주려는 건 아니지만, 이건 명백한 진실이었다. 청명은 너무 빠르게 강해지고 있고, 그가 해야 할 일은 점점 더 위험해진다. 하지만 청명과 함께 움직이는 이들은 그 속도를 따라잡지 못하고 있다.

과거의 청명이라면 이들을 두고 혼자 달려갔겠지만, 이제는 아니다. 청명은 검총을 겪고, 약선의 유지를 보며 자신이 해야 할 일을 명확하게 인식했다. 이들과 함께 가지 않는 길은 의미가 없다.

"운남은 검총보다 더 위험한 곳이 될 수도 있어. 그런데 사숙과 사형들이 지금 이 수준이면 목숨까지 위험해."

백천이 살짝 입술을 깨물었다.

"우리라고 그걸 모르는 건 아니다. 하지만 단기간에 무공을 높일 방법이 없지 않으냐."

"왜 없어?"

청명이 반문하며 피식 웃었다.

"사숙은 이미 혼원단을 먹었잖아. 그 기운만 잘 소화해 내도 지금보다 두 배는 강해지겠지."

백천이 멍하게 고개를 끄덕였다. 확실히 혼원단의 힘은 상상 이상이었다. 덕분에 그 기운 대부분을 흡수조차 하지 못하고 단전에 고이 모셔 두지 않았던가? 문제는…….

"아무리 노력한다 해도 이걸 온전히 내 것으로 만드는 데는 최소 몇 년이 걸린다. 그 역시 단기간이라면 단기간이겠지만.”

"아, 걱정하지 마. 한 달이면 충분하니까.”

"……하, 한 달?”

백천이 눈을 휘둥그레 떴다.

"정말이냐?”

"내가 거짓말하는 것 봤어?”

"어.”

……살짝 어색한 공기가 흘렀다.

"그, 그럴 수도 있지. 하지만 이번은 아니야.”

"나도 그랬으면 좋겠다. 그런데 대체 무슨 방법으로 이 기운을 빨리 흡수한다는 거냐? 혹시 네가 도와줄 수 있다는 게냐?”

청명이 짝 소리 나게 손뼉을 쳤다.

"바로 그렇지.”

백천의 표정에 숨기지 못한 기대감이 어렸다. 다른 이가 이런 말을 했다면 더 들을 것도 없이 콧방귀를 뀌었을 것이다. 타인의 내력에 간섭하는 게 얼마나 어려운 일인지 너무도 잘 아니까.

하지만 그가 아는 청명은, 적어도 무학에 있어서는 거짓도 허세도 없는 사람이다. 청명이 된다면 된다. 지금까지 수도 없이 겪어 오지 않았던가?

"어떻게? 운기를 도와주는 거냐?”

"어…… 그런 건 아니고, 훨씬 더 간단한 방법이야.”

"더 쉬운 일이라니!”

이 괴물 같은 놈! 백천이 밀려드는 흥분에 주먹을 불끈 쥐었다. 그의 단전에 뭉쳐 있는 혼원단의 내력만 녹여 낼 수 있다면 단숨에 배는 더 강해질 수 있을 것이다. 화산의 제자들에게 가장 부족한 것은 바로 내력이니까.

하지만 흥분에 고양된 백천과는 달리 불안에 떠는 두 사람이 있었다.

'사형, 저 새끼 또 약 파는데요.'

'이번에는 또 뭘 하려고! 저거, 저거 웃는 거 봐라, 저거!'

청명에게 더 오랜 세월 당해 온 조걸과 윤종은 불안에 떨 수밖에 없었다. 저놈이 저렇게 말할 때는 항상 비슷한 결과가 일어난다는 걸 경험적으로 아는 것이다. 그런 두 사람의 마음을 전혀 알아채지 못한 백천이 들뜬 표정으로 물었다.

"어떻게 한다는 거냐?"

"그리 어려운 일도 아냐. 조금 힘들 뿐이지."

"얼마든지 감수할 수 있다! 더 강해질 수만 있다면."

"……짜지?"

"응? 뭐라고?"

"그 말 진짜지? 정말 강해질 수만 있으면 뭐든 할 자신이 있는 거지?"

어……. 내가 말실수를 좀…… 한 것 같은데? 백천이 그제야 멈칫했다. 청명이 씨익 웃으며 그를 향해 다가왔다.

"그렇지, 그렇지. 그런 자발적인 자세 아주 좋아. 나도 사숙을 패…… 좀 찝찝했는데 사숙이 그렇게 나와 주니 내가 마음이 편하네."

응? 방금 뭔가 얼버무린 말이 있는 것 같은데?

"사숙. 혹시 추궁과혈이라는 말 들어봤어?"

추궁과혈?

"모를 리가 있겠느냐? 기운이 뭉치거나 막혔을 때, 때리거나 주물러서 그 기운을 풀어 주……."

"어……. 그런데 그거 갑자기 왜 묻는데? 아니지? 내가 지금 생각하는 거 아니지?
……그렇지?"

저도 모르게 뒷걸음질 치는 백천을 향해 다가서며 청명이 목을 꺾었다. 그리고 주먹을 우두둑 소리 나게 천천히 움켜쥐었다.

"사숙. 이건 절대 내가 감정이 있어서 그러는 게 아니야. 아니, 아니지! 이건 순전히 감정으로 패는 거야! 다만!"

청명의 눈이 번들거리기 시작했다. 그가 주먹을 들어 올리며 소리쳤다.

"이 주먹에 실린 게 오로지 애정이라는 걸 이해해 줬으면 좋겠군!"

백천은 흐릿해진 눈으로 하늘을 올려다보았다. 원시천존이시여. 저 새끼 좀 잡아가소서.

· ◈ ·

허도진인이 손에 든 찻잔을 가만히 다탁 위에 올려 두었다.
"그래서…… 그 화산의 아이들에게 망신을 당하고 돌아왔다?"
허산자는 말없이 그저 눈을 감고 있었다.
"허산."
"예, 장문인."
"기이하구나. 분명 부끄러워야 할 일이건만 네 얼굴에는 조금의 부끄러움도 보이지 않는다. 내 이를 어찌 받아들여야 하겠느냐?"
조곤조곤한 질책에 허산자가 낮게 한숨을 내쉬었다.
"장문인."

"편히 말해 보거라."

"제가 부끄럽지 않은 이유는 제가 할 수 있는 최선을 다했기 때문입니다."

"……."

"제가 방심했거나 어리석어 이런 일들을 겪었다면, 당연히 장문인께 문책을 청했을 것입니다. 하나……."

"최선을 다했고, 그 힘이 모자랐던 것뿐이기에 부끄러울 게 없다?"

"그러합니다."

허도진인이 살짝 미간을 찌푸렸다.

허산자는 신중함과 사람을 이끄는 힘을 겸비했다. 그렇기에 그가 가장 신뢰하는 이들 중 하나였다. 그런 이가 이렇게까지 말한다는 건 정말 불가항력(不可抗力)이었다는 뜻이다.

"검총에 가서 망신만 당하고 아무것도 얻지 못하고 돌아왔는데도, 부끄럽지 않다라……."

다시 찻잔을 든 허도진인은 차를 한 모금 입에 머금었다. 그러고는 이내 한숨을 내쉬었다. 달각, 찻잔 내려놓는 소리가 울렸다.

"네가 그리 말한다면 그런 거겠지."

"……장문인."

"애초에 검총에 아무것도 없었다면, 얻어 나올 것도 없었을 터. 네 탓을 할 일은 아니구나."

"죄송합니다."

"죄송할 일이 아니다."

고개를 가로저은 허도진인의 입가에 쓸쓸한 미소가 걸렸다.

"본디 과욕은 화를 부르는 것이지. 이미 손에 쥔 것이 적지 않음에도 더 많은 것을 가지려 했구나. 화를 크게 입지 않은 것만 해도 다행이다. 쓸데없이 제자들을 보내 고생만 시킨 나를 용서하거라."

"그것이 어찌 장문인 탓이겠습니까."

"욕심에 이성을 잃은 게지. 혼원단과 약선이라는 이름에 너무 혹해 버렸구나. 약선이 설마 그런 곳을 만들었을 줄이야."

이백 년 전의 사람에게 농락당했다는 생각에 허도진인은 헛웃음을 흘렸다.

"무학이란 결국 허무하다는 건가? 아무것도 남기지 못하고 간 이가 할 말답군."

허산자가 이해하기 어렵다는 듯 고개를 갸웃했다. 하나 허도진인은 굳이 허산자에게 자신이 이해한 것을 설명하지 않았다. 때로는 모르는 게 나을 때도 있는 법이다. 그는 다만 살짝 눈을 감고 생각을 정리하였다. 그러고는 다시 눈을 뜨며 허산자에게 물었다.

"다만 한 가지, 도무지 이해가 안 가는 부분이 있다. 네가 화산의 어린 아이와 동수를 이루었다고 했느냐?"

"그렇습니다."

허도진인은 잠깐 인상을 찌푸린 채 생각에 잠겼다.

허산자의 무력이 무당의 장로 중 대단히 특출하다고는 할 수 없다. 아니, 오히려 무학만 따진다면 조금 처지는 편이라 할 수 있었다. 문제는 그렇다고 해도 허산자 역시 무당의 장로라는 것. 이제 겨우 약관이나 되었을 법한 어린아이에 견줄 정도는 아니다. 절대로.

하지만 다른 이도 아닌 허산자가 직접 그 사실을 인정하고 있지 않은가?

"천재이던가?"

"귀재입니다."

허도진인이 낮게 탄식했다. 허산자는 침착하게 말을 이어 갔다.

"그대로 승부를 이어 갔으면 제가 이겼을 거라 자신합니다. 하지만 그건 의미가 없는 말이지요."

"그렇지. 이기는 게 당연하니까."

"문제는 시간을 얼마나 들여야 그 아이를 제압할 수 있었을지 감이 잡히지 않는다는 겁니다. 그 말인즉……."

"동수로군."

"그렇습니다."

허산자가 말한 대로라면, 몸 상태와 작은 운으로도 승부가 뒤집힐 수 있다는 뜻이다. 그 정도라면 거의 동수라고 봐도 된다.

"허허. 화산의 삼대제자가 무당의 장로와 동수를 이룬다는 말인가? 내 그 아이가 무진을 쓰러뜨렸다 했을 때도 웃어넘겼거늘."

이제 더는 웃을 수 없는 일이 되었다.

"화산에 귀재가 났다……. 귀재가."

생각에 잠긴 허도진인의 손짓이 살짝 어수선해졌다. 묵직하게 찻잔을 잡고 있던 손끝이 연신 잔의 표면을 꾹꾹 누르다 떨어지기를 반복했다. 장문인의 복잡한 심사를 짐작한 허산자는 입을 꾹 다물고 그가 생각을 정리하길 기다렸다.

차 한 잔이 다 식을 시간이 지나서야 허도진인이 입을 열었다.

"내버려두면 되겠지."

"괜찮겠습니까?"

"네가 무슨 말을 하고 싶은지는 안다. 과거의 화산은 도가의 대문파였고, 한때는 무당의 앞에 그 이름을 놓을 뻔한 곳이었지. 그런 곳에 귀재가 났다는 건 분명 좌시할 수는 없는 일이다. 그러나."

허도진인이 낮은 목소리로 말을 이었다.

"한 명의 천재가 할 수 있는 일에는 한계가 있다. 특히나 화산처럼 몰락한 문파에서는 더더욱. 그 아이는 결국 화산이라는 문파를 끌고 끌다가 제풀에 지쳐 쓰러질 것이다."

"보통 아이가 아니었습니다. 무에 대한 재능은 둘째 치고 판단력과 과감함까지 겸비했습니다."

"네가 그 아이를 더없이 좋게 본 모양이구나."

허산자가 무겁게 고개를 끄덕인다.

"원한다면 무당의 제자로 받아 주겠노라 설득도 했습니다."

"……그 정도로?"

"후대의 장문인 자리도 얻을 수 있노라 했지요."

허도진인이 조금 황당하다는 듯 미간을 찌푸렸다. 그건 분명 장로의 권한을 넘어서는 일이다. 그럼에도 이리 당당히 말한다는 건, 허도진인도 그 아이를 눈으로 보았다면 똑같은 말을 했을 거라는 의미였다.

'이 이상의 평가가 있을 수 있을까?'

어렵다. 이건 경탄을 넘어 찬사 수준이었다.

"하나, 그렇다 해도 다르지 않다."

"……."

"혼자의 힘으로는 그저 명성을 드높일 수 있을 뿐이다. 한 문파를 이끌어 가는 일은 한 사람의 힘만으로는 불가능하다. 수많은 이들이 힘을 합쳐야 하고, 또한 그들 모두에게 확고한 주체 의식이 있어야 한다. 그 아이가 그 모든 것을 감당할 수는 없다. 적당히 화산에 대한 감시의 시선을 강화하는 수준에서 마무리를 짓자꾸나."

"장문인, 하나 저는 여전히 그 아이가 마음에 걸립니다."

허도진인이 고개를 내저었다.

"그리 걱정할 것 없느니라. 아마 그 아이를 다시 볼 즈음에는 내가 한 말이 무슨 뜻인지를 알게 될 테니까."

허산자가 마지못해 고개를 끄덕였다.

"알겠습니다."

"몸을 추스르거라. 네가 해야 할 일이 많구나."

"예, 장문인. 그럼……."

허산자가 꾸벅 절을 하고는 몸을 일으켰다. 금방이라도 나갈 듯 문 앞에 섰던 그는 문득 다시 멈춰 섰다. 그러고는 입을 열었다.

"그런데……."

"음?"

허산자가 슬쩍 고개를 돌려 허도진인을 보며 묻는다.

"그 아이가 장문인께서 말씀하신 것을 알고 있다면 어떻겠습니까?"

"……홀로는 문파를 이끌 수 없단 것 말이냐?"

"예."

허도진인이 잠시 생각에 빠졌다. 하지만 이내 단호하게 말했다.

"그럴 일은 없다. 그리고 설령 그렇다 해도 달라질 것은 없을 것이다. 인재란 마음먹는다고 키워 낼 수 있는 게 아니니까."

"……알겠습니다."

허산자가 마침내 문을 닫고 나갔다. 사위가 조용해진 가운데, 허도진인은 가만히 찻잔을 들어 입가로 가져갔다.

'알고 있다면 어떻게 되냐고?'

대답은 같다. 그럴 일은 없다.

왜냐면 이건 그 아이가 얼마나 대단한 기재이고, 얼마나 영특한지와는 관계가 없는 일이기 때문이다. 이 모든 것은 오로지 경험으로만 체득할 수 있는 일이다. 그러니 젊고 혈기가 넘치는 동안에는 결코 깨달을 수 없는 법. 그 사실을 끝내 경험하여 얻어 냈을 때는 이미 그 아이는 지금처럼 젊지 않을 것이다.

하지만 만에 하나……. 정말 만에 하나 그런 일이 벌어진다면?

'결국엔 화산의 이름이 무당 앞에 서는 날이 올지도 모르지.'

허도진인이 살짝 헛웃음을 흘렸다.

'과한 생각이로다. 너무도 과해.'

* ◆ *

빠아아아아아악!

"아아아아아아아악!"

털썩 모로 넘어간 조걸이 파들파들 경련을 일으키다가 손을 덜덜 떨며 목을 더듬었다.

붙어 있다. 부러지지도 않았다. 너무 격렬하게 목이 돌아가서 목뼈가 부러지지는 않았을까 걱정했는데, 다행히 별 이상이 없는 모양이다. 그러고 나자 이제는 고통이 밀려왔다.

"으으으으으으으!"

아프다. 인간적으로 이건 너무 아프다. 조걸이 턱을 부여잡고 바닥을 데굴데굴 구르기 시작하자 청명이 그 광경을 보며 혀를 찼다.

"쯧쯧. 엄살 보소."

조걸은 눈을 까뒤집었다. 엄살? 이게 엄살이라고? 순간적으로 턱이 없어진 줄 알았는데?

"그만 엄살 부리고 얼른 일어나. 사형에 대한 내 애정이 아직 이렇게 넘치도록 남아 있잖아."

그 망할 애정 두 번 있다가는 아주 사람을 갈아 마시겠다, 이 미친놈아!

조걸이 눈을 희번덕거리며 자리에서 벌떡 일어났다. 어느 순간 화산의 제자들은 모두 같은 생각을 하기 시작했다.

'저 새끼에게서 달아날 방법은 없다!'

저놈은 사냥개보다 더 집요하고, 말보다 더 끈질기다. 마음먹은 것은 어떻게든 해내는 놈이다. 다 떠나서, 여기서 도망치고 징징댄다고 저 주먹에서 힘이 빠질 리는 없다! 그렇다면?

"으아아아아아! 한 대만! 딱 한 대만 패 보자!"

조걸이 눈을 뒤집고 청명을 향해 달려들었다. 추궁과혈이 어쩌다 보니 대련이 되어 버린 상황이었지만, 청명은 오히려 그런 상황이 기꺼운지 싱글벙글 웃어 댔다. 물론 그렇게 웃는다고 사람이 좋아 보이진 않았다. 환하게 배시시 웃으며 사형 대가리를 깨는 놈이 어디 사람으로 보이겠는가?

"그렇지, 그렇지! 달려들어야지!"

빠아아아악!

"허리가 비었네!"

빠아아아아악!

"사형! 사형!"

"응?"

"발이 비었어!"

콰득!

끝내 조걸의 눈에서 눈물이 찔끔 배어났다. 청명의 발에 짓밟힌 발등이 격한 통증을 호소했다.

"허리! 허리! 허리! 허리! 허어어어리!"

조걸은 인간의 몸에서 허리라고 부를 수 있는 부분이 이렇게나 많다는 것을 새삼 깨달았다. 말은 다 같은 허리인데 어떻게 이리 구석구석 팰 수 있는가?

"끄륵!"

조걸이 허리를 접으며 반쯤 정신을 놓았다. 그러자 청명은 곧장 깔끔한 회축으로 그를 후려 차 날려 버렸다. 아스라이 조걸의 비명이 울려 퍼졌다.

"다음!"

청명이 다음 먹이를 찾아 눈을 번뜩였다. 그 눈빛을 받고 움찔한 유이설이 검을 꽉 움켜잡으며 당당하게 말했다.

"여자라고 봐주지 마……."

퍼어어억!

"응? 뭐라고?"

"……아냐."

유이설이 눈에 독기를 품고 청명에게 달려들었다. 그녀의 검이 더없이 날카롭게 청명의 목을 향해 쇄도했다. 사질이고 나발이고 목을 따 버리겠다는 기세였다. 청명은 그 날카로운 검을 보며 더없이 흐뭇한 미소를 지었다.

"살기 보소."

퍼어어억!

매서운 검을 획획 피하며 청명은 유이설의 전신을 잘근잘근 다지기 시작했다.

"가볍다는 걸 잘못 이해하는 모양인데!"

퍼어어어억!

"힘을 빼는 게 가벼운 게 아냐. 그 힘이 가볍게 나아가야 가벼운 거지. 그냥 가볍게 휘두르는 건 세 살 먹은 애도 한다, 애도!"

"이이이익!"

유이설이 분에 겨운 기합을 내지르며 검을 찌르고 들었다. 청명의 몸이 살짝 떨린다 싶더니 그녀의 뒤에 나타났다.

"으라차, 등짝!"

단번에 십이 연격을 날려 유이설의 등을 터뜨릴 듯 두드려 준 청명이 몸을 획 돌렸다.

"끝!"

바닥에 털썩 쓰러진 유이설이 움찔움찔 경련을 일으켰다. 청명은 땅에 형편없이 널브러져 있는 사숙과 사형들을 보며 상쾌한 미소를 지었다.

"자, 충분히 한 것 같으니까…… 조금 쉬고 다시 하자."

"야, 이 새끼야!"

"네가 사람이냐? 이러고도 네가 사람이야?"

"아이고오! 선조시여! 대체 어느 사제가 사형을 이렇게 팹니까!"

쓰러져 있던 이들이 벼락같이 벌떡벌떡 고개를 들고 온갖 말로 청명을 욕해 댔다.

"응? 뭐라고? 너무 약해서 잘 안 들리는데?"

청명이 귀에 손을 대는 시늉을 하자 욕설의 강도가 한층 강해졌다.

멀리서 그 광경을 지켜보고 있던 은하상단의 이보 행수는 끝내 더없이 흐뭇한 미소를 짓고 말았다.

'개판이네.'

소단주가 왜 청명을 조심하라고 했는지 이제야 알 것 같았다.

· ◆ ·

다음 날, 윤종이 반쯤 눈을 떴다.

'내가 왜 여기서 자고 있지?'

기억이……. 아! 어제 그렇게 청명이 놈한테 한 번 더 늘씬하게 얻어맞고 그대로 기절하듯 잠들었지. 응? 그걸 기절이라고 하던가? 여하튼…… 일어나기 싫다. 눈을 뜨면 다시 그 지옥 같은 일이 반복되겠지. 수련을 피할 생각은 아니지만, 솔직히 이건 정말…….

"어흑……."

죽은 듯이 드러누워 생각에 잠겨 있던 윤종이 고개를 획 들었다. 귓가에 누군가의 울음소리가 들려왔기 때문이다.

'울어?'

몸을 일으키고 사방을 둘러보며 울음소리가 흘러나오는 곳을 찾았다. 출처는 멀지 않은 곳에 엎어져 있는 조걸이었다. 윤종은 재빨리 자리를 털고 일어나 그에게로 달려갔다.

"걸아! 걸아! 괜찮으냐?"

"사, 사형……. 어흐흐흑! 사형!"

"혹여 부상이라도 입은 것이냐?"

조걸은 세상이 무너진 것 같은 표정으로 고개를 들었다. 윤종이 더없이 심각한 얼굴로 그런 그를 바라보았다.

그가 아는 조걸은 더없이 사내답고 어떤 상황에서도 절망하지 않는, 남자 중의 남자다. 그런 조걸이 이리 눈물 콧물을 짜내는 것을 보면 일이 터져도 단단히 터진 게 분명하다.

"사형……. 내력이……. 제 내력이."

"내력? 설마 내상이라도 입은 게냐?"

"어흐흐흑. 내력이 늘었습니다……. 빌어먹을 내력이 늘어났다구요."

……뭐래, 이 새끼?

"……그런데 왜 울어?"

"사형! 내력이 늘었다니까요!"

"그런데 왜 우냐고, 이 미친놈아!"

조걸이 답답해 뒈지겠다는 듯이 괴성을 지르고 난장을 부렸다.

"빌어먹을 내력이 늘었으니 이 짓을 더 해야 할 것 아닙니까!"

어? 듣고 보니 그러네?

"차라리 몸뚱이라도 망가졌으면 오늘부터는 안 맞아도 되는데! 왜 맞았는데 몸에 힘이 나냐고요! 왜! 이게 말이 되는 소리냐고!"

윤종은 황급히 제 기운을 돌려 보았다.

"……진짜네?"

내력이 늘어났다는 것이 확연하게 느껴졌다. 실로 경악할 일이었다. 내력이 무엇인가? 평생을 두고 쌓고 또 쌓아야 하는 것이 내력이다. 일 년 내내 운공을 하고서야 '오? 일 년 전에 비해서 늘었는걸?' 하고 실감할 수 있다는 뜻이다.

그런데 단 하루 만에 내력이 늘었다는 게 몸으로 느껴지다니. 그런 말도 안 되는 일이…….

"……되네. 이게 흡수가 되네."

윤종이 자신도 모르게 단전께를 움켜잡았다. 단전에 꽉 차 있던 혼원단의 기운이 몸 안으로 흡수가 된 게 분명했다. 다시 말하자면…….

"추궁과혈……이라고 불러야 할지, 전신 폭행이라 불러야 할지 모를 그 망할 짓이 효과가 있었다는 거군."

어느새 다가온 백천이 꺼낸 말이었다. 그의 표정 역시 더없이 씁쓸해 보였다.

"……그렇네요."

윤종은 이 묘한 상황에 살짝 혼란스러웠다. 이걸 과연 좋아해야 하나, 아니면 싫어해야 하나? 백천 역시 말문이 막힌 듯 입술만 잘근잘근 깨물었다.

이 말도 안 되는 황당한 짓이 먹히다니. 사람을 패는 걸로 기운을 흡수시킬 수 있다니. 이게 된다면 중원의 모든 문파는 폭력 집단이 되었겠……. 아? 지금도 폭력 집단인가?

그때 모든 사건의 근원이 어슬렁어슬렁 그들을 향해 다가왔다.

"뭘 그렇게 모여서 소곤대고 있어."

"끄으으응."

백천이 앓는 소리를 내었다.

"내력이 늘어서."

"당연한 소리를. 그것 때문에 내가 어제 그렇게 고생했는데!"

아, 그러세요? 그런데 고생하신 분 얼굴이 굉장히 상쾌해 보이십니다? 백천이 한숨을 내쉬었다.

"당연한 소리가 아니라…… 결과가 이렇게 나왔으니 할 말은 없다만, 도무지 나는 이해할 수 없다. 기본적으로 추궁과혈이라는 건 막힌 혈을 푸는 것 아니었느냐?"

"비슷하지. 그런데 내가 한 건 추궁과혈이랑 좀 달라."
"……그럼?"
"그냥 냅다 후려 패는 거지."
순간 백천의 손이 검 위에서 움찔했다. 어쩌면 이놈을 여기서 베어 버려야 세상에 평화가 오지 않을까? 할 수 있다면 말이지만.
"그게 어떻게 효과가 있는 거냐?"
백천의 물음에 청명이 귀찮다는 듯이 혀를 찼다. 예전이었다면 설명하기 성가시니 그냥 시키는 대로 하라고 머리채를 잡아 끌고 갔겠지만, 이제는 어쩔 수 없이 설명해야 한다. 청명이 손을 뻗어 백천의 가슴을 두드렸다.
"이건 어떻게 만들었는데?"
"응?"
"이 근육 말이야."
백천이 슬쩍 고개를 내려 자신의 가슴께를 바라보았다. 확실히 그곳에는 탄탄한 근육이 자리하고 있다. 청명에게 수련을 받기 전에는 근육이 이만큼 탄탄하지 않았다. 삼대제자들과 함께 철 덩어리를 들고 몸을 혹사한 결과 이런 몸이 되어 버린 것이다.
"수련을 했지."
"그럼 왜 수련을 하면 근육이 생기는 걸까?"
"그야……."
백천이 입을 다물었다. 너무 당연한 일이라 딱히 의문을 품지 않았다. 대답할 말은 수도 없이 많은데 그중 어느 것도 명확하지 않다.
"간단해. 상처가 생기거든."
"……그게 무슨 소리냐?"

"근육이 찢어진다고."

청명이 손을 살짝 비틀며 말했다. 옆에서 말을 듣고 있던 윤종이 고개를 갸웃하며 물었다.

"근육이 다치면 근육이 커진다는 거야?"

"근육뿐만이 아니야. 모든 곳은 다치면 회복하면서 이전보다 커지지. 상처가 생긴 곳은 부풀어 오르고, 부러진 뼈는 이전보다 굵어져. 상황에 따라 조금 다르긴 하지만 대부분은 그렇지."

청명이 씨익 웃었다.

"그럼 몸을 단련하는 가장 좋은 방법은?"

"……상처를 입는다."

"그래. 무식하게 들리지만 이건 사실이야. 심지어 이건 외공 쪽에서는 정석이 된 수련법이지. 뭐 소림에서 몸뚱이에 채찍질을 한다거나, 뜨겁게 달군 모래에 손을 쑤셔 넣는 식으로 외공을 단련한다는 이야기는 유명하잖아?"

백천이 멍하니 고개를 끄덕였다. 검수이므로 공감하기 힘든 이야기이긴 하지만, 소림을 비롯한 외공을 사용하는 문파에서는 그런 수련을 한다 들어 본 적 있다.

"하지만 그건 외공을 단련하는 방법이지 않으냐?"

"화산에서도 비슷한 수련 하잖아."

"응? 우리가?"

"처음 목검 쓸 때, 손아귀가 수도 없이 찢어지지 않았어? 그런데 지금은 어때. 안 찢어지지?"

백천이 슬쩍 시선을 내려 제 손을 바라보았다. 검수라면 당연히 있어야 할 단단한 굳은살이 보였다.

"……그렇지."

"인간의 육체라는 건 상처를 입을수록 더 단단해져. 과하면 독이 되지만 적절한 상처는 오히려 몸을 강하게 만든다는 거야."

"우와……."

백천이 감탄한 눈빛으로 청명을 바라보았다.

"왜?"

"아니, 어…… 설마 네 머리에 이런 이론이 들어 있을 줄은 상상도 못 했으니까."

백천이 미묘한 표정으로 말하자 곁에서 듣고 있던 이들도 한마디씩 거들었다.

"놀랄 노 자지."

"그냥 배고프면 먹고, 화나면 싸우는 인종인 줄 알았는데."

"머리가 있었어."

……아니. 이 새끼들이? 청명의 볼이 푸들푸들 떨렸다.

"진짜 머리가 없는 게 뭔지 내가 보여 줘?"

"크흐흐흠."

"비가 오려나? 날씨가 영……."

다들 딴청을 피웠다. 청명이 도끼눈으로 모두를 한번 쏘아보고는 말을 이었다.

"어쨌든 기본적으로는 같은 이야기야. 내력도 마찬가지라는 거지."

백천의 눈에 황당함이 어렸다. 그러니까 지금 청명이 하는 말인즉 이렇다.

"내상을 입으면 내력이 는다고?"

"그렇지."

"뭔 말도 안 되는 소리냐! 내상이 어떻게 외상과 같을 수가 있어! 내상은 심하면 사람이 죽는다."

"외상이 심해도 사람은 죽잖아."

"어……. 그, 그건 그렇지."

청명이 한숨을 내쉬었다.

"내력이라고 다를 게 없어. 내상이라는 건 결국 기운이 상한다는 뜻이지. 상한 기운이 다시 회복되는 과정에서 반드시 과거보다 더 강하게 회복된다."

"하지만 그런 경우는 거의 못 봤다."

"당연하지. 운공으로 모을 수 있는 기운에는 한계가 있으니까. 하지만 지금 사숙의 몸 안에는 굳이 운공을 하지 않아도 흡수할 수 있는 기운이 있잖아?"

백천은 저도 모르게 고개를 끄덕였다. 지금 그의 몸속에는 혼원단의 기운이 있다. 그의 능력으로는 이 기운을 단기간에 흡수할 수 없지만, 분명 존재하는 건 사실이다.

"육체가 알아서 흡수한다는 건가?"

청명이 어깨를 으쓱했다.

"별로 어렵지도 않은 이야기야. 기혈이 있는 부분을 적당하게 잘 패서 적절한 내상을 입혀 주면, 몸은 그 내상을 회복하기 위해 기운을 갈구하게 되잖아. 그럼 알아서 몸 안에 있는 다른 기운을 찾아내 끌어다 쓰는 거야. 그 과정에서 기운은 과거보다 더 강해진다. 기운, 육체, 어느 쪽이든 통용되는 간단한 논리지."

하지만 사형제들은 도무지 이해를 못 하겠단 표정으로 멀뚱히 바라만 보고 있었다. 청명은 피식 웃고 말았다.

'그래, 어렵겠지.'

이건 문파에서 가르쳐 주는 지식이 아니니까. 청명이 수도 없이 전장을 헤매며 터득한 지식이다. 사형제들의 수준과 안전에 맞춰서 굉장히 가볍게 적용한 결과일 뿐, 실제 이 이론은 생과 사가 오가는 죽음의 갈림길에서 완성되었다. 직접 체득하지 못한 이들이 이해하기 어려워하는 건 당연한 일이다.

"뭐 굳이 이해할 필요 없어."

청명의 주먹에서 뼈마디 꺾이는 소리가 우드득 울렸다.

"머리가 이해 못 해도 몸이 이해할 테니까!"

목을 좌우로 으득으득 꺾은 청명이 양손을 휘저으며 그들을 향해 다가왔다.

"그냥 사숙은 편안하게 대련이라고 생각해. 대련하면 어차피 맞는 거니까 마음 편하잖아?"

아니. 그거 조금도 안 편한데, 청명아. 아무래도 네가 생각을 무척 잘못하고 있는 것 같은데 맞으면서 마음 편한 경우는 세상에 존재하지 않는단다. 사숙 말 이해하겠니?

"이보다 좋은 수련이 어디 있어? 실전 경험시켜 주지, 정말 말 그대로 젖 먹던 힘까지 다 쓰게 해 주지, 그 와중에 내력까지 늘려 주지. 크으, 나도 이런 사부가 있었으면 두 배는 더 강해졌을 텐데."

"그 전에 도망갔겠지, 이 미친놈아!"

"낄낄낄낄."

청명은 입꼬리가 귀에 걸리도록 함박웃음을 지었다.

"괜찮아, 괜찮아. 안 죽어, 안 죽어. 수련하다 죽었다는 사람 들어 봤어?"

못 들어 봤지. 당연히 못 듣겠지. 이러다 내가 죽으면 나는 그 사실을 들을 일이 없을 테니까. 어차피 못 듣는 거잖아, 인마!"

백천이 깊게 한숨을 내쉬었다. 속에선 천불이 끓어올랐지만, 일단은 그 불평불만을 꾹꾹 눌러 놓았다. 대신 돌연 진중해진 표정으로 검 손잡이를 움켜잡고는, 앞에서 떠벌리는 청명을 향해 외쳤다.

"됐고! 그러니까, 지금 이 수련을 빙자한 폭행을 버텨 내면 단기간에 훨씬 더 강해질 수 있다는 소리겠지?"

청명이 일말의 망설임도 없는 표정으로 고개를 끄덕였다.

"물론이지."

"그거참 마음에 드는 소리군."

생각해 보면 이보다 좋은 기회가 없다. 내력은 둘째 치고 저 괴물이랑 하루에 두 번씩 대련한다? 이건 무인이라면 꿈에라도 그릴 기회나 다름없다. 백천이 이를 갈았다.

"단, 조심하는 게 좋을 거야. 그 얼굴에 칼자국이 생기면 안 그래도 안 좋은 인상이 더 험악해질 테니까."

"호오."

백천의 도발에 청명이 씨익 웃었다. 그래, 이리 나와야지. 이래서 백천이 좋다. 아무리 후리고 패고 까도 절대 포기하지 않으니까.

"할 수 있다면 해 보시지!"

"바라던 바다, 이 자식아!"

백천이 곧장 검을 뽑으며 청명에게 달려들었다.

"죽어어어어어어어!"

"그거로는 안 되지!"

뒤엉키기 시작하는 두 사람을 보며 조걸이 한탄하듯 말했다.

"저 양반은 언제부터 저놈과 저리 쿵짝이 맞았답니까?"
"……글쎄다."
윤종도 한숨을 푹 내쉬었다.
"운남에 도착할 때까지 살아남을 수는 있을까?"
운남까지 가는 길이 너무 멀게만 느껴졌다.

◆ ◆ ◆

그렇게 마차는 쉼 없이……. 아니, 중간중간 잘 쉬면서 나아갔다.
원래 계획대로라면 말을 바꿔 가며 단 한 번의 휴식도 없이 사천까지 단번에 가야 했다. 그러나 청명의 수련 계획이 중간에 끼어들게 되며 상황이 조금 달라졌다. 덕분에 이보는 때가 되면 마차를 세우고 청명의 사형제들이 신나게 얻어맞기를 기다렸다가 널브러진 그들을 다시 마차에 싣고 나아가기를 반복해야 했다.
'이게 대체 뭐 하는 짓이지?'
이보의 입장에서는 양측 모두 이해가 안 가기는 매한가지였다. 집요할 정도로 사형제들을 작신작신 패는 청명이나, 그렇게 얻어맞고 기절하고도 다음 수련 시간이 되면 눈에 독기를 품고 달려드는 그의 사형제들이나.
'언제부터 화산이 이리 살벌한 문파였지?'
하나 확실한 것은 있다. 화산이 몰락했다 어쨌다 모두 떠들어 대지만, 화산의 문하 모두가 저들처럼 수련한다면 백 년 전의 명성을 되찾는 데 그리 오랜 시간이 걸리지는 않을 거라는 점이었다.
"그 전에 골병들어 죽지만 않으면 말이지."

이보는 박살이 나고 있는 화산의 제자들을 물끄러미 바라보았다. 참 이상했다. 그의 상식으로는 벌어질 수 없는 일들이 벌어지고 있다.

이곳까지 오는 닷새 동안 저 화산의 제자들은 말 그대로 개 맞듯이 얻어맞았다. 아무리 멀쩡한 사람이라도 그만큼 맞았으면 몸을 가누기가 힘들어야 정상이다. 심지어 다른 사람도 아니고 청명이라는 고수의 손에 얻어맞지 않았는가.

그런데 저들은 오히려 저 기괴한 수련 첫날보다 지금 더 쌩쌩하게 달려들고 있다. 맞으면 맞을수록 강해진다? 그게 말이나 되는 소린가?

하지만 믿을 수 있든 없든, 그 일이 이보의 눈앞에서 실제로 벌어지고 있었다. 이쯤 되니 어느 쪽이 더 대단한 건지 알 수 없었다. 물론 알았다고 해도 결과가 달라지는 일은 없겠지만 말이다.

"끄륵."

윤종이 끝내 게거품을 물며 옆으로 넘어갔다. 털썩 쓰러진 채 몸을 파르르 떠는 꼴을 보며 청명이 혀를 끌끌 찼다.

"하체! 하체! 그놈의 하체는 일 년 내내 강조해도 달라지는 게 없냐! 하체에 중심을 더 잡으라고, 하체에!"

청명이 버럭 소리를 지르고는 쓰러진 네 사람을 바라보았다. 모두가 바닥에 널브러져 숨만 간신히 몰아쉬고 있었다.

"다들 엄살만 늘어서는!"

"엄살이라니!"

청명이 일갈하자 조걸이 발끈했다.

분명 청명과의 대련을 마치고 나면 내력이 확연히 늘어나고 몸은 더 강건해진다. 이건 부정할 수 없는 사실이다. 하지만 그렇다고 고통이 없다는 소리는 아니었다. 대련이 끝날 때마다 정말 몸을 가누기도 힘든 고통이 밀려든다. 그걸 버텨 내는 것만으로도 보통 일은 아니었다.

"운기하고, 몸 정비해!"

청명이 몸을 휙 돌렸다. 그러더니 수풀이 우거진 곳으로 휘적휘적 걸어 들어간다.

"어디 가?"

"소피보러 간다, 왜!"

그러자 조걸이 그의 뒷모습을 향해 주먹감자를 먹였다.

"콱 엎어져서 코나 깨져라."

옆에 엎어져 있던 윤종이 힘없이 말했다.

"……말이 되는 소리를 해라. 땅이 깨지겠지."

"끄응."

조걸이 끙끙대며 몸을 뒤집더니 하늘을 보고 헐떡였다.

"사형. 이러면 정말 강해지는 건 맞죠?"

"……당연하지."

윤종은 이미 느끼고 있다. 수련을 시작한 지 며칠밖에 되지 않았는데도 그의 내력은 확연하게 늘어났다. 심지어 검도 더욱 날카로워졌다. 청명과 검을 맞대는 것만으로도 그들은 순식간에 경지를 높이고 있다. 물론 청명은 맨손으로 그들을 상대하고 있으니, 검을 맞댄다는 표현은 조금 이상할지도 모르지만 말이다.

"끄응. 그래야 할 텐데."

조걸이 한숨을 푹 내쉬었다. 물론 효과가 있다는 건 부정할 수 없지만, 수련이 너무 험난한 것도 사실이니까.

'이렇게까지 하는데 강해지지 않으면 너무 억울하지!'

조걸이 의욕 아닌 의욕을 불태우고 있는 그 순간, 백천은 또 다른 이유로 청명의 등에서 눈을 떼지 못하고 있었다.

"사숙? 뭘 그렇게 보십니까?"

"아……."

백천이 그답지 않게 말을 얼버무렸다. 한참 뭔가를 생각하던 그는 묘한 표정을 지으며 입을 열었다.

"너희 말이다. 청명이 놈이 땀을 흘리는 걸 본 적이 있느냐?"

"예? 그게 무슨……."

뜬금없는 물음에 윤종이 고개를 갸웃했다.

"말 그대로다. 저 녀석이 땀을 흘리는 걸 본 적이 있냐고."

"하하. 그거참 이상한 말이네요. 그야 당연히……."

윤종은 말끝을 흐리더니 이내 말했다.

"없네요?"

"저도 본 적이 없는 것 같습니다, 사형."

"생각해 보면 검총에서도 청명이가 땀 흘리는 모습은 본 적이 없는 것 같은데?"

"그렇지?"

백천의 표정이 더욱 묘해졌다.

"그런데 갑자기 그건 왜 물으십니까?"

"아니, 아무것도 아니다."

백천이 고개를 내저었다. 하지만 이내 그의 시선이 다시 청명이 간 곳을 좇기 시작했다.

'뒷머리가 완전히 젖어 있었다.'

저 괴물 같은 놈이. 무당의 장로와도 호각으로 붙었던 놈이 지금 그들과 대련하면서 지쳤다는 의미다.

다른 이들이라면 제 성장에 뿌듯해하기에 바빴겠지만, 백천은 냉정한 사람이었다. 자신들의 힘이 허산자에 미치지 못한다는 건 스스로 가장 잘 알고 있다. 그렇다는 건…….
 백천이 입술을 질끈 깨물었다. 그리고 청명이 사라진 곳을 한참 노려보았다. 그렇게 얼마간 시선을 고정하고 있던 백천이 씹어뱉듯 말했다.
 "다들 들어라!"
 "……예?"
 그의 무거운 목소리가 단호하게 울리기 시작했다.

 "끄으으응."
 사형제들에게 보이지 않을 곳까지 걸어온 청명은 그 자리에 벌러덩 드러누웠다. 하늘을 가득 채운 별들이 보였다.
 "아이고……. 아이고, 죽겠다. 사형, 이 사제 죽습니다. 진짜 죽어요."
 드러누워서 헐떡이는 그의 몸에서는 식은땀이 줄줄 흘러내리고 있었다.
 "끄응. 진짜 이러다가 내가 먼저 쓰러지겠네."
 추궁과혈. 말은 쉽다. 하지만 어중이떠중이들이 대충 주무르는 추궁과혈이 아니라, 제대로 된 추궁과혈은 화경에 이른 고수도 힘겹게 시전하는 비술 중의 비술이다. 타인의 육체 안에 자신의 기운을 밀어 넣어 적절한 수준으로 타격을 준다는 게 쉬울 리가 있겠는가?
 과해도 안 되고 모자라도 안 된다. 과하면 기혈이 심하게 상하고, 모자라면 추궁과혈을 하는 의미가 없다. 딱 적절한 힘. 그것도 사람에 따라 다른 기운의 정도를 파악해서 정확하게 타격할 때나 의미가 있는 기술이다.

청명도 혼원단을 먹고 한 단계 더 나아갔기에 시도할 엄두라도 낼 수 있는 일이었다. 물론 시전할 때마다 머리가 텅 비어 버릴 정도로 엄청난 집중력이 소모되었다.

"……내가 무슨 부귀영화를 누리겠다고."

예전의 청명이었다면 다른 이에게 이런 과한 노력을 들이지 않았을 것이다. 그럴 시간에 청명이 수련하는 쪽이 차라리 강함의 총합은 더욱 빨리 상승한다는 계산을 했겠지. 하지만 지금의 청명은 과거의 청명이 아니었다.

— 네가 아무리 강하다고 해도 달라질 게 무엇이더냐? 결국 너도 혼자서는 이룰 수 없는 것이 있고, 닿을 수 없는 곳이 있다.

"알아요! 안다고요! 잔소리는……. 쯧."

청명이 끄응 하고 앓는 소리를 냈다. 사실 그가 돕지 않아도 저들은 언젠가 혼원단의 기운을 남김없이 흡수할 것이다. 혼원단의 기운이라는 건 기본적으로 그리 흡수하기 어렵지 않은 데다가, 저들의 경지 역시 이제 그 수준은 되기 때문이다.

하지만 그것만으로는 충분하지 않다. '언젠가는'으로는 안 된다. 높지 않은 산을 오르는 이는 누구나 노력만 하면 정상을 밟아 볼 수 있겠지만, 그 정상을 일찍 밟은 사람과 늦게 밟은 사람 사이에는 차이가 벌어질 수밖에 없다. 남들보다 몇 년 일찍 강해진다는 건 훗날 더 멀리 갈 수 있다는 뜻이기도 하니까.

그렇기에 청명은 저들을 한시라도 더 빨리 강하게 만들고 싶었다. 비록 그 방법이 지금까지보다 몇 배는 어려운 길이라도 말이다. 다만 한 가지 위안이 되는 것은…….

"거, 근성 하나는 끝내주네."

닷새 동안 죽도록 얻어맞고도 눈에 불을 켜고 달려들던 사형제들을 떠올리니, 저도 모르게 웃음이 피식피식 새어 나왔다.

예전에는 청명이 대련 한번 하자고 하면 다들 엉덩이를 쭉 빼고 피하기 바빴다. 물론 청명이 지금처럼 손속에 인정을 두지 않았기 때문이기도 하지만……. 하여튼 근성 하나는 왕년의 청자 배를 확실히 뛰어넘는 듯했다.

흥이 난다. 하루가 다르게 강해지는 저들을 보고 있으면, 조금 더 가르치고 조금 더 키워 보고 싶다는 욕구가 스멀스멀 솟아오른다. 그래서 이리 무리하고 있는 거지. 청명은 가만히 밤하늘을 올려다보며 중얼거렸다.

"그러니까…… 내가 저 녀석들을 가르치면 저 녀석들이 다른 사형제들을 가르치거나 제자를 키우고, 그게 반복되다 보면 화산 전체가 강해진다는 거죠? 그런 거죠, 장문사형?"

청문이 그렇다며 나직하게 웃는 것 같았다.

"끄응. 안다구요."

참 웃긴 일이다. 매화검존 청명으로 천하에 이름을 날릴 때는 걱정도 하지 않던 일이 지금은 이토록 무겁게 다가오다니 말이다.

잠깐 침묵하던 청명은 혀를 차며 벌떡 일어났다. 내력을 쭉 끌어모아 전신에 흐른 땀을 날려 버리고, 의복을 깔끔하게 정비했다. 이제는 지친 기색이 밖으로는 보이지 않을 것이다.

"속 편한 것들 같으니!"

내가 이리 고생하는 걸 니들이 알겠냐, 응? 니들이! 에라! 입을 삐죽이며 투덜댄 청명이 다시 사형제들을 향해 터덜터덜 걸어갔다.

그래도…… 어쩌면 그 시기가 생각보다 빨리 올지 모른다. 저들이 지금 같은 짐 덩어리가 아닌, 든든한 동료가 되어 그의 등을 받칠 날이 말이다.

"에이. 바랄 걸 바라야지."

저 애송이들을 언제 키워서 써먹겠는가? 그 시기를 당기려면 적어도 지금보다 두 배는 더 과격하게 수련을 해야 한다. 하지만 사람이라는 것은 과히 구르면 망가지는 법. 억지로 시키는 수련에는 한계가 있기 마련이다. 과욕은 화를 부른다. 청명은 안달하지 않고 더 길게 보려 애썼다. 그때까지는 청명 혼자서 어떻게든…….

"어?"

청명이 고개를 갸웃거렸다. 바닥에 널브러져 있거나 마차에 실려 있을 거라고 생각했던 사형제들이 모두 자리에서 일어나 그를 기다리고 있었다.

"왜들 그러고 있어? 안 쉬어?"

"쉬어?"

백천이 고개를 삐딱하게 꺾었다.

"겨우 이 정도 수련을 하고 쉴 수는 없지. 한 판 더 붙자!"

"……허."

청명이 헛웃음을 흘렸. 저기요? 지금 다리가 엄청나게 후들거리시는데요? 설 수는 있으세요?

조걸 역시 억지로 입꼬리를 말아 올리며 청명을 도발해 왔다.

"뭐, 청명이 네가 힘들다면 쉬어 줄 수는 있고."

"허어?"

윤종도 지지 않았다.

"천하의 청명이 벌써 지친 건 아니겠지?"

"하아?"

아니, 이 양반들이 단체로 약이라도 먹었나?

그때 유이설이 검을 뽑아 청명을 겨누고는 말했다.

"바람구멍 나면 시원하겠지. 그 몸에 말이야."

청명의 이마에 핏대가 섰다. 이내 그 핏대는 우드득 소리와 함께 손등으로 옮겨 갔다. 꾹 쥐인 주먹이 파르르 떨렸다.

"아무래도…… 교육이 좀 부족했던 모양인데! 길게 끌 것 없으니까 한 번에 덤벼!"

"가자!"

"대가리를 깨 버리겠다!"

"한 대는 패고 죽는다! 딱 한 대!"

사형제들이 모두 눈에 핏발을 세우고 청명에게 달려들었다. 그 광경에 청명은 그만 나직이 웃고 말았다.

'정말 더럽게 마음에 드는 녀석들이라니까.'

사형. 장문사형. 이 화산도 나름 괜찮다니까요. 헤헤헤.

◆ ❖ ◆

길다면 길고, 짧다면 짧은 시간이 지났다. 마침내 화산의 제자들을 태운 마차가 사천성 성도로 들어섰다. 성문 바로 앞에 사두마차가 서자 중인들의 시선이 일제히 쏠렸다. 사두마차를 탈 만한 재력이라면 당연히 귀한 사람들이 타고 있을 터. 궁금증이 이는 게 당연했다.

워어, 하는 소리와 함께 고삐를 당겨 말을 세운 이보가 슬쩍 뒤를 돌아보며 외쳤다.

"성도에 도착했습니다!"

마차 안에서 움찔하는 기색이 느껴졌다. 이내 마차 문이 열리더니 그 안에서 화산의 제자들이 어슬렁어슬렁 걸어 나왔다.

"……뭐지?"

"저 사람들 몰골이 왜 저래? 어디 전쟁터라도 다녀왔나?"

중인들이 수군대기 시작했다. 그도 그럴 게, 마차에서 내린 화산 문도들의 모습은 가히 사람의 몰골이 아니었다.

"으……. 죽을 것 같다."

"집 떠나면 고생이라더니."

"사천이면 이제 반 온 거잖아. 대체 운남까지 언제 가지?"

마차에서 내린 화산 문도들의 모습은 그야말로 병자를 연상케 했다. 퀭한 눈과 후들거리는 다리, 그리고 축 처진 어깨까지. 심지어 그 청명마저도 비슷한 몰골이었다.

"정말 지옥 같은 여정이었다."

"다시는 이런 짓 안 하고 싶어."

"……아직 반 남았다고, 반."

낯선 사천의 성문이 선계로 가는 문처럼 보였다. 일단은 그 망할 수련의 반복에서 벗어날 수 있다는 것만으로도 눈물이 나올 것 같았다.

"하……. 이틀 정도만 더 하면 뭔가 될 것 같았는데!"

청명이 아쉽다는 듯 입맛을 다시자 사방에서 원성이 쏟아졌다.

"됐겠지! 당연히 됐겠지, 이 새끼야! 내가 시체가 됐겠지!"

"차라리 죽여라, 죽여!"

"너한테는 인간의 마음이라는 게 없냐? 어?"

그 기세가 얼마나 살벌한지 청명마저 움찔할 정도였다. 그는 살짝 겸연쩍은 목소리로 말했다.

"아, 뭐 어쨌든 살아서 도착했으니 됐잖아."

화산의 문하들이 그렇게 아웅다웅 대화를 나누는 동안 마차에서 내린 이보가 다가왔다.

"어쩌시겠습니까? 함께 은하상단의 사천 지부로 가 보시겠습니까?"

백천이 살짝 미간을 찌푸리며 고민하자 이보가 덧붙였다.

"사천 지부에 운남에 대한 정보를 모아 보라고 지시를 내려 두었습니다."

"그걸로 충분하겠습니까?"

백천이 물었다. 이보는 조금 난처한 표정으로 한숨을 쉬었다.

"솔직히 말씀드리면, 은하상단의 정보력이 운남까지는 미치지 못합니다. 과거에 운남의 물건을 취급하긴 했지만, 그때도 직접 행상을 꾸리는 것보다는 작은 상단들이 가져오는 물건을 중개하는 쪽에 가까웠지요."

"그렇군요."

"다시 말하자면 은하상단의 능력으로는 운남으로 들어갈 방도를 찾을 수 없습니다. 이제부터는 저희가 도와드릴 수 있는 영역이 아닙니다. 대신 숙소는 이쪽에서 얼마든지 제공해 드릴 테니, 묵을 곳이 필요하시면 지부로 와 주십시오."

"말씀만으로도 감사합니다. 충분히 상황을 알아보고 은하상단에도 들를 예정이니, 일단 여독도 풀 겸 쉬어 두시지요."

"알겠습니다. 그럼 저는 지부에 머무르며 마차를 정비할 테니, 성도에서의 조사가 끝나면 말씀해 주십시오."

"예, 감사합니다."

백천이 포권 하자 이보가 깊이 고개를 숙이고는 마차로 돌아갔다. 그가 마차를 몰고 성도 안으로 들어가자 백천이 사질들을 돌아보았다.

"우리도 들어가자."

"예."

"다만! 한 가지 명심해 두거라. 우리는 이곳에 운남으로 들어갈 방도를 알아보러 온 거지, 문제를 일으키러 온 것이 아니다. 사천의 성도는 사천당가의 영역이다. 그리고 여기서 그리 멀지 않은 곳에 청성파가 있어서 청성의 도인들이 왕래하는 경우가 잦고, 흔치는 않지만 아미파의 여승들도 마주할 수 있으니 몸가짐을 바로 하도록 해라."

"걱정하지 마, 사숙! 사형들도 잘 알아들었을 거야."

진지하게 말하던 백천의 이마에 핏대가 섰다.

"너 말이다, 너! 이놈아! 너! 다른 놈들은 아무 걱정이 없다! 네가 문제라고!"

"내가 사고 치는 것 봤어?"

"사고 안 치는 걸 못 봤지!"

길게 숨을 내쉬어 달아오른 열을 애써 식힌 백천은 심각한 어조로 덧붙였다.

"명심해라. 우린 운남으로 들어갈 방법만 찾으면 바로 떠날 거다. 제발 사고 치지 마라! 지금도 화산에서는 장문인과 장로님들께서 눈이 빠지도록 우리를 기다리고 계신다. 하루라도 빨리 자목초를 구해 화산으로 돌아가야 한다."

"거참, 걱정도 팔자다."

백천은 문득 생각했다. 사람을 입 다물게 만드는 약이 있으면 하나쯤 구하고 싶다고.

"일단은 개방의 성도 분타에 들러 보겠지만, 아무래도 운남에 대한 정보는 개방보다 상인들이 더 잘 알 확률이 높다. 그러니 그쪽으로 조사를 해 보는 쪽이 좋을 것 같구나."

"그렇게 해 보죠."

유이설의 대답에 백천이 고개를 끄덕였다.

"가자."

성도 안으로 들어선 화산의 일행은 부지런히 개방 분타를 돌고 운남에 대해 수소문했다.

청명은 이 모든 과정이 쓸데없는 짓이라고 투덜댔지만, 백천의 생각은 달랐다. 사소한 정보 하나가 결과를 바꿀지도 모른다. 아무래도 교류가 끊긴 땅으로 가는 마당이니 하나의 정보라도 더 얻어 내고 싶은 마음뿐이었다. 하지만…….

"하아……."

객잔에 둘러앉은 화산의 문하들이 깊은 한숨을 내쉬었다.

"아니, 아무리 그래도 사천이면 운남과 바로 붙어 있는 곳인데 이렇게 정보가 없어도 되나?"

"개방이 제일 충격적이었습니다."

윤종이 아직도 황당하단 듯 말했다.

- 운남으로 들어갈 방도? 그런 걸 왜 우리한테 묻는가?

개방의 성도(成都) 분타주가 태연하게 한 말이 머릿속에 울려 퍼졌다. 그럼 관련된 정보라도 얻을 수 없겠냐는 말에 성도 분타주는 콧방귀를 뀌며 대답했다.

- 운남에는 거지가 못 사는데 개방이 무슨 수로 정보를 얻는가?

반박의 여지를 아예 짓밟는 말이었다. 워낙 척박한 땅이라 빌어먹는 사람이 있을 수 없고, 그렇다 보니 개방의 거지들도 함부로 운남으로 향할 수 없다. 일단 밥은 얻어먹을 수 있어야 활동이든 뭐든 할 것이 아닌가?

게다가 남만야수궁에서 개방을 경계하여 거지를 배척하다 보니, 운남에서는 영 힘을 쓸 수 없다는 것이 성도 분타주의 설명이었다.

"상단들 역시 마찬가지입니다."

"갈 도리가 없다는데 뭐라 할 수도 없고."

윤종이 한숨을 쉬며 입을 열었다.

"상행은커녕 운남에 대한 정보 자체가 없다는데 별수 없죠. 그러니……."

"아마 그게 아닐 겁니다."

대뜸 끼어든 목소리에 윤종이 의아해하며 고개를 돌렸다. 조걸이 조금 풍한 표정으로 말했다.

"개방에는 정말로 운남에 대한 정보가 없을 수 있습니다. 하지만 상가들은 아닐 겁니다. 그들은 알고 있어도 우리에게 정보를 주지 않습니다."

"어째서냐?"

"……줄 이유가 없으니까요. 이득이 안 되지 않습니까."

"정보료는 충분히 지급하겠다고 하지 않았느냐?"

"그것만으론 안 됩니다. 그러려면 최소한 매화 문양은 떼고 왔어야죠."

백천이 조걸의 말에 그제야 감이 온다는 듯 탄성을 흘렸다.

"아, 외지에서 온 우리를 배척한다는 뜻이냐?"

조걸이 고개를 끄덕였다.

"사천은 생각 이상으로 외지인에 대한 배척이 심한 곳입니다. 기본적으로 중원의 중심과 멀기도 하고 역사적으로도 문제가 좀 있죠."

"으음, 그렇지."

심지어 관아에서도 사천 출신은 관원으로 뽑지 않는다는 말이 있을 정도다. 중원의 땅이지만, 중원에서 배척받는 외인들의 땅. 그곳이 바로 사천이었다.

"이곳에선 사천당가의 영향력이 큽니다. 성도에서 먹고살기 위해서는 당가의 눈치를 볼 수밖에 없다는 뜻이죠. 그런 이들이 당당하게 타 문파 문양이 새겨진 무복을 입고 온 외지인들을 반기겠습니까?"

가만히 듣고 있던 청명이 입을 삐죽였다.

"그럼 진즉에 말하지!"

"말한다고 벗었겠냐고!"

"그건 아니지. 내가 뭐가 아쉬워서!"

청명이 배를 쭉 내밀었다. 화산의 문하라는 걸 숨긴다? 그건 있을 수 없는 일이다. 차라리 배척을 받으면 받았지!

"복면은 잘만 쓰고 나가더만!"

"그거랑은 다르지!"

"어쨌든 이런 식으로는 안 됩니다. 정말 정보를 얻고 싶다면 사천당가의 협조를 얻든가, 그도 아니라면 최소한 우리가 외지인이라는 사실을 숨겨야 합니다."

백천이 침중한 표정으로 고개를 끄덕였다.

"으으음. 무슨 말인지 알겠다. 그럼……."

그때 문득 윤종이 조걸을 보며 물었다.

"그런데 너는 이런 사실을 어떻게……. 잠깐. 너 사천 출신이었던가?"

조걸의 얼굴에 찰나 묘한 표정이 스쳤다.

"그러고 보니 네 집이 사천에 있다는 말을 얼핏 들었던 것 같은데……. 아니냐?"

조걸은 잠시 고민하다 죽을상을 하고는 한숨을 내쉬었다.

"으……. 맞습니다."

"아, 그래서…….''

백천이 그제야 이해했다는 듯이 탄성을 질렀다. 사천 사람이 아니면 이런 사실을 쉽사리 알 수는 없었을 것이다. 뭔가 실마리가 잡히는 느낌이었다. 청명이 눈을 반짝였다.

"그러고 보니 조걸 사형은 상가의 자제라고 하지 않았어? 이리저리 돌 것 없이 조걸 사형 집에 가면 되는 거였잖아?"

"어…….''

"아니! 성격이 얼마나 나쁘면 자기 집에 객 들이기 싫다고 성도를 뺑뺑 돌게 만들어?! 진짜 인성 답도 없네!"

"너한테만은 그런 말을 듣고 싶지 않다!"

조걸이 부들부들 떨며 말했다. 순간 모든 화산의 제자들이 조걸의 말에 동조했다. 확실히 청명에게 저런 말을 듣는 건 더할 나위 없는 모욕이다. 조걸이 한숨을 푹 내쉬었다.

"그런 게 아니라……. 하아…….''

청명이 피식 웃으며 그의 어깨를 탕탕 두드렸다.

"됐어, 됐어. 다 똑같지 뭐. 어차피 집안에서 내놓은 자식이겠지. 그러니 집에 다시 들어가기 싫었을 테고. 괜찮아, 괜찮아. 백천 사숙이 그 마음 충분히 이해해 줄 거야."

"나, 나는 내 발로 나왔다! 내 발로!"

"거 분위기 파악 좀 합시다, 사숙!"

"끄응."

청명이 히죽 웃으며 조걸의 옆구리를 찔렀다.

"여하튼 상황이 이리되었으니 집에 들러나 보자, 사형. 응?"

조걸은 결국 이기지 못하고 자리에서 일어났다. 한숨을 길게 쉰 그가 말했다.

"그래, 그래야겠지. 이것도 다 사문을 위한 일이니까."

"그럼 바로 출발하자꾸나."

"예, 사숙."

모두가 조금 밝아진 표정으로 객잔을 나섰다. 그리고 조걸을 따라 성도를 걷기 시작했다. 청명은 깍지 낀 손을 뒤통수에 얹고 휘파람을 불어 대었다.

"어떻게 가문에서 예쁨받는 사람이 하나도 없냐?"

바늘이 등을 콕콕 찌르는 것 같은 느낌에, 백천이 이마에 핏대를 세우며 돌아보았다. 청명은 능청을 떨었다.

"아니, 뭐 사숙 이야기는 아니고. 다 그렇다는 거지, 다."

백천이 이를 갈았다.

"······말이야 바른말로, 가문에서 예쁨받고 잘나가는 놈이 왜 화산에 입문하냐!"

"어? 그 말은 그냥 넘길 수 없는데? 삐뚤어지지 않았다면 종남에 갔을 거라는 말 아냐, 그거? 이걸 장문인이 들으셔야 하는데!"

청명의 반박에 백천이 고개를 휘휘 내저었다.

"중요한 건 지금 내가 화산의 문하라는 거 아니냐."

"그건 그래. 종남에 갔으면 지금도 친형 수발들고 있었을 텐데."

백천이 조용히 검의 손잡이에 손을 올리자, 윤종이 그런 사숙의 팔을 잡고 고개를 내저었다.

"진정하시지요."

백천은 길게 한숨을 쉬었다. 귀를 막자. 귀를 막고 눈을 감자. 망할 시어머니 같은 놈.

그러는 사이 조걸은 그들을 성도 구석진 곳까지 이끌었다. 청명의 눈에 작은 상가 하나가 들어왔다.

"오? 저긴가 본데?"

성도상단(成都商團). 뭔가 막 지은 이름처럼 느껴졌지만, 여하튼 상단은 확실해 보였다. 살짝 낡아 보이는 전각과 아담한 규모가 더없이 귀여웠다.

"크으. 가문의 기대를 품고 화산에 입문한 둘째라니. 하여튼 조걸 사형도 귀여운 면이 있다니까. 그럼 부모님께 인사를 드리면 되나?"

청명이 휘적휘적 걸어가자 조걸이 한숨을 쉬며 청명을 불렀다.

"어디 가?"

"응? 사형이 먼저 가게?"

"그쪽이 아니라 이쪽이야."

"응? 어디?"

"이쪽."

청명의 시선이 조걸이 가리키는 곳으로 돌아갔다. 하지만 그곳에는 벽뿐이었다. 정확히는, 벽이 계속 보인다. 아까부터 한참 고개를 돌리고 있는 것 같은데 보이는 것이라고는 붉게 칠해진 커다란 벽밖에 없다. 그렇게 목이 거의 꺾일 정도로 돌아가서야 커다란…… 엄청 커다란 문을 발견할 수 있었다.

사해상회(四海商會).

청명의 눈이 파르르 떨렸다. 시야에 다 들어오지도 않을 만큼 드넓은 담과 그 위로 삐죽삐죽 솟아 있는 수많은 전각. 그 어마어마한 광경과 조걸을 몇 번 번갈아 바라보던 청명이 살짝 떨리는 목소리로 입을 열었다.

"아니지?"

"맞는데?"

"이거라고?"

"응."

"여기가 조걸 사형네 집이라고? 황제라도 살 것 같은 이 저택이?"

"……그렇다고."

어……. 사형 있는 집 자식이었어? 어머나, 세상에. 이게 뭔 일이야. 모두가 커다란 전각과 조걸을 번갈아 바라보았다. 초점 풀린 시선들이 연신 두 곳을 오갔다. 그 시선의 주인공이 된 조걸이 주먹을 입에 대고 낮게 헛기침을 했다.

"여기라고?"

"그래."

"여기?"

"아, 그렇다니까! 몇 번을 물어봐!"

청명이 입을 쩍 벌렸다.

"……조걸 사형이 여기 아들내미라고? 그냥 하인 같은 건 아니고?"

"우리 집이거든?"

청명은 고개를 내저으며 조걸의 어깨에 손을 올렸다.

"아니야, 사형. 잘 생각해 봐. 사람이란 결국은 얼굴에 삶이 드러나는 법이야. 조걸 사형 얼굴을 보고 누가 부잣집 아들내미라고 생각하겠어. 누가 봐도 저기 어디 깡촌…….”

"에라!”

참다못한 조걸이 청명을 걷어차 날려 버렸다.

"왜! 내가 있는 집 자식이라니까 이상해?”

"무척.”

"굉장히.”

"진짜. 진짜 이상하다, 조걸아.”

심지어 백천까지 도무지 믿을 수 없다는 눈빛으로 바라봐 오자 조걸이 고개를 푹 숙였다. 이런 사람들을 사형제라고. 뭔가 눈이 따가운 느낌이었다.

"조걸아. 진짜 터놓고 솔직하게 말해 봐라. 여기가 진짜 너희 집이냐?”

"사혀엉…….”

윤종마저 믿지 못하겠다는 투로 물어 오니 결국 조걸이 머리를 부여잡았다. 윤종이 당황한 기색이 역력한 표정으로 말했다.

"아, 아니. 그런데 너 나한테는 너희 집이 벽지의 조그마한 상단이라 했잖느냐?”

"……말씀드리기가 좀 곤란해서 그랬죠.”

"허어. 너무 잘 어울려서 찰떡같이 믿었는데.”

"아니, 제가 그렇게 없어 보입니까? 그렇게 이상합니까?”

"아, 아니. 뭐 이상하다는 게 아니라…….”

"눈으로는 이상하다고 말하고 있잖습니까! 지금!”

"어……. 그게 보이디?”

윤종이 눈에 띄게 당황했다. 그리고 그 반응이 조걸을 더 서글프게 했다. 그때, 엉덩이를 걷어차여 날아갔던 청명이 재빨리 제자리로 돌아와 쫑알거렸다.

"아니지, 아니지. 가능한 일이지. 그런 일도 흔하잖아. 잘나가는 집안의 천대받는 아들내미가 버티지 못하고 집을 떠나서……."

"흐지 믈르그……."

백천이 이를 악물고 바들거렸다.

"아, 사숙 이야기는 아니었어."

"망할 놈 같으니!"

그들이 왁자지껄 떠드는 소리가 안에서도 들린 모양이었다.

"누가 감히 사해상회의 문 앞에서 이리 떠드는 것이냐?"

거대한 문이 벌컥 열리며 날카로운 인상의 한 노인이 튀어나왔다. 화산의 제자들을 쏘아보는 눈길이 매서웠다. 그러더니 이윽고…….

"어? 어엇? 도, 도련님!"

도련……. 도련님. 그 믿지 못할 단어에, 청명이 윤종에게 속삭였다.

"내가 지금 제대로 들은 거 맞겠지?"

"그런 것 같다. 귀를 파내고 싶은 기분이 드는 걸 보니."

노인이 다급하게 조걸에게 뛰어왔다.

"아니! 아니! 도련님이 아니지! 이공자님! 이공자님이시지요! 세상에, 이토록 헌앙해지셨다니!"

청명이 다시 속삭였다.

"사천에서는 '헌앙하다'라는 말을 다른 뜻으로 쓰는 모양인데?"

"방언이 아닐까?"

"다 들린다고, 다!"

조걸이 바들대며 두 사람을 노려보았다. 하지만 노인의 눈에는 다른 화산의 제자들은 보이지 않는 모양이었다. 그가 숫제 눈물을 쏟아 낼 기세로 조걸을 끌어안았다.

"이공자님! 정말 잘 돌아오셨습니다! 정말!"

"사, 삼총관. 진정 좀 해!"

청명이 다시 귓속말했다.

"진짜 있는 집 자식인가 본데. 할아버지한테 반말하는데?"

"음. 정말 그……. 아니, 잠깐. 그건 네가 할 말은 아니지 않냐?"

그 와중에도 이건 못 넘어가겠다는 듯 윤종이 눈을 부라렸다. 노인은 조걸의 손을 꽉 부여잡은 채로 황급히 외쳤다.

"여봐라! 여기! 당장 이공자님이 돌아오셨다고 전하거라! 지금 당장!"

노인의 쩌렁쩌렁한 목소리에 하인들이 황급히 안으로 우르르 달려갔다. 청명은 삼총관을 진정시키느라 여념 없는 조걸을 혀를 차며 바라보았다. 아무리 사람을 겉모습만으로는 알 수 없다지만, 설마 저 조걸이 이런 부잣집 아들내미였을 줄이야.

"윤종 사형. 사형은 뭐 숨겨 놓은 뒷배 같은 것 없어? 고관대작 자제라든가?"

"……나 고아인데."

"그렇지. 보통 그게 맞지. 희한하단 말이지."

눈물의 상봉이 한참 더 이어지고야 삼총관이 그들에게 관심을 주기 시작했다.

"이분들께서는?"

"사문의 사숙과 사형들이셔."

조걸이 소개하자 백천이 삼총관을 향해 포권 했다.

"화산의 이대제자 백천이라 합니다. 뜻하지 않게 사질의 가문을 방문하게 되었습니다. 먼저 연통을 넣지 못하고 이리 급작스레 방문하게 된 점, 사과드립니다."

"아! 아닙니다! 어찌 그런 말씀을 하십니까. 이리 찾아 주셔서 정말 감사드립니다."

삼총관은 생각만 해도 애틋하고 눈물이 난다는 듯 소매로 눈가를 훔쳤다.

"이공자님께서 화산으로 가신 뒤, 오랜 세월 동안 연락도 없으셔서 걱정이 이만저만이 아니었습니다. 가주님의 명이 아니었다면 벌써 몇 번은 찾아갔을 텐데……."

조걸이 어색해 죽겠다는 듯 진저리치며 손을 내젓고는 삼총관의 등을 밀었다.

"일단 들어가자, 일단. 사숙을 여기 이렇게 세워 두는 건 예의가 아니니까."

"아, 제가 너무 기쁜 나머지 잠시 정신이 나갔었나 봅니다. 어서 드시지요!"

삼총관이 그들을 이끌고 상회 내부로 향했다. 커다란 정문을 통과하는 화산 제자들의 마음은 모두 같았다.

'이거 화산 산문보다 큰 것 같은데?'

'살다 살다 이런 으리으리한 집은 처음 본다.'

'세상에, 사람이 달라 보이네.'

화산의 제자들은 없이 살아 돈에 민감(?)했다. 그러다 보니 있는 집안 자식임이 드러난 조걸에게서 갑자기 없던 광채가 뿜어져 나오는 느낌이었다.

"걸아!"

그때, 버선발로 뛰쳐나오는 두 사람이 보였다. 비단으로 지은 궁장 차림의 중년 여인과 붉은 비단옷을 입은 중년 사내였다. 이쯤 되면 저 두 사람의 정체를 모를 수가 없었다. 여인이 달려들어 조걸을 확 끌어안았다.

"이 무심한 녀석아! 왜 이제야 왔느냐!"

"죄송합니다, 어머니."

조걸이 겸연쩍은 목소리로 말했다. 중년인은 뒷짐을 지고는 고개를 획 돌렸다. 아마도 차오르는 눈물을 참는 모양이었다. 그, 뭐랄까……. 단란하다고만 표현하기에는 복색이나 주변 환경이 너무 화려하고……. 그렇지만 어쨌든 뭔가 따뜻하기 짝이 없는 광경이다. 병풍처럼 선 세 고아와 한 가출인만 이마에 핏대를 세웠다.

'인생 불공평하네, 진짜!'

'같은 처지 줄 알고 잘해 줬는데!'

'기만자! 기만자!'

청명조차도 그 광경을 보며 부들부들 떨었다. 누구는 다시 태어나 보니 거지 굴이었는데! 이런 집안에서 태어났으면 여기까지 오는 과정이 열 배는 더 쉬웠겠다!

그렇게 하나의 화산 문하가 가족을 다시 만났고, 남은 네 화산 제자가 사형제의 행복에 배 아파했다.

· ❖ ·

"그러니까…… 돈이 많으셨겠다?"

청명이 앞에 차려진 진수성찬을 빤히 바라보다가 고개를 획 들어 조걸을 노려보았다. 조걸이 그 시선에 움찔했다.

"크으, 내가 그것도 모르고! 이렇게 부잣집 도련님! 그렇지, 도련님이셨는데! 내가 그것도 모르고!"

조걸이 크게 헛기침했다.

"사문에 들면 모두가 같은 사형제일 뿐이다. 집안 따위가 뭐가 중요하냐?"

"중요하지! 나는 집이 없는데!"

"나도."

"나도 없음."

"어, 나는 어……."

백천이 살짝 머뭇거리자 청명이 애잔하다는 듯 고개를 끄덕였다.

"사숙도 괜찮아. 사숙은 쫓겨났으니까."

"내 발로 나왔다고! 내 발로!"

청명이 백천의 변명을 깔끔하게 무시하고 바들거렸다.

"이렇게 돈이 많았으면서 화산이 망해 자빠지는 데 동전 한 푼 안 보탰다, 이 말이지?"

"아, 아니! 내가 나이가 몇인데 가문의 돈을 쓸 수 있겠냐! 그게 내 돈이냐? 내 돈이야?"

"부탁하면 되잖아! 여기서 몇 푼 적선만 해도 먹고살았겠고만!"

"배신자."

"기만자."

날카롭게 꽂히는 사형제들의 시선에 조걸은 속이 뒤집히는 기분이었다. 저게 다 모르고 하는 소리다. 당시에 화산이 망할 판이니 가문의 돈으로 지원을 해 달라는 연통을 넣었으면, 아버지는 당장에 화산으로 달려와 그를 끌고 사천으로 돌아와 버렸을 것이다. 그의 아버지 역시 상인이다. 투자 가치가 없는 곳에는 한 푼의 돈도 쓸 사람이 아니다.

조걸이 너무 곤란해하자 백천이 중재에 들어갔다.

"아무튼 너무 사람을 몰아붙이지 말자. 우리가 오해했을 뿐, 딱히 숨기려 한 것 같지도 않으니까."

하지만 여론은 영 좋지 않았다.

"있는 집안 자식들끼리 도와주는 거 봐!"

"고아 분들 여기로 모십니다."

"그럼 나는 여기."

백천이 얼굴을 붉히며 헛기침했다.

"그런 게 아니라! 지금 이게 중요한 게 아니잖으냐. 중요한 건 운남으로 들어갈 방법을 찾는 것이다! 그렇지 않으냐?"

너희는 화산이 망해도 돌아갈 곳이 있지 않으냐는 말로 한 번 더 갈궈 볼까 고민하던 청명은 결국 끙 소리와 함께 눌러 참았다.

"끙······. 그래서 아버지는 뭐라 하셔?"

"아직 말을 못 해 봤다."

"······왜?"

"그게 조금······."

조걸이 한숨을 푹 내쉰다.

"내가 원래 화산에 있기로 약속했던 기한은 이미 지났다. 예정대로면 작년에 이미 가문으로 돌아와 집안의 일을 도왔어야 해."

"그런데 왜 안 갔어?"

"그야······."

네놈이 나타났으니까. 하지만 이 말을 청명에게 해 주기는 싫었다.

"여하튼 그렇게 됐어. 그래서 아버지는 지금 내가 가문으로 완전히 돌아온 걸로 알고 계셔. 그 오해부터 좀 풀어야겠는데?"

"아니, 뭐 괜찮아. 우리만 가면 되니까."

"무슨 소리야! 나는 화산의 제자다! 죽어도 운남으로 따라갈 거다!"

"거, 신분도 높으신 분께서 뭐 하러 굳이."

청명이 어깨를 으쓱했다. 그러자 윤종이 슬며시 묻는다.

"조걸이 정도면 신분이 많이 높은 거냐?"

"쯧쯧. 사형. 딱 보면 모르겠어? 여기가 어딘지는 모르겠지만 규모를 보아하니 은하상단에 그리 뒤지는 곳은 아닌 모양인데. 그럼 조걸 사형은 적어도 은하상단의 소단주! 그렇지! 황종의 소단주 정도는 되겠네!"

청명이 단호하게 말하고는 조걸을 가리켰다.

"그러니까 조걸 사형은 최소한 황 소단주급은 되……. 잠깐. 이렇게 생각하니 별거 아닌 것 같기도 하고?"

"그렇지?"

"나도 좀 그런 느낌인데."

화산에만 오면 머리가 땅에 닿을 정도로 굽실대는 황종의를 생각하자 뭔가 평가가 폭락하기 시작했다.

"에이, 별거 아니네."

"나는 또 뭐 대단한 건 줄."

"하. 다시 조걸이가 친근해 보인다."

황종의가 들었으면 거품을 물고 넘어갔을 만한 말을 아무렇지도 않게 하는 화산의 제자들이었다.

그리고 그 반응에, 이번에는 조걸이 부들대기 시작했다. 막 띄워 줄 때는 부담스러웠는데, 다시 무시당하자 뭔가 이상하게 열이 받았다. 조걸은 한숨을 푹 내쉬며 말했다.

"끄응……. 여하튼 저는 이따가 가족들과 저녁을 함께하기로 했으니 그때 운남으로 향할 방도를 여쭤보겠습니다, 사숙."

백천이 고개를 끄덕였다.

"음, 그래. 쉽지 않겠지만 잘 부탁한다. 남만야수궁과 협상을 하든, 자목초의 자생지로 숨어들든, 운남 초입부터 경계를 받아서야 둘 다 요원하기는 마찬가지니까."

"알고 있습니다."

"우리가 해야 할 일이 있다면 언제든지 말해 주거라."

"예, 사숙!"

사형제들을 한번 둘러본 조걸이 나직이 한숨을 쉬며 나서려는데, 갑자기 청명이 진지한 표정으로 그를 도로 붙들었다.

"아, 사형."

"응?"

"아랫사람 시켜서 여기 술 좀 넣어 줘. 쯧. 도사 무시하는 것도 아니고 술을 안 주네. 안주를 이만큼 깔아 놓고 말이야. 술 좀 부탁해. 비싼 걸로."

"……."

"사형. 내가 다시 말하는데!"

청명의 표정은 그 어느 때보다도 진지했다.

"꼭 비싼 걸로 부탁해!"

귀신은 뭐 하나……. 저놈 안 잡아가고.

◆ ❖ ◆

"지금 운남이라고 했느냐?"

조평의 목소리에 살짝 노기가 어렸다. 조걸은 그 목소리를 들으며 살짝 눈을 감았다. 오랜 세월이 지나고 다시 본 아버지는 그새 흰머리가 늘어 있었다.

"운남이 어떤 곳인지는 알고 그런 말을 하는 것이냐?"

"예. 알고 있습니다."

"아는데도!"

노기를 꾹꾹 누르는 조평의 얼굴이 희미하게 떨렸다.

"오 년 만에 집에 와서 한다는 소리가 운남으로 갈 방도를 알아다 달라는 것뿐이냐. 집으로 아주 돌아온 것이 아니었느냐?"

"아닙니다."

"이 녀석아!"

조평은 황당하기 그지없다는 눈빛으로 아들을 바라보았다.

"네가 집으로 돌아오기로 약조한 날이 벌써 한 해는 더 지났다. 그렇게 뒤늦게야 돌아와 놓고서는 아직 집으로 돌아온 게 아니다? 그걸 지금 말이라고 하는 게냐?"

목소리에 명백한 노기가 서려 있었다. 하지만 약속을 어긴 아들에 대한 화보다 걱정과 안타까움이 더 크다는 걸 모를 조걸이 아니었다. 이래서 오기 싫었는데. 착잡하게 한숨을 내쉰 조걸은 이내 고개를 들었다. 언젠가 한 번은 반드시 마주해야 할 상황이었다.

"아버지."

"그래. 어디 한번 말해 보거라."

"운남으로 가는 건 제가 반드시 해야 할 일입니다."

"아니. 네가 반드시 해야 할 일은 가문으로 돌아와 상회를 잇는 것이다."

"그건 형이 있지 않습니까?"

"우리 가문의 전통을 잊었느냐? 모든 가족이 함께 가업을 이어 가는 것이 가문의 법도이며 전통이다!"

조걸이 한숨을 내쉬었다.

"저는 장문인께 이번 운남행을 반드시 성공시키겠다고 약조를 드렸습니다."

"나와 한 약조는 약조가 아니더냐?"

"그건……."

"여러 말 할 것 없다!"

조평이 더 들을 것도 없다는 듯 단호하게 일갈했다.

"네가 상회의 영향력이 미치지 않는 곳에서 자신을 시험해 보고 싶다 해서 몰락한 화산에 입문하는 것도 허락했다. 부모의 그늘이 없는 곳에서 고난도 한번 겪어 봐야 훌륭히 성장할 수 있다고 믿었기 때문이다. 그런데 너는 나와의 약조를 저버리고 그 화산에 틀어박히겠다 하고 있지 않느냐!"

"화산은 더 이상 몰락한 문파가 아닙니다. 곧 화산의 이름이 천하에 울릴 것입니다."

조평이 조걸을 똑바로 바라보았다.

"……네가 그리 말한다면 그럴 수도 있겠지."

그는 쉽사리 아들의 말을 부정하거나 무시하지 않았다.

"하나 그건 화산의 일이다. 네가 힘을 써야 할 곳은 다름 아닌 사해상회, 우리 가문이 아니더냐?"

조걸이 고집스레 침묵하자 조평이 깊게 한숨을 내쉬었다.

"걸아, 나는 네 아비다. 자식 놈을 타지에 보내 놓고 사는 아비의 심정을 어찌 이토록 헤아리지 못하느냐?"

"……아버지."

조걸은 입술을 잘근잘근 씹었다. 결국 이건 서로 평행선을 달릴 수밖에 없는 대화다. 그리고 그 역시 제 잘못을 명확하게 인식하고 있었다. 하지만 그렇기 때문에 지금 할 수 있는 말은 하나뿐이었다.

"운남으로 갈 방도를 찾아 주십시오."

"끝까지……!"

"그 이후에 다시 이야기를 나눴으면 합니다."

조걸을 바라보는 조평의 눈에 이채가 어렸다. 조걸은 그 시선을 똑바로 받으면서 입을 열었다.

"이건 사내로서, 그리고 화산의 제자로서 반드시 해야 하는 일입니다. 이 일을 끝내지 않고서는 저는 아무것도 할 수 없습니다. 이번 한 번만 더 제 뜻대로 할 수 있도록 해 주십시오."

조평이 무거운 침음성을 흘렸다.

"운남으로 가는 게 얼마나 위험한 줄은 알고 그러는 것이냐?"

"예. 각오하고 있습니다."

"네 뜻이 무엇인지는 알겠다. 하나, 나라고 해서 운남으로 갈 뾰족한 방도가 있는 게 아니다."

조걸이 가만히 조평을 바라보다 입을 열었다.

"성도 내에 운남산 보이차가 돌고 있는 것을 확인했습니다. 가문의 상회에서도 보이차를 팔고 있더군요. 판로가 없다면 있을 수 없는 일이지요. 아무리 남만야수궁이 막는다 한들 최소한의 물량 정도는 풀리고 있을 겁니다. 그렇지 않습니까?"

조평이 앓는 소리를 흘렸다. 그가 알기로 조결은 오늘 도착했다. 그리고 아주 짧은 시간 동안 성도를 돌았을 뿐이다. 그런데 이미 보이차가 어떻게 돌고 있는지를 모두 파악했다는 건 진즉에 이럴 경우를 생각했다는 뜻이다.

저 좋은 상재를 두고 어린아이 놀음 같은 검에나 빠져 있다니. 도통 이해가 되질 않았다.

"하고 싶은 말이 무엇이냐?"

"운남으로 가는 상행이 있을 겁니다."

조결이 눈을 빛냈다.

"밀무역이든, 야수궁의 허락을 받은 정식 무역이든, 소규모든 대규모든 상행은 분명 있을 겁니다. 그 상행에 동행시켜 주십시오. 짐꾼이라도 기꺼이 하겠습니다."

"안 된다."

조결의 청을 뚝 잘라 거절한 건 조평이 아니었다. 지금껏 가만히 둘의 대화를 듣고만 있던 조결의 어머니 화연비였다.

"운남은 위험한 곳이다. 그리고 네가 굳이 운남에 신분을 속이고 들어가려는 이유는 그곳에서 더 위험한 일을 하려 함이 아니더냐?"

조결은 대답 없이 고개를 숙였다. 오 년 만에 만난 부모에게 거짓을 고할 수는 없는 노릇이었다.

"대체 어느 부모가 자식을 사지로 보낼 방법을 찾아 준단 말이냐. 안 된다. 절대 안 돼."

조결은 포기하지 않고 단호하게 말한다.

"어머니. 상단을 이끈다는 건 위험을 감수하는 일이라고 누누이 제게 말씀하지 않으셨습니까. 운남행 하나 해내지 못하는 이가 무슨 수로 좋은 상인이 되겠습니까? 보내 주십시오."

"상인이 될 생각도 없는 녀석이……!"

그때 조평이 영 내키지 않는다는 투로 입을 열었다.

"정말로 꼭 가야 하는 것이냐?"

"예."

"내가 허락하지 않는다면?"

조걸의 눈에 단호한 결의가 어렸다.

"그렇다면…… 이 매화가 새겨진 옷을 입고, 걸어서라도 운남에 들어가겠습니다."

"이놈이!"

끝내 화를 이기지 못한 조평이 자리에서 벌떡 일어났다. 아들을 노려보는 눈이 무시무시했다. 하지만 조걸은 그저 담담한 시선으로 그 눈빛을 받을 뿐이었다. 그렇게 얼마간의 대치 후, 맥이 탁 풀린 조평이 자리에 다시 앉았다.

'어른이 되었구나.'

저건 치기가 아니다. 수많은 거래를 해 온 상인인지라 알 수 있었다. 저건 치기도 객기도 아닌, 자신의 길을 세운 사내의 의지다. 이 이상 딴죽을 걸고 발목을 잡았다가는 정말 자식을 잃을지도 모른다는 생각이 든 조평은 입술을 살짝 깨물었다.

"그럼 이리하자꾸나. 네가 지금 운남에 가려는 건 화산의 일을 처리하기 위함이겠지?"

"그렇습니다."

"그럼 화산의 문하들과 그 행동을 함께하겠지?"

"그……렇지요?"

조걸의 목소리에서 점점 힘이 빠진다. 어……. 이게 이렇게 가면 안 되는데?

"그럼 너와 함께 온 화산 분들이 운남으로 동행하는 이들이겠고?"

"어……. 음, 어…….."

조평은 조걸의 대답을 기다리지 않았다.

"그럼 내가 그분들을 만나 보고 결정하겠다. 정말 너를 믿고 맡길 수 있는 분들인지 말이다. 이게 내 최선의 양보다. 어찌 생각하느냐?"

조걸의 눈에서 총기가 빠르게 사라졌다. 조평의 말이 실행되었을 경우를 머릿속에 그려 본 그는 떨리는 눈동자를 고정하려 애쓰며 입을 열었다.

"하…….."

"하?"

"하, 한 사람만 빼면 안 됩니까?"

조평은 영문을 모르겠단 눈빛으로 아들을 바라보았다.

◆ ❖ ◆

"그리하여 여러분을 모셨소이다."

조평의 말에 백천이 가볍게 포권을 했다.

"인사가 늦었습니다. 화산의 이대제자인 백천이라 합니다. 뜻하지 않게 사질의 가문에 방문하게 되어 준비가 미흡했던 점을 너그러이 이해해 주시기 바랍니다."

"내 집이라 생각하시고 편히 묵어 주십시오. 걸아의 사숙이라면 제게도 가족이나 다름없습니다."

"환대에 감사드립니다."

백천이 빙그레 웃었다. 그리고 말했다.

"다만 한 가지 짚고 넘어가야 할 부분이 있어 염치 불고하고 말씀드리겠습니다."

"짚어야 할 부분이라 하시면?"

백천의 시선이 근엄하게 조걸을 내리눌렀다.

"조걸 사질이 상단주님과 그런 약조를 했다는 사실을 화산은 전혀 알지 못했습니다. 만약 그 사실을 알았다면 장문인께서는 조걸을 바로 돌려보냈을 것입니다. 화산이 무도한 짓을 했다 여기지는 말아 주십시오."

"아, 물론입니다. 저 아이가 그런 면이 있지요."

"이해해 주셔서 감사합니다."

조평이 백천의 품행을 보며 나직한 감탄을 터뜨렸다.

'천하의 기재로다.'

백색 무복을 입은 백천의 모습은 남자가 보아도 절로 경탄이 나올 정도로 헌앙했다. 그런 이가 예의와 품격마저 갖추고 있으니 어찌 감탄하지 않을 수 있겠는가?

그 좌우를 지키고 있는 이들도 마찬가지다. 우측에 앉은 이는 딱히 돋보이지는 않지만, 눈빛이 심후한 것이 침착한 성정을 갖췄다는 것을 바로 알아볼 수 있었다. 그리고 좌측에 앉은 여인은 조평이 생전 단 한 번도 본 적이 없을 정도의 미색이었다. 더불어 몸짓에서 절도와 부드러움이 함께 엿보인다.

'화산에 이리 기재들이 넘쳐 날 줄이야.'

조걸이 왜 화산을 좋아하는지 조금은 이해할 수 있었다. 그런데……어째 마지막 한 명의 화산의 제자가 영 좀……. 그래, 좀 이상했다. 이곳에 들어온 이후로 저 아이는 앞에 놓인 술병에서 눈을 떼지 못하고 있었다. 마치 눈빛으로 술을 마셔 버리겠다는 듯 뚫어지게 응시했다.

"……그런데 그쪽 분은…….”

조평이 슬그머니 묻자 백천이 단호하게 손을 저었다.

"신경 쓰지 마십시오.”

"아니, 신경을…….”

"괜찮습니다. 원래 그러니까요. 지금 술을 마시다가 중간에 끊겨서 상태가 좋지 않습니다.”

응? 술을……. 응? 도사가?

술병만 보던 청명이 입맛을 쩝 다시더니 투덜거렸다.

"그러니까 나는 안 온다고 했…….”

"조용히 해라.”

백천이 말을 떼는 것과 동시에 유이설이 청명의 옆구리를 쿡 찔렀다. 청명이 아쉬운 듯 입을 꾹 다물었다. 그 기이한 광경을 본 조평은 조걸이 빼고자 했던 한 명이 누구인지 알 수 있었다. 그래, 하긴 생각해 보면 모두가 기재일 수는 없다. 그런데 왜 저 기재들과 저 아이를 같이 보냈을까? 도무지 알 수 없는 일이었다.

"운남으로 가는 일 때문에 저희를 불렀다고 하셨습니까?”

"그렇습니다.”

조평이 한숨을 내쉬며 고개를 끄덕였다.

"오 년 만에 돌아온 아들놈이 운남으로 가겠다고 떼를 쓰니 제 입장도 무척이나 곤란합니다.”

백천의 시선이 조걸에게로 향했다. 그러자 조걸이 움찔하여 고개를 숙였다. 그 모습을 본 조평의 눈이 의미심장하게 빛났다.

'이것 봐라?'

아비가 호통을 칠 때도 고개를 뻣뻣하게 들고 있던 조걸이 백천의 시선에는 바로 꼬리를 말았다. 조걸이 백천을 얼마나 존경하고 있는지를 알 수 있는 모습이었다.

백천이 조평을 향해 물었다.

"저희가 무엇을 도와드리면 되겠습니까?"

"사실 도와주신다기보다는…… 그 위험한 운남으로 제 아이를 데리고 가실 분들을 믿을 수 있는지 확인하고 싶었습니다."

"그러셨군요."

백천이 지그시 눈을 감았다 떴다.

"그러실 것 없습니다."

"……예?"

백천이 단호하게 말했다.

"어느 부모도 자식이 험지로 가기를 원치는 않을 겁니다. 조걸은 운남에 데려가지 않겠습니다. 그러니 상단주님께서는 저희가 운남으로 갈 수 있도록 도와……."

"저는 갑니다, 사숙!"

당황한 조걸이 자리에서 벌떡 일어났다.

"저를 떼 놓고는 절대 못 갑니다! 다리가 부러지면 기어서라도 갈 겁니다! 절 떼어 놓을 생각은 하지 마십시오!"

"앉아라."

"사숙!"

"앉으라 했다."

조걸이 입술을 질끈 깨물고는 마지못해 다시 자리에 앉았다. 그 와중에 청명은 술병으로 뻗었던 손을 슬그머니 회수했다. 거, 조금만 더 싸우지. 그럼 몰래 한잔할 수 있었는데.

"사숙. 저는 장문인께 운남으로 가서 일을 성공시키겠노라 말씀드렸습니다! 아무리 사숙이라 해도 저를 막을 순 없으십니다."

"너는 정말 그렇게 생각하느냐?"

"……예?"

"장문인께서 이 일을 아셨다면 네게 운남으로 가라고 하셨겠느냐 이 말이다."

"그건……."

백천은 단호하기 이를 데 없었다.

"사문은 중요하다. 하지만 가문 역시 중요하다. 부모가 원치 않는 일을 하는 것이 진정 너의 도이더냐? 너는 이곳에……."

"도는 얼어 죽을."

그때, 술병에만 관심을 주던 청명이 심드렁하게 입을 열었다.

"하고 싶은 대로 하는 게 도지!"

백천이 골치가 아프다는 듯 청명을 바라보았다.

"가만히 좀!"

"아니. 그게 아니지, 사숙!"

"……뭐가 아니라는 말이냐?"

"거 운남 좀 편하게 가겠다고 사형을 떼 놓고 가는 게 말이나 돼? 차라리 좀 더 힘들고 말지."

백천의 표정이 살짝 굳어졌다.

"이건 조걸 가문의 일이다."

"우리가 하는 건 사문의 일이지."

청명답지 않게 진지한, 장난기라고는 없는 목소리였기에 백천도 자연히 진지한 표정으로 그를 마주 보았다.

"가문과 사문 중 어느 것을 더 중요하게 여길 것인가는 사숙이 정할 게 아냐. 그걸 정하는 건 온전히 조걸 사형의 몫이지. 아무리 사숙이 사형의 윗사람이라고 해도 그걸 강요할 수는 없어. 그건 그저 마음에 달린 일이니까. 그래, 그저 마음이지."

이상하게 현기가 묻어나는 말이었다. 백천이 입을 닫자 청명이 조걸을 돌아보았다.

"사형은 어떻게 할 거야?"

"……내가 정할 수 있다는 거냐?"

"당연한 거 아냐?"

"하지만 운남으로 가기 위해서는 가문의 도움이 필요……."

"거참."

청명이 단호하게 조걸의 말을 잘라 버렸다. 그리고 거침없이 손을 뻗어 술병을 움켜잡고는 병째 나발을 불었다. 술이 꿀꺽꿀꺽 넘어간다.

"크으!"

입가를 소매로 슥 문질러 닦은 청명이 피식 웃었다.

"별게 다 걱정이네. 내가 누구야! 이런 거 안 해도 야수궁이고 나발이고 대가리 다 깨 줄 테니까, 그런 것 신경 쓰지 말고 하고 싶은 대로 해!"

청명이 팔을 살짝 굽히며 알통을 만들어 보였다. 그 모습에 조걸은 그만 웃어 버렸다. 이상하게 저 녀석이 저러는 걸 보면 마음이 편해졌. 한결 밝아진 표정으로, 조걸이 가만히 입을 열었다.

"나는……."

바로 그때였다. 문을 두드리는 소리와 함께 살짝 높은 목소리가 들려왔다.

"가주님. 소, 손님이 찾아오셨습니다."

이 밤에? 조평의 표정이 차게 굳어졌다.

이곳은 사해상회다. 천하에서는 몰라도 성도에서는 그 위세가 하늘을 찌르는 곳이라고 할 수 있다. 문을 닫은 상회의 문을 이 야밤에 두드린다는 것은 무례 중의 무례.

이 성도에서 그런 무례를 저지를 이들은 딱 두 부류밖에 없다. 하나는 거래가 너무 시급해서 무례를 감수하고라도 상회를 찾는 이들. 그리고 다른 하나는…….

'상회에 무례를 저지르는 것 정도는 아무렇지도 않게 생각하는 이들.'

전자는 누구라도 될 수 있겠지만, 후자가 될 수 있는 이는 이 사천에서 딱 한 곳밖에는 없다.

"누구시더냐?"

"그게……."

조평은 살짝 말끝을 흐리는 하인의 목소리에서 방문자가 누구인지를 짐작할 수 있었다. 그리고 그 짐작을 확인이라도 시켜 주듯, 바깥이 소란스러워지기 시작했다.

"들어오시면 안 됩니다."

"기다려 주십시오. 마음대로 그쪽으로 가시면 안 됩니다."

조평의 안색이 확 굳었다. 그의 짐작이 들어맞은 모양이었다. 일이 꼬이기 시작했다는 것을 직감한 그가 자리에서 벌떡 일어났다.

"손님들을 객청으로 모셔라."

"예!"

명을 내린 조평이 재빨리 걸어가 문을 열었다. 아니나 다를까, 바글바글 모여 있는 하인들과 그들을 무작정 밀고 들어오는 사람 몇이 보였다. 고작 세 명. 나이가 많지 않아 보이는 세 사람이 많은 하인을 뚫고 유유자적 걸어오고 있었다.

녹색 무복 차림에 살짝 거무튀튀한 손. 그 두 가지만 보더라도 강호에서 칼밥을 먹는 이라면 이들의 소속을 짐작하기에 어려움이 없을 것이다.

"물러서라!"

"예, 상회주님!"

하인들이 그제야 좌우로 우르르 길을 열었다. 길이 열리자 세 사람은 여유로운 표정으로 다가왔다.

"사해상회주를 뵙습니다."

선두에 선 자가 포권 하자 조평이 마주 포권을 하였다. 그리고 이내 그자의 얼굴을 보며 눈을 크게 치떴다.

"당 소협이 아니시오?"

선두에 선 자는 당잔(當盞)이라는 자로, 사천당가의 소공자 중 한 명이었다.

사천당가 가주의 다섯째 아들. 다른 문파에서 가주의 다섯째 아들이라면 권력에서 벗어나 있는 방계나 다름없다.

그러나 사천당가는 다르다. 혈육이 모든 것을 지배하고, 핏줄로 모든 것이 계승되는 사천당가에서 가주의 다섯째 아들이라면 권력의 핵심이나 마찬가지다.

아직은 나이가 어려 요직을 맡고 있진 않지만, 십 년만 지나면 당가의 중추가 될 가능성이 크다. 그런 이가 이 야심한 밤에 갑자기 사해상회로 쳐들어온 것이다.

조평의 표정이 어두워졌다. 아무래도 좋은 일로 찾아온 건 아닌 모양이었다. 저쪽에서 이렇다 할 대답이 돌아오지 않으니 조평이 빠르게 선수를 쳤다.

"당가의 영웅들을 뵙게 되어 영광입니다. 하지만 이 야심한 밤에 소식도 없이 찾아오셔서 대접에 소홀함이 있을까 걱정이 큽니다."

이 야밤에 찾아온 것을 에둘러 탓하는 말이었다. 하지만 당잔은 그런 것 따위는 아무래도 좋다는 듯 빙그레 미소를 지을 뿐이었다.

"호승심이 가라앉지 않아 무례를 범했습니다. 그러니 상회주께서는 저희를 너무 탓하지 마십시오."

"……호승심이라 하셨습니까?"

"예."

당잔이 조평의 뒤쪽으로 슬쩍 시선을 보낸다. 그가 전각 안쪽을 살핀다는 걸 알아챈 조평은 서둘러 말을 돌렸다.

"일단은 안으로 드시지요. 제가 차부터 한잔……."

"먼 곳으로 배움을 청하러 갔던 사해상회의 이공자가 돌아왔다는 말을 들었습니다."

그의 말을 끊고 들어오는 당잔의 무례에 조평이 입술을 질끈 깨물었다.

'그 소식이 벌써 당가에 들어갔단 말인가?'

조걸이 돌아온 게 불과 반나절 전이다. 아무리 이곳이 성도라지만 그 소식이 벌써 저쪽의 귀에 들어가다니. 이는 당가가 얼마나 성도를 완전하게 장악하고 있는지를 보여 주고 있었다.

"그렇지 않습니까?"

살짝 찔러 들어오는 당잔의 말에 조평의 눈썹이 꿈틀거렸다.

"예, 그렇습니다. 불민한 아들놈이 막 집에 돌아온 참입니다."

조평은 섣부르게 다른 말을 하지 않고, 당잔의 말을 기다렸다. 이곳에 찾아온 저들의 의도가 무엇인지를 파악하는 게 우선이었다. 당잔이 빙그레 웃으며 말했다.

"하하. 사해상회의 이공자인 조걸 공자는 저희 당가에서도 탐내던 인재였지요. 그래서 상회주께서 공자를 다른 곳으로 보내셨을 때 가주님께선 상심이 매우 크셨습니다."

가주라는 말이 나오자 조평이 움찔했다. 좋지 않은 신호였다. 가주를 언급한다는 것은 이 일이 단순히 저들의 치기로 벌어진 행사가 아니라는 뜻이다. 대놓고 말을 하지야 않겠지만, 저들이 이곳으로 찾아온 것이 당가의 뜻이라는 의미다.

"그렇기에 확인을 해 보고자 합니다."

"확인이라 하셨습니까?"

당잔이 빙그레 미소를 지었다.

"예. 조걸 공자는 화산에 입문했던 것으로 알고 있습니다. 그렇지 않습니까?"

"……그렇습니다."

"그렇기에 확인해 보고자 합니다. 당가타에 들어와 무학을 배우는 것도 마다하고 화산에 입문해서 대체 무엇을 얻고 돌아왔는지 말입니다. 조걸 공자께서 큰 배움을 얻고 돌아오셨어야 저희의 섭섭함이 조금이라도 가시지 않겠습니까?"

조평은 말없이 입술을 지그시 깨물었다.

'언젠가는 이런 일이 터질 줄은 알았지만, 설마 이리 급격하게……'

성도에 있는 모든 유력가의 자제들은 대부분 당가타에 들어 당가의 무학을 배운다. 물론 핵심적인 독과 암기술은 절대 가르쳐 주지 않는다. 당가의 비전은 오직 당씨만이 배울 수 있으니까. 심지어 비전의 유출을 우려하여 당씨 성을 가진 여아조차 비전은 배울 수 없다. 오로지 당씨 성의 남아만이 당가의 암기술을 배울 수 있는 것이다.

달리 말하자면 당가타에 드는 유력가의 자제들은 어설픈 껍데기만을 수년 동안 배워야 한다는 의미다. 당가는 그 말도 안 되는 짓거리를 통해 성도의 모든 유력가의 자제들이 무학에 전념할 수 없게 만들었다. 그리하여 당가를 의지하게 만드는 동시에, 당가의 방계라는 소속감을 심어 넣는 것이다. 이러한 과정이 백여 년이 넘게 반복되면서 당가는 성도의 모든 가문을 완전하게 장악했다.

조걸은 이 짓에 동참하기를 거부했다.

— 왜 제가 허수아비가 되어야 합니까?

그리고 조평 역시 그 의견을 은근히 지지했다. 아들이 당가의 꼭두각시가 되는 것만은 막고 싶었다. 하나 그렇다 해서 사천 밖에 있는 유력 문파에 보낸다면 당가의 분노를 살 것이 뻔했다.

그래서 고민 끝에 고른 곳이 화산이었다. 몰락하여 당가의 심기를 거스를 것도 없고, 과거에는 나름대로 명성이 있었으니 자신만 잘한다면 능력을 키울 수는 있을 듯했고, 무엇보다 사천에서 멀리 떨어져 있는 곳. 조걸에게는 딱 걸맞은 곳이었다.

"아시다시피 저희 아이가 입문한 곳은 화산입니다. 화산이야 명실공히 몰락한 문파가 아닙니까. 그저 아이가 검을 워낙 좋아하여 그곳으로 보냈을 뿐입니다."

"하하, 알지요. 압니다. 다만……."

당잔의 눈이 살짝 차가워졌다.

"화산이 몰락했다는 말에는 조금 어폐가 있습니다. 지금 화산의 명성은 사해를 울리고 있지 않습니까?"

"……예? 그게 무슨……."

"이런, 이런. 상인이라는 분이 이렇게 정보가 늦으셔서야……. 지금 화산파의 명성은 중원 전체에 울려 퍼지는 중입니다. 그중에서도 화산의 삼대제자인 조걸과 윤종, 이대제자인 백천과 유이설의 이름이 쉴 새 없이 중인들의 입에 오르내리는 중이지요."

조평이 눈이 흔들렸다. 물론 과장일 것이다. 지금 저들은 자신을 압박하고자 온 것이니까. 하지만 당잔이 읊은 이름들이, 아들과 함께 온 이들과 완벽하게 일치하지 않는가?

'당가라 해도 이 짧은 시간 만에 이곳에 든 이들의 정체를 모두 파악하지는 못했을 터인데.'

그렇다면 저들이 말하는 정도는 아니더라도 조걸의 이름이 강호에 퍼지고 있다는 말은 사실일 것이다. 당잔의 눈이 흥미와 경계를 동시에 품은 채 빛났다.

"특히나 당금 천하제일의 후기지수로 불리는 화산신룡이 이곳에 왔다는 이야기를 들었습니다. 제 이름이 감히 그 명성에 비견될 수는 없으나, 성도에 천하제일 후기지수가 들었는데 어찌 찾아뵙지 않을 수 있겠습니까?"

응? 화산신룡?

굉장히 거창한 이름을 들은 조평의 얼굴에 살짝 의아함이 스쳤다. 이렇게 거창한 이름이 붙는 이들은 하나같이 굉장한 강자라는 걸, 조평 역시 알고 있다.

그리고 그가 생각하기에 저 안에 있는 이들 중 그만한 이름이 어울리는 이는 하나밖에 없었다.

"백천 소협을 말씀하심이오?"

"하하하하."

당잔이 황당하다는 듯 웃었다.

"상회주, 정말 이렇게 나오실 겁니까?"

"……무슨 말씀이신지?"

"운남과 사천만을 누비시더니 중원의 정보에 소홀해지신 건지, 그게 아니면 저를 기만하려 하시는 건지 모르겠습니다."

"기만이라니, 그럴 리가 있겠습니까?"

조평의 눈을 가만히 바라보던 당잔이 고개를 끄덕였다. 조평의 표정에서 기만의 흔적을 찾아내지 못한 것이다.

"뭐, 좋습니다. 지금은 그런 게 중요한 게 아니지요. 여하튼 당가인으로서 성도를 방문한 화산의 제자들을 만나 보고자 하니 그들을 불러 주실 수 있겠습니까? 물론 상회주의 자제분 역시 포함해서 말입니다."

조평의 시선이 살짝 뒤로 향했다.

어찌해야 하는가? 사천, 특히나 성도에 발을 붙이고 사는 입장에서 당가의 요청은 무시할 수 없다.

하지만 지금 이곳에 든 화산의 제자들은 조걸의 사문 어른이자 사해상회의 손님이었다. 저리 이를 드러내고 있는 당가의 앞에 귀한 객들을 내놓는다는 건, 결코 해선 안 될 짓이었다. 조걸이야 상회주의 체면을 보아서라도 크게 핍박하지 않겠으나, 다른 이들은 어찌 될지 모르는 일이다. 사천당가의 무서움과 표독함을 누구보다 잘 알고 있는 조평으로서는 고민할 수밖에 없었다.

"무슨 말인지는 알겠습니다. 하나, 오늘은 시간이 너무 늦어 객들께서 모두 침소에 드셨으니 내일 다시 찾아오시는 것이 어떻겠습니까?"

"하하, 벌써 침소에 들다니. 화산의 제자들은 무척 게으른 모양이지요."

"먼 여행길에 여독이 쌓여……."

당잔이 돌연 정색하며 목소리를 낮게 깔았다.

"상회주. 이건 당가의 행사입니다. 상회주께서는 지금 당가의 행사를 방해하시겠다는 겁니까?"

"그럴 리가 있겠습니까."

조평의 얼굴이 흙빛으로 변했다. 성도에서 당가에 거스른다는 것이 무슨 의미인지를 아는 사람이라면 누구나 조평과 같이 반응할 수밖에 없을 것이다. 당잔이 빙그레 웃었다.

"이거 본의 아니게 상회주를 핍박하는 모양새가 되어 버렸습니다. 제가 사과드리겠습니다."

"아, 아닙니다."

당잔이 슬쩍 조평의 뒤를 보며 말했다.

"화산의 제자들은 자존심도 없는 모양이군요. 분명 제 목소리가 들릴 텐데 끝까지 그리 사해상회의 뒤에 숨어……."

그때였다.

"야! 참아! 참으라고!"

"여기 사천이야, 인마! 장문인이 사고 치지 말라고 그렇게……!"

"으아아아아! 저거 잡아, 저거!"

별안간 안쪽에서 소란스럽게 고함이 들려오기 시작했다. 그리고 이내 쾅, 하는 강한 소음과 함께 문짝이 하늘로 솟아올랐다.

자신의 바로 옆에 퍽 떨어진 문짝을 본 당잔은 눈을 끔뻑이다가 고개를 들었다. 한 손에 술병을 든 어린 청년이 병나발을 불더니 입가를 슥 닦았다. 순간 당잔의 머릿속을 스치는 생각은 딱 하나였다.

'취했나?'

저건 완전히 취객의 행색이지 않은가. 그 와중에 당잔은 그의 무복 가슴팍에 매화 무늬가 새겨져 있다는 것을 놓치지 않고 보았다. 당잔이 의아한 표정으로 입을 열려는 찰나였다.

"넌 뭔데 야밤에 쳐들어와서 시비야?"

"……어?"

"콱 뒈지려고."

당잔이 길지 않은 그의 삶을 통틀어 들어 본 말 중 가장 황당했다. 조평 역시 상황이 크게 다르지 않았다. 그의 눈이 반쯤 밖으로 튀어나왔다.

"어……. 어어……."

'뒈지려고?'

조평은 순간 자신이 들은 말을 이해하지 못하고 한참 되새겼다. 저 당잔을 향해 저런 상스러운 말이 쏟아지는 상황은 상상조차 해 본 적 없다.

당잔이 누구인가? 사천의 유력가이자, 성도의 지배자인 사천당가의 다섯째 공자가 아니던가. 다른 곳도 아닌 성도에서 사천당가의 자제에게 이런 말을 할 수 있는 이가 있을까? 있다면 사천당가조차 발아래로 둘 수 있는 천하의 강자거나, 아니면…….

'그냥 미친놈이겠지.'

불행하기 짝이 없게도 지금의 상황은 아무리 봐도 후자에 가깝다. 이 어린 청년이 사천당가조차 안중에 두지 않을 강자일 수는 없으니까.

'……이걸 어떻게 수습해야 하지?'

머릿속이 하얗게 질렸다. 사천당가가 소수에 불과함에도 천하에 그 이름을 떨치는 이유는 단순히 그들이 강하기 때문이 아니다. 그 집요함과 표독함. 정파임에도 오히려 사파에 가깝다고 평가될 만큼, 원한을 잊지 않고 모독에 민감하기 때문이다.

그런데 그 사천당가를 저리 대놓고 모독했으니 뒷감당을 어찌하려는 것인가. 심지어 이 여파는 단순히 화산에서 그치지 않을 가능성이 크다. 어쩌면 사해상회 역시 이 일을 일정 부분 책임져야 할 것이다.

하지만 조평의 우려와는 달리, 당잔은 딱히 흥분하지 않았다. 분노보다는 황당함이 크기도 했고, 어떤 상황에서도 흥분해서는 안 된다는 가문의 가르침이 그를 억누르고 있었다. 눈을 가늘게 뜬 그는 흥분하는 대신 문밖으로 걸어 나온 이를 면밀하게 주시했다.

매화 무늬가 새겨져 있는 화산의 무복. 아직은 어린 티를 완전히 벗지 못한 얼굴은 나름 헌앙하다고 할 수 있을 정도였다. 화산의 제자라는 것은 확실하지만, 저자가 화산의 제자 중 누구인가는 확실치 않았다.

"귀하는 누구시오?"

당잔은 자신이 지금 낼 수 있는 최대한의 침착함과 예의를 담아 입을 열었다. 하지만 돌아온 반응은 그가 차린 예의를 무색하게 만들었다.

"넌 누군데?"

……심드렁하다 못해 무례한 반응. 빨갛게 달아오른 얼굴. 그리고 손에 든 술병. 그 모든 것을 종합해 본 결과, 당잔은 한 가지 결론에 도달할 수 있었다.

'취했네.'

취객과 드잡이하고 싶은 생각은 없었다. 다만, 당잔의 머릿속에서 화산에 대한 평가가 수직으로 하락하기 시작했다. 외지에서 취할 정도로 술을 마시다니. 강호에 떠도는 화산 제자들에 대한 소문은 다 과장이었단 말인가?

때마침, 그 평가에 반발이라도 하는 듯이 화산의 무복을 입은 이들이 방에서 우르르 뛰쳐나왔다.

"아하하하하하! 애가 많이 취해서요. 죄송합니다!"

"들어가자! 자아, 청명아! 들어가자, 어서!"

화산 제자들이 취객의 사지를 움켜잡고 안으로 끌고 들어가기 시작했다.

여기까지라면 그저 웃어넘길 수 있을 일이었지만…… 문제는 그 취객의 이름이었다. 당잔의 입에서 당황을 숨기지 못한 목소리가 흘러나왔다.

"청명? 지금 저자가 그 화산신룡 청명이란 말이오?"

이내 눈에도 경악이 어렸다. 조평 역시 황당하단 눈빛으로 화산의 제자와 당잔을 번갈아 보았다.

"화, 화산신룡? 저 사람이?"

조평의 말이 당잔의 심정을 대변해 주고 있었다.

화산신룡. 이제 그 이름 앞에는 한 가지 수식어가 반드시 따라붙는다. 천하제일 후기지수. 이 말에는 강호인들의 선망과 기대가 어려 있다. 천하제일인의 자리를 꿈꾸는 후기지수들이 누구나 손에 넣고 싶어 하는 자리. 당대의 단 한 사람만이 이름을 올릴 수 있는, 영광스럽기 짝이 없는 별호다.

종남의 이대제자 열 명을 상대로 승리. 심지어는 무당의 진자 배도 아닌, 무자 배를 상대로 승리했다는 소문마저 몰고 다니는 이. 그토록 위험했던 검총에 뛰어들어 몰살을 막아 내고 끝내 무당 허산자의 인정을 받아 낸 이. 무력과 지력을 겸비한 당대 최고의 후기지수!

"……저자가?"

당잔과 조평의 고개가 동시에 삐딱해졌다. 아닌 것 같은데. 에이, 설마. 당장 저 주정뱅이의 옆에 있는 이들이 훨씬 더 훌륭한 무인 같아 보인다. 그중 하나는 당잔마저도 긴장하게 할 만큼 굉장한 기세를 내뿜고 있었다. 그런데 저런 자를 내버려 두고 저 주정뱅이가 화산신룡이라고? 뭔가 착오가 있었던 게 분명하다. 그게 아니면 천하에 알려진 화산신룡에 대한 평가가 완전한 거짓이든가.

당잔은 미간을 찌푸린 채 잠깐 고민하다 입을 열었다.

"그대가 화산신룡 청명이오?"

질질 끌려가던 청명이 그의 목소리에 반응했다.

"봐 봐! 봐 보라고! 쟤가 나 부르잖아!"

"아니야, 아니야. 아무도 안 불렀어."

"잘못 들은 거다. 들어가자, 청명아!"

"아니, 지금 불렀다니까! 웃차!"

팔을 휘저어 사형제들을 떨쳐 낸 청명이 다시금 휘적휘적 걸어 앞으로 나섰다. 그러더니 당잔을 보며 눈을 가늘게 떴다.

"나 불렀어?"

"……그대가 청명이오?"

청명이 한숨을 푹 내쉬었다. 그리고 작게 혀를 찼다.

"아니, 요즘 애새끼들은 다들 예의를 밥 말아 처먹었나? 남의 이름 묻기 전에 자기 이름부터 말하는 건 기본 아냐? 넌 누군데?"

당잔이 입을 꾹 닫았다. 듣고 보니 자신이 실수한 게 맞다. 워낙 황당하다 보니 예의를 잠시 잊은 것이다.

"……실례했소. 나는 사천당가의 당잔이라고 하오."

"당가?"

"그렇소이다."

청명이 얼굴을 일그러뜨렸다.

"아니, 당가면 배울 만큼 배운 놈일 텐데 이 야밤에 쳐들어와서는 사람을 내놓으라 마라 난리를 친다고? 내가 아는 당가는 싹 다 뒈지고 그새 다른 당씨 놈들이 당가를 새로 만들었나?"

청명의 말이 쏟아질수록 당잔의 얼굴이 시뻘겋게 달아올랐다. 그를 모욕하는 것은 상관없다. 그러나 이건 당가를 직접 모욕하는 말이었다. 결국 흥분한 당잔이 막 한 소리를 하려는 찰나, 윤종이 후다닥 앞으로 뛰어나와 청명의 입을 마구 때리기 시작했다.

"요놈의 주둥이! 요놈의 주둥이!"

찰싹! 찰싹!

"악! 아악! 왜 때려!"

아예 청명의 뒷덜미를 덥석 움켜잡은 윤종은 그를 질질 끌고 뒤로 물러났다. 그 광경을 황당하다는 눈빛으로 바라보는 당잔의 앞으로, 백천이 슬쩍 헛기침하며 나섰다. 그 역시 얼굴이 약간 붉어져 있었다.

"실례가 많았습니다. 화산의 백천이라 합니다."

"……화정검이시오?"

"과분하지만 그런 별호로 불리고 있습니다."

"그렇다면 귀하께서 무당의 검룡을 꺾은 바로 그 사람이시군요."

"……가볍게 손을 나눴을 뿐입니다."

당잔의 눈이 서늘해졌다. 어쨌건 드디어 말이 통하는 사람을 만났다. 워낙 황당한 일을 겪다 보니 상대가 경우를 안다는 사실에 반가움까지 느껴졌다.

"이 야심한 밤에 찾아뵌 무례를 이해해 주시기 바랍니다. 천하에 이름을 떨치는 화산의 제자들이 성도에 들었다는 말을 들으니 들끓는 호승심을 감당하기가 어려웠습니다."

"무례라고 생각지는 않습니다. 그저 저희가 감히 당가의 호승심을 불러일으킬 만한지, 민망할 따름입니다."

당잔이 입꼬리를 말아 올렸다.

"충분하고도 남습니다. 특히나……."

당잔의 시선이 백천의 뒤에 선 조걸에게로 향했다.

"조 공자와 당가는 얽힌 것이 많습니다. 그렇기에 저는 조 공자께서 화산에서 무엇을 배워 오셨는지 오늘 이 자리에서 확인해 보고자 합니다."

백천의 표정이 살짝 굳었다.

"이해하지 못할 일입니다. 당가가 어째서 화산 제자의 성취를 확인한다는 말입니까?"

"간단한 일이지요."

당잔이 여유만만하게 미소를 지었다.

"그는 화산의 제자이기도 하지만, 사해상회의 자제이기도 하기 때문입니다. 성도에 발을 붙이고 살아가는 이들 모두는 사천당가의 검증을 받아야 할 의무가 있습니다."

백천이 미간을 찌푸렸다. 네놈들이 황가도 아닌데 어찌 그런 권한이 있느냐 따져 묻고 싶었지만, 그건 의미가 없는 일이다. 적어도 이 성도 내에서는 사천당가가 왕처럼 군림하고 있다는 게 사실이니까. 어설프게 회피하려 든다면 조걸이 아니라 사해상회가 그 대가를 치를 가능성이 크다. 그리고 그건 백천이나 조걸 모두 바라지 않는 일이다.

그때, 등 뒤에서 조걸의 목소리가 들려왔다.

"사숙, 제가 나가겠습니다."

"걸아."

"잠시……."

조걸이 백천을 불러 뒤쪽으로 물러났다. 그러더니 당가의 사람들에게 들리지 않을 만큼 낮은 목소리로 속삭였다.

"이건 성도를 살아가는 이들의 방식입니다."

"나는 이해가 안 간다. 이게 대체 무슨 일이냐?"

"……화산의 명성이 높아졌기 때문입니다. 저들은 성도의 유력가들이 당가의 지배를 벗어나길 원하지 않습니다. 저를 내버려 둔다면 다른 유력가의 자제도 외지의 명문파로 갈 수 있다는 것을 알기에 제게 망신을 주어 애초에 싹을 잘라 버리려는 겁니다."

백천의 눈에 황당함이 어렸다.

"허? 그게 말이나 되는 소리냐?"

"그게 사천의 방식이고, 당가의 방식입니다. 여기서 화산이 끼어들면 일이 더 복잡해집니다. 이 일은 제게 맡겨 주십시오."

백천이 가만히 고개를 끄덕였다.

"알겠다. 잠시 기다리거라."

"예, 사숙."

백천이 다시 앞으로 나섰다. 조금 전보다 당장에게로 더 가깝게 다가가 허리를 곧게 펴고 입을 열었다.

"제 사질을 어찌 검증하겠다는 것입니까?"

"그야 뻔한 소리 아닙니까? 무인이 무인을 검증하는 방법이 달리 또 있습니까?"

당잔의 입꼬리가 비릿하게 말려 올라갔다.

"직접 손을 섞어 보면 알 일이지요."

백천이 미소를 지으며 고개를 끄덕였다.

"그러니까, 사해상회의 이공자이자 화산의 삼대제자인 조걸의 실력을 검증하고 그 결과를 성도에 공표하고 싶으니 조걸을 내어놓으라 이 말씀이시지요?"

"조금 과격하기는 합니다만, 그리 틀리지 않습니다. 그리고 이왕이면 화산의 제자 분들과도 친우를 다지고 싶었지만, 상황이 여의찮은 모양입니다. 그러니 그 일은 나중에 하도록 하고……."

당잔의 시선이 차갑게 빛났다.

"우선은 조걸을 내어놓으십시오. 이건 사천당가의 행사입니다. 방해는 용납하지 않겠습니다."

백천의 미소가 더욱 짙어졌다.

"물론입니다. 화산은 사천당가의 행사를 방해할 생각이 추호도 없습니다."

"말이 통하시는 분이군요."

"다만…… 문제가 조금 있는데."

"문제?"

"예, 문제."

백천이 살짝 고개를 비딱하게 꺾었다.

"일을 방해할 생각은 없지만, 지금 이곳에 있는 이들이 조걸을 검증하겠다는 말이 아닙니까?"

"……그게 왜 문제가 됩니까?"

"그 실력으로 말입니까?"

당잔이 눈을 크게 치떴다. 하지만 백천은 미동도 없이 그런 당잔을 투명한 눈으로 응시할 뿐이었다.

"감히 화산의 삼대제자를 검증하겠다고 나서시니, 이쪽도 그에 걸맞은 대접을 해 드려야죠. 오십시오. 먼저 그쪽의 실력을 내가 검증해 드릴 테니. 이래야 공평한 처사가 아니겠습니까?"

백천이 옆구리에 찬 검을 툭 쳤다. 그리고 단호하게 말했다.

"그러지 않는다면, 내 사질에게는 손가락 하나 댈 수 없소. 이건 화산의 행사요. 방해는 용납하지 않겠소."

뒤쪽에서 사태를 관망하던 모든 화산의 제자들이 그런 백천을 멍하니 바라보았다.

"와……. 사숙."

"사형!"

"……사고 치지 말라면서요. 댁이 사고를 치면 어떻게 합니까? 문파 꼴 잘 돌아가네, 진짜!"

한편 당잔의 표정에는 귀기가 어렸다. 이 작자가 지금 뭐라고 지껄인 거지? 검증? 누가 누구를? 화산의 제자가 당가의 가솔인 그를? 당잔이 으드득 소리가 나도록 주먹을 꽉 움켜쥐었다. 그가 채 입을 열기도 전에 좌우에 서 있던 동생들이 먼저 말했다.

"형님. 아무래도 저놈들이 제정신이 아닌 모양입니다."

"화산과는 왕래가 없어 최대한 예의를 갖추려 했지만, 저들이 먼저 시비를 걸어오는 건 다른 이야기 아니겠습니까?"

그의 동생들도 노기를 참지 못하는 기색이었다. 생각해 보면 당연한 일이다. 그들이 언제 이런 대접을 받아 보았겠는가? 화산 놈들이 단체로 머리가 돌아 버리기라도 한 건가 싶었다. 저 주정뱅이 놈까지는 이해했다. 문파의 규모가 커지다 보면 한두 놈쯤은 제정신이 아닌 놈이 나오기 마련이다. 당가만 해도 도저히 남 앞에는 못 내놓을 망나니들이 있지 않은가?

하지만 화정검 백천마저 시비를 걸어온다면 이건 별개의 문제였다. 화산이 당가를 아주 졸로 본다는 말과 다르지 않으니까. 이를 갈아붙인 당잔은 금방이라도 달려들어 죽일 듯한 눈빛으로 백천을 노려보았다.

"그 말에 책임지실 수 있겠습니까?"

"저는 언제나 제 발언에 책임을 지며 살아왔습니다. 이번이라 하여 딱히 다를 이유도 없습니다."

백천이 여유롭게 대답했다. 그 말을 들은 당잔은 오히려 화가 가라앉는 것을 느꼈다. 분노가 극에 달하면 오히려 침착해진다더니 그 말이 맞았다.

"화산은 대단한 문파인 모양입니다. 제자 하나를 보호하기 위해서 감히 당가의 앞을 막아서다니. 이 일을 정녕 감당할 수 있다는 말이겠지요?"

백천이 피식 웃었다.

"당가는 그렇지 않은 모양이지만, 화산은 문파의 제자를 보호하는 데 있어 계산 따위는 하지 않습니다. 가장 우선시해야 할 것이 있는데 뭘 고민한다는 말입니까? 그럴 리도 없겠지만, 설사 이 일로 화산이 멸문한다고 해도 화산의 제자 중 누구도 저를 탓하지 않을 겁니다. 그게 화산입니다."

감격스러운 말이었다. 제자들의 반응이 전혀 다르다는 것만 빼면 말이다.

"뭐래?"

"원망할 건데요?"

"혼자서 너무 나가신다."

백천이 살짝 달아오른 얼굴로 입을 꾹 닫았다. 저 망할 놈의 사질들은 이럴 때까지 주둥아리를 못 닫아서!

여하튼 화산의 제자들이 어떻게 생각하건 당잔은 굳이 감안할 필요가 없었다. 중요한 건 감히 당가를 무시한 저자를 어찌 응징하느냐니까.

"화정검······. 무당의 검룡을 쓰러뜨린 화산의 후기지수."

간혹 화정검을 화산신룡의 앞에 두어 평가하는 이들도 있다. 들려오는 업적들이 너무 어마어마하고 괴이한 일들로만 가득해서 반드시 과장이 있을 거라 생각되는 화산신룡과는 달리, 화정검이 해 온 일은 그 실체가 분명하니까. 특히나 오룡 중 하나로 불리던 검룡을 쓰러뜨린 일은 그를 새로운 오룡의 일원으로 평가하기에 모자람 없는 사건이지 않은가?

"상대로서 부족함은 없겠지."

당잔이 앞으로 한발 나섰다.

"사천당가의 당잔이오. 내 손은 자비를 모르니 조심하시오."

"화산의 백천이오. 걱정하실 것 없소. 내 검은 자비로우니까."

"이 작자가 끝까지······."

막 당잔이 소매에 손을 밀어 넣으려는 찰나였다. 백천의 등 뒤에서 청명이 여전히 불콰한 얼굴을 쏙 내밀었다.

"그런데 왜 사숙이 싸워?"

"······어?"

백천이 반쯤 비무 준비에 들어간 당잔을 두고 뒤를 돌아보았다.

당잔은 크게 당황했다. 저놈이 진짜 미쳤나? 상대를 앞에 두고 등을 돌린다는 것은 결코 있어서는 안 될 일이다. 하지만 또한 돌아선 상대의 등을 노리는 것 역시 정파를 자처하는 이들이라면 해서는 안 될 행위였다. 때문에 당잔은 두 눈을 멀뚱히 뜬 채 백천이 하는 꼴을 그저 구경해야 했다.

"아까부터 자꾸 사숙이 나서는데, 이건 조걸 사형의 일이잖아."

"……조걸을 내보내자고?"

"사숙이 그런 쪽으로 욕심이 있다는 건 알겠는데, 충분히 멋졌으니까 이제 조걸 사형도 뽐낼 기회를 줘야지. 간만에 부모님도 만났는데."

백천의 눈이 파르르 떨렸다.

'이놈은 대체 당가를 뭐라고 생각하는 거지?'

사천당가. 독과 암기로 유명한 사천의 명문이다. 강호에서 잔뼈가 굵은 이들도 사천당가의 고수를 상대할 때는 아주 작은 실수만으로도 목숨이 위험해진다. 그런데 실전 경험도 적은 조걸에게 다짜고짜 당가의 인물들을 상대하게 한다고?

"너무 위험하지 않겠느냐?"

"괜찮아, 괜찮아. 범은 자기 새끼를 절벽에서 떨어뜨린다고 했어."

"그러면 죽어, 인마!"

호랑이가 들었으면 기함할 소리를 잘도 하는 청명이었다. 백천의 다급한 반응에 청명이 혀를 찼다.

"쯧쯧. 이래서 윗사람들은."

청명 역시 백천이 무얼 우려하는지 아주 잘 알고 있었다. 하지만 누군가를 아끼고 감싸는 행위가 반드시 도움이 되는 것은 아니다. 후인을 아낀다는 말은 후인의 경험을 앗아 간다는 말과도 같다. 청명이 가장 경계하는 게 그것이었다.

자신이 모든 일을 해치워 버린다면 그의 후예들은 올바르게 자라날 기회를 잃게 된다는 걸 잘 알고 있었다. 청명으로 인해 얻을 것을 최대한 얻게 하되, 청명으로 인해 잃는 것을 최대한 줄여야 한다.

"조걸 사형이 그렇게 약해 보여? 저런 애들한테는 안 져."

청명이 피식 웃으며 말했다. 백천의 표정이 살짝 굳어졌다. 청명의 말에서 조걸에 대한 믿음이 확연하게 묻어났다. 확실히…….

"내가 어떻게 굴렸는데!"

……뒷말만 안 붙였어도 살짝 감동할 뻔했다. 그런 백천의 기분을 아는지 모르는지. 청명이 고개를 휙 돌려 조걸을 바라보았다.

"안 그래, 사형?"

조걸이 무겁게 고개를 끄덕였다. 진다, 지지 않는다. 이건 그런 문제가 아니다. 이건 조걸과 사천당가 사이의 문제다. 그러니 해결 역시 조걸이 해야 한다. 조걸이 청명을 똑바로 바라보았다.

'여하튼 이놈은.'

사실 청명이 나서 준다면 이 일은 쉽게 해결될지도 모른다. 저놈은 무슨 일이든 어떻게든 해결하고 마는 도깨비 같은 놈이니까. 하지만 조걸은 알고 있다.

'언제까지 청명의 등 뒤에 숨어 있을 수는 없어.'

청명의 짐이 되고 싶은 생각은 추호도 없었다. 그럴 생각이었다면 이번 운남행에 따라나서지도 않았을 것이다. 대등할 수 없다는 건 알지만, 적어도 도움이 되고 싶었다. 그것이 청명과 함께할 수 있는 최소한의 조건이라고 생각했다. 이런 일 하나 홀로 해결하지 못하면서 무슨 얼어 죽을 도움인가? 조걸은 백천을 똑바로 바라보며 입을 열었다.

"사숙. 사숙의 뜻은 잘 알고 있습니다. 하지만 이건 제가 해결해야 할 일입니다."

백천의 시선이 무겁게 가라앉았다.

"할 수 있겠느냐?"

"저도 화산의 제자입니다."

조걸이 씨익 웃었다. 이 순간, 세상 그 어떤 말도 이 말보다 더 믿음직할 수 없을 것이다. 백천이 미소로 조걸의 웃음을 받았다.

"가라."

"예!"

백천과 청명을 뒤로하고 조걸이 나서자 당장이 미간을 찌푸렸다.

"그대가?"

"처음부터 원한 건 나이지 않았소? 그러니 내가 상대해 드리는 것이 도리에 맞겠지."

조걸이 자신의 허리춤에 찬 검을 툭 쳤다. 당장이 미간을 확 일그러뜨렸다.

'감히……'

백천과 청명이 건방지게 구는 건 이해할 수 있다. 하룻강아지가 범의 무서움을 알지 못하는 일은 의외로 자주 일어나는 일이니까. 하지만 조걸은 아니다. 성도 출신인 그가 사천당가의 무서움을 모를 리가 없다. 그런데도 지금 그를 상대하겠답시고 당당히 나서고 있는 것이다.

당장은 더 이상의 대화가 불필요하다 느꼈다. 이제는 차릴 예의도 남아 있지 않다. 처음 이곳에 왔던 목적대로 저 조걸을 가차 없이 꺾어 성도에서 당가를 거스른다는 것이 어떤 의미인지를 모두에게 경고하면 그만이다. 다만 거기에 한 가지 더해…….

'몸 성히 끝낼 생각은 하지 않는 게 좋을 것이다.'

이곳에서 받은 모든 모욕을 조걸에게 풀기로 다짐한 당잔은 가만히 녹피 장갑을 꼈다. 사천당가의 무인들이 지니고 다니는 녹피 장갑은, 사슴 가죽을 특수한 약품으로 처리하여 독이 스며들지 않게 만든 것이다. 녹피 장갑을 낀다는 것은 독을 쓰겠다는 신호로 쓰이기도 하지만 상대와의 비무에서 손속에 사정을 두지 않겠다는 의미이기도 하다. 조걸은 가라앉은 눈빛으로 그런 그를 바라보았다.

두 사람의 대치가 시작되었다. 그 광경을 바라보는 모두가 나름의 침착함을 유지했다.

그러나 단 한 사람, 도무지 평정을 유지할 수 없는 이가 있었다. 조평은 그의 아들이 앞으로 나서는 순간부터 거의 이성을 잃고 있었다.

세상에! 저 사천당가의 당잔을 상대하겠답시고 조걸이 나서고 있다. 당잔이 누구인가? 저 무서운 당가의 후기지수 중에서도 그 재능이 뛰어나다고 인정받는 이다. 그런 이를 아들인 조걸이 상대한다고 나서니 돌아 버릴 지경이었다.

'말려야 한다!'

조평의 눈에는 아무것도 보이지 않았다. 그가 직접 나서서 조걸을 보호하려 든다면 당가의 분노가 사해상회에 떨어질 것이라는 사실도 지금은 머릿속에 들어오지 않았다. 어떻게든 이 상황을 무마해야 한다는 생각뿐이었다.

"다, 당 소협! 이 일은……!"

하나, 그 순간 조걸이 단호한 눈빛으로 조평을 바라보았다.

"아버지!"

"……걸아?"

"이건 사해상회의 일이기도 하지만 화산의 일이기도 합니다. 저를 믿고 기다려 주십시오."

"네, 네가 지금 무슨 말을 하는지는 알고 있는 게냐?"

물음에 대한 대답은 입이 아닌 그 손에서 나왔다. 스르릉, 검을 뽑아 든 조걸이 가만히 당잔을 응시했다. 한때 그에게 사천당가의 이름은 두려움과 공포의 상징이자, 극복할 수 없는 벽과도 같았다. 성도 상가의 자제로 태어난 그 순간부터 사천당가는 언제고 그의 머리 위에 존재하는 천형(天刑)과도 같았다.

하지만 지금은 겁내는 게 더 웃기다. 저 뒤쪽에서 술을 꼴꼴 마셔 대고 있는 놈을 생각하면 당잔 따위는 착한 아이에 불과하다. 저런 괴물과 싸워 온 조걸이 어떻게 당잔에게 지겠는가?

화산에서 무엇을 얻어 왔냐고? 너무 많아서 입으로는 설명할 수도 없다. 그러니 이 검으로 보여 줄 수밖에.

차갑게 가라앉은 조걸의 눈을 보며 당잔이 출수를 하려는 찰나였다.

"형님."

들려오는 목소리에 당잔이 뒤를 돌아보았다.

"닭 잡는 일에 소 잡는 칼을 쓸 필요가 있겠습니까? 제가 가겠습니다."

그의 동생인 당호(當浩)가 이죽거리며 앞으로 나섰다.

"이건 내가……."

"화정검이 나서지 않는데 형님이 나서면 모양새가 좋지 않습니다."

이 말엔 당잔이 고개를 살짝 끄덕였다. 틀린 말은 아니다. 사람은 격에 맞게 행동하는 것도 중요하니까.

당잔이 낮게 속삭이며 뒤로 한 발짝 물러섰다.

"절대 손속에 사정을 두지 마라."

"물론입니다."

당호가 조걸의 앞에 서선 소매 안으로 손을 쑤셔 넣었다. 사천당가의 무인을 직접 본 적 없는 이라도 소문만은 들어 봤을, 사천당가 특유의 기수식이다. 저 소매 안에서 당가의 모든 암기가 발출된다.

"사천당가의 당호요."

"화산의 조걸이외다."

당호의 눈에 새파란 살기가 어렸다. 조걸의 얼굴은 그의 기억에도 있다. 사해상회의 자제를 모를 리가 없다. 그들은 어린 시절부터 자신들이 다스려야 하는 이들의 얼굴을 모조리 머릿속에 박아 넣으라 교육받으니까. 과거에는 그의 눈초차 마주치지 못하던 조걸이 지금 감히 그에게 검을 겨누고 있다. 저 건방진 놈의 팔 하나 정도는 못 쓰게 만들어 줘야 분이 풀릴 것 같았다.

당호가 소매 안에 든 우모침(牛毛針)을 살짝 어루만지다가 빛살처럼 흩뿌렸다. 눈에 잘 보이지도 않는 극세한 우모침 수십 가닥이 가공할 속도로 조걸에게로 쏘아졌다.

'뭐야? 별것도 아니잖아?'

조걸이 전혀 반응하지 못하는 모습을 본 당호가 내심 쾌재를 불렀다. 일단 우모침을 명중시키고, 제대로 움직이지 못하게 되면 그때 조걸을…….

"엇?"

그때였다. 반응조차 하지 못하는 것 같던 조걸의 검이 가공할 속도로 휘둘러졌다.

카카카카카캉!

수십 개에 달하는 우모침을 조걸의 검이 일일이 튕겨 냈다. 그 믿을 수 없는 광경에 당호가 두 눈을 부릅떴다. 그리고 그는 이내 깨달았다. 놀라기에는 아직 이르다는 걸. 조걸이 타탓, 땅을 박차며 벼락처럼 당호를 향해 곧장 쇄도했다.

"어……?"

파아아앙!

평정을 잃은 자는 승리할 수 없는 법. 자신의 목을 후려쳐 오는 조걸의 검면(劍面)을 느끼며 당호는 스르르 허물어졌다.

'마, 말도 안…….'

조걸은 정신을 잃고 바닥에 털썩 쓰러진 당호를 가만히 내려다보다 입가를 실룩였다. 그리고 고개를 들어 당잔을 바라보며 묵직하게 외쳤다.

"다음!"

나 이거 꼭 한번 해 보고 싶었어! 크으!

한편 당잔의 눈에는 커다란 경악이 어렸다. 일격. 그저 일격이었다. 어떻게 이런 일이 벌어질 수 있단 말인가.

당잔의 시선이 바닥에 쓰러진 당호에게로 향했다. 당호가 당잔에 비해서는 실력이 처지는 편이라고 하나, 어쨌든 그 역시 사천당가 가주의 아들이다. 어중이떠중이에게 당할 실력은 아니라는 뜻이다. 아니, 어디에서도 처지는 실력은 아니라고 해야 할 것이다. 그런 당호가 일격에 의식을 잃고 꼴사납게 바닥에 쓰러져 있다.

방심해서? 물론 그럴지도 모른다. 하지만 그것만으로는 상황이 이렇게까지 된 것을 설명할 수 없다. 방심한 상대의 허점을 노리는 것 역시 실력이니까. 뭔가 말을 하려 입술을 몇 번 달싹이던 당잔은 결국 입을 꾹 닫고 말았다. 지금은 어떤 말도 의미가 없다.

당혹함을 어떻게든 감추려 애쓰는 당잔과 달리, 조걸의 얼굴은 살짝 상기되어 있었다.

'와, 어떻게……!'

쓰러져 있는 당호를 보면서도 믿기지 않았다. 그는 당가의 직계다. 과거의 조걸에게는 무슨 수를 써도 뛰어넘을 수 없는 벽이자 평생을 지고 가야 할 천형 같은 존재였다.

하지만 지금 그 벽이 무너졌다. 기쁨과 흥분이 교차한 표정으로 조걸은 검 손잡이를 꽈악 잡았다. 그리고 그 순간.

"다으으으음?"

삐딱한 목소리가 조걸의 귀를 파고들었다. 조걸은 못 들은 척 눈을 질끈 감았다.

'돌아보지 말아야지. 절대 뒤돌아보지 말아야지.'

등 뒤에서 사형제들이 어떤 눈빛으로 보고 있을지 눈에 훤하다. 저 승냥이 떼에게 틈을 보여서는 안 된다.

"아주 검신 납셨네."

"겉멋만 들어서는!"

"저거, 저거 더 맞아야 해, 저거."

훈훈하지 않은가. 얼마나 훈훈한지 몸에서 땀이 줄줄 흐를 정도다. 한 동안은 절대 눈도 마주쳐서는 안 된다. 마주쳤다가는…….

"다아아아으으음?"

……일단 다른 사람은 몰라도 저놈은 죽어도 피해야 한다.

나직한 헛기침으로 민망함을 날려 버린 조걸은 검을 들고 당잔을 정확하게 겨누었다.

"오지 않을 셈입니까?"

그 말에 발끈한 것은 당잔이 아니라, 그 옆을 지키고 있던 당화(當和)였다.

"이놈이 감히!"

당화가 이를 갈며 앞으로 나서려는 찰나, 녹피 장갑을 낀 손이 그의 앞을 가로막았다. 당잔이 서늘한 눈빛으로 당화를 보고 있었다.

"물러서라."

"형님? 하지만 저놈이 너무 방자……."

"네 상대가 아니다."

당화가 눈을 부릅떴다. 지금 당잔의 입에서 나온 말이 어떤 의미인지 모를 그가 아니다. 당잔과 조걸을 번갈아 보던 당화의 시선이 이내 바닥에 쓰러져 있는 당호에게 가 닿았다. 당호와 그의 실력은 별반 다르지 않았다. 당호가 당했다면 그 역시 당할 수 있다는 뜻. 나아가, 조걸이 당호를 쓰러뜨린 것이 결코 우연이 아니라는 의미다.

기세가 죽은 당화가 결국 입술을 질끈 깨물고는 말없이 앞으로 걸어 나갔다. 이번에는 당잔도 그를 말리지 않았다. 당화는 바닥에 쓰러진 당호를 둘러업고는 자리로 돌아왔다.

"물러나 있거라."

"예."

설사 조걸의 실력을 인정하지 않는다고 해도 당잔의 명을 거역할 수는 없었다. 형제이지만, 당잔과 그는 가문에서의 입지가 다르니까.

당화를 뒤로 물린 당잔은 조걸과 그 뒤에서 여유로운 표정을 짓고 있는 화산의 문하들을 바라보았다.

"동생이 실례를 저질렀소. 하나, 나는 저 녀석과는 다르니 조심하는 게 좋을 거요."

냉기가 뚝뚝 떨어지는 말투였다. 조걸의 몸에 힘이 잔뜩 들어갔다. 머리가 이해하기 전에 몸이 당장의 강함을 파악한 것이다.

'무당의 이대제자 이상인가?'

이미 무당의 진자 배와 검을 섞어 보았고, 그리 어렵지 않게 승리를 따냈었다. 그런데 아무래도 당장은 그보다 한 차원 위의 존재 같았다. 하기야, 무당 같은 거대 방파의 제자와 당가와 같은 소수 정예 세가의 직계를 비교할 수는 없는 노릇이다. 당장을 상대하려면 검룡 정도는 직접 나와야 할 것이다. 그러니 백천이 상대했던 검룡을 이번엔 조걸이 상대하는 것이나 마찬가지다.

'나는 얼마나 강할까?'

조걸의 가슴이 살짝 흥분으로 들떴다. 그리고 바로 그 순간이었다.

"저 봐, 저 봐. 어깨 들썩이는 것 봐. 뒈지려고."

……저 귀신 같은 새끼. 청명의 짜증 섞인 목소리가 조걸의 귀를 파고 들었다.

"그만큼 상대를 앞에 두고 흥분하지 말라고 귀에 못이 박이도록 이야기를 하는데, 어떻게 일다경도 안 돼서 여물 본 소처럼 들썩거리지? 귀에 만년한철이라도 덧씌워 놔서 못이 안 박이나?"

청명의 말이 비수처럼 조걸의 등에 푸욱 꽂혔다.

"전장에 나가면 흥분하는 놈이 제일 먼저 뒈진다고 몇 번이나 말을 했는데 안 듣는 이유가 뭘까? 정말 뒈지고 싶어서 그러는 걸까? 그럼 꼭 그렇게 안 죽어도 될 건데. 접시 물에 코를 박아도 되는데 왜 꼭 남의 손에 죽으려는 걸까?"

또다시, 푸욱. 조걸이 몸을 부르르 떨었다. 실제 몸에 비수가 박혀도 이렇게 아프지는 않을 것이다. 하지만 단순히 아프기만 한 것은 아니었다. 정신이 번쩍 들었다.

'내가 미쳤지.'

눈앞에 적을 두고도 그 적과 싸울 수 있다는 사실에 흥분하다니. 검을 처음 잡은 어린아이도 이런 바보 같은 실수는 하지 않을 것이다. 머리는 차갑게. 가슴은?

'가슴도 차갑게!'

화산의 무공은 검 끝의 섬세함에 모든 것을 건다. 검을 완벽하게 통제하지 못한다면 그 위력이 반도 드러나지 않는다. 조걸의 눈빛이 어둑하게 가라앉았다.

그 모습을 지켜보던 청명은 그제야 고개를 끄덕였다.

"흥. 꼭 말을 해야 기억하지."

알아서 좀 잘하지! 알아서! 하지만 조걸도 흥분했던 것치고는 금세 평정을 되찾았다. 그동안의 수련이 헛된 건 아닌 것 같아서 마음이 조금 놓이는 청명이었다.

그런 그를 향해, 뒤에 선 백천이 묘한 시선을 던졌다. 백천은 청명처럼 사질들을 이끌 수 없다. 청명처럼 앞서 나가 알려 주고 가르칠 수 없다. 하지만 저들을 보듬고 올바른 방향으로 이끄는 것은 청명보다 자신이 나을 거라고 줄곧 생각해 왔다. 하지만 이 순간 백천은 깨달을 수밖에 없었다.

'진짜 사질들을 생각하는 건 이 녀석인지도 모르겠군.'

품에 영영 끼고 있어서는 성장할 수 없다. 무릎이라도 깨질까 봐, 혹여 물에 빠질까 봐 물가로 내보내지 않는다면 아이는 평생 물에 발을 담가 볼 수 없다. 걱정되고 불안해도 믿으며 내보내고 지켜본다. 그게 사람을 키우는 방식이다.
 만일 청명이 직접 나선다면 당잔 따위는 단 일 초식도 버티지 못할 것이다. 하지만 청명은 그 손쉬운 방법 대신, 주먹을 꽉 쥐며 불안한 마음을 애써 달래는 쪽을 택했다.
 '나는 아직 멀었구나.'
 백천이 입술을 살짝 깨물고는 조걸의 등을 바라보았다. 믿는다. 그의 사질들을. 그리고 화산의 제자들을.

 당잔이 조걸을 가만히 노려보았다. 고요하다. 검을 겨누고 있는 조걸의 얼굴에는 어떤 잡념도 떠오르지 않았다. 실로 놀라운 집중력이었다. 아니, 어쩌면 집중력마저 넘어선 무아(無我)의 일종일지도 모른다.
 '나는 저토록 집중할 수 있는가?'
 무리다. 적어도 지금은. 하지만 당잔은 자신이 밀린다고는 생각하지 않았다. 집중력은 그저 무력의 한 방편일 뿐, 더 강한 힘 앞에서는 무의미하다.
 소매 안으로 잡은 유엽비도(柳葉飛刀)가 까드득, 섬뜩한 마찰음을 빚었다. 그리고 그 마찰음은 점차 빨라지기 시작했다. 마치 분위기를 고조하기라도 하듯이.
 일순, 당잔의 소매 안에 들어가 있던 손이 섬전처럼 뽑혀 나왔다. 동시에 세 자루의 유엽비도가 빛살처럼 조걸을 향해 날아갔다.
 쇄애애애애액!
 뭔가 번쩍하는 순간 이미 비도가 조걸의 지척에 다다라 있었다. 조걸의 눈이 빛을 발했다.

카앙! 카앙! 두 자루의 비도를 쳐 낸 조걸이 몸을 크게 뒤틀었다. 화산 삼대제자 중 제일가는 쾌검을 자랑하는 그로서도 세 자루의 비도를 모두 쳐 내는 데에는 실패했다. 남은 하나는 몸을 비틀어 피해 낼 수밖에 없었다.

쐐애애액!

그러자 다시금 두 자루의 유엽비도가 조걸을 향해 날아들었다. 순간적으로 몸의 균형이 무너진 조걸이 검을 바닥을 향해 내리쳤다. 그 반동으로 허공에 몸을 띄워 유엽비도를 가까스로 피해 냈다. 유엽비도가 그의 머리끝을 아슬아슬하게 스쳐 지나가며 머리카락이 잘려 흩날렸다.

'강하다!'

그 와중에도 조걸은 상대의 강함에 전율했다.

조금 전에 당잔이 보인 것은 단순한 비도술이다. 그저 내력을 실어 강하게 던지는 것이 전부라는 뜻이다. 하지만 이 비도는 당잔이 얼마나 오랜 시간 동안 고련을 해 왔는지 증명하는 것처럼 무시무시한 완성도를 자랑했다. 군더더기 없는 발출. 그리고 더없이 쾌속한 속도. 그리고 무엇보다…….

"타아아아앗!"

바닥으로 떨어지는 조걸을 향해 다섯 자루의 비도가 연이어 쇄도해 왔다.

'연계!'

처음 두 자루를 던졌을 때부터 이런 상황을 의도했다는 듯, 당잔의 비도에는 거침이 없었다. 다섯 자루의 유엽비도가 파공음과 함께 회전하며 조걸의 전신을 노렸다.

단 한 자루의 비도만 박혀도 목숨이 위험할 정도로 끔찍한 상처를 입을 게 분명하다. 설사 저 비도에 독이 발려 있지 않다고 해도 말이다.
 강하다. 분명 당잔은 강하다. 하나!
 '미안하지만!'
 조걸이 입술을 질끈 깨물었다. 다리를 살짝 끌어당긴 그는 전력으로 허공을 박찼다. 기운을 내뿜은 반동으로 속도를 얻은 뒤 날아드는 비도를 향해 돌진했다.
 '나는 너보다 더한 괴물과 매일같이 싸우는 중이라고!'
 손끝이 검에 달라붙었다. 마치 검이 그의 팔이 되어 버린 것만 같다. 상대가 강하다고? 위험하다고? 그게 뭐 어쨌다는 말인가! 화산의 매화는 비바람 속에서도 피어나고, 심지어는 혹한의 눈보라 속에서도 피어난다. 어떤 상황이건 매화가 피지 못할 이유는 없다!
 조걸의 검 끝에 작은 꽃봉오리가 만들어졌다.
 '피어라. 피어나라!'
 이윽고 완성된 조걸의 매화가 흐드러지더니, 날아드는 다섯 개의 비도를 모조리 뒤덮었다. 카앙! 카카카캉! 비도가 매화를 뚫지 못하고 도로 튕겨 나갔다. 그 기세를 살려 당잔에게 달려들려던 조걸은 순간 그 자리에서 멈칫했다.
 마지막 유엽비도가 당잔의 손안에서 눈에 보이지도 않을 속도로 회전하고 있었다. 저 비도 안에 얼마나 어마어마한 진기를 밀어 넣고 있는지는, 그의 얼굴만 보아도 알 수 있었다.
 '십일비도!'
 과거에 들어 본 적이 있다. 당가의 비도술.
 '열한 개의 비도를 가진 이를 조심하라. 마지막 비도는 알아챌 틈도 없이 너의 혼을 앗아 갈 것이다.'

그 마지막 비도가 당장의 손안에서 조걸의 혼을 꿰뚫을 준비를 하고 있다.

우우우우우웅. 당장의 손을 떠난 비도가 천천히 조걸을 향해 날아들었다. 천천히. 아주 천천히.

조걸이 대경한 표정으로 그 광경을 바라보았다.

저 속도로 날아오는데도 비도가 땅에 떨어지지 않는 것이 괴이할 정도다. 너무 느려서 도저히 맞아 주고 싶어도 맞아 줄 수 없는 속도. 하지만 그 우스꽝스러운 모양에도 불구하고, 비도를 본 순간 전신에서 땀이 나기 시작했다. 본능적으로 확신할 수 있었다. 반드시 온다. 어마어마한 것이.

그 순간이었다.

콰아아아아!

마치 멈춰 있는 듯 천천히 날아오던 비수가 폭발적인 속도로 조걸을 향해 쏘아져 왔다. 도저히 눈으로 좇을 수도 없는 속도. 그 사실을 알아 차렸을 때는 비수가 이미 조걸의 목 바로 앞에 도착한 후였다.

"조걸아!"

"아아악!"

그 가공할 속도에 놀란 화산의 제자들이 대경실색했다. 하지만 정작 조걸의 시선은 조금도 흔들리지 않았다. 옆으로 한 발을 내딛고, 뒤튼다. 전신을!

서거억!

섬뜩한 소리와 함께 조걸의 목이 반 치쯤 베여 나갔다. 목에서 뿜어져 나온 피가 허공으로 흩뿌려졌다. 조걸의 몸이 금방이라도 쓰러질 듯 휘청였다.

'잡았……!'

당잔이 쾌재를 부르려던 그 순간, 조걸의 몸이 한 바퀴 빙글 회전했다. 조걸은 곧장 땅을 박차며 당잔을 향해 섬전처럼 돌진했다.

그 순간 당잔이 본 것은 조걸이 아니었다. 그의 시야를 모두 뒤덮은 건…… 흐드러지게 피어난 매화였다. 그야말로 장관이 아닐 수 없다.

당잔의 어깨에 작은 무게가 느껴졌다. 어느새 매화가 사라진 곳에는 한 사람이 서 있었다. 목에서 피를 흘리고 있는 조걸이었다. 조걸의 검이 당잔의 어깨에 얹혀 있다. 당잔은 차마 아무 말도 하지 못하고 입을 벌렸다.

"다음……은, 에이. 못 하겠다."

조걸이 피식 웃으며 고개를 내저었다.

"여하튼 내 승리요."

빙그레 웃는 그의 얼굴을 보며 당잔은 눈을 질끈 감고 말았다. 변명의 여지조차 없는 깔끔한 패배였다.

13장

그냥 제 변덕이라고 해 두죠

 조평은 믿을 수 없다는 듯 두 눈을 부릅떴다. 이겼다. 그의 아들이 조걸이 저 당잔을 상대로 승리했다. 하지만 그는 도무지 조금 전 본 것을 받아들일 수 없었다.
 당잔이 누구던가? 사천을 지배하는 사천당가. 오로지 혈족만을 중요시하는 당가에서도 직계에 드는 이다. 그 실력은 굳이 검증이 필요하지 않고, 그 명성은 사천에만 머무르지 않는다. 그런데 그런 그가 지금 조평의 아들에게 패한 것이다.
 어떻게 이런 일이 벌어진 건지, 도통 알 수가 없어 혼란스러웠다. 그가 아들을 화산으로 보낸 것은 검에 대단한 재능이 있어서가 아니었다. 아니, 아니! 재능이야 있었겠지! 재능이 있으니까 상인이 되어야 할 녀석을 검문으로 보내지 않았던가. 하지만 그 재능이 당가의 직계를 검으로 이겨 낼 만큼이었던가?
 아니다. 조평은 확신했다. 제 아들을 과소평가한다는 말을 들어도 어쩔 수 없다. 상인인 조평은 상대의 가치를 정확하게 판단하는 게 업인 사람이다. 아끼는 자식이라고는 하나 조걸이 그리 대단한 재능의 소유자가 아니라는 건 조평이 가장 잘 알고 있었다.

그런데 그런 아들이 무려 당잔을 꺾었다. 저 당잔을. 무슨 말이든 해야 하는 건 알고 있지만, 쉬이 나오질 않았다.

그 순간 조걸이 당잔의 어깨에 올렸던 검을 회수하고는 몸을 빙글 돌렸다. 그리고 조평이 보기에도 멋진 미소를 지으며 그들을 향해 걸어왔다.

"사숙. 제가 이겼습니다."

"그래, 조걸아!"

휘청. 휘청.

"제, 제가 이겼…… . 아, 뭐가…… . 응? 언제 피가 이렇게 많이 났…… . 사숙, 저 좀 어지러운…… ."

"마, 말하지 마라!"

"히익! 사숙! 조걸이 목에서 피가 계속 나옵니다! 저러다가 죽는 거 아닙니까?"

"의원! 의원! 당장 의원을 불러라!"

백천과 윤종이 당황하여 어쩔 줄 몰라 하는 와중, 유이설이 잽싸게 나서서 조걸의 목을 움켜잡고 지혈을 했다.

"아, 사고. 저는 괜찮…… ."

"말하지 마. 기운 빠진다."

"아, 네."

조걸의 얼굴이 순식간에 창백해졌다. 이기긴 했지만, 다친 목에서 피를 너무 많이 흘렸다. 아무래도 마지막 유엽비도가 혈관을 건드린 모양이었다.

청명이 혀를 쯧쯧 차며 다가오더니 조걸의 목 부분을 두 군데 꾹꾹 눌렀다. 그러자 퐁퐁 솟던 피가 멎기 시작했다.

"이야. 반 치만 더 들어갔으면 바로 죽었겠는데?"

"뭔 재수 없는 소리를!"

"악담을 해라! 악담을! 인마!"

돌아오는 격앙된 반응에 청명이 입을 삐죽 내민다.

"그냥 사실을 말한 것뿐인데."

백천과 윤종은 소리를 버럭버럭 질러 댔지만, 당사자인 조걸은 그저 실없이 웃기만 했다.

"좋아?"

"그럼."

"그렇게 좋아?"

"그렇다니까!"

"그럼 나 만 냥만 빌려줘."

"그래, 빌려줄……. 아니, 인마!"

에이, 안 속네. 청명이 혀를 쯧쯧 찼다. 조금 더 놀리고 싶지만, 하얗게 질린 얼굴로 세상 다 얻은 듯 웃는 조걸을 보니 놀릴 의욕도 뚝 떨어졌다. 무당의 제자들을 이겼을 때도, 심지어는 혼원단을 손에 넣었을 때조차 이렇게까지 행복해진 않았었다.

'조걸 사형에게는 그만큼 당가가 큰 벽이었던 거겠지.'

그 벽을 뛰어넘은 이상 조걸은 더 성장할 것이다. 애초에 검에 대한 재능만을 따진다면 조걸은 화산의 누구에게도 뒤지지 않는다. 청명이 없었다면 화산제일검의 명성은 백천에서 조걸로 이어졌을 것이다.

'이 일로 개화할 수 있다면 좋겠네.'

매화를 피워 내야 하는 건 검만이 아니다. 화산의 사람 역시 피어나야 한다.

청명이 고개를 획 돌렸다. 당가의 세 사람이 보였다. 그중 당잔은 아직도 패배의 충격에서 벗어나지 못하고 반쯤 풀린 눈으로 허공만 응시하며 서 있었다.

"안 가요? 아니면 뭔 검증이 또 필요하신가?"

당잔이 입술을 질끈 깨물었다. 할 말은 많다. 하지만 그 어떤 말도 지금 상황에서 의미를 지니지 못할 것이다. 화산신룡도, 화정검도 아닌 조걸에게 패했다. 아직 변변찮은 별호조차 얻지 못한 조걸에게 말이다. 변명의 여지가 없는 패배다.

당잔이 주먹을 꽉 움켜쥐었다. 굴욕감과 패배감. 이루 말할 수 없는 수많은 감정이 그의 안에서 소용돌이쳤다. 이 일로 가문에서의 입지가 얼마나 추락할지를 생각하면 눈앞이 아찔했다. 그때였다.

"여기요."

당잔이 의아한 표정으로 고개를 들었다. 그를 향해 술병을 내밀고 있는 청명의 모습이 보였다.

"속 쓰릴 때는 한잔하는 게 최고죠. 쭉 들이켜세요."

순간 당잔의 얼굴에 황당함이 어렸다. 이 작자가 지금 나를 놀리는 건가? 범상치 않다고 생각은 했지만 이리 경우를 모를…….

"평생 한 번도 안 질 것 같았어요?"

갑자기 훅 찌르고 들어온 말에 당잔이 눈을 치떴다. 청명의 말이 그의 내심을 정확하게 파고들었다. 하지만 당잔은 당장은 인정을 거부했다.

"무슨 소리를 하는 거요. 나는 그리 오만하지 않소. 당장 가문 내에서만 하더라도 나보다 강한 형님들은 널리고 널렸소이다!"

"네. 하지만 형이죠."

청명이 피식 웃었다.

"동생에게는 져 본 적이 없겠죠. 같은 나이 또래에게도 져 본 적이 없을 거고. 지금 당신보다 강한 사람은 많지만, 결국은 다 따라잡을 거라고 생각했죠?"

정곡을 찌르는 말이었다. 당잔은 아무 말 하지 않고 입을 꾹 다물었다. 청명이 그 모습을 보며 씨익 웃었다.

왜 아니겠는가. 이 나이대에 잘나가는 후기지수들은 다 같은 생각을 한다. 이대로만 성장할 수 있다면 언젠가 천하제일인이 되는 건 꿈이 아니라고 말이다. 물론 청명도 그런 생각을 했다.

'나는 정말 안 졌지만, 뭐……'

하지만 대부분 후기지수들은 그럴 수 없다. 언젠가는 패배를 경험하고 언젠가는 자신의 한계를 받아들이게 된다. 다만…….

"패해 보지 않은 자가 강해질 수 있을 것 같아요?"

당잔이 청명을 돌아보았다. 그리고 이내 움찔했다. 지금까지 봐 온, 장난기 가득한 모습이 아니다. 가라앉은 눈빛으로 이쪽을 물끄러미 보는 청명의 모습엔 천하의 당잔마저도 숨죽이게 만드는 힘이 있었다. 청명이 어깨를 으쓱했다.

"상처가 아물면 살은 더 단단해지죠. 거꾸로 말하면 상처를 입지 않은 몸은 강해지지 않는다는 소리고요. 선택은 그쪽이 하는 거예요. 이 패배라는 상처를 발판 삼아 더 강해질 건지. 아니면 그 잘난 자존심에 입은 상처 때문에 빌빌댈 건지."

청명이 술병을 다시 쑥 내밀었다.

"선택은?"

가만히 청명을 바라보던 당잔은 그가 내민 술병을 낚아채듯 받아 들었다. 그러고는 고민 없이 병째로 술을 들이켜더니, 독한 화주의 맛에 눈살을 찌푸리며 술병을 청명에게 다시 돌려주었다.

"크, 쓰군."

청명이 씩 웃으며 술병을 도로 받아 들었다.

"크으으으으!"

술을 꼴꼴꼴 시원하게 들이켠 청명은 더없이 좋다는 얼굴로 말했다.

"뭐 그렇게 실망할 건 없어요. 지금이야 창피하겠지만, 곧 저 사람에게 패한 게 창피하지 않은 일임을 천하가 알게 될 테니까."

청명이 슬쩍 조걸을 돌아보며 말했다. 당잔이 입술을 살짝 깨물었다.

"그리되어야 할 것이오."

"물론이죠."

청명이 몸을 돌리려고 하자 당잔이 그를 다시 불러 세웠다.

"하나 물어도 되겠소?"

청명이 의아하다는 눈빛으로 뒤를 돌아보았다. 당잔은 슬쩍 미간을 찌푸렸다.

"그대는 얼마나 강하오?"

청명이 소리 내어 웃었다.

"지금 당신으로는 어렵죠."

"……그야…….."

"그래도 혹시 모르죠."

청명의 얼굴에 다시 장난기가 돌아왔다.

"그 비도가 열한 개가 아니라 열두 개가 된다면 나도 조심해야 할 테니까."

당잔은 크게 충격을 받은 표정으로 청명을 바라보았다.

"당신이 그걸 어…… 어떻게……."

"뭐, 그건 먼 훗날의 일이겠지만. 여하튼 열심히 해 보세요. 그럼 나는 못 이겨도 당가제일인 정도는 될 수 있어 보이니까."

청명이 손을 살짝 흔들고는 완전히 몸을 돌렸다.

"손님들 가신대요!"

그러고는 홀연히 전각 안으로 들어가 버렸다. 백천은 그 모습을 지켜보고 있다가 헛기침을 하며 당잔에게로 다가갔다.

"실례했습니다. 워낙 종잡을 수 없는 녀석이라."

"……아니오."

당잔이 고개를 내저었다. 이상하게도 마음이 편해졌다. 그 짧은 몇 마디 대화로 마음이 편해질 리가 없는데 말이다. 그는 백천을 향해 정중히 포권 했다.

"무례에 사과드리오."

"별말씀을."

백천도 당잔을 향해 마주 포권 했다. 그러면서도 백천은 새삼스러운 눈빛으로 당잔을 보는 걸 잊지 않았다. 사실 기이한 일이었다. 청명이 화산의 제자가 아닌 다른 문파의 사람에게 이리 관심을 보이는 건 처음이니까. 애초에 타 문파 사람을 만난 적이 별로 없긴 하지만…….

그때 문득 백천의 시선이 한 군데에 꽂혔다. 녹피 장갑을 벗는 당잔의 손. 멀리서 볼 때는 몰랐는데 가까이서 보니 손에 자잘한 상처가 수도 없이 나 있었다.

'노력하는 이라는 건가?'

알 수 없는 일이지. 하긴 저놈의 속을 누가 짐작이나 하겠는가?

"우리는 이만 돌아가 보겠소."

"이걸로 된 겁니까?"

"글쎄……. 그건 나도 잘 모르겠소. 이미 말했듯이 이건 가문의 일이오. 나는 그저 돌아가 내가 조걸에게 패했다고 보고할 뿐이지. 그 뒤의 일은 가문에서 정할 것이오."

백천이 고개를 끄덕였다.

"살펴 돌아가십시오."

"그럼."

당잔이 바닥에 떨어진 유엽비도들을 회수하고는 몸을 돌린다.

"가자!"

"예, 형님!"

당화가 쓰러진 당호를 둘러업고는 당잔의 뒤를 따랐다. 그 모습을 지켜보던 화산의 문하들이 한숨을 내쉬었다.

"폭풍 같았네요. 당가가 가만히 있을까요, 사숙?"

"글쎄다."

백천이 턱을 긁적였다. 사천당가는 사소한 원한도 잊지 않는다고 했다. 당잔은 뒤끝이 없어 보이지만, 그의 뜻이 사천당가를 대변할 수는 없다. 그의 의사와는 상관없이 당가는 반드시 이 일을 수습하려 들 것이다. 백천이 깊은 한숨을 내쉬었다.

"저놈이 또 사고를 쳤구나."

조걸과 윤종은 황당하다는 눈빛으로 백천을 바라보았다.

"사고는 사숙이 치……."

"들어가자. 상처를 치료해야지."

"아니, 일을 벌인 건 사숙……."

"어허. 너는 말을 하지 말거라. 부상이 깊다."

"……."

"크흐흐흐흠!"

큰 헛기침을 남긴 백천은 안쪽으로 휘적휘적 걸어가 버렸다. 그 자리에 남겨진 유이설과 삼대제자들이 서로를 돌아보았다.

"……사형. 사숙도 요즘 조금 이상해지는 것 같지 않습니까?"

"……요즘? 조그음?"

"……."

"끄으응. 화산이 어찌 될는지."

남은 세 사람이 동시에 한숨을 내쉬었다.

· ◆ ·

쪼르륵, 소리가 울렸다. 어수선한 분위기를 피해 방으로 돌아온 청명이 그답지 않게 술을 잔에 따르는 소리였다. 그는 잔을 자신의 건너편에 조용히 내려놓았다. 탁자 너머에는 아무도 없다. 하지만 청명은 마치 그곳에 누군가 있는 것처럼 술병을 살짝 들어 잔을 부딪치는 시늉을 했다.

"닮았더라."

청명이 피식 웃었다. 당잔의 모습은 그에게 옛 기억을 떠올리게끔 했다.

옛날. 그래, 아주 오랜 옛날.

– 아니, 도사 형님! 내 몫도 남겨 달라고 했잖소! 마교 새끼들 등짝에 칼 꽂아 버리는 건 나보다 잘하는 사람이 없다니까!

– 저 빌어먹을 새끼들 때문에 사천이 쑥대밭이 되어 버렸소! 내가 절

그냥 제 변덕이라고 해 두죠 197

대로 저놈들은 곱게 안 돌려보낼 거요!

– 형님 진짜 도사 맞소? 아니, 내 살다 살다 형님 같은 말코 도사는 생전 처음……. 아니, 그 검 내려놓으시고! 뭔 사람이 대화를 입이 아니라 검으로 합니까! 으악!

– 형님……. 당가…… 당가를……. 제 숙질들을…… 부탁…….

술병을 탁 소리 나도록 다소 거칠게 내려놓은 청명은 가만히 눈을 감았다.

화산은 모든 것을 걸고 마교와 싸웠다. 하지만 그 긴 전쟁에서 목숨을 걸고 싸운 이들이 어디 화산뿐이었겠는가?

'미안하다.'

당가를 보살펴 달라는 그 유언은 결국 지키지 못했다. 청명 역시 죽고 말았으니까. 천마를 쓰러뜨리는 것으로 당가를 지켜 냈다고도 할 수는 있겠지만……. 청명은 알고 있다. 그것만으로는 그 약속을 온전히 지켰다 할 수 없다는 걸.

"네 절기는 이어지고 있다."

열두 개의 비수. 십이비도. 아직은 열한 개에 불과하지만 언젠가는 당 장의 손에서 열두 개의 유엽비도가 발출되는 날이 올 것이다.

"물론 내게는 화산이 우선이다. 그렇지만…… 걱정할 것 없어. 당가가 사고 쳐도 웬만한 일이면 한 번은 봐줄 테니까."

네 얼굴을 봐서 말이야. 청명이 건너편에 놓은 잔을 집어 안에 든 술을 마셔 버리고는 다시 채웠다.

"오랜만에 한잔하자꾸나. 예전 같은 맛은 아니겠지만."

그의 입가에 씁쓸한 미소가 떠올랐다.

· ◈ ·

다음 날.
"청명아! 일어나라! 상회주님께서 찾으……. 헐? 이게 뭐야?"
문을 벌컥 열고 들어온 윤종이 눈을 휘둥그레 떴다.
"아, 아니, 이 술병이 다?"
바닥에 술병이 잔뜩 널브러져 있고, 그 가운데서 청명이 대자로 뻗어 곯아떨어져 있었다.
윤종은 기겁하며 방 안을 둘러보았다. 이걸 혼자 다 마셨다고? 뭐 이런 놈이 다 있지? 못해도 다섯 동이는 되겠구먼. 그는 황급히 청명을 흔들어 깨웠다.
"청명아! 청명아, 이놈아! 일어나 봐!"
"끄으으으으……."
반쯤 눈을 뜬 청명이 오만상을 찌푸리며 손을 내저었다.
"하, 하지 마……. 머리 울려."
"아니, 이 미친놈아. 술을 그만큼 퍼먹었는데 그럼, 괜찮을 리가 있나! 내공으로 주독을 빼내면 되잖아!"
"그, 그럴 거면 술을 왜 먹어……."
어……. 그건 맞는 말이지. 확실히 그렇게 취기를 빼낼 거면 술을 마실 필요가 없지. 차라리 차를……. 아니, 이게 중요한 게 아니고!
"일어나라! 상회주님께서 아침 같이 먹자신다!"
끙끙 앓던 청명이 마지못해 미적미적 몸을 일으켰다. 하지만 완전히 일어나지는 못하고 앉은 채 머리를 감싸 쥐곤 또다시 앓는 소리를 내었다.

"으으으으. 죽겠다!"

윤종이 고개를 내저었다. 그때 윤종을 따라 들어온 유이설이 방 안을 둘러보더니 미간을 확 찌푸렸다.

"민폐."

"……."

"사질의 집에 와서 민폐. 끔찍해."

"……."

"윤종."

"예, 사고."

"치우자."

윤종은 한숨을 푹 내쉬고는 그녀와 함께 널브러진 술병들을 주섬주섬 쓸어 모으기 시작했다.

그러다 보니 다소 의아했다. 청명이 술을 좋아하기는 하지만, 때와 장소를 가릴 줄은 안다. 그래서는 안 될 곳에서 과음하는 일은 본 적이 없다. 그런데 이건…… 정말이지 정신을 놓아 버린 듯 술을 마셔 대지 않았는가?

"무슨 일 있었어?"

"일은 무슨."

청명이 끄응 하며 자리에서 일어나더니 비척비척 입구로 걸어 나갔다.

"끙. 안 되겠다. 아깝긴 하지만."

중얼거린 그가 입맛을 다시며 손을 밖으로 뻗었다. 청명이 하는 양을 바라보던 윤종이 눈을 크게 치떴다. 화륵 하는 소리와 함께 청명의 손끝에서 갑자기 불이 피어오른 것이다. 이내 사방으로 매캐한 주향이 풍기기 시작했다.

"뭐, 뭐야? 갑자기 뭔 불이야, 저거! 아니, 저 미친놈이 이제 하다 하다 남의 집에 불을 지르네!"

하지만 윤종이 놀라거나 말거나 청명은 손끝에 피워 낸 불을 더욱 크게 키웠다. 저 미친……. 어? 잠깐만 사람 손끝에서 불이 타오른다고?

'설마…… 삼매진화(三昧眞火)?'

윤종의 눈이 툭 튀어나왔다.

"아니, 저 미친놈이 삼매진화를 주독 날리는 데 쓰네?"

내력의 운용이 수위에 올라야 사용할 수 있다는 삼매진화를 청명이 벌써 쓸 수 있다는 것도 놀랍지만, 그 삼매진화로 주독을 날려 대고 있다는 게 더 놀랍다. 천하의 명검으로 무를 썰어 요리하는 격이 아닌가!

주독을 모두 말려 버린 청명은 불꽃을 끄더니 아쉽다는 듯 입맛을 다셨다.

"끄으응. 내가 옛날에는 죽으면 죽었지, 술독 빼는 짓은 안 했는데."

"대체 몇 살부터 술을 처마신 거야!"

"어? 말이 그렇게 되나?"

청명이 겸연쩍게 웃었다.

"자, 자. 쓸데없는 건 신경 쓰지 말고 가 보자고."

청명이 막 발을 떼려는 찰나였다. 유이설의 손이 청명의 어깨를 턱 짚었다.

"응? 사고?"

고개를 돌려 보니 무표정한 유이설이 청명을 물끄러미 보고 있었다. 의아하게 보고 있자 유이설이 턱짓으로 뒤쪽을 가리켰다. 술병으로 엉망이 된 실내가 청명의 눈에 들어왔다.

"치워."

"……네."

그래도 지은 죄가 뭔지는 아는 청명이었다.

방을 정리하고 그 김에 깔끔하게 씻은 뒤 옷까지 갈아입은 청명이 사형제들과 함께 식사 자리로 향했다. 조평은 상석에 앉아 있었다.

'얼씨구?'

청명은 그를 보고는 피식 웃고 말았다. 근엄한 표정을 지으려 애는 쓰고 있지만, 입꼬리가 연신 춤을 추고 있다. 어떻게든 진정시키고 싶어 악을 쓰긴 하지만 도무지 얼굴이 말을 듣지 않는 모양새였다.

사실 그럴 만도 했다. 어찌 되었건, 집 떠났던 자식이 돌아오자마자 사천의 패자인 사천당가 가주의 아들을 꺾어 버렸는데 기분이 좋지 않으면 그게 더 이상하다.

더구나 청명이 보기에 이 남자는 자식에 대한 애정이 대단한 사람이다. 그러니 평범한 아버지의 두 배는 더 기쁘겠지.

"크, 크흠. 오셨……. 오셨습니까!"

"아, 네."

웃음을 참으려다 보니 목소리가 들쑥날쑥했다. 청명이 고소를 머금고는 자리에 앉았다. 그를 따라 유이설과 윤종도 자리에 앉았다. 그다음으로 청명의 시선을 잡아끈 이는 다름 아닌 조걸이었다.

'입에 파리 들어가겠다.'

목에 붕대를 칭칭 감은 조걸도 아까부터 헤 벌어진 입을 다물지 못하고 있었다. 부자가 아주 쌍으로 좋아 죽는 걸 보니, 사천에서 사천당가를 이겼다는 게 어떤 의미인지 능히 짐작할 수 있었다.

"크흐흠! 크흠!"

저러다 목 상하겠네. 몇 번째인지도 모를 헛기침을 또다시 크게 한 조평이 얼굴을 괴이하게 일그러뜨리며 입을 열었다.

"아, 아무래도 어젯밤에 워낙 큰일이…… 큰일이 있었으니, 그에 대한 대책을 논의할 겸 하여 조반을 함께 하고자 여러분을 모셨습니다."

그 말을 하는 와중에도 조걸을 한번 정감 어린 눈빛으로 바라보는 걸 잊지 않는 조평이었다. 아주 눈에서 꿀이 뚝뚝 떨어졌다. 백천은 살짝 웃으며 상황을 정리했다.

"아드님이 자랑스러우시겠습니다."

"하……. 그저 운이 좋았던 것뿐 아니겠습니까?"

겸양을 떠는 조평의 말을 백천이 곧장 바로잡아 주었다.

"운이 아닙니다. 조걸의 실력이지요."

백천이 딱 잘라 말하자 조평의 눈이 살짝 흔들렸다.

"운으로 당가의 직계를 이길 수는 없습니다. 조걸이 그동안 화산에서 쉬지 않고 자신을 혹독하게 몰아치며 수련을 한 결과입니다. 자식이 칭찬받고 엇나갈 걸 걱정하는 상회주님의 걱정은 이해하지만, 좋은 성과에는 올바른 대접이 필요한 법입니다."

"내 백천 소협의 말을 겸허히 받아들이겠소이다."

조평이 연신 고개를 끄덕였다. 훈훈하기 짝이 없는 장면이었다. 하지만 안타깝게도 이곳에는 훈훈의 훈 자만 들어도 두드러기가 나는 인간이 하나 존재했다.

"성과아아아아?"

화들짝 놀란 백천과 윤종이 동시에 고개를 획 돌렸다.

'저게 또 뭘 하려고!'

'닫아라, 청명아. 제발 입 좀 닫아라!'

하지만 그들의 간절함은 청명에게 닿지 못했다.
"성과 두 번 올렸다가는 관짝에 들어가겠네!"
조걸이 움찔했다.
"내가 그흐렇게 입이 마르고 닳도록 설명을 했는데! 마르고 닳도록!"
조걸이 한숨을 쉬며 고개를 숙였다.
'왜 저놈은 입만 열면 바른말이지?'
이 순간 조걸은 역사에 남은 충신들이 왜 그리 단명했는지 알 것 같았다. 계속 듣게 되면 틀린 말보다 더 속 터지는 게 바른말이라는 걸 이해해 버린 것이다.
"……그래도 피했잖아."
"생각만 똑바로 했으면 안 다쳤어!"
"그건 그렇지만…….."
조걸이 입맛을 다셨다. 청명이 그들에게 알려 준 것은 단순한 훈련법만이 아니다. 강호에서 겪게 될 수많은 위기에 어찌 대처해야 하는지도 수도 없이 들려주었다. 물론 훈련 도중 개 패듯 패면서, 혹은 지쳐서 쓰러진 사람 옆에서 깐죽거리면서 떠드는 식이었기 때문에 받아들이기가 쉽진 않았지만 말이다.

여하튼 그중에는 어제의 비무와 같은 상황에 대한 설명도 분명 존재했다.

- 일격필살이 왜 일격필살이야? 한 방에 죽이니까? 위력이 어마어마하게 세니까? 아니야. 다 쏟아부어서 못 죽이면 자기가 죽으니까 일격필살이야. 한 방 갈기고 나면 네가 죽든 내가 죽든 둘 중 하나는 죽는다는 뜻이라고. 그런데 그 일격으로 적을 못 죽이면? 내가 죽지! 그러니까 일격필살로 끝내려는 적을 보면 무조건 몸 중심선을 막아. 무조건!

팔 하나 날리고 죽고 싶어 하는 이는 없다. 일격필살의 수는 반드시 일격으로 사람을 죽일 수 있는 부위를 노린다. 때문에, 그건 대부분 머리부터 사타구니로 이어지는 몸의 중심일 수밖에 없다. 그러니 상대가 최후의 일격을 사용한다 싶으면 일단 횡으로 회피하는 게 최선이다.

 '서른여섯 번쯤 들었지. 아니, 좀 더 될 수도 있겠는데.'

 마지막 순간 그 말을 떠올리지 못했다면, 조걸은 당장을 이길 수 없었을지도 모른다. 하지만 청명은 그 생각을 떠올리는 게 늦었다고 타박을 하는 중이었다. 그래, 저것도 참 맞는 말인데. 거참. 조걸이 씁쓸하게 입맛을 다셨다.

 한편 조평은 그 광경을 황당하다는 눈빛으로 바라보았다. 사제로 보이는 청명이 조걸을 타박하는 건 이해할 수 있다. 그는 상인이고, 실력 제일주의를 외치는 사람이다. 신분이나 위계 따위보다는 누가 더 큰 돈을 벌어 낼 수 있는지가 중요하고, 그런 이를 더 중용해야 한다고 믿어 왔다. 실력만 있다면 사제가 아니라 제자에게라도 배워야 한다.

 그런 그가 지금 놀란 이유는 두 가지이다. 첫째는 저 청명이란 자가, 조걸이 당장을 이긴 것을 그리 대단한 성과로 생각하지 않는다는 점. 그리고 두 번째는······.

 '저자가 정말 실력이 있다고?'

 청명이 조걸을 타박하고 조걸이 수긍하는 모습이 물 흐르듯 자연스럽다는 점. 그건 청명이 평소에도 조걸에게 조언하고 가르침을 주는 사람이라는 의미다.

 '저 아이는 대체 정체가 무엇인가?'

 자식에 대한 놀라움도 대단했지만, 화산에 대한 놀라움도 컸다. 청명은 그렇다 치고, 저 백천이라는 자는 조걸보다 강한 것이 분명하다. 백천을 대하는 조걸의 태도에서 그 사실을 짐작할 수 있지 않은가? 거기다 유이설이라는 아이는 조걸의 사고라 하고, 윤종이라는 아이 역시 조걸의 사형이라고 하니 조걸보다 약하지는 않을 것이다.

'화산이 용담호혈도 아닐진대.'

어찌 이런 인재들이 쏟아진단 말인가? 화산 문하들의 면면을 살펴본 조평이 크게 고개를 끄덕였다. 마음속으로 결심을 굳힌 그는 이런저런 말이 더 나오기 전에 재빨리 시선을 자신 쪽으로 끌어모았다.

"해서……."

모두의 시선이 조평에게 모였다. 조평이 백천을 바라보며 사람 좋은 미소를 지었다.

"운남으로 간다고 하셨습니까?"

"그렇습니다."

조평이 고개를 끄덕였다.

"본디 저 아이를 운남으로 보내는 것은 영 불안하여 막으려 했습니다만, 어제 비무를 보고 나니 마음이 바뀌었습니다. 저 아이를 저리 훌륭하게 성장시킨 분들과 함께라면 운남 정도야 큰 문제가 되겠습니까?"

"아, 그럼……."

순간 백천의 얼굴이 화색을 띠었다. 조평이 고개를 끄덕이며 모든 걸 내어 주겠다는 듯 설명을 이었다.

"네. 사실 저희 사해상회는 운남과 나름의 연을 이어 오고 있습니다. 그렇기에 작은 규모의 상행 정도는 보낼 수가 있습니다. 마침 오늘이 그 상행의 출발일이니, 거기에 동행하시지요."

백천이 자리에서 일어나 조평에게 포권을 했다.

"감사합니다, 상회주님."

"하하. 감사랄 게 뭐가 있습니까? 자식 놈을 이리 훌륭하게 키워 주셨으니 외려 제가 감사드려야지요. 고맙습니다. 참으로 고맙습니다. 백천 소협."

"그 감사는 제가 아니라……."

청명을 슬쩍 흘겨본 백천이 미소와 함께 말을 이었다.

"화산의 어른들과 장문인께서 받으셔야 할 것입니다."

"아, 물론이지요. 저도 꼭 한번 화산의 어른들을 찾아뵙고 싶습니다."

모든 일이 잘 풀렸다. 막막했던 일이 풀려 나간다는 생각에 한껏 미소를 지은 백천이 넌지시 물었다.

"그 상행은 언제쯤 출발하는지요?"

"오후에 출발할 예정입니다. 그러니 식사를 마치고 준비하시면 될 겁니다. 멀리서 오신 귀한 객을 제대로 대접하지도 못하고 다시 걸음을 재촉하시게 하는 것 같아 속이 편치 않습니다."

"그런 말씀 마십시오. 저희가 원한 일입니다. 이 이상의 대접이 어디 있겠습니까?"

"하하. 이해해 주셔서 감사합니다."

백천이 슬쩍 고개를 돌렸다.

"다들 상회주님 말씀 들었겠지? 식사가 끝나는 대로 곧장 떠날 채비를 한다."

"예!"

"예, 사숙!"

"알겠어요, 사숙!"

"싫은데?"

"그래. 그럼 오……."

어? 방금 뭔가 이상한 말이 끼어든 것 같은데? 백천의 고개가 천천히 돌아갔다. 그곳에 불만이 가득한 표정으로 팔짱을 끼고 있는 청명이 있었다.

"……뭐라고?"

"싫다고."

"……뭐가 싫은데?"

"안 갈 건데?"

"어딜?"

"운남."

백천이 빙그레 미소를 지었다. 아, 그러니까 운남에 안 간다는 거지. 운남에? 백천이 으드득 이를 갈아붙이는 소리가 선명하게 울렸다. 결국 옆에 조평이 있다는 사실도 머릿속에서 함께 갈려 버렸다. 백천의 입에서 버럭 큰 소리가 튀어나왔다.

"아니, 인마! 운남 가려고 이 고생을 했는데 갑자기 또 왜! 도대체 또 뭐가 불만이냐, 이 망둥이 같은 놈아!"

백천의 고함이 사해상회를 쩌렁쩌렁 울렸다.

· ❖ ·

대사천당가. 수백 년의 역사를 이어 온 사천의 패자이자 천하 오대세가의 일익을 담당하고 있는 그 명문가의 가주전. 사천당가의 가주, 당군악(當群岳)이 감정 하나 실리지 않은 목소리로 나직이 말했다.

"그래서, 화산 놈들에게 얻어맞고, 아무것도 하지 못한 채 그냥 돌아왔단 말이더냐?"

"……예."

"요즘 이름을 떨치고 있는 화산신룡도, 화정검도 아닌…… 그 사해상회의 둘째에게?"

당군악의 눈에 살짝 살기가 어렸다.

"이게 어떤 의미인지는 알고 있느냐?"

"예. 알고 있습니다."

그러자 당군악을 곁에서 보좌하던 사천당가의 소가주 당패(當覇)가 영 마음에 들지 않는다는 투로 입을 열었다.

"그런 것치고는 무릎이 뻣뻣하구나."

당잔이 당패를 한번 바라보고는 다시 당군악에게로 시선을 고정했다. 하지만 당패는 그리 간단히는 넘어갈 생각이 없다는 듯 다시 차가운 목소리로 물고 늘어졌다.

"너는 가문의 직계이자 가주님의 아들이다. 그런데 네가 그 조걸이라는 어중이떠중이에게 얻어맞고 돌아왔다. 성도의 사람들이 이 사실을 알게 되면 무슨 일이 벌어지게 될지 모르느냐?"

"알고 있습니다."

"모두가 고소해하겠지. 그리고 은연중에 사천당가가 이제는 별거 아니라고 생각하는 이들도 생겨날 것이다. 그러다 보면 가문의 행사에 반기를 들고, 외지의 거파와 결탁하려는 이도 생길 수밖에 없지. 이 작은 일 하나가 그만한 사태를 부를 수 있다. 네가 이것도 짐작하지 못하는 머저리는 아니겠지?"

당잔이 살짝 고개를 숙였다.

"……물론입니다, 형님."

"공적인 자리다."

"예, 소가주님."

당패가 싸늘하게 일갈했다.

"이 모든 사태를 어떻게 책임질 생각이더냐? 네 실수 하나로 작게는 사천당가의 명성이 땅에 떨어지고, 크게는 사천에 대한 가문의 지배력이 흔들리게 생겼다. 네 목숨을 내놓는다 해서 해결할 수 있는 일이 아니야."

"벌은 각오하고 있습니다."

"하면……!"

당패가 차갑게 답하려던 그때였다. 침묵하던 당군악이 입을 뗐다.

"당잔. 각오하고 있다고 했느냐?"

"예, 가주님."

당군악은 차가운 눈빛으로 당잔을 바라보다 느릿하게 물었다.

"그렇다는 건, 네가 저지른 잘못이 얼마나 큰지 알고 있다는 뜻이겠지?"

"물론입니다."

"그럼 어째서 너의 표정은 그토록 후련해 보이느냐."

이게 당군악이 정말 묻고 싶은 말이었다. 그가 아는 당잔은 승부욕의 화신과도 같은 사람이다. 그의 아들 중 당잔보다 승부욕이 뛰어난 이는 없었다. 그 누구라도 몇 번씩은 울며 달아나는 혹독한 당가의 수련을, 강해지겠다는 일념 하나로 군말 없이 버텨 낸 이가 바로 당잔이다. 천하의 당군악조차 성인이 되기 전까지 무려 세 번이나 수련을 피해 당가를 탈출한 적이 있다는 것을 감안하면, 당잔의 승부욕은 무시무시한 수준이라 할 수 있었다. 당군악이 모든 자식 중 당잔을 특히나 아꼈던 건 그 때문이었다.

그런데 그런 당잔이 패하고 돌아와서도 되레 편안해 보인다. 당군악은 어쩌면 이 일이 사해상회에서 일어난 일보다 배는 더 중요한 일일지도 모른다고 생각했다.

"얻었기 때문입니다."

"……얻었다?"

"제가 가야 할 길을 얻었고, 세상이 넓다는 것을 알았습니다. 천하에 저보다 강한 이들이 넘쳐 날 정도로 많다는 것을 알고 더욱 노력할 수 있는 의욕을 얻었는데 그깟 벌이 두렵겠습니까?"

당군악이 미간을 찌푸렸다.

"너보다 강한 이들이 많다? 사해상회의 둘째를 말함이더냐?"

"그와의 승부에서 패한 것은 분명합니다. 하지만 다시 붙는다면 결과가 달라질 수 있겠지요. 하지만…… 다른 이들은 아닙니다."

"화정검과 화산신룡이구나."

"화정검은 분명 조걸보다 강할 것입니다. 그리고 화산신룡은……."

막힘없이 말을 쏟아 내던 당잔이 입을 꾹 다물었다. 당군악은 재촉하지 않고 그의 아들이 말을 정리하기를 기다렸다.

"모르겠습니다."

그러나 긴 침묵 끝에 나온 대답은 당군악의 예상을 꽤 많이 벗어나 버렸다.

"모르겠다?"

"예. 저는 그를 모르겠습니다. 그가 강한지, 약한지. 아니, 그런 것보다 되레…… 아니, 역시 모르겠습니다. 저로서는 그를 파악할 수가 없습니다."

그러자 듣고 있던 당패가 옅은 미소를 지으며 끼어들었다.

"네가 약하기 때문에 파악할 수 없었던 거겠지."

"……그럴지도 모릅니다."

"가주님. 더 들을 필요도 없습니다. 잔이를 벌하고 저를 사해상회로 보내 주십시오. 제가 해결하고 돌아오겠습니다."

당군악이 고개를 슬쩍 돌려 당패를 바라보았다. 그 눈빛을 본 당패가 움찔하며 즉시 고개를 푹 숙였다.

당패를 시선만으로 눌러 버린 당군악은 표정을 바꿔 흥미롭다는 얼굴로 당잔을 바라보았다. 당잔이 누군가를 이런 식으로 평가하는 것은 처음 있는 일이다.

"네 말만 들어서는 그가 특출하게 강해 보이지는 않았던 것 같은데, 맞느냐?"

"……제가 보기에는 그랬습니다."

"그런데 너는 그들 중에서 화산신룡을 가장 의식하고 있구나."

당군악의 눈이 빛났다.

"이유가 무엇이냐. 네가 강호 내의 명성 같은 가치 없는 것에 의미를 두지는 않았을 테고. 그에게는 어떤 특별함이 있었느냐?"

잠시 대답을 미루며 망설이던 당잔이 고민 끝에 입을 열었다.

"그는…… 제 비도에 하나의 비도가 더해져야 한다고 했습니다."

"뭐라?"

순간 눈을 치뜬 당군악이 자리에서 벌떡 일어났다. 지금까지 지키고 있던 여유는 씻은 듯 사라졌다. 전신에서 무시무시한 기운이 뿜어졌다. 그 가공할 기세에 당패와 당잔은 몸을 부들부들 떨었다. 자식들 앞에서 이만한 기세를 뿜고 있다는 것만으로도 당군악이 얼마나 놀랐는지 미루어 짐작할 수 있다.

"뭐라 했느냐?"

"……그가 열두 번째 비도를 언급했습니다."

"그 말은 틀림없는 사실이겠지?"

"예."

'십이비도(十二飛刀)를 알고 있다고?'

대외적으로 알려진 사천당가의 비도술은 십일비도다. 하지만 십일비도를 완성한 이는 또 하나의 비도를 다룰 수 있게 된다. 이것이 십이비도. 사천당가 비도술의 완성이라 할 수 있는, 비전 중의 비전이다.

세인들은 당가라고 하면 만천화우를 떠올리고 무형독을 언급하지만, 십이비도는 그 두 가지 비전에 절대 뒤지지 않는 또 하나의 비전이었다. 너무도 난해하고 어려워 이제는 거의 실전되어 버렸지만 말이다.

"그 아이가 그 사실을 미리 알았을 확률은?"

"……저는……."

"아니, 없겠지. 있을 수 없는 일이지. 열두 번째 비도의 존재를 아는 이는 현재 강호에 존재하지 않을 테니까."

사천당가에서도 기밀인 일이다. 그런데 이를 외부인이 알았다? 어쩌면 그럴 수도 있겠지. 세상에 완전한 비밀은 없으니까. 그런데 그 사실을 안 이가 그런 어린아이일 수는 없다. 더구나 그 아이는 한번 몰락했던 화산의 제자이지 않은가? 당군악의 눈이 차가워졌다.

"비무의 양상을 말해 보거라."

"예."

얼마 후, 당잔에게 모든 양상을 들은 당군악은 무겁게 침음성을 흘렸다.

"암폭비(暗爆匕)를 사용했음에도 패했다……."

물론 그 사실도 놀랄 일이지만, 지금 중요한 것은 승부의 결과 따위가 아니었다.

"암폭비는 십이비도로 가는 길에 지나지 않는다. 완성된 암폭비는 은밀하게 발출된 열두 번째 비수와 함께해야 한다. 앞에서는 암폭비가 시선을 끌고 누구도 알아채지 못하게 발출된 회선비(回旋匕)가 등을 노리는 것이 정석이지."

"예."

"그렇다면 암폭비만을 보고 초식의 미진함을 알아채어 또 하나의 비수가 필요하다는 말을 했다는 뜻이렷다?"

"······."

"있을 수 없는 일이야. 있을 수 없는 일."

당군악은 자식들이 앞에 있다는 것을 잊은 듯 중얼거렸다.

"그게 가능하다면 무학에 대한 이해도가 나를 뛰어넘는다는 뜻이지. 아니, 아니야. 머리로 계산한 게 아닐지도 모른다. 어쩌면 그저 감각이겠지. 하지만 감각만으로 그걸 알아챘다는 건······."

귀재(鬼才). 그런 말로도 모자란다.

"화산에 귀재가 났단 말인가?"

당군악의 표정이 차게 굳었다. 그러더니 이윽고 결심을 굳힌 듯 당장에게로 다가섰다.

"준비해라. 내가 직접 사해상회로 간다."

"······가, 가주님?"

당패가 당황하여 외쳤다.

"가주님! 그건 안 될 일입니다! 가주님의 체면에 걸맞지 않은······."

당군악이 노기 어린 눈빛으로 당패를 노려보았다. 그러자 당패가 움찔하여 몸을 움츠렸다.

"……당가가 어떻게 수백 년 동안 사천의 패자로서 자리할 수 있었느냐?"

"그건……."

"대답해라."

당패가 마른침을 꿀꺽 삼키고는 입을 열었다.

"가문의 선조들께서 목숨을 걸고 가문을 키워 왔기 때문입니다."

"틀렸다!"

당군악이 우렁우렁한 목소리로 말했다.

"목숨을 걸고 가문을 키워 온 건 당씨만이 아니다. 지금도 수많은 가문과 수많은 세가가 모든 것을 걸고 가문을 키워 내고 있다. 그럼에도 당가가 그들과 비교할 수 없을 만한 위상을 얻어 낸 이유는 단 하나!"

두 아들과 시선을 마주친 당군악이 작게 속삭였다. 커다란 비밀을 이야기하듯이.

"집요하기 때문이다."

"……."

"어찌 보면 소인배의 짓거리에 불과하지. 하지만 그 집요함이 당가를 만들어 냈다. 사소한 것 하나도 놓치지 않는 집요함! 가문에 해가 될 수 있는 것은 일만 리를 추적해서라도 없애는 집요함! 이득이 되는 것이라면 무엇이라도 할 수 있는 집요함!"

당군악이 당패를 노려보며 말했다.

"너는 군자가 되고 싶으냐?"

"……아닙니다."

"명심해라. 당가에 군자는 필요 없다. 체면을 차리는 이는 감히 당가를 이끌 생각을 해서는 안 된다. 천하의 모두가 손가락질하더라도 가문에 이익이 된다면 무엇이든 할 수 있는 자만이 대 사천당가의 가주 자리에 앉을 수 있다! 무슨 말인지 알겠느냐?"

"며, 명심하겠습니다, 가주님!"

"모자란 것."

가차 없이 차게 쏘아붙인 당군악이 성큼성큼 걸음을 옮겼다.

"사해상회로 간다. 그놈이 귀재인지, 아니면 그저 입만 산 놈인지 내 눈으로 확인해야겠다."

당잔이 눈을 질끈 감았다. 일이 걷잡을 수 없이 커지고 있었다.

• ❖ •

"아니! 왜 안 가냐고!"

"아, 그냥 안 가."

"이놈이 갑자기 왜 또 강짜를!"

윤종이 답답함에 가슴을 쾅쾅 쳤다. 여하튼 이놈은 도무지 짐작이 불가능한 놈이다.

"진짜? 진짜 안 가?"

"어."

결국 윤종의 얼굴에 노기가 어렸다.

"그럼 여기 있어! 우리는 운남으로 갈 거야! 너는 여기서 살아!"

"그러든가."

"끄으으으응."

윤종이 앓는 소리를 내며 머리를 벅벅 긁어 댔다. 막 그가 한마디를 더 하려는 찰나였다.

"사형."

유이설이 넌지시 백천을 불렀다.

"왜?"

"당가가 가만히 있을까요?"

백천이 한숨을 내쉬었다.

"가만히 있을 리가 있느냐. 당연히 우리를 찾으려고 하겠지. 그러니 하루빨리 운남으로 가야 하지 않겠느냐? 여기에 있으면 또 무슨 일이 벌어질지 모르니까."

"사해상회는요?"

"……응?"

"당가는 화가 났겠죠. 그런데 저희가 없어요. 그럼? 사해상회는요?"

당가의 분노가 사해상회로 쏟아질 수도 있다는 뜻이다. 백천이 슬쩍 조평을 돌아보았다. 조평이 허허 웃으며 고개를 내저었다.

"그런 걱정은 하실 필요가 없습니다. 사해상회는 당가와 오랫동안 좋은 관계를 유지해 왔습니다. 그만한 일이 있었다고 문제가 벌어지지는……."

"사천당가가요? 그 사천당가가?"

조평이 입을 닫았다. 딱히 이런저런 말은 필요하지 않다. 사천당가라는 네 글자에는 그들이 얼마나 집요하고 잔혹한지가 충분히 담겨 있으니까.

윤종이 무거운 목소리로 입을 뗐다.

"저도 조금 걱정이 됩니다. 어제 밤늦게 이곳으로 쳐들어온 것은, 그들 역시 조걸의 입지를 낮추는 게 그만큼 중요하다 여겼단 뜻이겠죠. 그런데 목적을 달성하기는커녕 오히려 망신만 당했으니 그 분노가 작지 않을 것입니다."

백천이 미간을 좁혔다. 이곳을 빨리 떠나 버리는 것으로는 해결이 되지 않는다는 뜻인가? 그는 다시 조평을 바라보았다. 사람 좋게 웃던 그의 얼굴에 희미하게 곤란한 기색이 떠올라 있다. 그제야 알 수 있었다.

'우리를 보내려 했구나.'

아마 조평은 이 모든 일을 짐작하고 있었을 것이다. 그러니 당가가 쳐들어오기 전에 화산의 제자들을 빨리 성도에서 내보내 운남으로 보내려 한 것이다. 제아무리 당가라 해도 운남까지 쫓아가지는 못할 테니까. 그리고 당가의 분노는 그저 사해상회가 온전히 감당할 생각이었겠지.

'내가 이걸 놓치다니.'

백천의 얼굴이 벌겋게 달아올랐다. 조걸이 당장을 꺾었다는 사실과 운남으로 갈 방법을 찾았다는 사실에 흥분해 이 간단한 것을 놓치고 말았다.

순간 백천의 고개가 휙 돌아갔다. 이유 없이 떼를 쓰던 청명의 행동이 이해가 가기 시작했다. 아마도 청명은 이걸 알았겠지. 그렇지만 조평 앞에서 사해상회가 걱정돼서 못 가겠다는 말은 할 수 없었을 것이다.

"아니. 그렇다고 다 큰 게 떼를 쓰냐, 인마?"

"어?"

"……됐다."

백천이 한숨을 내쉬었다.

"상회주님. 아무래도 운남행은 조금 미뤄도 될 것 같습니다."

"……백천 소협."

백천이 고개를 내저었다.

"저희 때문에 벌어진 일입니다. 저희가 감당해야지요."

"왜 그게 우리 때문이야. 사숙 때문이지."

백천은 애써 못 들은 척하며 단호히 말했다.

"……어쨌든, 저희는 이곳을 떠나지 않겠습니다. 떠나더라도 당가와의 일을 마무리 짓고 나서 가겠습니다."

애써 태연한 척하던 조평의 표정이 조금씩 일그러지며 무너졌다.

"당가가 얼마나 위험한 자들인지 알고 하는 말이오? 걸아가 당잔을 꺾은 것은 사실이나, 당잔은 당가의 진짜 힘에 비하면 어린아이에 불과한 자요! 지금 당장 이곳에서 떠나시오! 그러지 않으면……."

"아, 그건 이제 괜찮아요."

갑자기 불쑥 끼어든 청명의 말에 조평이 고개를 갸웃했다. 청명이 씩 웃으며 말했다.

"생각보다 훨씬 빨리 왔네요. 벌써 도착한 모양이에요."

그 말이 끝나기 무섭게, 갑자기 바깥이 소란스러워지기 시작했다.

"이, 이런! 벌써!"

화들짝 놀란 조평이 자리에서 벌떡 일어났다. 지금이라도 이들을 달아나게…….

그 순간, 이 이상 다급할 수 없을 듯한 목소리가 들려왔다.

"사, 사천당가의 가주님께서 찾아오셨습니다!"

"가, 가주?"

조평의 얼굴에 핏기가 싹 가셨다. 다리에 힘이 풀린 그는 그만 그 자리에 주저앉고 말았다. 웬만해서는 평정심을 잃지 않는 백천조차도 순간 얼굴이 희게 질렸다. 사천당가주. 그 어마어마한 이름 앞에 당황하지 않을 강호인이 세상에 몇이나 되겠는가?

"우와, 갑자기 너무 거물이 나오시는데?"

아, 저기 한 명 있네. 저기 저 망할 놈은 당황이란 걸 모르지. 빌어먹을!

"다, 당가주라니. 애들 싸움에 어른이 끼어드는 것도 아니고, 여기서 사천당가의 가주가 직접?"

윤종도 당황을 감추지 못했다. 백천은 입술을 지그시 깨물었다. 당가가 개입할 수도 있다고는 생각했다. 하지만 사천당가의 가주가 직접 나서는 상황까지는 전혀 생각지도 못했다. 모두 이 어마어마한 사태에 어찌할 바를 몰랐다.

그때 주저앉았던 조평이 정신을 차리고 벌떡 일어났다. 그러고는 밖을 향해 외쳤다.

"당가주가 직접 오셨다는 말이더냐?"

"예! 그, 그렇습니다."

"당가주께서는 지금 어디 계시느냐?"

"대문 앞에서 기다리고 계십니다."

조평이 이를 악물었다. 주인이 문을 열어 줄 때까지 밖에서 기다린다는 것은, 당가주에게 아직 예의를 차릴 의사가 남아 있다는 뜻이다. 그가 진정으로 피를 볼 각오로 왔다면 지금쯤 이곳에 있는 이들은 아무도 살아남지 못했을 것이다. 적어도 조평은 그렇게 생각했다.

"걸아."

"예, 아버지!"

조걸이 창백해진 안색으로 서둘러 조평에게 다가섰다.

"지금부터 무슨 일이 있더라도 나서지 마라."

"예?"

"약속해라! 어서!"

"……예, 알겠습니다."

조평이 무시무시한 시선으로 뒤를 돌아보았다.

"여러분들도 마찬가지요. 절대 나서서는 안 됩니다. 사천에서 당가주의 심기를 거스른다는 게 무슨 의미인지 그대들은 모르오! 절대 나서지 마시오! 절대!"

그 간절하고도 단호한 어조에 백천은 자신도 모르게 고개를 끄덕였다. 길게 심호흡한 조평이 굳은 표정으로 몸을 돌려 전각을 나섰다.

마음 같아서는 당장 모두에게 달아나라고 말하고 싶었다. 그러나 어차피 당가주가 여기까지 와 버린 이상, 달아나는 것은 불가능할 것이다. 사천당가의 가주는 결코 혼자 움직일 수 있는 위치가 아니니까. 아마 지금쯤이면 암중에서 그를 호위하는 호위대가 사해상회 전체를 포위했을 게 분명하다.

'호굴이로군.'

호랑이에게 물려 가도 정신만 차리면 산다고 했다. 물론 틀린 말은 아닐 것이다. 천 명 중 한 명쯤은 운 좋게 탈출할 수 있을 테고, 그는 정신을 똑바로 차린 이였을 테니까.

문제는 호랑이에게 물려 간 사람 대부분은 정신을 똑바로 차리든 아니든 어차피 죽는다는 것이다.

입술을 질끈 깨문 조평이 사해상회의 정문 앞에 섰다. 이 문 뒤에 호랑이가 있다. 아니. 호랑이 따위와는 비교할 수 없는, 진정으로 두려운 자가 지금 그를 물어뜯기 위해 이곳에 도착했다.

문을 지키는 이들이 덜덜 떨고 있는 것을 본 조평은 새삼 밖에서 기다려 준 당가주에게 고마움을 느꼈다. 그가 다짜고짜 밀고 들어왔다면 이 중 몇은 혼절해 버렸을지도 모른다. 성도에서 사천당가의 가주란 그런 위치니까.

"문을 열어라!"

조평의 외침과 함께 드디어 대문이 좌우로 열리기 시작했다. 그리고 문틈으로 녹색의 무복을 입은 탄탄한 체형의 중년인이 모습을 드러냈다. 조평은 채 문이 다 열리기도 전에 깊숙이 고개를 숙였다.

"대 사천당가의 가주님을 배알하게 되어 크나큰 영광입니다."

당군악이 가만히 조평을 바라보다가 느긋하게 고개를 끄덕였다.

"오랜만이오."

"예, 가주님. 제가 먼저 찾아뵈었어야 했는데, 귀한 분을 이곳까지 행차하게 만든 저를 벌해 주십시오."

"예의는 그만하면 됐소. 용건이 있소이다."

조평이 마른침을 꿀꺽 삼켰다.

"일단 안으로 드시겠습니까?"

"나쁘지 않겠지."

"이쪽으로 모시겠습니다."

조평이 긴장으로 딱딱히 굳은 표정으로 당군악을 상회의 내전으로 안내했다. 당군악이 조평의 안내를 받아 걸음을 옮기자 당패와 당잔이 그 뒤를 따랐다.

어젯밤에는 단순히 찾아온 것만으로도 모두를 긴장시켰던 당잔이지만, 지금 조평의 눈에 당잔 따위는 보이지도 않았다. 누구도 범의 옆에 있는 살쾡이에게 시선을 주지는 않을 것이다. 시선을 낮추고 더없이 겸손한 자세로, 극도의 공경을 담아 당군악을 안내하는 조평의 등은 축축이 젖어 든 지 오래다.

'어찌해야 하는가?'

사실 조평은 이미 알고 있다. 그가 할 수 있는 일은 사실상 없다. 중요한 것은 그가 어찌 대처하느냐가 아니라 당군악이 무슨 생각으로 이곳에 직접 행차했느냐니까.

'일단은 최대한……'

"상회주."

그때, 등 뒤에서 들려온 낮은 목소리에 조평이 그 자리에 멈춰 허리를 바짝 세웠다.

"예, 당가주님!"

"안에 그 아이들이 있소?"

"……그 아이들이라 하시면?"

"화산에서 온 아이들 말이오."

조평이 살짝 눈을 감았다. 올 것이 왔다. 거짓은 아무런 의미가 없다. 적어도 이 남자 앞에서는.

"예, 있습니다."

조평의 대답에 당군악의 입에서 미약한 침음이 새어 나왔다. 그 작은 소리의 의미를 짐작해 보려 조평이 숨을 죽이며 머리를 굴리던 찰나, 당군악이 다시 말했다.

"내가 그 아이들을 한번 보아야 할 것 같소."

조평의 이마에 식은땀이 흘러내렸다. 이 말이 나올 거라고 예상은 하고 있었다. 하지만 생각보다 너무 이르다.

당군악의 목적이 화산의 제자들을 핑계로 사해상회를 압박하는 것이었다면, 그는 본론부터 꺼내지 않은 채 느긋하게 조평을 압박했을 것이다. 이 말이 이리도 곧장 나왔다는 것은, 당군악이 이곳을 방문한 목적이 화산의 문도들 그 자체에 있다는 뜻이다.

"상회주."

"예? 아! 예!"

퍼뜩 정신을 차린 조평이 고개를 푹 숙인다.

"그리 어려운 일은 아닐 텐데?"

"무, 물론입니다. 하나……."

조평의 입술이 달싹였다. 머리를 쥐어짜 봐도 둘러댈 말이 없다. 뻔히 이곳에 있는 이들을 내보이지 않을 방도가 어디에 있단 말인가?

"당가주님. 어제 있었던 일은……."

"음, 그렇지."

당군악이 조평을 보며 살짝 미소를 지었다.

"축하하오."

"……예?"

"듣자 하니 둘째 아들의 성취가 남다르다고 하더군. 잔아가 망신을 톡톡히 당했다고 하던데."

조평의 눈가가 파르르 떨렸다.

"그저 운일 뿐입니다. 제 아들놈이 어찌 감히 당잔 공자의 상대가 되겠습니까?"

"겸손은 좋은 것이오."

당군악의 입가에 미소가 걸렸다.

"하지만 과한 겸손은 되레 상대를 불편하게 만들기도 하지. 기뻐할 만한 일이니 편히 기뻐하시오."

"다, 당가주님."

조평이 당황하여 말을 잇지 못하니 당군악이 슬쩍 고개를 돌렸다.

"당잔. 네가 말해 보아라. 너의 패배에 변명거리가 있느냐?"
"없습니다. 조걸은 강했습니다."
"그렇다는군."
당군악이 어쩔 줄 몰라 하는 조평을 보며 나직하게 말했다.
"그 재능이 당가의 이름하에 빛났다면 더 좋은 일이었겠지만, 어찌 되었건 자신의 재능을 발휘할 수 있는 곳을 찾았다는 건 기꺼운 일이지."
"가, 감사합니다."
"다만."
당군악의 목소리는 나직했지만, 노기를 담은 고함 따위와는 비교할 수도 없는 무게가 실려 있었다. 조평의 고개가 무언가에 짓눌리기라도 하듯 점점 수그러들었다.
"사람들은 생각보다 어리석소. 재능이 있는 소수의 몇몇이 해낸 일을 보면 자신들도 그럴 수 있을 거라 여기지. 상회주는 이에 대해 어찌 생각하시오?"
조평의 몸이 움찔했다. 그가 할 수 있는 대답은 하나였다.
"사람들이 어리석다고는 하나 자신의 주제를 모르겠습니까? 삿된 욕심을 품는 이들이 그리 많지는 않을 겁니다."
"그럼 그대는 어떻소?"
조평이 고개를 획 들었다. 그의 눈에 미소 짓고 있는 당군악의 얼굴이 보였다. 입가는 웃고 있지만 눈빛은 차게 가라앉아 있다. 그 기괴한 표정을 마주하니 절로 다리가 후들거리고 입이 바짝 말랐다.
"꿈을 꿔 볼 생각이 있으시오?"
"제 꿈은 이미 당가주님과 함께하고 있습니다."
"좋은 대답이군."

당군악이 만족스럽다는 듯 고개를 끄덕였다.

"데려와 보시오. 화산의 아이들을."

"……당가주님. 그들은……."

"내 말이 들리지 않소?"

당군악의 눈빛에 냉기가 서렸다.

"아들의 성취가 뛰어난 것은 좋은 일이지. 하지만 그 일이 아무래도 상회주의 판단력을 흐린 것 같군. 나는 이미 같은 말을 두 번 했소."

조평이 입도 열지 못하고 고개를 끄덕였다.

"이번이 세 번째요. 화산의 제자들을 내 앞으로 데려오시오. 더는 말 하지 않겠소."

조평의 다리가 후들거렸다. 몸에 힘이 풀리고, 머리가 어질어질하다. 평범한 이가 당군악의 분노를 정면으로 받았으니 그럴 만도 했다. 하지만 조평은 끝내 쓰러지지 않았다.

다리에 힘을 주어 버틴 그는 억지로 입꼬리를 말아 올렸다. 제대로 미소가 지어지지 않아 웃지도 울지도 못하는 기괴한 얼굴이 된 그는 떨리는 목소리로 입을 뗐다.

"당가주님. 화산의 문하들은 사해상회를 찾아 준 객입니다. 그리고 그들 중에는 제 아들도 있습니다."

"그래서?"

조평이 고개를 내저었다. 그의 얼굴은 이미 식은땀으로 범벅이 되었지만, 고개를 내젓는 그의 동작에는 단호함이 어려 있었다.

"사해상회의 상회주로서 이유도 없이 손님을 내어 드릴 수는 없습니다. 그리고 한 사람의 아비로서 자식을 내어 드릴 수도 없습니다."

당가주가 차가운 눈빛으로 조평을 노려보았다.

"사해상회가 멸망한다 해도?"

"그런 것이 무서워 아들을 내놓는 아비가 세상에 어디 있겠습니까?"

"멸망의 의미를 잘 모르는 모양인데. 내가 손을 쓰면 이곳에서는 쥐새끼 한 마리 살아 나가지 못하오. 그걸 알고 하는 말이오?"

조평이 굳은 의지를 담은 눈빛으로 말했다.

"벌해야 한다면, 제 한 목숨으로 끝내 주십시오. 사해상회 내에서 벌어진 모든 일은 제가 책임을 져야 합니다! 죄 없는 이들을 건드리는 것이 당가의 방식은 아닐 거라 믿습니다."

그 말을 들은 당군악이 살짝 어이없다는 듯 코웃음 쳤다.

"아무래도 사해상단주가 잠시 꿈에 취한 모양이군. 당가의 방식이 무엇인지도 잊은 걸 보니 말이야. 내가 친히 당가의 방식이 무엇인지 알려 주지. 다시는 잊지 못하게."

당군악의 손끝이 살짝 움직였다. 그 모습을 본 조평이 이를 악물고 모두에게 달아나라 소리치려는 순간이었다.

"아니, 아저씨 영 성격이 이상하시네."

중앙 전각의 문이 좌우로 벌컥 열리더니 한 사람이 저벅저벅 들어섰다. 조평이 사색이 되어 외쳤다.

"처, 청명 소협! 내가 관여하지 말라고……!"

"에이, 상단주님은 상황 보면 몰라요? 저 아저씨가 일부러 여기까지 와서 이러고 있는 거잖아요! 나 들으라고!"

"……아?"

조평이 당황한 표정으로 고개를 돌려 당군악을 바라보았다. 그런데 정말로 당군악은 이미 조평에게 흥미를 잃은 듯 청명만을 뚫어지게 응시하고 있었다.

"네가 화산신룡이냐?"
"몰라서 묻는 건 아니죠?"
"허?"
당군악이 허허 웃어 버렸다. 감히 그의 앞에서 저런 말투를 쓰는 이가 또 있었던가? 글쎄, 또 모른다. 예전에는 있었을지도. 하지만 그가 당가의 가주가 된 이후로는 맹세컨대 처음 있는 일이었다.
당군악이 미소를 지었다. 하지만 누구도 그것을 미소라 생각하지 않을 것이다. 보는 것만으로도 섬뜩해지는 표정을 어찌 그렇게 따뜻한 말로 표현하겠는가?
옆에서 상황을 지켜보던 당잔의 표정이 딱딱하게 굳었다. 자신의 아버지가 저런 표정을 지을 때는 살심이 깊어졌을 때라는 것을, 그는 누구보다 잘 알았다.
"화산신룡이라. 화산신룡. 기대와는 조금 다른 느낌이군. 아무래도 좋다."
당군악이 미소를 지으며 청명을 향해 걸음을 옮겼다. 그의 손이 천천히 소매 안으로 들어갔다.
"어디 한번 보자꾸나. 네가 어떤 놈인지."
청명에게로 다가서는 당군악의 몸에서 가공할 기세가 뿜어지기 시작했다. 지켜보던 다른 이들은 물론, 당군악의 아들인 당패와 당잔조차도 질릴 정도의 압력이었다.
하지만 정작 당군악의 기세를 정면으로 받은 청명은 별다른 반응 없이 심드렁한 표정으로 멀뚱히 서 있었다.
되레 당황한 사람은 따로 있었다.
"잠까아아아안!"

전각 안에서 네 명의 인영이 빛살처럼 튀어나왔다. 새하얀 무복을 입은 백천이 재빨리 청명의 앞을 가로막고는 당군악에게 깊이 포권 했다.

"사천당가의 가주님께 인사 올립니다. 저는 화산의 이대제자인 백천이라고 합니다."

당군악의 발걸음이 멈췄다. 하지만 그의 손은 여전히 소매 안에 머물러 있었다.

"화정검이로군."

"당가주님께서 저를 알고 계시다니 영광입니다. 성도에 들었으면 당가주님께 먼저 문안을 드렸어야 했거늘, 제가 어리석어 경우가 없었습니다. 깊이 사과드리겠습니다."

저 청명 놈과는 달리 나름대로 예의가 있는 모습에, 당군악이 가만히 고개를 끄덕였다. 다른 화산의 제자들도 필사적으로 미소를 지었다.

'아니, 저 미친놈은 들이댈 사람이랑 아닌 사람도 구분 못 하나?'
'세상에, 당가의 가주에게.'
'미쳤다, 미쳤다 했지만 설마 저렇게까지 미친놈일 줄이야.'

애먼 놈 때문에 휘말려 같이 죽게 생길 판이다.

당군악이 누구인가? 천하에 이름 높은 독왕이 아닌가. 독왕이라는 별호가 사천당가의 가주에게 으레 붙는 별호라고는 하지만, 당금 당가의 가주인 당군악은 그 독왕이라는 별호가 결코 아깝지 않은 사람이다. 천하에 고수가 수두룩하게 많다지만, 당가의 가주를 무시할 수 있는 사람은 없다고 해도 과언이 아니다. 설사 화산의 장문인인 현종이 이 자리에 있다고 해도 당가주에게는 예의를 차려야 한다.

그런데 저 천둥벌거숭이 놈이! 백천이 마른침을 꿀꺽 삼켰.

차원이 다르다. 이미 무당의 장로들을 만나고 그들의 검을 봤던 백천이지만, 당군악에게서 흘러나오는 기세는 그들의 경지를 무색하게 할 정도였다.

'이게 절대고수!'

마주하고 있는 것만으로도 숨이 멎을 것 같다. 대놓고 할 수는 없는 말이지만, 화산의 어른들에게서는 이런 기세를 느껴 본 적이 없다. 당군악은 그들이 단 한 번도 보지 못한 차원에 올라 있는 것이 분명했다.

"제 사질이 저지른 무례를 대신 사과드립니다. 벌해야 한다면 저를 벌해 주십시오."

"네가?"

백천이 단호하게 답했다.

"예. 제가 이 아이들을 책임지고 있습니다. 그러니……."

"아, 비켜 봐!"

그 순간 청명이 백천을 잡아 쭉 당겼다. 얼결에 뒤로 끌려간 백천이 황망한 표정으로 청명을 보았다.

"야……. 야, 이놈아! 상황이……."

"에이! 그런 게 아니라니까!"

"응?"

청명이 피식 웃으며 말했다.

"애초에 저 아저씨, 사숙은 안중에도 없어. 처음부터 나 보러 왔구먼, 뭘."

"……그게 무슨 말이냐?"

"여하튼 그래."

청명이 한숨을 쉬며 당군악을 바라보았다. 내원으로 들어올 때부터 그에게 살기를 날려 대던 당군악이다. 웬만하면 참으려고 했는데 살기로 콕콕 찔러 대고, 심지어는 조평을 저리 겁박하니 나서지 않을 도리가 없었다.

"그보다 잘 봐 둬. 저 양반은 진짜니까."

백천이 눈을 크게 떴다. 그는 청명의 입에서 이런 말이 나오는 걸 단 한 번도 들은 적이 없다. 다시 말하자면 역시 저 당군악은 간이 배 밖으로 나온 청명조차 인정하는 강자인 것이다.

"웃차!"

청명이 자신을 붙든 백천의 손을 털어 내고 휘적휘적 앞으로 나섰다.

"용건이 뭐예요?"

"……용건?"

"네. 사람을 찾아왔으면 용건이 있겠죠."

당군악의 미소가 짙어졌다.

"하나 묻겠는데."

"얼마든지요."

"내 앞에서 그런 방자함을 보이고도 살아 있는 이가 있을 것 같으냐?"

모두의 심혼을 얼어붙게 하는 말이었다. 하지만 청명은 태연했다.

"네."

"……뭐라고?"

"있겠죠. 뭐 한 사람쯤 없겠어요?"

"……."

"아니면 내가 처음이어도 되고."

줄곧 차가움을 유지하던 당군악의 표정이 순간 멍해졌다.

'이 녀석은 대체 뭐지?'

그는 조금 전부터 청명을 살기로 짓누르는 중이었다. 웬만한 이라면 지금쯤 사색이 되어 벌벌 떨고 있어야 한다. 심지어 그의 아들이자 당가의 소가주인 당패라고 할지라도 이만한 살기를 계속 맞는다면 혼절하고 말 것이다.

하지만 청명은 이런 살기쯤은 익숙하다는 듯 태연하게 버티고 있었다. 아니, 버티고 있다는 말도 무색하다. 정말 아무렇지도 않은 모양이다.

'어디서 이런 걸물이 나타났단 말인가?'

더 황당한 건, 청명이 결코 강해 보이지 않는다는 점이다. 물론 강호에서는 외견이나 풍기는 기세만으로 사람을 판단할 수 없다. 그러나 저 어린 나이에 자연체를 이룬 게 아니라면 어느 정도 감은 잡히기 마련인데, 청명은 그저 모호하게만 보였다.

말하자면…….

"아무것도 없거나."

그게 아니면.

"한없이 깊거나."

뜻 모를 말을 중얼거리는 당군악을 보며 모두가 의아해했다. 오로지 청명만이 그 의미를 이해했다.

"확인해 보시려고요?"

"그럴 참이다. 하지만 그 전에 하나 묻고 싶은 것이 있다."

"네, 물으세요."

"내가 너를 죽이지 않을 거라고 생각하는 게냐?"

"네."

"……어째서냐? 화산이 너의 뒷배가 되어 줄 수 있다고 생각하느냐? 당가 앞에서도?"

그런데 돌연 안색이 어두워진 청명이 한숨을 푹 내쉬었다.

"이놈의 문파……. 이놈의 문파! 뒷배는 얼어 죽을."

내가 화산의 뒷배다, 이놈아! 내가! 뭔 놈의 화산이 내 뒷배가 되어 줘! 내 허리가 휠 판인데!

살짝 시큰해진 눈가를 훔친 청명이 앓는 소리를 내며 입을 열었다.

"내 입으로 할 말은 아니지만, 믿을 게 없어서 화산을 믿……. 에이! 아니다."

청명이 말하기도 싫다는 듯 손을 내저었다.

"아무튼, 그런 건 아니에요."

"그럼?"

"제가 믿는 건 화산이 아니라 당가죠."

"……그게 무슨 말이냐?"

청명이 당군악을 똑바로 보며 말했다.

"사천당가는 가문에 이득이 되는 일은 무슨 짓이든 한다고 들었어요. 아닌가요?"

"그럴지도 모르지."

맞을 것이다. 직접 들은 거니까. 그 빌어먹을 놈에게.

- 우리 집안은 이득이 되는 일이라면 나라를 팔아먹는 것도 주저하지 않을 겁니다. 저도 당씨지만 이놈의 집구석은 영 정이 안 간다니까요. 농담이 아니라 제가 가문에 방해가 되면 저를 죽이는 것도 당연하게 생각할 곳입니다. 네? 죽일 수는 있냐고요? 제깟 놈들이 저를 어떻게 죽입니까? 내가 바로 암존(暗尊)인데!

"그럼 저를 죽일 리가 없죠."

당군악이 미간을 찌푸렸다.

"이유는?"

"나는 천하제일인이 될 사람이자 화산을 천하제일문파로 만들 사람이니까요."

그 황당하기 짝이 없는 선언에 당군악마저 당황하고 말았다.

"그게 이유가 된단 말이냐?"

"당연하죠. 여기서 나를 죽이면 그냥 미래에 적이 될 이를 제거하는 것에 불과하지만, 나를 친구로 만든다면 미래의 천하제일인을 친구로 두게 되는 거죠. 어느 쪽이 이득인지는 뻔한 거 아닌가요? 내가 없다고 당가가 천하제일문파가 되는 것도 아니고."

당군악이 가만히 청명을 노려보았다. 참으로 귀신이 곡할 노릇이었다. 지금 청명의 말은 당군악의 의도를 정확하게 찌르고 있었다. 심지어 그의 아들들조차 그가 왜 이곳에 직접 왔는지를 이해하지 못하는데, 일면식도 없는 아이가 그의 심계를 파악하고 선수를 치고 있는 것이다.

"네 말이 옳을지도 모른다. 아니, 그 말이 옳다. 너는 과도하게 영민하구나."

"헤헤. 그렇게 칭찬하시면 좀 쑥스러운데."

청명이 실없이 웃으며 뒤통수를 긁적였다.

"네 말대로 네가 미래의 천하제일인이라면 당가는 너를 친구로 받아들일 것이다. 벗이란 본디 서로를 돌보는 것. 당가는 네게 베풀 수 있는 모든 것을 아끼지 않을 것이다."

"크으. 감사하게 받을게요."

그 순간 당군악의 눈가에 냉기가 어렸다.

"하지만 그건 네가 미래의 천하제일인이라는 걸 증명했을 때의 이야기겠지. 그게 아니라면 너는 당가를 농락한 대가로 여기서 죽는다."

백천의 얼굴이 시퍼렇게 질렸다. 당가의 가주쯤 되는 사람이 뱉는 말의 무게가 가벼울 리 없다. 설사 저 말이 당가주의 진심이 아니라고 해도 그의 입에서 나온 말은 결코 되돌릴 수 없을 것이다. 청명이 당군악에게 자신을 증명해 내지 못한다면 당가는 무슨 수를 써서라도 이곳에서 청명을 죽이고 말 터.

"뭐 뻔한 소리를 하시네요."

청명이 어깨를 으쓱했다.

"자신이 있느냐?"

"거, 두말하면 잔소리죠."

청명이 슬쩍 고개를 돌려 그의 사형제들을 바라보았다.

"지금부터 눈도 깜빡이지 말고 지켜봐."

"청명아!"

"괜찮겠느냐?"

"뭐, 죽이기야 하겠어?"

"죽인다잖아."

"어……. 에이, 내가 죽기야 하겠어?"

도무지 믿음이 가지 않는다. 도무지! 불안해 보이는 사형제들을 뒤로하고 청명이 휘적휘적 걸어 앞으로 나섰다.

"사숙……. 말려야 하는 것 아닙니까?"

조걸이 급히 물었지만, 백천 역시 어찌할 바를 몰랐다. 청명을 믿지 않느냐고? 믿는다. 저놈의 성격이야 몰라도 그 실력을 인정하지 않을 도리가 있는가? 백천은 세상 누구보다 청명을 신뢰하고 믿었다.

하지만 그 상대가 당가주다. 독왕 당군악. 청명이 태어나기도 전부터 그 이름을 천하에 떨친 절대고수이자 당가의 가주. 그런 이를 상대로도 청명의 실력이 먹힐까?

아니, 역시 안 된다.

"그……."

결국 마음을 굳힌 백천이 막 나서려는 찰나, 누군가 그의 옷을 살짝 잡아당겼다. 돌아보니 유이설이 가만히 고개를 내젓고 있었다.

"사매?"

"자신 없으면 무슨 수를 써서라도 달아날 사람."

……그 순간, 백천의 고개가 절로 끄덕여졌다. 듣고 보니 그랬다. 저 놈의 최대 목표는 천하제일인이 되는 게 아니다. 화산을 천하제일문파로 만드는 것이다. 그걸 위해서라면 진흙탕에 뛰어드는 것쯤은 아무렇지 않게 여기고, 굴욕도 얼마든지 감수할 놈이다. 승산 없는 싸움을 하느니 체면이고 나발이고 다 집어던지고 달아날 놈이라는 뜻이다. 그런 놈이 제 발로 나서고 있으니 믿어도 되지 않을까?

여전히 불안이 다 가시진 않은 눈빛으로 백천은 청명의 등을 응시했다. 그리 크지 않은 등이 더없이 넓어 보인다. 하지만 그 등마저도 지금의 백천을 완전히 안심시키지는 못했다.

'제발.'

백천은 속으로 빌며 검 손잡이에 살짝 손을 올렸다. 청명이 정말 위기에 처한다면 주저하지 않을 셈이었다. 상대가 당가의 가주라도 마찬가지다. 화산은 절대 제자를 버리지 않는다.

앞으로 나선 청명이 당군악을 보며 입을 열었다.

"그런데 저도 하나만 물어도 되나요?"

"그 정도는 허락하마."

"왜 꼭 저를 찾아오신 거예요? 저는 별로 한 게 없는 것 같은데. 싸움은 조걸 사형이 했는데 왜 저예요?"

당군악이 피식 웃었다. 그러더니 다른 이들에게는 들리지 않을 정도로 작은 목소리로 말했다.

"열두 번째 비도가 필요하다고 했다지?"

"……어?"

"나는 거기에 흥미가 있다."

엇, 이건 예상 못 했는데……? 이윽고 청명의 얼굴이 일그러졌다.

'아니, 이 새끼가?'

- 도사 형님! 크, 형님만 알고 계십시오. 다른 놈들은 제가 비도를 열한 개만 쓴다고 생각하는데, 사실은 숨겨 둔 열두 번째 비도가 있다 이 말입니다. 크으, 이게 진짜 큰 비밀……. 예? 저번에 형님한테 썼다가 개박살 난 거? 에이, 뭐 그런 말을 하고 그러십니까. 자존심 상하게!

자존심은 얼어 죽을! 진짜 비밀이었어? 아니, 이 미친놈이 뭔 가문의 비밀을 베갯잇에 돈 숨겨 뒀다는 투로 말해? 사형! 장문사형! 혹시 그 새끼 거기에 있으면 좀 패 주십쇼!

잠깐 당황했던 청명이 어색한 표정으로 웃으며 사태를 수습하려 들었다.

"그거 그냥 대충 짐작해서 찔러 본 건데요."

"그 짐작이 중요하지."

청명의 가슴이 덜컥 내려앉았다. 이 양반 알고 보면 살인멸구 하러 온 거 아냐? 가문의 비전을 알고 있는 사람을 죽이려고? 에이……. 아니겠지?

태연자약했던 청명의 내심에 슬슬 불안함이 차오르기 시작했다.

"증명은 간단하다."

당군악이 미소를 지었다.

"십 초. 내 십 초를 버텨 낸다면 나는 너를 후대의 천하제일인으로 인정하겠다."

아, 십 초? 독왕의 공격을 열 번만 피해 내면 된다 이거지? 하하하하하.

"아니! 이 양반이 진짜 사람 죽이려고 하나! 새파란 후배한테 십 초씩이나 쓰고 싶어요?"

발끈한 청명이 버럭 소리를 질렀다. 물론 진짜 후배는 아니지만, 여하튼.

"그 정도는 되어야지."

당군악의 대답은 태연하기만 했다. 청명은 이를 빠득 갈았다.

'오냐. 해보자 이거지?'

당군악의 십 초를 버텨 낸다면 당연히 후대의 천하제일인일 것이다. 그걸 해낼 수 있는 사람이면 후기지수라는 말이 붙지도 않을 테니까. 천하제일 후기지수가 아니라 고금제일 후기지수라도 못 하겠다! 망할 영감탱이!

"끄으으응."

앓는 소리를 흘린 청명이 이내 눈에 불을 켜고 당군악을 노려보았다.

"좋아요. 대신 약속한 거 잊지 말아요."

"약속?"

"친구는 서로 돌보는 거라는 약속. 해 줄 수 있는 건 다 해 준다고 했죠?"

"물론이다."

"각오하는 게 좋을 거예요."

청명이 이를 갈며 말했다.

"내가 당가 기둥뿌리를 뽑아 버릴 테니까."
"할 수 있다면!"
어쭈? 농담인 줄 아나 보네? 허허. 후회할 텐데?
곧 청명과 당군악이 거리를 두고 마주 섰다. 그들을 지켜보는 이들은 다들 마른침을 삼켰다. 특히 청명을 응원하는 이들은 당연히 긴장감에 어찌할 바를 몰랐다. 윤종이 떨리는 목소리로 물었다.
"사숙……. 당가주님은 엄청 강하겠죠?"
"……그렇겠지."
"얼마나 셀까요?"
백천이 자신도 모르게 미간을 슬쩍 찌푸렸다. 어려운 질문이다.
"천하에서는 모르겠지만 사천에서는 못해도 세 손가락 안에 들겠지."
"……그렇게나."
윤종의 얼굴이 살짝 창백해졌다. 세 손가락이라니. 사천 땅이 얼마나 넓은데! 게다가 사천에는 구파인 아미파와 청성파도 있다. 그런데도 세 손가락 안에 꼽힌단 말인가?
"그런 사람을 청명이 상대할 수 있습니까?"
백천이 입을 꾹 다물었다. 사실 그가 할 수 있는 대답은 '모른다'였다. 상대적인 것을 잴 때는 기준과 잣대가 필요하다. 예를 들어 백천이 윤종의 강함을 논하기 위해서는 자신과 윤종의 차이가 어느 정도인가부터 시작해야 한다. 자신과의 비교를 통해 윤종의 강함을 알 수 있고, 그를 기준으로 윤종과 비슷한 이들의 강함을 논할 수 있을 것이다.
하지만 당군악은 그저 까마득하기만 하다. 백천이라는 짧은 잣대로는 도무지 저 드높은 당군악의 힘을 잴 수 없다. 그저 측정할 수 없을 만큼 강하다는 결론만 나올 뿐이다.

그만큼이나 당군악은 강하다. 소름이 돋을 정도로.

'하지만 그건 청명도 마찬가지 아닌가?'

백천이라는 잣대로 잴 수 없는 건 청명 역시 동일하다. 강함을 알 수 없는 두 사람이 맞붙는데 그 결과를 어찌 예측하겠는가? 그저…….

"이긴다는 건 말이 안 된다."

"역시나……."

"하지만 십 초를 버티는 거라면 이야기가 다르다."

백천이 확신을 담아 말했다.

"평범한 후기지수라면 당가주의 십 초는커녕 일 초도 버티지 못할 것이다. 하지만 청명이 놈은 평범한 후기지수가 아니잖으냐."

백천의 눈이 청명의 등을 응시했다.

'눈도 깜빡이지 말고 지켜보라고?'

백천은 알고 있었다. 청명이 마음만 먹는다면 당군악과의 비무는 얼마든지 피할 수 있었을 것이다. 강함을 증명하는 방법이 반드시 비무뿐인 건 아니니까.

하지만 청명은 오히려 당군악을 도발해 이 상황을 만들어 냈다. 그러고는 그들더러 지켜보라 한다.

'망할 놈 같으니!'

백천이 이를 갈았다. 화산에 가장 모자란 것이 무엇인가. 하나는 내력이다. 그리고 또 하나는…… 절대적 고수.

이는 화산의 무력을 채워 줄 강자가 없다는 의미가 아니다. 화산의 제자들이 보고 배울 만큼 드높은 지향점이 되어 줄 이가 존재하지 않는다는 뜻이다.

물론 운검이 있고 현상이 있지만, 그들은 제자들에게 절대의 고수가 어떤 존재인지 알려 줄 수 없다. 인간의 경지를 넘어 화경에 접어든 이가 얼마나 강한지 이해시킬 도리가 없다. 그렇기에 화산의 제자들은 그저 짐작할 뿐이다. 눈으로 보지 못하고 몸으로 실감하지 못하는 강함을 그저 더듬어 짐작하고 목표로 삼아 왔다.

그런 화산의 제자들 앞에 마침내 천하를 오시하는 절대의 고수가 나타난 것이다.

백천이 입술을 지그시 깨물었다.

'오냐. 단 하나도 놓치지 않으마.'

아무리 정확하게 짐작한다고 해도 직접 보는 것과는 천양지차일 수밖에 없다. 이 승부를 지켜보는 것만으로도 백천은, 그리고 화산의 제자들은 조금 더 높은 곳으로 오를 수 있게 될 것이다. 그런 확신을 담고 주먹을 꽉 움켜쥐었다.

당군악은 앞에 선 청명을 보며 살짝 눈살을 찌푸렸다.

'모르겠군.'

웬만한 이는 이리 마주 서면 어느 정도 그 격이 보이기 마련이다. 자신보다 약하다, 혹은 강하다는 것 정도는 알 수 있다.

하지만 지금 눈앞에 서 있는 청명은 말 그대로 모호함 그 자체였다. 텅 비어 있는 듯하지만, 동시에 뭔가 빨려 들어갈 듯 깊어 보이기도 한다. 아무 생각 없는 천둥벌거숭이 같지만, 때로는 당군악마저 흠칫할 만큼 노회함이 배어난다.

어쩌면 괴이하다고 해야 할 것이다. 한 사람에게서 어찌 이리 다양한 면모가 느껴질 수 있다는 말인가? 이건 호승심이 아니다. 그보다는 호기심에 가까웠다. 당군악은 대체 이놈의 안에 무엇이 들어 있는지 궁금해서 참을 수 없을 지경이었다. 마치 아주 어릴 적, 그의 아버지가 꽁꽁 싸맨 선물을 들고 왔을 때의 기분 같았다. 그 두터운 포장 안에 무엇이 들어 있을지 열어 확인해 보지 않고서는 잠도 이루지 못할 듯했다. 당군악이 새삼 자신의 상태를 알아채고는 묘한 표정을 지었다.

'내가 최근에 이리 흥분한 적이 있었던가?'

기이한 일이다. 이건 정말 기이한 일이었다. 그는 심호흡하고는 스스로가 느끼고 있는 흥분의 근원을 똑바로 바라보았다.

"십 초다."

이건 청명에게 확인을 시키려는 것이 아니다. 당군악 스스로가 이 승부의 목적을 명확히 하려는 것에 가까웠다. 그러지 않으면 흥에 취해 버릴 것 같으니까.

"십 초를 버텨 낸다면 나는……. 아니, 당가는 너를 인정할 것이다."

"뭘 새삼스럽게."

청명이 손을 내밀고는 까딱거렸다.

"시작하시죠. 선수는 양보할 테니까요."

당군악의 입가에 미소가 맺혔다.

"당돌하군."

다른 이가 감히 자신 앞에서 이런 식으로 굴었다면 당군악은 절대 그를 용서하지 않았을 것이다. 하지만 이상하게도 그는 청명이 그리 고깝지 않았다.

'오만이 아니라, 자신감인가?'

그렇다면 미울 이유가 없지. 자신감은 실력에서 나오고 실력은 노력에서 나오니까.

자신을 향상하기 위해 부단히 노력해 온 무인이 자신감을 가지는 건 당연한 일. 항상 기에 눌려 눈도 제대로 마주치지 못하는 아들들보다는 청명이 백배 낫지 않은가?

"네가 내 아들놈의 비도술을 파훼했다고 들었다."

"그거 조걸 사형이 한 건데요?"

"……마찬가지겠지."

"네? 전혀 다른데요?"

"……별다를 거 없다."

청명이 묘한 눈빛으로 당군악을 응시했다. 피는 못 속인다더니. 그가 알던 당가 놈도 겉으로는 엄청 근엄한 척하는데 알고 보면 허당이었다. 어쩌면 당군악도 비슷할지도 모른다.

"그렇기에 나는 너를 같은 비도술로 상대하겠다."

"오? 한번 보여 준 것을요?"

"같은 비도라고 생각하느냐?"

청명이 씩 웃었다.

"그럴 리가 있겠어요?"

"잘 아는군."

똑같은 비도술이라고 해도 같을 순 없다. 같은 검이라 해도 조걸의 검에서 펼쳐지는 것과 백천의 손에서 펼쳐지는 것, 그리고 청명의 손에서 펼쳐지는 것이 모두 다르다. 그렇듯, 당군악이 펼치는 비도술을 당잔의 그것과 비교할 수 있을 리 없다. 그게 실력이니까.

당군악이 소매 안으로 손을 넣었다. 다시 빠져나온 그의 손에는 조금은 낡아 보이는 비도가 들려 있었다. 순간, 청명이 당군악의 손에 들린 비도를 뚫어지게 주시했다. 그러고는 이내 조금 굳은 표정으로 살짝 눈을 감았다 떴다.

'오랜만에 보는군. 저 유엽비도.'

"이 비도로 너를 상대해 주는 것을 영광으로 알 거라. 이 비도는 길고 긴 당가의 역사에서도 가장 완벽한 비도술을 구사했던 분의 애병이니까."

청명이 가볍게 웃었다. 글쎄. 그 비도에 관해서는 그쪽보다는 내가 더 잘 알 것 같은데 말이지.

모를 수가 없다. 저 낡고 손때 묻은 비도. 저 비도가 바로 암존이라 불리던 당보(當步)의 애병이었으니까.

추혼비(追魂匕).

'당가로 돌아갔구나.'

당보의 애병이 당군악의 손에 들려 있는 것을 보니 기분이 조금 이상해진다. 청명은 나직이 한숨을 내쉬고는 다시 마음을 가라앉혔다.

"영광이네요."

"영광?"

파아아아아아앙!

그 순간 가공할 파공음과 함께 당군악의 손에서 발출된 추혼비가 말 그대로 빛살처럼 날아들어 청명의 얼굴을 스치고 지나갔다.

주르르륵.

스쳤을 뿐인데도 뺨이 길게 갈라지며 붉은 선혈이 흐르기 시작한다. 그 모습을 보며 당군악이 섬뜩한 미소를 지었다.

"영광이라는 말은 어울리지 않겠지. 죽음은 영광스럽지 않을 테니."

당군악의 말에, 청명이 가만히 손을 들어 뺨에 흐르는 피를 가볍게 훔쳤다. 그리고 손끝에 묻은 피를 혀로 핥았다. 그러더니 질색이라는 표정으로 손을 털어 냈다.

"아으, 퉤퉤! 에이, 입맛 버렸네."

아무래도 피 맛에는 영 익숙해지질 않는다니까. 손끝에 남은 피를 대충 옷에다 문질러 닦은 청명은 피식 웃으며 당군악을 보았다.

"일 초예요."

"……뭐라?"

"공격 한 번 한 거라구요. 이제 아홉 번 남았어요."

"허?"

순간 당군악의 표정이 멍해졌다. 얼굴 바로 옆으로 그가 발출한 비수가 지나갔다. 그 위력과 속도를 똑똑히 보았을 터. 지금 당장 비무를 포기하겠노라고 고래고래 소리를 지르며 달아나도 이상하지 않을 판에, 이제 구 초가 남았다고?

'도무지 모를 놈이로군.'

손에 잡힌 두 자루의 추혼비가 서로 마찰하며 까드득, 거슬리는 소리를 만들어 내었다. 당군악의 서늘한 눈이 청명을 응시한다.

"구 초. 네 목숨을 빼앗기에는 모자라지 않은 수 같은데?"

"아니요. 후회할걸요? 어설프게 한 수를 낭비해 버렸다고 말이죠."

"너는……."

"알려 드리죠."

청명의 검이 뽑혀 나왔다.

"그게 왜 실수였는지. 지금부터 이 검으로."

그와 동시에 청명의 표정에서 장난기가 사라졌다. 천천히 들어 올려진 검이 당군악을 겨누었다. 청명의 검 끝이 자신을 향하는 순간 당군악은 저도 모르게 비수를 잡은 손에 힘을 주었다. 가슴속에 차오른 낯선 감정에 낯빛이 굳어졌다.

'이 감정을 뭐라 하더라?'

……그래. 섬뜩함이었지. 당군악이 지그시 입술을 깨물었다. 그의 아들보다 어린 아이의 검에 섬뜩함을 느끼다니. 있을 수 없는 일이었다. 당군악의 표정에서 감정이 사라졌다.

'나는 독왕 당군악이다.'

자존심이 살짝 구겨진 그가 진심으로 살기를 품기 시작했다. 처음부터 봐줄 생각 같은 건 없었다. 그의 비도를 막아 내지 못해 죽는다면 청명은 거기까지인 놈이다. 그런 이 하나 죽였다 해서 달라질 게 뭐가 있겠는가?

하나 만약 청명이 그의 비도를 모두 막아 낸다면?

'당가는 몇십 년 만에 진정으로 손님을 받게 되겠지.'

인정하고 대접해야 할 손님을 말이다. 당군악의 눈이 무시무시한 광망을 뿜어냈다.

'하지만 그런 일은 벌어지지 않는다!'

그와 동시에 그의 내력을 머금은 추혼비 한 자루가 다시 한번 발출되었다. 이번에는 단순한 위협이 아니다. 당군악의 손끝에서 출발한 추혼비는 눈으로 좇을 수도 없을 만큼 어마어마한 속도로 청명을 향해 쏘아 졌다.

카아아아앙!

그 순간 청명이 검을 부드럽게 휘두르며 날아드는 추혼비를 쳐 냈다. 방향이 뒤틀린 추혼비는 청명을 스쳐 지나가 뒤쪽에 있는 전각 기둥을 뚫고 들어갔다.

동시에 당군악이 눈을 찢어지도록 부릅떴다. 쳐 냈다고? 이 나의 추혼비를?

그가 발출한 비도는 그저 빠르기만 했던 것이 아니다. 그 안에는 그가 밀어 넣은 내력이 과할 정도로 담겨 있었다. 어설프게 쳐 내거나 막으려 했다가는 검이 부러져 나가고 추혼비가 목에 틀어박혔을 것이다.

하지만 청명은 별다른 힘도 들이지 않고, 검을 휘두르는 것만으로 그의 추혼비를 쳐 내어 방향을 틀었다. 이게 얼마나 어려운 일인지를 짐작할 이가 이곳에 단 하나라도 있을 것인가? 당군악의 입가에 잔인한 미소가 어렸다.

"아무래도 내가 너를 너무 과소평가한 모양이군."

"말했잖아요. 후회할 거라고."

"그렇지. 그러니……."

순간, 당군악의 양 소매가 터질 듯이 부풀어 올랐다. 동시에 그의 몸 주변에 소용돌이가 일기 시작했다. 끓어오른 진기가 주변의 기운마저 휘두르고 있는 것이다.

그 어마어마한 기세에 뒤쪽에 있던 화산의 제자들이 저도 모르게 뒤로 훌쩍 물러났다. 청명조차도 움찔하여 발을 뒤로 뺐다. 당군악이 양팔을 좌우로 벌리며 일갈했다.

"이제부터는……."

독왕의 노기가 청명을 그대로 덮쳤다.

"전력을 다해 상대해 주마!"

"……그건 좀 심하지 않아요?!"

농담을 모르시네, 저 양반? 옛날 당가는 안 그랬는데! 청명의 눈은 터질 듯이 부푼 당군악의 소매에서 떨어지지 않았다.

추혼비. 그리고 십이비도. 이 두 가지가 합쳐졌을 때 얼마나 무시무시한 위력이 나오는지는 청명이 가장 잘 알고 있다. 그 추혼비에 죽어 나간 마교도가 대체 몇이었던가? 등 뒤를 받쳐 줄 때는 세상에서 가장 든 든했던 추혼비가 지금은 역으로 청명의 목을 노리고 있다.

'물론 비교조차 안 되는 수준이지만.'

당보, 그러니까 암존은 비도술 자체를 자신의 독문 무공으로 삼았던 이다. 그가 도달한 비도술의 경지는 당가의 역사를 통틀어 봐도 견줄 이가 없다. 그러니 암존이었다.

하지만 지금 그의 앞에 있는 이는 독왕. 당가의 모든 무학을 쓸 수는 있겠지만, 당군악의 장기는 절대 비도술이 아니다. 그러니 그의 비도는 암존의 비도와 비교할 수 없다.

문제는 지금의 청명도 과거의 청명과 비교할 수 없는 수준이라는 것. 매화검존 청명과 화산신룡 청명의 어마어마한 차이에 비한다면 암존의 비도와 독왕의 비도 사이에 나는 차이는 눈곱만하다 해도 과언이 아니다.

'까딱하면 진짜 죽는다.'

이마에서 흐른 땀 한 방울이 뺨을 타고 흘렀다. 천하의 청명조차도 이 순간만큼은 긴장하지 않을 도리가 없다.

비도술의 가장 큰 단점은 한번 발출한 비도를 웬만해서는 회수하기가 어렵다는 것. 다시 말하자면 당군악에게 청명을 죽일 의도가 없다 하더라도 아차 하는 순간 목이 날아가는 것을 막을 수 없다는 뜻이다.

"후우우."

길게 숨을 뱉어 낸 청명은 검을 잡은 손에 힘을 주었다. 그리고 그 순간!

파아아아앗!

날카로운 파공음과 함께 세 개의 추혼비가 쏟아져 왔다. 하나는 정면으로, 그리고 다른 둘은 좌우로 크게 회전하며. 회전하는 비도의 속도는 정면으로 날아드는 비도보다 훨씬 빨랐다. 결과적으로는 세 개가 거의 동시에 청명에게 도달했다.

"타앗!"

청명이 기합을 내지르며 검을 앞으로 쭈욱 뻗었다. 검 끝이 미세하게 진동했다. 이내 점점 더 크게 진동하기 시작한 그의 검이 수십 개로 분열하여 허공을 뒤덮어 버렸다.

"검막?"

캉! 카앙! 캉! 날카로운 소리가 울렸다. 날아든 세 개의 추혼비가 청명이 펼쳐 낸 검의 막을 뚫지 못하고 튕겨 나간 것이다. 손을 뻗어 추혼비를 회수한 당군악은 지체 없이 다시 추혼비를 발출했다. 이번에는 다섯 자루!

콰아아아아아!

다섯 자루의 비도가 제각각 다른 속도로 청명에게 날아들었다. 조금 전에 발출했던 세 자루의 비도보다는 확연히 느리지만 그 안에 실린 힘만은 비교를 불허했다.

카앙!

"끅!"

첫 번째 비도가 청명이 펼쳐 낸 검막에 부딪혔다. 손목이 부러질 듯한 충격이 느껴진다.

카앙! 두 번째 비도가 검막을 뒤로 밀어 냈다. 이번에는 내부가 진탕된다.

카아앙! 세 번째 비도가 청명이 만들어 낸 검막에 커다란 틈을 만들었다.

카아아앙! 네 번째 비도가 검막을 완전히 무너뜨리고.

쇄애애애액! 다섯 번째 비도가 당장이라도 청명의 배를 꿰뚫어 버릴 듯 쏘아졌다.

"큭!"

청명이 회수한 검을 다시 뻗어 냈다. 검 끝에 작은 꽃봉오리가 어렸다. 순식간에 피어난 수십 송이의 매화가 날아드는 추혼비를 부드럽게 감쌌다.

"능유제강?"

당군악의 눈에 놀라움이 스쳤다. 하지만 그의 감정과는 관계없이 그의 손은 가장 효과적인 공격을 찾아 움직였다.

청명이 다섯 번째 추혼비를 미처 제압하기도 전에 당군악의 손에서 또 하나의 비도가 발출되었다.

이번에 쏘아진 비도에는 딱히 다른 위력이 실려 있진 않았다. 그저 무시무시할 정도로 빨랐을 뿐이다. 공간을 격해 버린 것처럼 일순 흐릿하게 사라졌던 비도가 바로 코앞에 나타나니 천하의 청명조차도 기겁할 수밖에 없었다.

"으아아아아앗!"

필사적으로 몸을 뒤틀었다. 사악, 하는 소름 끼치는 소리와 함께 추혼비가 가슴께를 길게 가르고 지나갔다. 그리고 미처 다 제압하지 못한 다섯 번째 추혼비가 허벅지를 깊숙이 베어 냈다.

허공에서 한 바퀴를 회전한 뒤 바닥에 내려선 청명은 재빨리 다리의 혈을 눌러 지혈했다. 물론 이대로 피를 흘린다고 해서 죽지는 않는다. 하지만 출혈이 심하면 체력이 떨어지기 마련이고, 체력이 떨어지면 집중력이 흐려진다.

기나긴 전장에서 끝없이 싸워 온 청명은 상처를 최소화하는 것이 삶을 부여잡는 가장 빠른 길임을 잘 알았다.

"……피해?"

한편 당군악은 도무지 납득할 수 없다는 표정으로 청명을 노려보았다. 오뢰연환(五雷連環)까지야 어찌어찌 막아 낼 수 있다고 치자. 하지만 뒤이어 시전한 섬전탈명(閃電奪命)은 감히 후기지수 따위가 피해 낼 수 있는 초식이 아니다. 완벽하게 시전된 섬전탈명을, 저 화산의 제자가 피해 버린 것이다.

'심지어 검에 부드러움을 담는다? 화산의 제자가?'

그건 그의 검이 화산의 가르침에 매여 있지 않다는 뜻이었다. 그런 이는 강해진다.

아니……. 저 아이는 이미 강하다.

"사 초."

당군악이 아직 충격에서 벗어나지 못하고 있을 때, 청명이 허리를 쭉 펴고 되레 그를 노려보았다.

"이제 육 초 남았어요."

당군악은 말없이 살짝 손을 앞으로 뻗었다. 허공을 움켜잡듯 끌어당기자 땅에 떨어져 있던 추혼비들이 당군악의 소매 안으로 모조리 회수되었다. 회수된 열한 개의 비도를 가만히 어루만지던 당군악은 무거운 신음을 흘렸다. 머릿속에 한 가지 고민이 생겨났다.

'육 초라.'

여섯 초식 내에 청명을 잡지 못할 것 같아 고민하는 게 아니다.

후대의 천하제일인임을 증명하는 것이 이 비무의 목적이었다면 저 녀석은 이미 그 목적을 달성했다.

끝을 알 수 없는 재능이다. 저 나이 또래의 다른 놈들이 청명을 이기는 모습은 상상조차 할 수 없다. 아마 저놈은 그리 오랜 시간이 걸리지 않아 화산제일검을 넘어 천하제일검으로 불리게 될 것이다.

하지만…… 이상하게 목마름이 가시질 않는다. 확인하고 싶다. 끝이 어디인지. 도무지 끝을 알 수 없는 저 괴물 놈의 바닥에 대체 무엇이 숨어 있는지 말이다. 설사 그 결과가 후대의 천하제일인을 그의 손으로 죽이게 되는 일일지라도.

까드득, 하며 추혼비가 다시 섬뜩한 소음을 흘렸다.

'상관없다!'

당군악 내면에 있는 무인으로서의 욕망이 가주로서의 이성을 찍어 눌렀다. 파공음과 함께 세 개의 비도가 발출되었다. 청명은 날아드는 비도를 보며 표정을 굳혔다.

'간다!'

청명의 발이 땅을 박찼다. 그는 되레 날아드는 추혼비를 향해 마주 달려들었다. 거리가 가까울수록 비도술의 위력은 올라간다. 쏘아진 것은 멀리 날아갈수록 그 위력을 잃어버리는 게 당연하니까.

하지만 물러나는 곳에 승리란 없다. 이곳은 당군악의 거리. 청명의 검은 당군악에게 닿지 않는다. 제아무리 시험을 위한 비무라고는 하나, 목숨을 건 싸움에서 승리를 추구하지 않는다면 청명이 아니다. 위험을 무릅쓰고 나아간다. 거머쥐어야 할 곳은 뒤가 아닌 앞에 있다!

카아앙! 카앙! 카아앙! 날카로운 소리와 함께, 세 개의 비도가 청명의 검에 튕기며 솟아올랐다. 하나의 비도를 칠 때마다 금방이라도 손목이 부러질 듯한 고통이 밀려들었다. 독왕의 가공할 내력을 버티기에는 아직 청명의 내력이 완전하지 않았다.

하지만 그렇다고 해도…….

'버텨! 오 초다!'

이 비무가 끝날 때까지만 부러지지 않으면 된다. 그 뒤야 알 게 뭔가! 빠르게 땅을 박찬 청명이 당군악과의 거리를 순식간에 좁혔다. 당군악은 흥이 난다는 듯 짧게 기합을 내더니 소매를 크게 휘둘렀다.

"흠!"

그와 동시에 쏘아지는 일곱 개의 비도. 칠성의 방(方)을 점하며 날아드는 비도를 본 청명이 두 눈을 부릅떴다.

'탈혼칠성(奪魂七星)!'

당보 놈의 주특기! 이 괴악하고 독랄한 비도술에 죽어간 마교 놈들만 끌어모아도 작은 산 하나를 이룰 수 있을 것이다.

"하아아압!"

청명은 이번에도 기합을 내지르며 날아드는 일곱 개의 비도에 몸을 던졌다. 물러나는 순간 끝이다. 탈혼칠성은 혼을 앗아 가는 일곱 개의 비도. 뒤로 물러나면 이어지는 변화에 점점 발목이 잡혀 결국에는 목이 꿰뚫리고 만다!

몸을 세 치쯤 허공으로 띄워 올린 청명이 허공을 연이어 박차며 비도와 비도 사이로 교묘하게 파고들었다.

"엇?"

당군악의 입에서 처음으로 당혹을 숨기지 못한 음성이 터져 나왔다.

'질리도록 봤다고!'

당보 놈을 몰랐다면 절대 이런 식으로 파훼할 수는 없었겠지. 하지만 이 비도술은 청명에게 있어서는 화산의 검법 다음으로 익숙한 무학이나 다름없다. 일곱 개의 비도가 청명을 스치고 지나갔다.

사아아악! 왼쪽 팔, 옆구리, 그리고 오른쪽 발목까지. 세 군데가 한꺼번에 베이며 핏물이 허공으로 비산했다. 하지만 청명은 상처를 돌아볼 생각도 하지 않고 당군악을 향해 달려들었다.

'육 초!'

당군악의 얼굴이 순식간에 평정을 되찾았다. 오른손으로 접인지기를 발휘해 추혼비를 회수하는 동시에 왼손으로 다섯 자루의 추혼비를 동시에 날렸다. 추혼비들이 가공할 속도로 회전하며 어마어마한 기파를 날렸다. 이미 조걸과의 비무에서 당장이 한번 보여 준 적이 있는 수다.

하지만 이 추혼비를 그때의 비도와 비교할 수는 없다. 같은 무학이라 할지라도 누가 쓰느냐에 따라 전혀 다른 무학이 된다는 것을 증명이라도 하듯, 당군악의 추혼비는 당장의 그것과 비교도 되지 않았다.

'이건 못 피해!'

청명이 이를 악물었다. 날아드는 다섯 개의 비도에 실린 내력이 벌써 그의 몸을 짓이기고 있었다. 어설프게 피하려다 저 기파에 휘말린다면 그의 몸뚱어리는 순식간에 잘 다져진 고깃덩어리가 되고 말 것이다.

청명의 매화검이 채찍처럼 허공을 후려쳤다. 그와 동시에 매화가 피어나기 시작했다. 한 송이, 두 송이……. 순식간에 불어난 매화들이 이내 끝없이 피어나 세상을 뒤덮기 시작했다.

'이건?'

당군악의 눈에 경악이 어렸다. 세상천지가 매화로 뒤덮여 버린 것만 같다. 마치 끝이 보이지 않는 매화의 바다 같았다.

콰아아아아아!

추혼비들이 회전하며 매화의 바다로 파고들었다. 가공할 위력과 어마어마한 공력을 싣고.

하지만 바다는 모든 것을 포용하는 법이다. 당군악의 추혼비는 물결치는 매화의 바다를 뚫지 못하고 그 기세를 잃은 채 추락했다.

이윽고, 그 매화의 바다를 뚫고 솟아오른 청명이 당군악을 향해 날아들었다. 청명의 입술 사이로 핏물이 꾸역꾸역 흘러나왔다. 급격하게 검을 전개하는 와중에 당군악의 공력을 받아 낸 대가였다.

'칠 초!'

청명이 목구멍으로 왈칵 치솟는 피를 삼키며 두 눈으로 차가운 광망을 뿜어내었다. 하지만 그 순간 청명이 살짝 보인 틈을, 당군악은 놓치지 않았다. 비도가 청명을 향해 가공할 속도로 날아들었다.

'이건 한번 겪었어!'

청명이 뛰어오른 여세를 몰아 그대로 검을 휘둘러 비도를 후려쳐 버렸다. 날카로운 소리가 카앙, 하고 울렸다.

그리고 그 순간이었다. 청명이 두 눈을 크게 부릅떴다. 바로 그의 코앞에서 비도가 나타난 것이다. 분명히 쳐 냈건만 튕겨 나간 적이 없다는 듯 또다시 비도가 날아들고 있었다.

'늦었…….'

반응할 시간이 없다.

"아아아아아악!"

"청명아아아아아아아아!"

그의 사형제들도 상황을 눈치챘는지 찢어지는 비명을 질렀다.

퍼어어억!

비도가 청명의 얼굴에 그대로 틀어박혔다. 허공에서 뒤로 훅 밀려 나간 청명의 몸이 끈 떨어진 연처럼 바닥으로 추락하기 시작했다.

"으아아아아아아!"

두 눈에 핏발을 세우며 달려 나가려는 조걸을 백천이 꽉 움켜잡았다.
"놔! 이거 놔 봐! 죽여 버릴 거야!"
"진정해라!"
"뭘 진정하란 겁니까! 저 새끼가 청명을……!"
"안 죽었다고, 인마!"
"……네?"
그 순간, 추락하던 청명이 몸을 빙글 돌리더니 바닥으로 착지했다.
"허…….."
그 광경을 본 조걸은 다리에 힘이 풀린 듯 그 자리에 주저앉았다. 윤종도 그런 그의 어깨에 손을 올리고 깊이 한숨을 내쉬었다. 백천 역시 둘을 보며 길게 숨을 내쉬었다.
'놀란 모양이군.'
하기야 그도 심장이 목구멍으로 튀어나올 뻔했는데 저 아이들은 오죽하겠는가. 조걸은 이미 넋이 나간 얼굴이고, 윤종은 눈이 반쯤 풀려 있었다. 그래도 유일하게 침착함을 유지하고 있던 유이설이 검을 다시 집어넣…….
응? 사매? 검은 왜 뽑았어? 그걸로 뭐 하려고?
그때, 마른침을 꿀꺽 삼킨 백천이 고개를 돌려 청명을 바라보았다. 착지한 청명이 고개를 획 들었다. 그의 입에 당군악이 날린 비도가 물려 있었다.
"퉤엣!"
비도를 뱉어 내자 바닥에 떨어지며 까강 소리가 울렸다. 청명은 입 안에 뭉클뭉클 솟아나는 피를 꿀꺽 삼켰다.
"뒈질 뻔했네."

순간적으로 입에 경기를 불어넣고 비도를 이로 물지 않았다면 얼굴이 꿰뚫렸을 것이다. 다시 떠올리는 것만으로도 등골이 서늘해지는 공격이었다.

"비도 뒤에 비도를 숨길 줄은 몰랐네요."

날아든 비도는 처음부터 하나가 아니었다. 시선을 끄는 비도 뒤에 교묘한 각도로 날아드는 또 하나의 비도가 존재했던 것이다. 물론 들키지 않기 위해 그 위력을 죽였기에 이런 방식으로도 막을 수 있었지만.

"멋지군."

당군악이 감탄한 듯 고개를 끄덕였다. 단순한 임기응변이지만, 목숨이 경각에 달린 순간에 그런 기지를 발휘할 수 있다는 건 굉장한 일이다. 어쩌면 청명이 지금까지 보여 주었던 무위보다 이 임기응변 한 번이 더 대단할지도 모른다.

'적어도 자기가 가진 것을 써먹지 못하고 죽는 애송이는 아니라는 의미로군.'

저만한 무위에 저만한 임기응변. 그리고 이상할 정도의 능숙함까지.

'귀재라는 말은 감히 이놈을 담지 못한다.'

그럼 대체 저 괴물을 어떤 말로 표현해야 할까? 당군악의 시선이 청명에게로 고정되었다.

"팔 초."

단호히 말한 청명이 핏덩어리를 한 번 더 뱉어 냈다. 혀가 깊게 베여 피가 뭉클뭉클 배어났다. 하지만 그런 건 아무래도 상관없다는 듯 당군악을 노려보며 말했다.

"이제 두 초식 남았어요."

"흠."

당군악은 더 이상 미소 짓지 않았다. 그는 청명을 인정했다. 자신이 인정한 자를 상대하는 데는 예의를 갖춰야 하는 법.

"두 초식이면 충분하지."

상대의 기세가 일변한 것을 확인한 청명이 표정을 굳혔다. 당군악의 손에 하나의 비도가 올려졌다.

"이것마저 받아 낼 수 있다면, 네 승리다."

당군악이 비도에 내력을 불어넣었다.

고오오오오오오오!

살짝살짝 흔들리던 비도가 이내 살아 있는 잉어처럼 펄떡이기 시작했다. 주입되는 가공할 내력에, 흡사 비도가 생명을 얻은 듯 요동쳤다.

동시에 청명의 등골에선 식은땀이 흘러내렸다. 어마어마한 기세다. 이 일격은 지금껏 청명이 상대했던 당군악의 비도술과는 그 격을 달리할 것이 분명하다.

'이 초.'

하지만 이제 남은 것은 겨우 두 번의 공격. 그 두 번만 버텨 낼 수 있다면 청명의 승리다!

청명은 똑똑히 보았다. 지금까지 여유 넘치던 당군악의 이마에 땀이 송골송골 맺힌 것을 말이다. 그 역시 이 일격에 혼신의 힘을 쏟고 있다는 의미다.

'온다!'

"받아 봐라!"

당군악의 손바닥 위에 얹혀 있던 비도가 절로 둥실 떠오르더니 청명을 향해 쏘아지기 시작했다.

아니, 이건 쏘아진다는 말로는 표현할 수 없다. 개미가 기는 속도보다 더 느리게 날아오는 비도에 그런 표현은 어울리지 않으니까.

암폭비(暗爆匕). 당잔이 조걸을 쓰러뜨리기 위해 사용했던 비장의 초식이다. 그 암폭비가 당잔의 그것과는 전혀 다른 위력으로 당군악의 손에서 펼쳐졌다.

청명의 몸이 긴장으로 잔뜩 굳어졌다. 미칠 듯이 느리게 날아오는 비도가 주변의 대기를 휘감기 시작했다. 이내 비도를 중심으로 거대한 소용돌이가 만들어졌다. 흙먼지가 용오름처럼 휘말려 올라오고, 어마어마한 풍압이 밀려들었다.

청명은 검 손잡이를 부러뜨릴 기세로 부여잡았다. 이 일격필살에 대처할 방법은?

그 순간이었다.

콰아아아아아아아아아앙!

하늘이 무너지는 것 같은 거대한 폭음과 함께 암폭비가 가공할 속도로 청명에게 쏘아졌다.

청명은 직감했다. 저건 받아칠 수 없다! 하지만 달아날 수도 없다. 가공할 속도로 회전하는 암폭비는 주변의 모든 것을 끌어당기고 있으니까.

청명은 이내 검을 앞으로 세웠다.

'고민하지 마라.'

머리로 생각해서 대처할 수 있는 상황이 아니다.

'믿는다!'

그의 검은 모든 것을 알고 있다. 그의 검에는 모든 것이 담겨 있다. 그의 검이 화산이고, 화산이 곧 그의 검이다. 믿어야 할 건 자신의 검!

'피어나라!'

검이 유려하게 움직였다. 느리게. 한없이 느리게. 하지만 그 검은 결코 느리지 않다. 세상이 그의 검보다 더 느리게 흐르고 있으니까.

검 끝에서, 피어나기 시작했다. 처음에는 작은 매화 꽃송이. 하지만 이내 수십 송이의 매화가 그의 검 끝을 둘러쌌다. 이십사수매화검법 최강의 방어 초식이 청명의 검 끝에서 백 년 만에 그 모습을 드러냈다. 흐드러지게 피어난 매화가 겹치고 또 겹쳐지며 결코 뚫을 수 없는 견고한 꽃의 벽을 만들어 낸다.

매화난벽(梅花難壁). 청명의 단전에서 솟아오른 내력이 검을 타고 수백 송이의 매화를 피웠다. 그리고 그 매화는 날아드는 암폭비의 경로를 덮고, 덮고 또 뒤덮었다.

암폭비가 매화를 단숨에 꿰뚫었다. 단도에 실린 가공할 위력을 버텨 내지 못한 매화가 순식간에 이지러지며 사라진다.

카가가가가각!

수백 송이의 매화라도 이 하나의 비도를 막아 낼 수 없다는 듯이 암폭비는 그 기세를 잃지 않고 매화의 벽을 꿰뚫으며 전진했다.

"하아아아아아앗!"

기세 좋은 기합과는 달리 청명의 발은 뒤로, 또 뒤로 물러났다. 그러면서도 검 끝으로는 끊임없이 매화를 만들어 냈다. 한 번에 막을 수 없다면 수십 번이라도 휘두른다. 수십 번을 휘둘러도 막을 수 없다면 수백 번이라도 휘두른다.

화산의 매화는 끊임없이 피어난다. 낮이 가고, 밤이 와도. 가을이 가고, 겨울이 와도, 그리고 해가 바뀌고 세월이 흘러도. 잠시 질 뿐, 다시 흐드러지게 핀다. 청명의 검도 끝없는 매화를 피워 낸다. 그 어떤 강한 힘도 순환의 이치를 부술 수는 없는 법.

카각! 카가가각! 귀에 거슬리는 금속음을 만들며 쏟아지던 암폭비가 점점 그 기세를 잃어 가기 시작했다. 동시에 청명의 눈빛에 희열이 피어났다. 단전이 터지도록 내력을 끌어 올린 청명이 더 가열한 기세로 매화를 만들어 내기 시작했다. 그리고 그 순간.

콰아아아아아아아아!

청명이 고개를 번쩍 들었다. 또 한 자루의 비도! 어느새 당군악이 발출한 또 한 자루의 비도가 가공할 기세로 날아들고 있었다. 그건 청명에게로 향하는 게 아니었다. 당군악이 새로이 날린 비도는 기세를 잃어 가던 암폭비의 뒤를 정확하게 가격했다.

콰아아아아앙!

귀를 찢어 낼 것 같은 폭음이 터지며 암폭비가 그 기세를 배로 올렸다. 앞을 막아서던 매화가 모조리 찢어발겨졌다. 그러더니 바닥의 청석을 모조리 휘감아 올릴 정도의 거대한 소용돌이를 만들어 내며 청명을 향해 그대로 날아들었다.

'십 초!'

청명이 이를 악물었다.

"마지막이다! 타아아앗!"

그러더니 되레 앞으로 돌진했다. 검의 손잡이가 움켜쥔 힘을 이기지 못하고 비명을 질러 댔다. 닿는 모든 것을 갈기갈기 찢어 버릴 것 같은 기의 폭풍에 몸을 내던지는 청명의 모습에, 모두의 입에서 비명이 터져 나왔다.

"아아아아아악!"

"청명아아아아아!"

하나, 단 한 사람. 백천만은 그저 주먹을 꽉 움켜쥘 뿐이었다.

'가라! 보여 줘라. 화산의 검이 무엇인지!'

기와 흙먼지를 휘감아 올리며 거대한 흙색의 용으로 화한 암폭비를 향해 청명이 달려들었다. 단전의 기운이 모조리 뽑혀 나와 전신을 휘돈다. 그 강한 내기에 호응한 외기들이 청명의 몸 안으로 빨려들었다. 마지막 한 줌의 기운까지 모조리 끌어낸 청명이 기운을 최대한 검으로 밀어 넣었다.

우우우우우우우웅!

그 기운을 감당하지 못한 검이 비명을 내질렀다. 매화검 끝이 쩌적쩌적 갈라지고 있었다. 하나 청명의 시선이 향한 곳은 오로지 한 곳!

"으아아아아아아앗!"

터질 듯한 기합과 함께 청명의 발이 진각을 밟았다. 땅이 움푹 파이며 쩌억 갈라졌다. 그 가공할 진각의 반동을 모조리 허리로 끌어 올린 청명이 검을 아래에서 위로 단숨에 올려 쳤다.

매화폭(梅畫爆)!

콰아아아아아아아아앙!

검과 맞부딪힌 당군악의 암폭비가 거대한 폭음과 함께 청명의 머리 위를 아슬아슬하게 비켜 지나갔다. 그 순간, 청명의 입에서 선지피가 폭포처럼 뿜어져 나왔다.

하지만 쳐 냈다! 몸을 가눌 틈도 없이 청명의 발이 땅을 박찼다.

'아직 아니야!'

온다. 바로 지금!

등 뒤에서 섬뜩한 살기가 느껴졌다. 청명이 바닥을 박차고 허공으로 몸을 띄우며 뒤쪽으로 빙글 돌았다. 그의 눈에 똑똑히 보였다.

쇄애애애애애액!

분명 쳐 내었던 암폭비가 허공에서 회전하며 그의 뒤를 노리고 날아드는 모습을 말이다.

'회선비!'

저 악랄한 수에 죽어 간 고수가 몇이었던가? 암폭비를 막아 냈다고 안심한 이는 여지없이 등 뒤를 노리고 날아드는 회선비에 그 목숨을 잃었다. 암폭에서 회선으로 이어지는 이 연격은 생전의 당보가 가장 자랑하던 일 수였다.

"와라!"

허공으로 몸을 띄워 날린 청명이 검을 바짝 끌어당겼다. 그러고는 날아드는 비수를 검면으로 정확하게 받아 내었다.

콰아아아앙!

팔이 부러지고 내부가 모두 터져 나가는 것 같은 충격이 몸을 덮쳤다. 그 충격의 소용돌이 속에서도 청명은 정신을 잃지 않았다. 오히려 그 반동을 이용하여 몸을 앞쪽으로 날렸다.

보인다. 시위를 떠난 살처럼 쏘아져 오는 청명을 보며 경악하는 당군악의 얼굴이!

암폭비와 회선비를 모두 막아 낸 청명이 무방비가 된 당군악을 향해 가공할 속도로 날아들었다.

"끝이다!"

피가 통하지 않을 만큼 꽉 쥔 손이 검의 손잡이를 반쯤 부러뜨린다. 젖 먹던 힘까지 모조리 끌어낸 청명이 온 힘을 다해 검을 휘둘렀다. 검 끝이 공기를 찢어발기며 당군악의 어깨를 내리쳤다.

푸우우욱!

이윽고 날카로운 날이 사람의 몸을 파고드는 소리가 선명하게 퍼졌다.

두 사람의 몸이 그대로 굳어 버렸다. 시간이 정지한 듯 두 사람의 시선이 허공에서 마주친다.

한쪽은 고통, 다른 한쪽은 당혹. 상반된 감정이 교차한다.

청명이 바닥으로 내려섰다. 그의 표정은 평온하기 그지없었다. 반면에 당군악의 얼굴은 당혹으로 물들어 있었다. 먼저 입을 연 것은 청명이었다.

"십…… 초."

"……."

"야, 이……."

청명의 몸이 천천히 앞으로 기울어졌다.

"사기꾼 새끼……."

털썩, 청명이 땅으로 곤두박질쳤다. 당군악이 멍한 눈빛으로 쓰러진 청명을 바라보았다. 그의 복부에 손잡이까지 틀어박힌 당가의 비도가 보였다.

"이……."

순간 당군악의 얼굴이 악귀처럼 일그러졌다. 그의 고개가 천천히 뒤쪽으로 돌아갔다. 세상 모든 노기를 다 담은 듯한 그의 눈에, 한 손을 앞으로 뻗은 채 굳어 있는 당패의 모습이 들어왔다.

"이…… 버러지 같은 놈이!"

당군악의 노기를 정면으로 마주한 당패가 몸을 덜덜 떨었다.

"가, 가주님. 저, 저는……."

"명예가 뭔지도 모르는 놈이, 감히 내 승부를 더럽혀?"

"저, 저는…… 가주님을 위해……."

"입 닥쳐라!"

당군악이 분노의 일갈을 터트리며 장력을 내뿜었다. 그 장력에 얻어맞은 당패가 피를 뿌리며 날아가 전각에 처박혔다. 그리고도 화가 풀리지 않았다는 듯이 당군악이 이를 갈아붙였다. 이보다 더 수치스러운 패배가 세상에 어디 있겠는가?
 "청명아!"
 "으아아아아아아아아!"
 "이 개 같은 새끼들아!"
 화산의 제자들이 득달같이 달려들어 바닥에 쓰러진 청명을 끌어당겼다. 자신을 노려보는, 화산 제자들의 원독에 찬 눈빛을 보며 당군악은 나직한 한숨을 내쉬었다.
 "일비(一匕)."
 그가 조용히 말하자 등 뒤에서 검은 야행복을 입은 인영이 모습을 드러냈다.
 "예, 가주님."
 "화산신룡을 의약당으로 옮겨라. 무슨 수를 쓰더라도 반드시 살려 내라고 전해라."
 "예!"
 "만약 화산신룡이 죽을 시에는 의약당주는 물론, 의약당의 수뇌부를 모조리 참할 것이고……."
 북풍한설을 담은 듯 싸늘한 당군악의 시선이 무너진 전각으로 향했다.
 "소가주도 죽는다."
 그 무겁기 짝이 없는 말에 일비의 전신에선 식은땀이 흘러내렸다.
 "반드시 살려 내겠습니다."
 "그래야 할 것이다."

일비가 청명에게로 다가가자 화산의 제자들이 본능적으로 그의 앞을 가로막았다. 그중 가장 앞에서 살기 어린 눈빛으로 당군악을 노려보던 백천이 검을 뽑아 들었다.

"접근하지 마시오."

"침착해라, 화정검."

"침착한 상태이니 당신 목에 칼을 꽂아 넣지 않는 것입니다."

당군악이 한숨을 내쉬었다.

"당가의 의술은 천하제일에 버금간다. 이 사천에서 화산신룡을 가장 잘 치료할 수 있는 곳이 당가다."

"하나, 지금 가장 믿을 수 없는 곳도 당가겠지요."

당군악이 입술을 살짝 깨물었다. 평소 같으면 어린 후배에게 이런 말을 듣고 참을 리 없었겠지만, 당패가 저지른 일은 그의 입에서 반박할 모든 기회를 앗아 갔다.

"……내가 졌다."

백천의 눈이 살짝 커졌다.

"이 승부는 내가 패했다. 그것도 가장 비참한 몰골로 패했다. 그러니 최소한 내가 나의 명예를 회복하고 당가가 비겁한 곳이 아님을 증명할 수 있는 기회를 다오."

"……."

"부탁한다."

당군악이 백천을 향해 고개를 숙였다. 그 모습을 본 백천이 입술을 질끈 깨물었다.

"저희도 함께 갑니다."

"물론이다."

백천이 슬쩍 뒤를 돌아보았다. 피를 흘리며 정신을 잃은 청명과 혼신의 힘을 다해 지혈하고 있는 사형제들이 보였다.
 "……살 수는 있는 거겠죠?"
 "살려 낸다."
 당군악이 이를 악물었다.
 "당가의 모든 비전을 다 사용해서라도!"
 시체처럼 창백한 청명의 낯빛을 보며, 백천은 이를 갈았다.
 "그 말 반드시 지키시는 게 좋을 겁니다."
 백천이 직접 청명을 안아 들었다.
 "안내하십시오."
 청명의 옷자락을 움켜쥔 그의 손이 덜덜 떨리고 있었다.

 ◆ ◈ ◆

 멍하다. 모든 것이 모호하다. 지금 내가 뭘 하고 있는 걸까?
 코로 훅 밀려드는 혈향. 피부를 따갑게 만드는 살기. 이 모든 것이 낯설기만 하다.
 "도사 형님!"
 청명의 등 뒤, 세 개의 비도가 날아들어 그에게 달려들던 마교도들의 미간에 틀어박혔다. 섬뜩한 소리가 콰득콰득 울리며 마교도들이 그 자리에 허물어졌다.
 청명은 조금 멍한 눈빛으로 바닥에 쓰러진 이들을 바라보았다. 꿈틀대던 마교도들의 고개가 모로 돌아갔다. 이내 눈에서도 빛이 꺼지듯 사라졌다.

죽음. 그래, 죽음이다.

"뭐 하는 겁니까? 싸우는 도중에 갑자기 멍하니, 도사 형님답지 않게!"

청명이 천천히 뒤를 돌아보았다.

당보. 그가 고개를 갸웃거리며 청명에게 다가오고 있었다. 청명은 손을 들어 미간을 꾹꾹 눌렀다. 이상하게 집중력이 흐트러졌다.

"……모르겠군. 조금 지쳤던 모양이야."

청명이 매화검을 떨쳐 검에 묻은 피를 털어 내고는 검집에 밀어 넣었다. 당보가 히죽 웃으면서 손을 뻗어 비도를 회수했다.

"지칠 만도 하지요. 사흘 내내 싸웠으니."

"음."

"……진짜 많이 지친 모양이네, 이 형님? 말수도 줄어들고."

"……."

"약 하나 드립니까?"

"됐다."

"아니, 이 형님 또 이러시네. 남들은 당가 비전 영단이라고 하면 눈을 까뒤집고 먹으려 든다니까요. 당가 못 믿으십니까, 당가?"

"당가는 믿지."

"그런데요?"

"너를 못 믿는 거지."

"하. 또 섭섭하게 이러신다. 또. 저번에 제가 드린 독단은 제가 착각해서 잘못 드린 거라니까요."

"입만 살아 가지고. 확 그냥!"

청명이 몸을 획 돌렸다.

"돌아간다."

"아니, 거……. 같이 좀 갑시다, 형님."

당보가 재빨리 청명의 뒤로 따라붙었다.

"저놈들의 별동대를 다 처죽였으니, 전세가 이쪽으로 좀 기울겠죠?"

"그래야지."

그렇지 않으면 이리 개고생을 한 이유가 없으니까.

그때 불현듯 청명은 팔에 느껴지는 차가운 감각에 고개를 돌렸다. 당보가 그의 팔에 금창약을 바르고 있었다. 길게 베인 상처가 진득한 금창약으로 덮였다.

"상처 제때 치료 안 하면 고생한다고 제가 몇 번 말합니까?"

청명이 미간을 살짝 찌푸렸다.

"내버려두면 알아서 낫는다."

"네, 그렇죠. 그런데 약을 바르면 더 빨리 낫습니다. 가만히 계십쇼."

당보는 아예 청명의 옷자락을 찢어 내고는 상처에 금창약을 덕지덕지 발랐다.

"당가 비전 금창약은 돈 주고도 못 사는 겁니다. 고마운 줄 아십시오."

"입만 열면 당가가 싫다고 지껄이면서 당가 물품은 잘도 쓰고 다니는구나."

"그건 그거고 이건 이거죠. 게다가……."

당보의 표정이 살짝 씁쓸해졌다.

"예전에는 몰랐는데, 이제는 가문이 왜 그리 억척스러웠는지 알 것 같습니다. 결국 힘이 없으면 아무것도 아니었던 거지요. 당가가 조금만 더 힘이 있었더라면 사천에서 이리 도망치지도 않았을 거고, 그 많은 식솔이 목숨을 잃지도 않았을 텐데."

무거운 목소리로 말하는 당보가 어째 새삼스럽고 낯설었다. 청명은 미간을 슬쩍 찌푸렸다.

"요즘은 그런 생각을 합니다, 도사 형님."

"무슨 생각?"

"제가 가문 놈들이 하는 말에 사사건건 딴지를 걸 게 아니라, 그냥 믿어 주고 밀어주었으면 가문이 좀 더 강해지지 않았을까……. 그럼…… 그럼 한 사람이라도 더 살릴 수……."

"쓸데없는 소리 하지 마라. 외려 힘을 믿고 맞서다 몰살을 당했을 수도 있다."

"……그렇겠죠."

당보가 씁쓸한 표정으로 살짝 고개를 숙였다. 잠시 후 다시 고개를 든 그의 얼굴에선 씁쓸함은 씻은 듯 사라져 있었다. 대신 장난스러운 미소가 피어났다.

"그래서 전쟁만 끝나면 이번에는 가주 녀석을 조금 도와줘 볼 생각입니다. 제가 이름만 태상장로고, 말만 어른이지 그놈들을 제대로 돌봐 준 적이 없잖습니까."

"패악질만 부렸지."

"그거야 형님만 하겠습……."

"뭐?"

"아니, 아닙니다. 거, 날씨가 참……. 어. 우중충하네. 날씨가 왜 이러냐. 어허."

청명이 피식 웃었다. 사실 사문에 해 준 것이 없는 걸로 따지면 청명 역시 당보보다 나을 게 없다. 그가 사문에 준 것이라곤 매화검존의 명성뿐. 제대로 제자를 키우지도 못했고, 후인들을 도와주지도 않았다. 그저 내키는 대로 살고, 발 가는 대로 움직였을 뿐이다.

전쟁이 끝난다면…… 그때는 달라져야겠지. 그때는.

"그러니, 형님."

"응?"

"도사 형님도 저랑 약속 하나 합시다. 혹시 이 전쟁 중에 내가 죽으면 형님이 당가 애들 좀 봐주십시오."

"……뭔 헛소리냐?"

"제가 암존이니 뭐니 해도 저보다야 형님이 살아남을 확률이 높지 않습니까. 그러니 그냥 동생 유언 들어준다 치고 애들 좀 돌봐 주십쇼. 내가 천독단 하나 드린다니까 그러네. 이거 돈 주고도……."

"개소리 지껄일 거면 저리 가. 확 찔러 버릴라."

"아니, 그게 뭐 그리 어려운 일이라고!"

"당가를 키우고 싶으면 네가 직접 해. 어떻게든 살아남아서."

"……에이, 매정한 양반."

구시렁거리는 당보를 파리 쫓듯 휘휘 밀어 낸 청명이 휘적휘적 걸어 앞서 나갔다.

"약속한 겁니다?"

"거참."

"천독단 드린다니까!"

"아니, 이 새끼가 진짜?"

"네?"

"너 좀 맞자."

"하……. 하하. 아이고, 아까 입은 부상이 심한 모양이네. 몸이 왜 이리……."

너스레를 떨며 물러나는 당보를 보며 청명이 피식 웃었다.

"뒤는 뭐 하러 생각해? 죽고 나면 끝인데."

"에이. 그래도 그게 그렇지가 않습니다. 제가 죽어도 남은 이들은 살아가잖습니까. 도사 형님이야 속세에 초연한 도사니까 이런 마음을 잘 모르겠지만……."

당보가 머리를 긁적였다.

"그런 게 있습니다, 그런 게. 도무지 사라지지 않는 찜찜함이요."

청명은 무어라 말하려다 이내 한숨을 쉬었다.

"남한테 일 떠넘기지 말고 네가 직접 해라."

"……."

"대신 전쟁은 내가 끝내 주지. 저 천마 놈의 목을 베어서 말이다."

"흐흐. 형님이라면 할 수 있을 겁니다."

웃으며 어깨를 으쓱하는 당보를 물끄러미 보며, 청명이 씹어뱉듯 말했다.

"그러니 그때까지…… 악착같이 살아남아라."

"……예. 그래야죠."

당보가 슬그머니 청명의 옆으로 다가왔다. 그가 옆에 서서 걷는 것을 본 청명이 저도 모르게 그의 걸음에 보폭을 맞췄다.

당보는 그 후로 한 달을 넘기지 못하고 전사했다.

• ❖ •

청명이 눈을 떴다.

'어?'

순간적으로 당황하며 몸을 벌떡 일으키자 복부에서 날카로운 통증이 느껴졌다.
"으……."
내려다보니 배에 새하얀 붕대가 칭칭 감겨 있었다. 죽지는 않은 모양이다. 하기야 그 정도로 죽을 몸이 아니지. 예전에 전쟁을 치를 때는 단전에 대도가 박히고도 살아남았는데! 이 몸은 바퀴벌레보다 끈질기……. 아, 이거 욕이구나.
'그런데 여기가 어디지?'
고개를 획 돌린 청명이 얼굴을 일그러뜨렸다. 그의 눈에 말 그대로 널브러져 있는 화산의 제자들이 들어왔다. 백천, 유이설, 윤종, 조걸이 바닥에 드러누워 죽은…….
아, 죽은 듯이 자고 있는 거구나. 깜짝 놀랐네.
청명은 그들의 상태를 살짝 살피고는 피식 웃었다.
"없이 자라서들 그런가, 바닥에서도 잘 자네."
어휴. 저 안쓰러운 것들. 청명이 막 윤종을 불러 깨우려는 찰나였다.
"내버려두게. 사흘을 뜬눈으로 지새웠으니까."
청명이 고개를 획 돌렸다. 어느새 열린 문 앞에 한 사내가 서 있었다.
"일어났는가?"
느리게 들어오며 말을 건네는 사내는 사천당가의 가주이자, 청명과 비무를 벌였던 그 당군악이었다. 그의 얼굴에는 이렇다 할 표정이 떠올라 있지 않았다. 청명은 고개를 갸웃거리며 다시 한번 주위를 돌아보았다.
"여기 당가예요?"
"그렇네."
"내가 왜 당가……. 아니, 잠깐만. 그 전에! 사흘이나 지났다고요?"

"그렇다네. 내리 사흘 동안 의식을 잃고 있었네."

청명의 얼굴이 확 일그러졌다. 아니, 배때기에 칼침 좀 맞았다고 사흘을 뻗어 있었다고?

'약해 빠져서는.'

청명이 이를 갈았다. 예전 같았으면 그 자리에서 툭툭 털고 일어나 약이나 발랐을 상처건만, 이 몸은 겨우 이 정도 상처에도 의식을 잃고 만다. 그리 생각하니 화딱지가 다 치밀었다.

"그럼 사숙이랑 나머지는 왜들 이러고 있는 거예요?"

"자네가 눈을 뜰 때까지 옆에서 벗어나지 않겠다더군. 좀 쉬게 하려 했으나 검까지 뽑으며 저항했네. 워낙 긴장해 있기에 이러다가 뭔 일이라도 나겠다 싶어서 내가 수혈을 짚어 재웠네."

……사흘을 옆에 붙어 있었다고? 교대로 좀 감시하면 될 것을, 넷이나 붙어서? 어휴. 저 미련한 것들.

청명이 당군악을 보며 눈을 부라렸다.

"그럼 좀 편안한 데로 옮겨나 줄 것이지!"

"옮기려고만 하면 끙끙거리면서 깨려고 하는데 어쩌겠는가?"

"……."

"사형제 사이가 무척 끈끈한 모양이군. 당가의 아이들이 저랬다면 내 걱정도 조금은 덜어졌겠지. 부러울 정도야."

"부럽기는……."

청명이 슬쩍 그의 사형제들을 바라보았다. 정말 미련하기 짝이 없다. 하지만…….

"크흠."

슬쩍 헛기침했다. 뭔가 말할 수 없는 감정이 가슴을 스치고 지나가서였다. 그때, 당군악이 성큼 걸어 들어오더니 청명을 향해 고개를 푹 숙였다.

"사과하겠네."

"엥?"

"이번 일은 모두가 내 불찰일세. 설마 당패 그놈이 그런 패악을 저지를 것이라고는 생각하지 못했네. 내가 무슨 말을 한다고 해도 면죄가 될 수 없으리란 걸 알고 있네. 하나 할 수 있는 최선을 다할 테니 노여움을 풀어 주게나."

"흐음?"

고개를 든 당군악이 더없이 진중한 표정으로 말했다.

"우선 이 승부는 나의 패배임을 인정하네."

"……."

"약속대로 사천당가는 화산의 청명을 당가의 영원한 객이자, 친구로 인정하겠네."

"오?"

"그리고 원한다면 당패 그놈의 목이라도 내어 주지."

청명이 눈을 크게 치떴다.

"내가 자식을 잘못 키웠네. 그걸로 면죄가 된다면 얼마든지 그렇게 하지. 그걸로 땅에 떨어진 당가의 명예가 회복될 수 있다면!"

당군악이 씹어뱉듯 말했다. 하지만 그의 내심은 겉으로 드러난 것과는 조금 달랐다.

'이 정도까지 이야기하면 수긍할 수밖에 없겠지.'

당군악이 슬쩍 고개를 들어 청명의 눈치를 살폈다. 하지만…… 안타깝게도 청명의 표정은 그의 예상과 조금……. 아니, 많이 달랐다. 청명의 고개는 삐딱하게 모로 꺾여 있었다.

"그게 다예요?"

"……으응?"

"그게 다냐고요."

"그, 그럼?"

"아이고, 세상에."

청명이 도저히 믿을 수 없다는 듯한 눈빛으로 당군악을 바라보았다. 마치 이 세상에 있어선 안 될 것을 보는 듯한 눈빛에, 당군악은 흠칫했다.

"사람 배때기에 칼침 박아 놓고는 뭐? 친구? 친구우우우우우? 그리고 애새끼가 잘못했으면 부모가 책임을 져야지! 어디 은근슬쩍 애한테 책임을 떠넘겨요!"

"……."

"아이고, 동네 사람들. 당가가 이렇습니다, 당가가! 세상에! 여기가 명문이라네, 명문! 명문 다 얼어 죽었지!"

청명이 안 되겠다는 듯 자리에서 벌떡 일어났다.

"아니지! 이럴 게 아니라 제가 성도로 뛰어나가서 당가가 얼마나 일 처리가 확실한지 소문이라도 내야겠네요. 거지새끼들한테 말해 주면 되겠다. 사흘이면 천하에 다 퍼지겠지."

"지, 진정하게나!"

당군악의 등골에 식은땀이 흘러내렸다. 당가의 가주가 화산신룡과의 비무에서 패하고, 심지어는 당가의 소가주가 정당한 비무 도중 암습을 가했다는 소문이 퍼지면…… 당가는 끝장이다. 안 그래도 암기와 독을 쓴다는 이유로 사파 같다는 소리를 듣는 당가가 아닌가.

"에이. 아니지, 아니지. 그러다가는 목이 달아나겠네요. 비무 중에 암습으로 칼도 던지는데, 사람 목 하나 슥삭 못 할까?"

"……그럴 거면 벌써 죽였지."

"네?"

"아, 아니네. 내가 말이 헛나왔네."

당군악이 너른 소매로 식은땀을 훔치며 청명을 바라보았다.

"원하는 게 뭔가?"

"몰라서 물으세요? 보상이 있어야죠, 보상이! 사람 칼로 찔러 놓고 미안하다 한마디로 끝날 것 같으면 관아는 왜 있고! 전쟁은 왜 일어나나요!"

"그렇지. 그래, 당연히 보상을 해야지. 그런데 그 보상으로…… 뭘 해 줘야……."

"그건 제가 곰곰이 생각을 해 볼게요. 어떻게 해야 기둥……. 아니, 서로 좋은 거래가 될 수 있을지."

"……."

"그리고!"

청명이 눈을 희번덕거렸다.

"일단 큰! 부상을 당한 뒤라 몸이 허해서 그러는데 천독단부터 한 알 주세요."

"……처, 천독단?"

"네."

"……."

"지금."

"……알겠네."

그냥 제 변덕이라고 해 두죠

당군악의 얼굴에 어찌할 수 없는 참담함이 떠올랐다. 잘못 걸렸다. 그것도 호되게.

그리고 그런 그의 표정을 보며 청명이 해맑게 웃었다. 당보야, 당보야. 걱정하지 마라. 당가는 내가 잘 돌봐 주마. 응? 이게 돌봐 주는 거냐고? 억울하면 너도 살아나든가. 낄낄낄낄.

· ◈ ·

"그놈은 반드시 훗날의 천하제일인이 될 것이다."
"예."
"그 능력과 잠재력은 천하에 견줄 이가 없다. 반드시 세상에 이름을 크게 떨치는 무인이 될 것이다!"
"예!"
"그리고 천하의 개새……."
"……예?"

당잔이 고개를 획 들어 당군악의 등을 바라보았다. 뒷짐을 진 그의 등이 미미하게 떨리고 있었다……. 잘못 들었나?

"크흐흐흠!"

크게 헛기침을 한 당군악이 한숨을 쉬며 말했다.

"천하제일인의 가치는 네 상상을 초월한다. 천하제일인은 때로는 명분이 되고, 때로는 힘이 되며, 또 때로는 이유가 된다. 천하의 모든 문파가 천하제일인을 배출하기 위해 자금과 노력을 아끼지 않는 이유가 있다. 그런데 하필 그런 중요한 자리를 그런 개……."

"……예?"

"아, 아니다."

당잔이 귀를 후볐다. 아까부터 자꾸 이상한 말이 들리는 것 같은데? 잠시 믿을 수 없다는 눈빛으로 보고 있는데, 당군악이 이를 갈아붙이며 말을 이었다.

"천하제일인이 될 수 없다면, 천하제일인과 친구가 되어야 한다."

당잔이 살짝 눈을 가늘게 떴다. 일견 들으면 맞는 말이다. 하지만 한 가지가 빠져 있다. 그는 살짝 의아한 목소리로 물었다.

"물론 화산신룡의 능력은 의심의 여지가 없습니다. 하지만 그가 화산 출신이라는 점이 저를 불안하게 합니다. 제아무리 천하제일인이라고 해도 혼자서 할 수 있는 것에는 한계가 있지 않겠습니까?"

하지만 당군악은 단호하게 말했다.

"어리석은 소리! 그가 화산 출신이 아니라면 투자할 가치도 없다. 충분한 세력과 자금을 갖추었다면 그가 굳이 우리와 친구가 되려고 하겠느냐?"

"아……."

"오히려 지금의 화산이 과거만 못하기에 손을 뻗을 수 있는 것이다. 우리는 그를 이용하고 그는 우리를 의지한다. 그렇다면 더없이 좋은 관계가 될 수 있겠지. 생각해 보거라! 그 성장한 화산신룡의 힘에 우리 당가의 힘이 더해진다면?"

당잔이 고개를 끄덕였다. 그렇다면 그야말로 천하제일의……!

"천하제일의 망종이 탄생하겠지. 빌어먹을!"

"네?"

이번에는 당군악도 말을 바꾸지 않았다.

"날강도 같은 놈……. 아무리 내가 잘못을 했다지만 천독단을……. 이젠 당가에도 몇 개 남지 않은 천독단을! 끄으으으응!"

당군악의 몸이 부들부들 떨렸다. 그 세차게 흔들리는 어깨에서 그가 지금 얼마나 격노하고 있는지 훤히 보였다. 그가 돌연 고개를 획 돌려 당잔을 보았다. 당잔은 순간 당황했다.

어……. 가주님 눈이 좀 붉어지신 것 같은데……. 설마, 아니겠지?

"당잔! 네 형은 소가주의 자리에서 물러날 것이다."

믿을 수 없는 말이었다. 당군악의 낯선 모습에 놀라던 것도 잠시, 당잔이 두 눈을 부릅떴다.

"가, 가주님?"

"생각해 보거라. 네가 화산신룡이라면 당패가 가주인 당가와 손을 잡고 싶겠느냐?"

"……아!"

당잔이 연신 고개를 끄덕였다. 그게 가능할 리가 없다. 당패는 비무를 하던 청명을 암습했으니까. 그 어떤 벌을 받는다고 해도 화산신룡의 분노가 풀릴 리가 없다.

"중요한 건 사람이 아니라 가문이다. 당패가 가주가 되어 얻을 이익보다 화산신룡을 당가의 사람으로 만들어 얻을 이익이 크다면 그쪽을 선택한다. 그게 당가의 법도다."

"명심하겠습니다."

"그리고 그 쪼잔한 놈이 이걸 잊을 리가 없지……."

당군악의 몸이 다시 부들부들 떨렸다. 그가 이런 모습을 보이는 걸 태어나서 처음 본 당잔은 그저 입을 다물 수밖에 없었다. 간신히 진정한 당군악이 말했다.

"소가주의 자리가 공석이 되었구나. 네 형제들과 경쟁해야 할 것이다."

"……노력하겠습니다."

"네게 한 가지 임무를 맡기겠다."

당잔이 고개를 들어 당군악을 바라보았다.

"당문의 누군가는 화산신룡과의 친분을 다져야 한다. 내가 보기에 화산신룡은 자신의 사람에게 무척이나 관대한 자다. 네가 그의 사람이 될 수 있다면 당가는 단순한 계약 관계를 뛰어넘어 더 많은 것을 얻어 낼 수 있을 것이다."

그러자 당잔이 단호한 눈빛으로 당군악을 바라보았다.

"가주님. 저는 소가주의 자리에는 큰 관심이 없습니다."

"흐음?"

당잔이 단호하게 말했다.

"하나! 그게 가문에 도움이 되는 일이라면 당연히 하겠습니다."

당군악이 미소를 지었다. 그렇게 잠시 말이 없던 그가 가만히 말을 덧붙였다.

"그래. 다만…… 조심해라."

"……예?"

당잔은 확신했다. 역시 헛걸 본 게 아니었다. 당군악의 눈가에 살짝 물기가 어려 있었다.

"그놈은 보통 놈이 아니다."

헐? 우세요?

· ❖ ·

당잔은 다짐하고 또 다짐했다. 반드시 화산신룡의 마음을 얻어 낸다!

단순히 지인이 되는 것에 머물러서는 안 된다. 어떻게든 화산신룡의 친우가 되어야 한다. 그러기 위해서는 우선은 그와 친분을 나누는 것이 중요하다! 끊임없는 노력으로! 다만…… 다만 한 가지 문제가 있다.

'내 생각에 그 노력이라는 게 이런 건 아니었던 것 같은데 말이야…….'

당잔이 깊은 한숨을 내쉬었다.

"야, 손이 논다."

"……죄송합니다."

당잔이 정신을 차리고 열심히 손을 움직였다. 그의 손에 들린 부채가 다시 시원한 바람을 만들어 내기 시작했다.

"크으. 당가는 부채도 잘 부치네."

……친구가 되라고 했던 것 같은데. 이건 백번 생각해도 따까리 아닌가?

커다랗고 푹신한 의자에 드러누워 있던 청명이 잠깐 몸을 일으키더니 휘파람을 불며 앞에 놓인 과일을 집었다. 과일뿐 아니다. 청명 앞의 탁자에는 온갖 산해진미가 줄지어 놓여 있었다. 중화 사대 진미 중 하나로 불리는 사천요리의 정수가 온갖 진귀한 재료를 만나 예술로 승화된 수준이었다.

사천의 백주(白酒)까지 꼴꼴꼴 따라 시원하게 벌컥벌컥 마신 청명이 의자에 늘어졌다.

"크으으으으으으! 좋다, 좋아! 이곳이 무릉도원이구나."

하지만 지켜보는 이들의 평가는 전혀 달랐다.

"……주지육림 같은데."

"도사가 술에 고기라니."

"새삼스러울 것도 없지만, 새삼스레 대단하다."

화산의 제자들은 모두 청명을 보며 고개를 내저었다.

"내가 미쳤지. 걱정할 게 없어서 저놈을 걱정하다니."

"아니, 뭔 칼 맞은 놈이 저리 멀쩡해?"

"……사람이 아니네."

그러거나 말거나 청명은 다시 한번 호쾌하게 백주를 들이켜더니 오리 다리를 쭉 찢어서 입에 밀어 넣었다.

"크으. 사숙, 사형! 이것 좀 먹어 봐. 진짜 죽인다니까. 그리고 이거, 이거 술 진짜 비싼 거야. 아주 그냥 달달한 것이!"

백천은 초점 흐린 눈으로 청명을 멍하니 보았다. 이래도 되는 걸까? 아니, 뭐 물론 굳이 대접해 준다는데 굳이 안 받는 것도 이상하지. 꼭 거절하는 것만이 예의는 아니니까. 하지만 이건…….

'제집……. 아니, 제집보다 더 편해 보이는데.'

심지어 지금 청명의 옆에서 부채를 부치고 있는 사람은 다름 아닌 당군악의 아들인 당잔이다. 이게 말이나 되는 광경인가? 백천의 시선을 받은 당잔이 얼굴을 붉혔다.

"사, 사천당가는 손님을 귀히 대접합니다. 부담스러워하지 마시고 편히 쉬어 주십시오."

당신 때문에 부담되는 거거든요? 대체 왜 거기서 그러고 계십니까?

하지만 모두의 생각과는 다르게 청명은 이 상황이 너무도 편한 모양이었다.

"아이고, 좋다."

결국 참다못한 백천이 가만히 입을 열었다.

"청명아."

"여기가 무릉도원…….."
"청명아아."
"응?"
청명이 고개를 찔끔 돌렸다. 백천이 이마에 핏대를 세우고는 최대한 점잖게 말했다.
"여기는 사천당가다."
"에이. 알아, 사숙. 내가 설마 그런 것도 모를까 봐."
"……그럼 최소한 앉기라도 해라. 거기 의자가 아무리 넓다지만 그게 드러누우라고 있는 곳은 아니잖으냐? 남의 집에 왔으면 최소한의 예의는 지켜야지."
"아, 물론 나도 그러고 싶지."
청명이 돌연 얼굴을 일그러뜨리며 흰 붕대를 손으로 쓰다듬었다.
"그런데 앉기만 하면 칼 맞은 데가 너무 쑤시는 걸 뭘 어쩌겠어? 나을 때까지는 이렇게 지내야지. 안 그래?"
할 말을 잃은 백천은 답도 없다는 듯 고개를 내저었다. 윤종이 슬그머니 다가와 소곤소곤 말했다.
"덮칠까요?"
부상을 입었을 때 처리하자는 뜻이다. 하지만 백천은 힘없이 고개를 젓고 말았다.
"그냥 둬라. 저러다 철들겠지."
물론 그날이 오지 않을 확률이 더 높지만, 그렇게 믿고는 싶었다. 백천은 한숨을 푹 내쉬었다. 진짜 심장 떨어지는 줄 알았는데. 고작 사흘 만에 저리 쌩쌩해질 거라고 누가 생각이나 했겠는가? 정말 경이로운 회복력이다.

"당장 소협."

"예, 백천 소협."

"당가주님께서는 안 오십니까?"

"공무에 바쁘셔서."

"그렇습니까……."

웬만하면 당군악의 얼굴을 마주하고 싶지 않지만, 청명이 놈이 하는 꼴을 보고 있으니 차라리 빨리 와 줬으면 하는 마음이 들었다.

그 마음이 하늘에 닿은 것일까? 갑자기 대전의 문이 벌컥 열렸다. 그리고 당군악이 천천히 걸어 들어왔다.

안으로 들어온 그는 청명이 누운 꼴을 보더니 살짝 움찔했다. 물론 화산신룡을 부족함 없이 잘 대접하라는 지시를 내린 것은 다름 아닌 당군악이다. 하지만 이건 뭐랄까…….

"……지내는 데 부족함은 없는가?"

"네, 덕분에요. 크, 사천요리는 참 맛있네요. 조금 맵고 얼얼하긴 하지만."

"익숙해지면 그 이상의 맛이 없지."

"네. 그래서 익숙해질 때까지 한번 먹어 보려고요."

"……좋은 생각이네."

당군악의 입꼬리가 애매하게 말려 올라갔다. 무표정한 얼굴에 입만 웃는 모양새였다. 그 모습에 당군악을 보던 모든 이들이 작게 헛기침했다.

'웃는 거야? 화내는 거야?'

'둘 다 아닐까?'

그러거나 말거나 당군악은 청명에게서 눈을 떼지 않고 말했다.

"다른 불편함은 없는가?"

"있던 곳보다 습하고 더워서 조금 불편하긴 한데."

청명이 슬쩍 고개를 돌리자 당잔이 다시 열심히 부채를 부치기 시작했다. 그 순간, 당잔과 당군악의 시선이 허공에서 교차했다.

"……아들놈이 자네가 마음에 든 모양이군."

"그러게요. 시키지도 않았는데 이러네요. 고맙게도."

전혀 고마워하지 않는 표정으로 청명이 백주를 꼴꼴꼴 마셔 댔다.

"크으. 술도 맛있고, 음식도 맛있고! 여긴 정말 좋은 곳이에요."

"그렇겠지."

그 모습을 보며 당군악이 이번만은 진심 어린 미소를 지었다. 다른 화산의 제자들이 안절부절못하는 모습이 그의 눈에 들어왔다. 아마 청명이 큰 무례를 범하고 있다고 생각하는 모양이었다.

하지만 이건 모르는 소리다. 이들은 당가에 대해 잘 알지 못한다. 사실 당가에서 손님이 보일 수 있는 최고의 예의가 바로 지금의 저 청명처럼 편히 먹고 마시는 것이다. 타 문파에서는 무례일지 모른다. 하지만 당가에서만은 최고의 예다.

이건 당가가 독과 암기를 주로 사용하는 문파이기에 생긴 현상이다. 아무리 담이 큰 자라고 해도 당가에서 주는 음식과 술만은 꺼리기 마련이다. 독을 쓰는 이가 주는 술을 아무렇지도 않게 받아 마실 이들이 몇이나 되겠는가? 철담을 자랑하는 이조차 당가에서는 마실 술을 반으로 줄이고 먹는 음식을 삼간다.

하지만 지금 청명은 말 그대로 부어라 마셔라 음식을 흡입하고 술을 병째로 입 안에 쑤셔 넣고 있다. 알고 하는 행동인지는 모르겠지만…… 어쨌든 이런 모습을 보고 있으니 당군악도 당가인인지라 은근히 기분이 좋아지는 것을 어찌할 수 없었다.

저 행동은 청명이 당가를 그만큼 믿고 있다는 것을 단적으로 보여 주는 행위니까.

'참 이상한 놈이란 말이지.'

사람을 기분 좋게 했다가 부들부들 떨게 했다가. 같이 지내다가는 간담이 무사하지 못할 것 같다. 그때, 입에 잔뜩 밀어 넣었던 음식을 삼킨 청명이 눈을 동그랗게 뜨며 물었다.

"그런데 무슨 일이세요?"

그제야 용건이 떠오른 당군악이 슬쩍 초조한 낯으로 입술을 잘근 깨물었다. 원래 그가 화산신룡을 만나기로 한 건 오늘이 아니라 며칠 뒤다. 그때 따로 화산과 당가의 거래를 마무리 짓기로 했다. 그럼에도 그가 이리 청명을 따로 찾아온 데는 다른 이유가 있었다.

"그게……."

당군악이 말꼬리를 늘이며 자꾸 뒤를 힐끗거렸다. 영 마뜩잖다는 표정으로 입술을 꽉 깨문 그는 살짝 억눌린 목소리로 입을 열었다.

"아무 일 없네! 그냥 와 본 걸세!"

그 순간이었다. 저 뒤에서 뭔가를 탕 두드리는 소리가 났다. 그리고 열린 문 옆에서 뭔가가 살짝 빼꼼히 튀어나왔다. 어째…… 사람 머리 같았다.

"끄응."

당군악이 앓는 소리를 흘리며 얼굴을 일그러뜨리더니 갑자기 귀신 같은 얼굴로 청명을 노려보기 시작했다. 청명은 영문을 몰랐다. 왜 저래, 저 아저씨? 무섭게.

"소개……. 소개해 줄 사람이 있네……. 젊은 사람들끼리 친하게 지낸다면 그 이상…… 좋을 게 있겠는가."

"네? 어, 뭐…… 그렇긴 하죠?"

"그게 하필 너 같은…….”

"네?"

"아니. 아닐세."

당군악이 고개를 절레절레 저었다. 그리고 짜증이 한껏 담긴 표정을 숨기지 못한 채 한숨을 푹 내쉬었다.

"들어오너라."

그러자 이내 활짝 열린 문 사이로 한 사람이 그 모습을 드러냈다.

"……어?"

"어어…….”

"으으응?"

화산의 제자들이 다들 눈을 크게 떴다. 굳이 따지자면 놀랄 일까지는 아닌데, 놀랍긴 놀라웠다.

처음 그들의 눈을 사로잡은 것은 화려한 궁장이었다. 하지만 그 시선들은 이내 궁장 위에 있는 얼굴로 향했고, 그 얼굴을 본 이들은 다들 입을 쩍 벌릴 수밖에 없었다.

'뭐지? 예쁜데?'

'어마어마한 미인이다. 사매에게 뒤지지 않아.'

'헐. 당가에 저런 사람이 있었나?'

윤종과 백천, 조걸이 멍한 눈빛으로 안으로 사뿐사뿐 걸어 들어오는 여인을 바라보았다.

"당가의 당소소(當小小), 화산의 영웅들께 인사 올립니다."

얼굴도 얼굴이지만, 환한 미소에는 가식이 조금도 보이지 않는다. 저토록 밝게 웃는 사람을 누가 미워할 수 있겠는가?

멍하니 있던 윤종이 얼결에 고개를 꾸뻑 숙였다.

"어……. 아, 안녕하세요."

그러자 조걸이 팔꿈치로 윤종의 옆구리를 꽉 쑤셨다. 움찔한 윤종이 고개를 번쩍 들었다. 그 반응들을 보며 당군악의 얼굴은 한층 더 일그러졌다.

"내…… 딸일세. 마침 나이대가 비슷한 듯하여, 좋은 친우……가 될 수 있을 거라 생각하고 불렀네."

근데 이는 왜 가세요? 그리고…….

"……당가는 집 안에서 저런 걸 입나 보죠?"

"친우를 처음 만나는 자리라 신경…… 썼겠지."

저게요? 두 번 신경 썼다가는 목이 꺾일 판인데? 아니, 대체 머리에 장신구를 몇 개나 꽂은 거야? 설마 저게 다 암기는 아니겠지?

당군악의 시선이 청명에게 고정되었다.

"저 아이가 네놈……. 아니, 자네를 만나고 싶어 해서 소개해 주기 위해 데리고 왔으니 헛수작……. 아니. 좋은 관계가 될 수 있으면 좋겠군. 좋은 관계가 말이야."

엥? 어라? 설마……. 청명이 좌우를 둘러보았다. 사형제들이 모두 묘한 눈빛으로 청명을 바라보고 있다. 이게 정략혼인가 뭔가 하는 그건가?

"나?"

청명이 자신을 가리키며 묻자 당군악이 고개를 끄덕였다.

"아, 아니. 나는…… 도산데?"

"인사하게."

당소소가 청명을 보며 환하게 웃었다. 청명도 마주 빙그레 웃었다.

사형. 장문사형. 살려 주십쇼!

• ◈ •

"끄ㅇㅇㅇㅇ."

녹초가 된 청명이 끙끙 앓으며 침상에 드러누웠다. 그 모습을 본 백천과 윤종이 고개를 절레절레 내저었다.

"괜찮냐?"

"으으……. 저 찰거머리가."

청명의 얼굴이 검게 죽어 있었다. 그에게는 무릉도원이나 다름없는 당가였지만, 단 하나의 조건이 바뀌면서 순식간에 지옥으로 변해 버렸다.

당소소는 그 시간 이후로 청명에게서 한시도 떨어지지 않으려고 했다. 대전에서 밥을 먹으면 옆에 붙어서 밥시중을 들려 했고, 술을 먹으면 술병을 손에서 놓지 않았다. 이러다가는 측간까지 따라올 기세였다. 결국 질려 버린 청명이 가까스로 달아나 백천의 숙소로 도망쳐 들어오고 만 것이다.

"네 방에 가면 되잖아."

"……사숙."

"응?"

"나 진짜 무서워서 이러는 거거든?"

청명의 너스레를 듣고 있던 윤종이 피식 웃었다.

"나름 괜찮던데, 왜."

하지만 백천은 영 생각이 다른 모양이었다.

"주둥이가 삐뚤어져도 말은 바로 해야지. 과분하지, 과분."

"그렇지요. 심지어 저 당가주의 독녀라잖습니까."

청명이 버럭 소리를 질렀다.

"독녀(獨女)가 아니라 독녀(毒女)겠지!"

"……그도 맞는 말이지."

"혼인은 얼어 죽을 혼인! 내가 도산데 무슨 놈의 혼인이야!"

"화산 도사는 혼인해도 되잖아. 안 막는데."

윤종이 고개를 주억거렸다.

"그렇지. 사문 어른 중에서도 혼인하신 분들이 있고."

"끄으으응."

청명이 다시 널브러졌다.

'미쳤다고 당가주 딸이랑 혼인을 하냐?'

야, 이 양반들아. 독이 따로 있는 게 아닙니다. 저게 독이에요, 독. 한 번 삼키면 뱉지도 못하는 독! 아니, 저 양반이 독왕이라더니 이런 독을 푸네!

차라리 살포된 진짜 독이라면 내공으로 날려 버리든 검풍으로 쓸어버리든 할 텐데, 이 독은 무력으로는 막을 수가 없다. 청명이 세상에서 제일 곤란해하는 것이 힘으로 해결할 수 없는 일이다. 당가주가 준비한 비수가 청명의 약점을 정확히 찔러 들어온 것이다.

"그렇게 괜찮아 보이면 윤종 사형이 하지 그래?"

"나는 저쪽에서 원하지 않을걸?"

"그래도 알긴 하네."

"뭐?"

청명이 드러누워 딴청을 부리자 윤종이 묘한 표정을 지었다. 그러더니 살짝 사악한 표정으로 백천에게 말했다.

"사숙. 생각해 보면 나쁜 일은 아닙니다. 예로부터 장가를 가야 철이

든다고 하지 않습니까. 혼인하면 저놈도 정신을 좀 차리지 않겠습니까? 게다가 화산과 당가가 혈연으로 끈끈하게 이어지는 것이니 더욱 좋고요."
"윤종아."
"예?"
"나는 오늘만큼 네게 실망한 적이 없었다. 이 사숙은 가슴이 아프다."
"왜 그러십니까?"
"저놈과 혼인하여 살아야 할 여인의 입장은 생각해 보지 않느냐?"
"……제가 생각이 짧았습니다. 죽여 주십시오, 사숙."
"아니, 이것들이?"
청명이 눈을 부라렸다. 윤종과 백천은 슬그머니 시선을 돌리면서 헛기침을 했다.
'틀린 말도 아닌데 뭐.'
'양심은 있어야지.'
그때, 묵묵히 듣고만 있던 조걸이 피식 웃으며 말했다.
"사천당가 가주의 딸이 천하의 절색이라 당가주가 보배처럼 아낀다고 하던데, 그런 딸을 저리 내보낼 정도면 네가 어지간히 마음에 든 모양이다."
"됐다고 전해 줘."
"그래도 일단 저쪽에서 우릴 좋게 봤다는 거겠지."
"좋게 본 사람한테 독을 투척하나? 독을? 그게 당가식 환영법인가?"
청명은 자신이 처한 상황에 한숨만 푹푹 내쉬었다.
"끄응. 저 아저씨 고단수야."
아니면 그냥 대책 없이 저돌적인 건지도 모르고.

여하튼 덕분에 청명은 밖으로 나갈 꿈도 꾸지 못하고 전각 안에 틀어박혔다.

"……왜 안 나오지."

당소소가 소매를 물어뜯었다. 지켜보던 당잔이 한숨을 푹 내쉬었다.

"누님, 적당히 하는 게 어떻습니까?"

"넌 가만히 있어."

당소소가 툭 면박을 주고는 영 마음에 들지 않는다는 듯 입술을 오물거렸다.

"이상하다. 이렇게 나를 피할 리가 없는데."

"……왜요?"

"예쁘잖아."

당잔의 얼굴이 일그러졌다. 맞는 말이라 뭐라 말도 못 하겠고. 예로부터 바른말 하는 사람들이 일찍 죽는다더니, 그 이유가 뭔지 알 것 같았다.

"도사라서 눈이 없는 건가? 아니면 산골에만 박혀 살아서 미인을 알아보는 눈이 없나? 왜 나한테서 도망가지?"

"……여자에 관심 없는 것 아니겠습니까?"

"세상에 그런 남자가 있어?"

……당잔이 가만히 한숨을 내쉬었다. 하지만 생각해 보면 조금 이상하기는 했다. 사실 당소소는 시집을 가기 위해 눈이 뻘게져 있는 사람은 아니다. 오히려 혼인을 기피하던 사람에 가깝다. 그런 사람이 왜 돌연 마음을 바꿔 먹었다는 말인가?

"화산신룡이 마음에 드신 겁니까?"

"잔아."

"네, 누님."

"나 어제 저 사람 처음 봤다."

"……."

"뭘 알아야 마음에 들든 말든 하지. 내가 신통력이 있어서 사람 속을 알 수 있는 능력이 있는 것도 아니고."

"아니, 그런데 왜 이리 적극적이십니까?"

당소소가 살짝 열이 오른 표정으로 당잔을 보더니, 이내 한숨을 푹 내쉬었다.

"이번 기회를 놓치면 내가 어디로 시집갈 것 같냐?"

순간 말문이 막힌 당잔은 아무 말 못 하고 입을 다물었다.

"아버지는 나를 너무 사랑하시지. 하지만 당가의 가주시다. 아버지는 당신의 입장과 당가의 입장 중 당가의 입장을 먼저 생각하시는 분이야. 더 이상 미룰 수 없을 때가 오면 나를 적당한 곳에 시집보낼 수밖에 없다. 그럼 나는 사천의 유력가나 권세가로 시집을 가야겠지."

"그렇겠지요."

"나는 그런 데서는 숨 막혀 죽어. 그래도 어쩌겠느냐? 내 운명이라 생각하고 받아들였지. 당가주의 딸로 태어난 이상 피할 수 없는 거니까. 그런데……."

"화산신룡은 다르다?"

"산에 박혀 산다는 건 영 마음에 안 들지만, 어쨌거나 아버지가 인정한 사람이야. 후대의 천하제일인이라며?"

"이왕 혼인할 거면 천하제일인의 아내라는 명예라도 얻고 싶다?"

당소소가 정색하며 당잔을 노려보았다.

"미쳤니? 그런 게 무슨 소용이야. 내가 천하제일인이 되는 것도 아니고."

"예? 그럼 왜……?"

"천하제일인쯤 되는 사람이라면 수련하느라 집에 안 들어오고, 바빠서 집에 못 들어오겠지! 그럼 나는 혼자 꽃처럼 시들어 가겠지!"

"아……."

그런 슬픈…….

"이렇게 좋은 혼처가 어디 있어!"

당잔이 어안이 벙벙한 표정으로 당소소를 바라보았다. 아니, 좋다고? 그게?

"잘 이해가 안 되는데…… 그게 좋은 겁니까?"

"사사건건 다 간섭받는 생활보다는 백배 낫지. 유력가에 시집가면 물 먹는 것 하나도 격식을 갖춰야 할 텐데. 넌 그렇게 살 수 있냐?"

못 살지. 에이, 그렇게는 못 살지.

"남 신경 쓰지 않고, 내 생활을 지킬 수 있는 혼처는 다시 안 와! 절대로! 나는 죽어도 저 인간을 잡아야 돼!"

당소소의 눈에 불꽃이 피어났다.

"아버지는 반대하시지만, 아버지가 내 인생 대신 살아 주는 것도 아니잖아. 안 그래?"

당잔은 멍하니 그런 그녀를 바라보았다.

'누이는 계획이 다 있구나.'

당가를 위한 계획도 아니다. 오로지 행복해지겠다는 목표! 그 목표에 대한 열정에 박수가 나올 지경이었다.

"하지만 화산신룡이 그리 호락호락한 사람은 아닐 텐데요. 누님 마음대로 되지는 않을 겁니다."

"얘가 또 뭘 혼자 착각하고 이래? 나는 저 사람을 휘두를 생각이 없어. 아니, 못 해. 아버지가 인정한 사람을 내가 무슨 수로 휘둘러? 존중하고 배려해야지."

"네? 하지만 애정은……."

"애정이 뭐 별거겠어? 같이 살면서 버티다 보면 싹트는 전우애가 애정이지."

무시무시할 정도로 현실적이었다.

"어쨌든 나한테는 이 이상의 혼처는 없어. 어쨌든 가만 보면 얼굴도 꽤 잘생겼고. 나를 길가의 돌멩이처럼 보는 게 영 마음에 안 들기는 하지만, 시간 지나면 저 사람도 생각이 바뀌겠지."

당잔은 의욕이 넘쳐 나는 누이를 보며 낮게 한숨을 내쉬었다. 하지만 누이를 탓하고 싶은 마음은 없다. 당가의 여식이 겪어야 하는 미래를 알기 때문이다.

당가의 여식들은 당가의 식솔로 인정받지 못한다. 당가의 비전을 배울 수 없고, 당가의 무학조차 익힐 수 없다. 그들에게 전수되는 것은 여인들에게 대대로 내려오는, 궤를 달리하는 암기술 몇 개가 전부다.

당가의 직계는 더하다. 당소소는 당가주의 딸이라는 이유로 바깥세상 구경도 제대로 해 보지 못한 채 당가 안에서만 살았다. 화초처럼 길러진 꽃. 그리고 때가 되면 누군가에게 팔려 가듯 시집을 가야 하는 처지다. 그런 혼인을 한 이들이 행복할 리가 있겠는가?

당군악이 아무리 당가의 가주라고 하더라도 긴 세월 동안 당가에 이어져 온 법도를 바꿀 수는 없다.

"잔아!"

"예, 누님!"

"너도 나를 도와!"

"……예?"

"나는 어떻게든 행복해지고 말 거야. 그리고 그 행복의 첫 번째 열쇠가 저기에 있어! 내가 무슨 수를 써서든 저 도사랑 혼인할 테니, 너는 나를 도와. 그럼 나도 너를 도와줄게."

"네? 뭘 돕는다는 말입니까?"

"설마 안사람의 동생을 천대하기야 하겠어? 그럼 너도 천하제일인의 처남이 되는 거잖아?"

"……."

"밀어준다."

당잔이 천천히 고개를 끄덕였다.

"믿습니다."

가볍게 손을 맞잡았다 뗀 두 사람의 눈이 전각 안에 있을 누군가를 강렬히 쏘아보았다. 덕분에 청명은 알 수 없는 오한에 몸을 부르르 떨어야 했다.

• ❖ •

처마 위로 두 눈이 빼꼼 올라왔다.

'없지?'

주위를 삭삭 둘러본 청명이 한숨을 쉬며 지붕 위를 기어올랐다.

'아이고. 내 팔자야.'

화산에서는 유이설에게 쫓겨 다니더니, 당가에 와서는 당소소를 피해 다닌다. 천하에 두려울 것 없던 매화검존이 자신의 반도 살지 않은 어린 여자아이들에게서 도망치는 모습이라니.

– 고소하다, 요놈아.

"아, 거 장가도 못 간 양반이!"

청명이 하늘로 삿대질하고는 처마 위에 드러누웠다. 그의 손이 반사적으로 붕대가 감긴 배를 움켜잡는다.

"으……."

청명의 얼굴이 일그러졌다. 욱신욱신 무지근한 고통이 밀려왔다. 하지만 당가주 앞에서 약한 모습을 보여서는 안 된다. 그가 청명을 높이 평가하면 할수록 얻어 낼 수 있는 게 많아질 것이다. 사형제들 앞에서도 약한 척을 해서는 안 된다. 그만큼 그들이 슬퍼하고 안타까워할 테니까. 어쩌면 무력감에 좌절할지도 모르고.

"이상하죠, 장문사형."

예전에는 이렇게 허세를 부리지 않았는데. 날이 갈수록 허세를 부리는 일이 많아지네요. 옛날에는 허세 부리는 놈들 진짜 끔찍하다고 생각했는데. 피식 웃은 청명이 입으로 술을 부어 넣었다.

"크으."

입가를 문질러 닦고는 멍하니 하늘의 달을 올려다봤다.

'약해.'

나약해 빠졌다. 겨우 당가주 따위와의 승부에서 상처를 입다니. 예전의 자신이었다면 일검에 대가리를 쪼개 버렸을 텐데.

당패의 암습? 그런 건 변명이 되지 못한다. 끔찍한 전장에서 비겁은 일상이요, 암습은 기술이었다. 청명이 더 강했다면 그 어떤 암습도 감히 그를 해하지 못했을 것이다.

"정말 빌어먹게 약해 빠졌네."

사실 생각해 보면 당연하다. 청명이 죽음으로부터 깨어난 지 이제 겨우 삼 년 남짓이다. 햇수로 삼 년이지, 기간으로는 삼 년도 채 채우지 못했다. 그만한 기간에 이만큼 강해진 것도 용하다. 아무리 한번 겪어 본 길이라고 한들, 평생이 걸려 이루어 냈던 것을 삼 년 만에 따라잡을 수는 없다. 알고 있지만…….

"그게 핑계가 될 리가 없지!"

청명의 눈빛이 단호해졌다. 강호가 얼마나 비정하고, 얼마나 위험한지는 청명이 가장 잘 알고 있다. 느긋하게 시간을 들여 강해질 동안 그저 평화롭다면 다행이겠지만, 그럴 확률이 얼마나 되겠는가?

"더 강해진다."

예전의 매화검존을 뛰어넘어, 새로운 경지로 나아가야 한다. 세상 그 어떤 위험이 화산을 덮쳐 오더라도 지켜 낼 수 있을 만큼 말이다!

청명이 품 안에 손을 넣었다. 그리고 당가에서 갈취한 천독단과 가지고 온 혼원단을 양손에 각각 꺼내 들었다.

'이게 될까?'

눈빛이 살짝 가라앉았다. 굉장히 위험한 일이다. 하지만 청명의 생각대로만 일이 풀린다면…… 내력 문제는 단숨에 해결할 수 있다. 과거만큼은 아니더라도, 이번처럼 내력이 달려서 제 실력을 발휘하지 못하는 일은 더 이상 없을 것이다.

"일단 몸이 완전히 나은 뒤……."

조용히 중얼거리던 청명이 별안간 숨을 죽이고 처마 위에 납작 엎드렸다.

"청명 소협? 청명 소혀어어어업? 이상하다. 방에 없는 걸 확인했는데.

이분이 어딜 가셨지?"

청명은 식은땀을 흘리며 숨을 죽였다. 귀식대법까지 펼치며 숨을 죽이던 그는 당소소가 완전히 멀어진 것을 확인하고서야 빙그레 웃었다.

'저건 못 이겨.'

세상에는 아무리 강해져도 이길 수 없는 것이 있기 마련이다. 그 사실을 절절히 실감하는 청명이었다.

• ◆ •

두 사람이 당가를 질주했다.

"청명 소협! 거기 좀 서 봐요!"

당소소가 치맛자락을 부여잡고 청명을 향해 돌진했다. 하지만 청명은 뒤도 돌아보지 않고 부리나케 달아났다.

"잠깐 이야기 좀 하자니까! 잠깐! 말만 조금 나눠 보면 마음이 바뀐다니까요! 당과 사 줄 테니까! 거기 서 봐요!"

"당과는 얼어 죽을!"

청명이 단호하게 질주하며 이를 갈았다. 이게 뭐 하는 짓이야! 아오. 저거 대가리를 깨 버릴 수도 없고 귀찮아 뒈지겠네!

"거기 좀 서 보라니까! 야, 인마! 너 거기 안 서?"

청명은 눈앞에 보이는 전각으로 일직선으로 달려 들어가 재빨리 문을 닫아 버렸다. 그리고 문에 바짝 붙어서 바깥쪽의 동태를 살폈다. 움직임이 안 느껴지는 걸 보니 멈춘 듯했다. 제아무리 당소소라고 해도 이곳까지는 들어오지 못하는 모양이었다. 땅이 꺼지도록 한숨을 내쉰 청명이 몸을 돌렸다.

"……."
"……."
당군악과 청명의 시선이 서로 마주쳤다.
"……왔는가?"
"……네."
묘한 감정과 정적이 두 사람 사이에 흘렀다. 당군악이 말했다.
"일단은……. 그래, 일단은 앉게."
"그러죠."
청명이 그의 건너편에 앉았다. 당군악이 말없이 찻주전자를 청명을 향해 슬쩍 밀었다.
"차 좀 들겠는가?"
"괜찮아요. 몸에 열이 나서."
"찬 걸세."
"아, 그럼 뭐."
청명은 잔에 차를 따르고는 단숨에 마셨다. 그러더니 크으, 소리를 내며 잔을 탁 내려놓고 이내 당군악을 빤히 바라보았다.
"……거, 다 좋은데. 뭔 놈의 도사한테 딸내미를 시집보내시려고 합니까? 아무리 피는 물보다 진하다지만, 이거 너무 노골적으로 나오시는 것 아닙니까?"
"노골?"
당군악의 이마에 핏대가 섰다. 의외의 반응에 청명이 고개를 갸웃했다.
"응? 당가주님이 시킨 것 아니었어요?"
"내가 눈이 삐지 않고서야 너한테 내 딸을!"

정적과 함께 분위기가 또다시 묘해졌다.

"······아니, 그럼 쟤는 왜 저러는 건데요?"

"난들 알겠냐고!"

당군악이 분노를 참느라 허벅지를 움켜잡았다.

- 아, 내가 알아서 한다니까요! 소개만 시켜 주세요! 소개만! 그럼 아버지는 내가 이러다가 뒷방 늙은이에게 시집갔으면 좋겠어요? 눈 딱 감고 소개만 해 주면 된다니까요!

"끄으으으으응!"

당군악이 머리를 움켜잡았다. 그리고 힐끔 청명을 곁눈질했다. 물론 객관적으로 화산신룡은 좋은 혼처다. 솔직히 당가의 입장에서 이보다 더 좋은 혼처는 없다. 우선 차기 천하제일인의 자리를 맡아 두다 못해 의자째로 들어서 화산에다 던져 놓은 사람이 청명 아니던가?

'지금도 이렇게 강한데, 십 년만 지나면 나는커녕 조부님이 살아 돌아오셔도 못 당한다.'

아마 이 나이에 이만한 무력을 쌓은 이는 무림의 역사를 통틀어도 흔치 않을 것이다. 게다가 배경도 적당히 당가가 발을 뻗기 좋은 화산이지 않은가? 당가주의 시선으로 봤을 땐 당연히 군침이 절로 흐르는 자리다. 다만 딱 한 가지······.

'이놈을 내가 사위로 맞아야 한다고?'

가주도 결국은 사람이다. 한 사람의 인간으로서 청명에게 딸을 시집보낸다는 건 도저히 선택할 수 있는 일이 아니었다.

'내 눈에 흙이 들어가기 전에는 그런 꼴 못 본다!'

당군악의 두 눈이 불타올랐다.

애지중지 키워 온 딸이다. 꽃처럼 자라나는 딸을 보는 아비의 마지막

소망은 보통 좋은 사람을 만나 행복하게 사는 모습을 지켜보는 것 아니겠는가.

매파가 수도 없이 방문하고, 가문의 원로들이 끝없이 잔소리해도 어떻게든 지켜 낸 딸내미거늘.

뭐? 청명? 에라이!

"꿈도 꾸지 말게."

"아니, 본인이 소개해 줘 놓고!"

"그건 걔가 해 달라니까 해 준 거고!"

청명이 어이없다는 표정으로 당군악을 바라보았다.

"듣고 보니 억울하네? 제가 뭐 어때서 그래요?"

그럴 생각은 전혀 없지만, 이렇게 평가 절하를 당하면 발끈하는 것이 인지상정. 하지만 당군악은 냉정했다.

"자네는 정말 훌륭한 무인이지."

"그렇죠!"

"하지만 좋은 사람은 아니잖은가?"

청명은 순간 말문이 막혔다. 전생과 이번 생을 통틀어 이만큼 반박하기 힘든 말을 들어 본 경험이 몇 번이나 되던가?

입만 열면 청산유수로 말을 쏟아 내던 청명도 이 말에만큼은 반박하지 못했다.

"어……. 그게, 어…….".

그렇긴 하지. 거참 날카로우시네.

"아비는 딸을 좋은 무인에게 시집보내는 게 아니라, 좋은 사람에게 시집보내고 싶어 하지. 당가주라는 내 입장 탓에 적극적으로 막아서지 못할 뿐일세."

"양립이 힘들어 보이시네요."

"힘든 일이지."

당군악이 어깨를 으쓱했다.

"그렇기에 나는 자네와 화산이 내 돌파구가 되어 줄 거라 믿고 있네. 준비는 끝냈는가?"

"물론이죠."

"그럼 이제 이야기를 해 보세. 자네가 당가에 원하는 건 무엇인가?"

청명이 단순히 당소소를 피하기 위해서만 이곳에 온 건 아니다. 오늘 당군악과 만나 협상을 하는 것은 이미 정해져 있던 일이었다. 청명이 얼굴에 웃음기를 지우고 당군악을 바라앉았다.

"사숙을 불러야 할 것 같은데요."

"그렇다면 조금 더 진중한 자리가 될 수는 있겠지만……."

당군악이 살짝 입꼬리를 말아 올렸다.

"속내가 쉽게 나오지는 않겠지."

"흐음."

청명이 당군악을 보며 고개를 주억거렸다. 재미있는 아저씨다. 더없이 실리적인 것 같으면서도 명분에 집착하고, 가족조차 희생시킬 정도로 냉정해 보이지만, 잔정이 있다.

'당보와는 다른 사람이네.'

하긴, 아무래도 당가의 가주라는 무거운 중임을 맡은 사람이 당보처럼 자유로울 수는 없을 것이다. 당보는 무학의 재능이 어마어마한 덕분에 당가의 태상장로 자리라도 꿰찬 것뿐, 원래대로라면 가문에서 축출되어도 이상하지 않을 놈이었으니까.

청명이 당군악을 가만히 바라보며 입을 열었다.

"뭐, 좋아요. 우선 정확하게 하고 들어가죠. 당가는 화산과 동맹을 맺고 싶은 건가요?"

"내가 원하는 건 화산이 아니라 자네일세."

"하지만 저는 화산과 뗄 수 없는 사람인데요?"

"알고 있네. 그저 자네가 그 사실을 알고 있길 바랄 뿐이지. 자네를 얻을 수 있다면 화산과의 동맹도 얼마든지 맺을 수 있네."

당군악이 미소를 지었다.

"화산을 지원하는 것 역시 어렵지 않지. 그만큼이나 당가가 자네를 높이 봤다는 것을 잊지 말게나."

청명도 당군악을 보며 마주 웃었다.

"그러니까 저 하나를 보고 화산을 지원해 주시겠다."

"과한 일이지. 하지만 그만한 가치가 있네."

"하하하. 역시 가주님이시네요."

"무슨 의미인가?"

"거짓말에 능숙하시다고요."

당군악의 표정이 살짝 굳어졌다.

"……무슨 의미인가?"

"아, 그런 얼굴로 보지 마세요. 화산과 동맹을 맺으려 하는 사천당가의 뜻에 불순한 의도가 있다는 말은 아니니까. 하지만 그 일방적으로 베풀어 준다는 시혜적인 태도는 조금 거슬리네요."

잠시 생각하던 당군악이 가만히 청명을 보며 말했다.

"흠, 자네가 아직 어려서 상황을 제대로 보지 못하는 모양인데……. 물론 자네의 무력은 뛰어나지만 그건 아직은 가능성의 영역이네. 범의 새끼가 꼭 범이 된다는 법은 없지."

"네. 그건 그렇죠."

물론 청명은 경우가 다르지만, 당군악이 보기엔 그리 생각할 수밖에 없을 것이다.

"그걸 감안한다면 화산은 당가와 대등하게 협상할 수 없네. 설사 자네가 천하제일인이 된다고 해도 마찬가지야. 자네 혼자 화산을 다른 문파들과 대등하게 만들 수는 없네."

"물론 그렇게 생각하시는 게 타당하죠."

"그런데 내가 자네들을 대등하게 여겨야 한다는 말인가? 어떤 이유로?"

청명이 피식 웃었다.

"왜 이러십니까, 당가주님. 협상이라는 것은 대등한 이들끼리 하는 게 아니죠. 필요한 것이 있는 이들끼리 하는 거죠."

"……음?"

"화산이 당가를 원하는 게 아닙니다. 당가가 화산을 원하는 거죠."

당군악이 미간을 찌푸렸다. 뭘 알고 이런 말을 하는 걸까?

청명은 그런 당군악의 시선을 받더니 자리에서 몸을 일으켰다. 그리고 저벅저벅 걸어 벽 쪽에 서더니, 걸려 있던 커다란 사천의 지도를 뜯어냈다.

지도를 가져와 탁자 위에 펼친 그는 손가락으로 사천당가를 짚었다.

"여기가 당가죠."

"나도 눈은 있네."

"아래에는 아미가 있고."

"……."

"위쪽은 청성. 우측으로 가면 무당. 그 위쪽에는 종남이 있죠. 아, 물론

저 아래에 점창도 있지만 그건 논외로 하죠. 거기에 점창이 있다고 딱히 달라질 건 없으니까요."

당군악이 지금까지와 전혀 다른 표정으로 청명을 바라보았다. 장난기를 싹 뺀 무인의 얼굴. 대사천당가를 이끌어 가는 가주에 걸맞은 얼굴이었다.

"이제 진심이 되셨네요?"

하지만 청명은 되레 여유 만만한 태도로 그런 당가주의 기세를 받았다.

당가의 가주라는 사람이 그리 허술할 리가 없다. 물론 당가에 들어온 이후 당군악이 보였던 모습이 모두 가식이라 생각하지는 않는다. 당보처럼 당군악 역시 천성은 가벼운 이일 수도 있으니까.

하지만 사천당가의 가주라는 자리는 쉬이 움직이는 이가 맡을 수 있는 것이 결코 아니다.

당군악이 원하는 건 분명하다. 철저한 실리. 얻을 것이 없었다면 청명을 좋게 보았다고 해도 이토록 무한한 호의를 보이지는 않았을 것이다.

"자네가 하고 싶은 말이 뭔가?"

"공교롭지 않나요?"

"무엇이?"

"사방이 막혀 있죠. 그것도 당가와 대등하거나 그 이상의 힘을 가진 구파들로 말이죠. 거기에 사천에 쫙 깔린 거지들까지 생각하면. 음......"

청명이 지도를 보며 조금 과장스럽게 몸을 떨었다.

"어휴, 숨도 못 쉬겠네요."

살짝 여유를 되찾은 당군악이 말했다.

"자네는 뭔가 착각하는 모양인데, 본가와 구파는 사이가 그리 나쁘지 않네. 아니 오히려 전우이며 동료라고 할 수 있지."

"네, 그렇겠죠."

청명이 어깨를 으쓱했다.

"마교가 패망하기 전까지는 말이죠."

일순 당군악의 눈에 새파란 빛이 흘렀다. 청명은 그런 당군악의 반응을 눈여겨보며 말을 이어 갔다.

"공동의 적이 있을 때는 뭉치겠죠. 하지만 적이 사라지면? 뭉쳐 있던 이들은 이권에 따라 갈라서고 새로운 적을 찾을 수밖에 없죠. 그게 설령 지금까지 함께해 온 동료라고 할지라도 말이에요."

"……자네."

"다른 세가들은 그리 큰 문제가 없죠. 남궁과 팽가, 모용 등 쟁쟁한 세가들은 다들 동쪽에 있으니까요. 서로서로 도울 수 있죠. 그런데 당가만 유일하게?"

"……서쪽에 있지."

"네. 그리고 다른 세가들과 이어질 길을 구파가 모조리 차지하고 있죠. 다시 말하자면 오대세가니 뭐니 해도 결국 당가는 혼자일 수밖에 없다는 거죠. 아닌가요?"

당군악은 대답하지 않았다. 청명이 그의 내심을 정확하게 찔렀기 때문인지, 그게 아니면 이 황당한 해석에 당황해서인지는 모르지만, 당군악은 잠시 침묵을 지켰다. 조금 시간이 흐른 뒤에야 무거운 한숨을 내쉬었다.

"계속해 보게."

"당가는 포위당해 있죠. 한 지방의 패자라는 말은 굉장히 좋은 말이에요. 하지만 다시 말하면 그 지방을 벗어나면 아무것도 아니라는 거죠. 지방의 패자가 된 이들은 결국 여기로 눈을 돌리죠."

청명이 중원의 한가운데를 손가락으로 가리켰다.

"아닌가요?"

"……."

"아니라도 상관없어요. 사방에서 구파에 둘러싸여 압박받는 모양새는 결코 당가가 원하는 형세는 아닐 테니까. 그렇기에 당가는 친구가 필요하죠. 저들을 견제해 줄 친구가. 그런데 어라? 마침 여기에?"

청명의 손가락이 지도를 타고 이동했다. 그가 가리킨 곳은 섬서. 종남과 무당의 등 뒤였다.

"화산이 있네?"

"……."

"헤헤. 그것참 공교롭네요. 왜 여기 화산이 있을까? 절묘하게 무당과 종남을 견제하기 좋은 위치에 있네요? 거참 기이하게."

청명의 너스레에 당군악의 표정이 굳어졌다. 대체 이놈이 어디까지 알고 있는 건지 내심 경악한 것이다. 하지만 당군악의 표정을 본 청명은 그저 빙그레 웃었다.

"에이. 그렇게 긴장하지 마세요. 별 이야기도 아닌데요, 뭐."

"하나 물어도 되겠는가?"

"네."

"이 생각을 언제부터 했는가?"

청명이 어깨를 으쓱했다.

"음, 아마…… 우리가 사천에 도달했다는 말을 당가주님이 들었을 때쯤?"

당군악은 그제야 한 가지 사실을 깨달을 수 있었다.

'나는 이놈을 잘못 봤다.'

힘만 센 멍청이가 아니다. 이놈은 구렁이다. 그것도 능구렁이. 그리고 어쩌면 오늘 이 자리에서 그 구렁이의 꼬리가 당군악의 목을 조일지도 모른다.

자신이 청명의 손바닥 위에 있다는 느낌에 등골이 서늘해졌다.

"중원을 거대한 바둑판으로 본다면, 사방으로 조여 오는 포위망에서 탈출하기 위해 돌을 놓아야 할 곳은 안이 아니라 바깥이죠. 안에 동료를 만들어 봐야 전세는 바뀌지 않을 테니까."

"화산이 그 정도의 가치를 지닌다고 생각하나? 이제는 구파도 아닌 화산이?"

"구파가 아니니 가치가 있죠. 저희가 구파면 미쳤다고 당가랑 손을 잡겠어요? 다른 구파랑 같이 놀지."

순간 청명을 보는 당군악의 얼굴에 당황한 기색이 스쳤다. 아무리 그게 맞는다고 해도 보통 이런 말을 입에 올리지는 않을 것이다. 그것도 당가주 앞에서는 더더욱.

"가식 빼고 가자고요. 괜히 빙빙 돌려 가며 이야기하는 취미 없으니까. 당가주님은 화산을 포섭함으로써 당가를 포위하고 있는 구파를 견제하려는 거겠죠. 그게 당가주님의 진짜 목적이고요. 당가가 화산과 동맹을 맺었다는 소문이 퍼진다면 저들은 당연히 화산을 의식할 수밖에 없을 거예요. 그럼 당가에 대한 견제가 옅어지죠. 그만큼의 견제가 화산으로 향할 테니까요."

당군악이 한숨을 내쉬었다. 자세를 고친 그는 조금 더 진지해진 표정으로 청명을 응시했다.

"아무래도 내가…… 자네를 잘못 봤던 것 같군."
"어떻게 보셨는데요?"
"무공만 센 어린놈."
"……."
"이젠 무공도 센 어린놈으로 정정하겠네."

당보야. 당보야, 이 새끼야. 너 나중에 두고 보자. 이 새끼 빠져 가지고, 후손 관리 똑바로 안 하지?

한편 청명이 속으로 무슨 생각을 하는지 모르는 당군악은 다른 생각에 잠겨 있었다.

'대체 이 녀석은…….'

사실 당군악은 속내를 찔려 본 경험이 그리 많지 않다. 특히나 그가 살아 온 생의 절반도 살지 않은 아이에게 이리 철저하게 까발려진 적은 단 한 번도 없다.

이만한 무력에 이만한 심계까지 갖추었다. 자연히 당군악의 머릿속에서 화산과 청명에 대한 평가가 수정됐다. 그리고 그 수정 작업은 태도의 변화를 낳았다.

"인정하네. 나는 그걸 원하고 있네."

당군악은 간단히 청명의 말을 인정했다. 속을 뻔히 보고 있는 상대 앞에서 거짓말로 둘러대는 건 상책이 아니다. 서로 믿지 못하게 된다면 협상이 어려워질 뿐이다. 차라리 깔끔하게 인정하고 털고 가는 게 낫다.

"그래서, 화산의 생각은 다르다는 건가?"
"아니죠. 다를 건 없어요. 다만…… 동맹을 맺는 대가로 당가는 여유를 얻고, 화산은 견제를 더 받아야 하니 불공평하다는 거죠."
"음……."

"정당한 대가를 원해요. 생색내듯 내어 주는 대가가 아니라, 정당한 대가."

청명이 진지하게 당군악을 바라보았다.

"그게 제대로 된 협상이죠."

"음. 그렇군. 그렇다면 내가……."

당군악이 채 말을 끝내기 전에 청명이 말허리를 자르고 들어왔다. 그리고 웃음기 싹 빠진 목소리로 말했다.

"아, 그 전에 한 가지는 확실하게 하죠. 이건 당가가 화산에게 베푸는 게 아니라, 화산이 당가의 부탁을 들어주는 겁니다."

"……."

"그러니 그 위에서 내려다보는 자세는 치우세요. 저는 지금 화산을 대표하고 있으니까요."

청명의 단호한 말에 당군악의 얼굴이 삽시간에 굳어졌다. 그 짧은 순간에 당군악의 표정이 여러 번 변했다. 하지만 그 변화의 끝에 나온 말에는 그리 힘이 실려 있지 않았다.

"내가 실수를 한 모양이군."

당군악이 자리에서 일어나 청명에게 포권 했다.

"사천당가의 가주 당군악이 화산의 청명 도장께 사과드리외다."

"그 사과 받겠습니다."

청명이 마주 포권을 하며 빙그레 웃었다. 다시 자리에 앉은 둘이 말없이 서로를 마주 보았다. 겉모습은 처음과 달라지지 않지만, 그 속은 완전히 달라져 있었다.

"당가가 무엇을 해 주면 화산이 우리의 손을 잡아 주겠는가?"

"세 가지요. 그중 첫 번째는 무기예요."

당군악의 표정이 딱딱하게 굳었다.

"당가의 독과 암기는 어떤 경우에도 외부로 나갈 수 없네. 당가의 암기를 원한다면 이 협상은 없던 걸로 하겠네."

"암기 말고요. 화산은 암기 가져다가 쓸데도 없어요."

"그럼?"

청명이 말없이 허리에 찬 검을 뽑았다. 당가의 가주 앞에서 허락도 없이 검을 뽑는 건 무척이나 무례한 행동이지만, 당군악은 그 행동에 의도가 있으리라 짐작하고 가만히 지켜보았다.

"보이세요?"

청명이 뽑은 매화검은 완전히 박살이 나 있었다.

"질이 좋지 않군."

"네. 제가 무리한 것도 있지만, 애초에 그리 좋은 검이 아니죠. 어쩔 수 없는 일이에요. 화산에는 돈이 없었으니까요. 이제는 돈이 생겼지만, 좋은 검을 대량으로 만들어 줄 수 있는 야장을 구하기도 어려운 일이고요."

"그런 곳은 이미 다른 문파들이 선점했을 테니까."

"맞아요. 그런데 여기에는 중원 최고의 야장들이 있죠. 검을 만드는 것 정도는 식은 죽 먹기처럼 할 수 있는."

"흐음. 명필가는 붓을 탓하지 않는 법이라지 않는가?"

"헛소리죠. 명필가들 집에 가 보면 붓이 백 개는 넘을걸요?"

"하하, 맞는 소리지."

당군악이 고개를 끄덕였다. 천하제일의 장인들을 보유하고 좋은 무기를 만들어 내는 것에 투자를 아끼지 않는 당가다. 그러니 무기의 중요성을 알아주는 청명의 말이 싫지 않았다.

"검이 나빠도 실력을 발휘할 수 있다는 말이, 좋은 검과 나쁜 검의 차이가 없다는 뜻은 아니잖아요. 당가의 제련술은 천하제일이라 들었어요. 그런 당가가 매화검을 만들어 화산에 공급해 준다면 좋겠네요."

"받아들이지. 어렵지 않은 일이니까."

당가의 능력을 감안하면 규모가 줄어든 화산에 검을 만들어 주는 것 따위는 식은 죽 먹기에 불과하다. 그러니 다음에는 더 큰 것이 나올 것이다.

"두 번째는?"

"기술을 하나 전수해 주세요."

당군악이 다시 눈을 찌푸렸다.

"잘 아는 것 같으면서도 자꾸 무리한 말을 하는군. 당가의 비전은 혈족이 아니면 이을 수 없네."

"가주님이야말로 자꾸 똑같은 말을 하게 하시네요. 비전 말고요."

"음? 그럼?"

당가의 비전이 아닌 기술? 당가에 그런 것이 있었나? 의아해하는 당군악의 시선을 받으며 청명이 말없이 웃통을 벗었다. 그리고 자신의 배에 칭칭 감긴 붕대를 풀어내기 시작했다.

"……흠."

상처가 있던 자리에는 이제 붉은 기가 조금 남아 있을 뿐이다. 불과 사나흘 만에 비도에 찔린 상처가 완전히 나아 버린 것이다.

"굉장한 회복력이군."

"의술이 좋은 거죠."

"……설마, 자네?"

"네. 제가 원하는 건 당가의 의술이에요."

당군악의 표정이 묘해졌다.

당가의 의술? 물론 그건 당가의 비전이라고 할 수 없다. 당가의 진정한 비전은 독과 암기술이었으니까. 하지만 쉬이 전수될 수 있는 것도 아니었다. 유례가 없었으니까.

"왜 관심을 가지는 건가? 여태껏 당가의 의술을 배우려 하는 이는 없었는데."

"필요하니까요."

청명이 어깨를 으쓱했다.

당군악의 말대로 당가의 의술은 딱히 가치가 없다. 당가의 의술만으로 의방을 여는 것은 불가능하기 때문이다.

그 이유야 간단하다. 질병을 치료하지 못하니까. 오로지 외상과 내상에만 집중한 의술이 당가의 의술이다.

생각해 보라. 무인이 아닌 이상 외상을 입거나 독에 중독되고, 내상을 크게 입을 일이 뭐가 있겠는가? 그것만 하겠다고 의방을 열었다가는 주변에서 누가 다치기만 바라다가 현판을 내려야 할 것이다.

하지만 화산에는 필요하다. 꿈에서 당보가 알려 주었다. 의술이라는 것이 얼마나 중요한지. 청명도 예전에는 당보의 말을 제대로 들어 먹지 않았다. 의술로 부상에 대비하느니 그 시간에 더 강해지는 게 낫다고 생각했다. 더 강해진다면 다치지도 않을 테니까.

하지만 그래서 청명이 직면한 현실이 무엇이었는가? 모두가 죽었다.

청명이 그때 당가의 의술을 알고 있었다면 몇 사람이라도 살릴 수 있었을지 모른다. 하지만 당시의 청명이 아는 건, 기껏해야 내공을 불어넣는 잡기뿐이었다.

'내공으로 잘린 내장을 이어 붙일 수 있나?'

어림도 없는 소리. 만약 청명이 그때 의술을 알았다면 당보는 그렇게 죽지 않았을 수도 있다. 가슴에 칼이 박힌 채 그의 손을 잡고 당가를 부탁하던 당보의 얼굴이 잊히지 않았다. 지금까지도.

화산의 제자들이 그런 일을 겪게 하고 싶진 않다. 그 무력감과 그 슬픔은 사람이 감당하기에는 너무 컸으니까.

"화산에 당가의 의술을 전수해 주세요. 그럼 자연히 사람이 오고 가게 될 테니 친분도 두터워지겠죠."

"으음. 쉽지 않은 일이네. 원로원도 설득해야 하고."

"그러니 조건으로 꼽았죠."

당군악이 미간을 좁혔다. 분명 쉽지 않다. 하나…….

"내가 어떻게든 관철해 보겠네."

화산을 얻는 대가라면 내어 줄 수 있다. 아니, 반드시 내어 주고 화산을 얻어야 한다.

"이것까지는 내가 어떻게든 할 수 있는 부분이네. 하나 여기까지 듣고 나니 마지막 세 번째 조건을 듣기가 겁나는군. 가장 큰 것이겠지?"

"네. 가장 큰 거예요."

"그게 뭔가?"

청명이 살짝 심호흡했다. 그리고 당군악을 똑바로 보며 말했다. 이건 화산의 부탁이 아니다. 이것만은 청명의 부탁이었다.

"화산을 친구로 생각해 주세요."

"그야 당연한 것 아닌가. 우리는 동맹을……."

"동맹이 아니라 친구."

청명의 목소리는 단호하기 짝이 없었다.

"조건과 상황에 따라 언제든지 버릴 수 있는 동맹이 아니라, 어려울 때 손을 내밀 수 있는 친구. 제가 원하는 건 그런 관계예요."

아무런 의미도 없는 말이다. 이건 약속할 수 있는 일도 아니고, 약속한다고 해서 지켜질 것도 아니다. 물론 청명 역시 그 사실을 잘 알고 있었다. 그럼에도 이야기하지 않을 수 없다.

"이해하기 어렵군."

당군악이 솔직하게 말했다.

"지금까지 자네가 요구한 것들은 모두 나름의 이유가 있었네. 하지만 이건 딱히 이유가 보이지 않는군. 내가 놓친 것이 있는가?"

"없어요."

"그럼 이런 말을 하는 이유가 뭔가?"

"글쎄요."

청명이 살짝 눈을 감았다.

- 도사 형님!

그런 표정 짓지 마라. 망할 놈아.

눈을 뜬 청명이 어깨를 으쓱했다.

"그냥 제 변덕이라고 해 두죠."

"변덕이라……."

당군악이 굳은 표정으로 입을 열었다.

"자네는 알고 있는가?"

"뭘요?"

"당가와 함께하고 싶어 하는 이들은 그동안 수도 없이 많았네."

그럴 것이다. 당가는 사천의 패자였으니까.

"하지만 그 누구도 당가와 친우가 되고 싶다는 말을 한 이는 없었지. 아주 재미있는 말이었네."

"그래서 대답은?"

"대답이라……."

당군악의 입꼬리가 말려 올라간다.

"우리는 친우를 어찌 대해야 하는지 모르네."

"……."

"그러니 화산이 알려 주면 좋겠군. 친우란 어떤 것인지 말이야."

청명이 씨익 웃었다.

"어렵지 않은 일이죠."

"그러면 좋겠군."

당군악이 미소를 지으며 고개를 끄덕였다.

'낯간지럽군.'

친구. 친구라. 상상도 못 한 말이다. 하지만 그 어린아이 장난 같은 말이 당군악의 가슴을 간질인다. 당군악이 이제껏 본 이들 중 가장 속을 알 수 없는 이의 입에서 나온 말이라 더욱.

"세 가지 조건은 받아들이지."

"네. 그럼."

"이걸로 당가와 화산의 동맹이 체결된 걸로 알겠네. 이제 문제는 이 협상을 화산이 받아들일까 하는 거지."

"제가 서찰을 적어 드릴 테니, 그걸 직인과 함께 화산으로 보내세요. 그럼 될 거예요."

"화산에서 자네의 영향력이 그 정도라는 건가?"

당군악이 조금 놀라워하며 묻자 청명이 묘한 표정으로 말했다.

"아뇨. 그것보단…… 장문인도, 장로님들도 워낙 소외되고 무시당하는 것에 한이 맺히신 분들이라……. 당가의 사정을 알면 눈물을 뿌리면서 반갑다고 하실걸요?"

순간 당군악의 볼이 파들파들 떨렸다. 천하의 당가가 얻어맞고 다니는 놈 취급을 받다니…….

"하여튼 알겠네. 그럼 이걸로……."

"어디 가세요?"

자리에서 일어나려던 당군악이 움찔하여 청명을 보았다.

"할 말이 남았는가? 빠르게 처리하려면 지금 바로 움직여야 하네만."

"협상해야죠."

"협상은 조금 전에 끝나지 않았는가?"

"에이. 그건 화산이랑 한 협상이죠."

청명의 손가락이 어딘가를 쿡쿡 찔렀다.

"이건요?"

이제는 붉은 기만 남아 있는 상처에 청명의 손가락이 닿아 있었다. 당군악의 눈이 파르르 떨렸다.

"처, 천독단을 주지 않았는가!"

"에헤이! 이거 큰일 날 분이네! 사람 죽을 뻔한 일을 그깟 영약 하나로 넘기시려고! 사람 나고 영약 났지! 영약 나고 사람 났어요?"

"……."

"나니까 살았지, 나니까! 다른 사람이었으면 죽었어요! 그런데 그 천독단인지 뭔지 하나 던져 주고 입을 싹 닦으시겠다?"

"아, 아니……."

"크으. 당가가 친구를 대하는 방법이 매몰차기 짝이 없네요. 뭐든 다 줄 것처럼 굴더니, 쯧쯧쯧. 이러니 친구가 없지, 이러니! 사람이 신의가 있어야지!"

당군악의 얼굴이 새빨갛게 달아올랐다.

"원하는 게 뭔가?"

"말해도 돼요?"

"당가가 신의가 없다는 말은 도저히 참을 수 없네! 어디 한번 말해 보게! 원하는 게 뭔가?"

"아, 그래요?"

청명의 눈이 반짝였다.

"뭐 그리 대단한 건 아니고……."

"말해 보게."

"아뇨. 말로 할 것도 아니고."

"……응?"

청명이 벗어 던진 윗도리를 뒤졌다.

"어디 보자. 여기 있었는……. 아! 여기요."

그러더니 옷에서 무언가를 불쑥 꺼냈다. 당군악이 눈을 가늘게 떴다. 응? 저게 뭐지? 책자?

청명은 빙그레 웃으며 말했다.

"말로 하면 너무 길어질 것 같아서 미리 정리해 왔어요."

"……."

"헤헤. 준비성이 좋다고 칭찬하지는 않으셔도 돼요. 이런 건 기본이니까요. 서로 편하죠."

……당군악은 새삼 깨달았다. 모든 화는 입에서 나오고, 그 화는 저 마귀 놈을 만났을 때 폭발한다는 것을 말이다.

잠시 후, 당군악이 처소에서 나오는 모습을 본 당가의 식솔들은 '가주께서 난생처음 보는 넋 나간 표정으로 돌아다니셨다'라며 수군댔다.

· ✦ ·

"동맹?"

백천이 어안이 벙벙한 표정으로 되물었다. 이 사고뭉치가 뭔 일을 저지를 거라는 예상은 했지만…… 이렇게 전격적으로 일이 벌어질 줄은 몰랐다. 아니, 밥 먹고 잠깐 사라지더니 그새 뭔 짓을 벌였기에 동맹이라는 거대한 이야기가 나오는가? 그것도 화산과 당가의 동맹?

윤종 역시 황당하기 그지없다는 투로 물었다.

"아, 아니, 잠깐만. 그런 대사(大事)를 우리끼리 마음대로 정해도 되는 거야?"

정확하게는 네 마음대로 정해도 되느냐는 말이 나와야겠지만, 그래도 나름 순화를 해 주는 윤종이었다.

"못 할 이유가 뭐 있어? 여기 사숙이 있는데."

"응?"

다들 당황했다. 백천 사숙? 사숙이 뭐?

"잊었어? 출발할 때 장문인께서 백천 사숙에게 장문의 모든 권한을 일임한다고 했었잖아."

어? 어……. 그랬지. 분명 그런 말씀을 하시기는 했지. 그런데…….

"그, 그걸 여기서 써먹는다고?"

백천의 눈이 커졌다.

"아, 아니. 잠깐만. 그건 남만에서 무슨 일이 벌어질지 몰라서 하신 말씀이잖아!"

현종이 백천에게 모든 권한을 일임한다고 한 건, 중원과 연락이 원활하지 않은 남만에서 화산의 제자들이 좀 더 자유롭게 움직일 수 있게 만들어 주기 위함이다. 당가와 동맹을 맺는 것까지 장문인의 계산에 있었을 리 없다.

"이놈아! 이렇게 마음대로 동맹을 맺어 가면 장문인이 뭐라고 하시겠냐?"

"좋아하시겠지? 헤헤헤!"

"그렇지. 물론 좋아하……. 아니! 빌어먹을, 그게 아니잖아!"

백천이 머리를 감싸 쥐다 못해 쥐어뜯었다.

'제발 한 발만 앞서가자, 청명아! 더 나가지 말고 한 발만!'

따라가는 사람도 생각을 해 줘야 할 게 아니냐고! 뭔 놈의 동맹을 밥 먹고 식후 운동처럼 체결하고 오냐!

"하아아아아."

한숨이 푹푹 나왔다. 다른 화산의 제자들도 황당함을 감추지 못하고 있었다.

당가와의 동맹이라니. 당가주가 청명을 좋게 본 것이야 모를 이가 어디 있겠느냐마는, 설마 그게 여기까지 이어질 줄 누가 상상이나 했겠는가?

청명이 사고를 쳤으면 그걸 수습하는 건 백천의 몫이다. 황당함을 일단 미뤄 둔 그는 심호흡하며 냉정하게 머리를 굴리기 시작했다.

'결과만 놓고 본다면 나쁘지 않다.'

아니, 나쁘지 않은 수준이 아니다. 굉장한 이득이라고 할 수 있다.

'오대세가로 불리는 당가를 협력자로 얻을 수 있다면 화산은 날개를 달 수 있다.'

냉정하게 보자면 당가가 왜 화산 따위와 동맹을 맺어 주는지 이해할 수 없을 정도다. 그러니 쌍수를 들어 환영해도 모자랄 판이지만……. 백천이 살짝 눈을 찌푸렸다.

'세상일이 그리 단순하지는 않겠지.'

생각을 정리한 백천이 조금 진중해진 어조로 입을 열었다.

"우선은 잘했다."

"응?"

백천이 청명을 바라보며 진지하게 고개를 끄덕였다.

"당가주님과 어떻게 협의했는지는 모르겠지만, 여하튼 이 정도의 결과를 얻어 낸 것은 잘한 일이다. 고생했다."

"사숙. 뭐 잘못 먹었어?"

"……."

"사천 음식이 입에 안 맞아? 아니면 당가에서 독이라도 풀었나? 왜 안 하던 짓을 하지?"

아니, 이 새끼는 칭찬을 해 줘도? 이마에 핏대를 세운 백천이 심호흡하며 노기를 억눌렀다. 그리고 최대한 차분하게 말했다.

"하지만 아무래도 걸리는 게 있다. 화산은 전통적으로 구파일방과 연대해 왔다. 오대세가와 손을 잡은 역사가 없다는 말이지. 구파일방과 오대세가 사이에 흐르는 미묘한 기류를 네가 모르지는 않을 터."

"뭐, 그야 그렇지."

청명이 어깨를 으쓱했다. 모를 수가 없다. 당가가 화산과 손을 잡기로 한 이유도 결국은 구파일방의 포위망을 돌파하기 위한 것이지 않은가? 같은 정파라고는 하나, 공동의 적이 없어진 구파일방과 오대세가는 이미 서로를 견제하기 시작했다.

"당가와 손을 잡으면 지금의 화산에는 확실히 도움이 될지도 모른다. 하지만 언젠가 화산이 다시 구파와 연대하여 구파일방에 복귀하는 데는 문제가 될 수도 있어. 여기까지 생각하고 선택한 것이냐?"

백천이 진중하게 물었다. 그러자 청명이 묘한 눈빛으로 그를 바라보았다.

"사숙, 그 전에 하나 물어볼 게 있는데."

"음?"

"구파일방에 복귀해서 좋은 게 뭔데?"

"……으응?"

백천이 이게 뭔 황당한 소리냐는 듯이 청명을 바라보았다. 청명의 고개가 삐딱하게 꺾였다.

"좋은 게 있어?"

"그야……."

백천은 잠시 머뭇거렸다. 딱히 생각이 나지 않아서가 아니다. 무엇부터 말해야 할지 감이 서지 않아서다.

"구파일방이라는 명성은 네가 생각하는 이상의 파급력이 있다. 다른 건 다 접어 두고서라도 일단 우수한 제자들을 끌어모을 수 있고, 무림에서의 발언력이 커지지. 그리고……."

"그게 당가와의 동맹 이상의 이득이라고?"

"당장은 당가와의 동맹이 가지는 이득이 더 크겠지. 하지만 동맹으로 선택할 것이라면 아무래도 오대세가보다는 구파일방이……."

"사숙은 자존심도 없어?"

대뜸 날아든 말에 백천이 눈살을 찌푸렸다.

"무슨 소리냐?"

"우릴 구파일방에서 쫓아낸 게 누군데?"

"그야……."

구파일방이지. 그 구파일방 놈들!

"그 새끼들이 우릴 구파일방에서 쫓아냈어. 그런데 이제 힘 좀 세졌다 싶으니까 헤헤대며 다시 구파일방에 한자리 내어 달라고 하겠다고? 옛일은 다 잊고 다시 잘해 보자면서? 아니! 뭔 호구 새끼도 아니고!"

청명이 눈을 까뒤집었다.

'그 새끼들한테 고개를 숙이라고?'

웃기지도 않는 소리! 목숨을 걸고……. 아니! 정말 목숨을 바쳐서 중원을 구해 주었더니, 은혜도 모르고 제 잇속만 챙긴 놈들이 구파일방 아니던가.

태상노군도 이런 일을 겪었으면 들고 있는 지팡이로 대가리를 내리쳤을 것이다. 그런데 태상노군도 아닌 청명더러 이걸 참으라고? 에이. 말도 안 되지.

"이상한 환상 가지지 마, 사숙. 그 구파니 어쩌니 하는 놈들이 정말 필요할 때 서로를 도와주는 관계였다면, 화산이 이 꼴이 되지는 않았을 거야."

백천이 입을 다물었다. 청명의 말에는 조금도 틀림이 없었다. 구파가 조금씩만 도와줬더라도 화산이 이리 몰락하지는 않았을 테니까.

청명은 그 허울뿐인 구파일방으로 다시 복귀할 생각 따위는 추호도 없었다.

'구파고 나발이고 그냥 세면 그만.'

중요한 것은 필요할 때 도움이 될 수 있는 이들이지, 필요하지 않을 때 어깨에 힘을 실어 줄 허울뿐인 관계가 아니다.

"그럼 네 말은, 당가는 과거의 구파일방과 달리 서로 어려울 때 도와주는 관계가 될 수 있다는 거냐?"

청명은 단호하게 답했다.

"그렇게 만들어야지. 얻어 내는 관계 같은 건 없어. 만들어 가는 관계가 있을 뿐이지. 당가는 화산에 도움이 될 수 있는 이들이야."

백천이 가만히 청명을 바라보다 고개를 끄덕였다.

'이놈이 그렇게 판단했다면…….'

백천이 한숨을 내쉬었다. 청명의 의견을 받아들이는 건 사실 그에게도 쉽지 않은 일이었다. 세상에서 가장 신뢰가 가는 놈인 동시에, 세상에서 가장 못 믿을 놈이 청명이니까.

"네 계산으로는 우리가 손해 볼 일은 없다 이거겠지?"

그런데 별안간 청명이 멍하니 백천을 바라보았다.

"……사숙. 어디랑 동맹을 맺는다고 우리가 손해를 보겠어?"

"……."

"자신감이 너무 넘치는 거 아냐? 화산은 이제 막 개털에서 벗어난 문파일 뿐이야. 거지가 금덩이리 하나 주웠다고 부자 되는 거 아니라고."

"끄으으응."

백천이 앓는 소리를 내었다. 솔직히 맞는 말이다. 최근 호재가 겹치고 있긴 하지만, 화산은 여전히 옛 영광을 되찾지 못한 몰락한 문파일 뿐이다. 냉정하게 따져 보면 오대세가 급에서 화산에 먼저 손을 내민다는 것이 말이 안 되는 거였다.

결국 고민에 고민을 거듭하던 백천이 고개를 크게 끄덕였다.

"추진하자!"

"사형!"

"괜찮으시겠습니까?"

백천의 결정에 유이설과 윤종이 목소리를 높였다. 하지만 백천은 단호했다.

"정신 차려. 하필 이 동맹을 물어 온 게 저놈이라 불안한 거지, 이건 무조건 호재다."

"……으음."

"그렇긴 하지만……."

사실 이들에게 이 동맹이 얼마나 큰 이득이 되는가는 그리 중요하지 않았다.

"정말 이런 일을 장문인께 여쭙지 않고 저희끼리 결정해도 되는 겁니까?"

윤종의 물음에 백천이 미간을 찌푸렸다.

"나도 그 생각을 안 해 본 게 아니다. 하지만 일에는 시기도 중요하다. 여기서 시간을 더 끌다가 이 동맹을 망친다면 땅을 치고 후회하게 되겠지. 우선은 내가 장문인께 받은 권한으로 밀어붙인다. 윤종 너는 지금 빨리 동맹의 조건을 서찰로 작성하여 화산으로 보내거라! 청명이 네가 옆에서 확인하고."

"정말 괜찮으시겠습니까?"

"모든 책임은 내가 진다!"

결정을 한번 내린 이상 백천은 물러섬 없이 단호했다. 결국 윤종도 고개를 끄덕였다.

"알겠습니다, 사숙!"

백천이 슬쩍 청명을 돌아보았다. 정말 생각할수록 망할 놈이다. 하지만 믿을 수밖에 없는 망할 놈이다.

사문의 어른들이라면 어떻게 했을까?
— 으음. 보통 일이 아니구나. 시간을 두고 고민을 해 봐야…….
— 고민은 무슨 얼어 뒈질 고민입니까! 천하의 당가가 우리랑 동맹을 맺어 준다는데! 어디 우리가 조건을 고민합니까! 청명이 놈이 어련히 알아서 했으려고요! 괜히 애가 물어 온 일에 초 치지 마시고, 당장 수결부터 쓰십시오!

머릿속으로 그려 본 백천의 표정이 개운해졌다.
'문제가 생긴다고 해도 현영 장로께서 해결해 주시겠지!'
일단 청명이 얻어 왔다면 묻지도 따지지도 않고 날름 삼킬 양반이 아니던가! 이번 일도 그 범주에서 크게 벗어나지 않을 것이다.
"그럼 이제 당가의 일은 마무리가 된 건가?"
"응. 이제 운남으로 가야지."
청명이 조걸을 향해 시선을 던지며 물었다.
"사형. 운남으로 가는 상행은 준비가 끝난 거지?"
그러자 그때 조걸의 표정이 살짝 묘해졌다.
"처, 청명아. 그게 말이다."
"응? 왜? 벌써 출발했어?"
조걸의 이마에 식은땀이 방울방울 맺혔다.
"어, 없대."
"응?"
"상행이 없대."
"……뭔 소리야. 지난번에 운남으로 가는 상행이 곧 출발한다고 빨리 합류하라고 했었잖아."
"그게…… 알고 봤더니, 아버지가 우릴 빨리 성도에서 달아나게 하려고 거짓말하신 거래. 대충 상인들 모아서 바깥으로 보내고 성도에서 멀리 떨어지면 상황을 설명하려고 하셨대. 그러니까……."

"아, 가짜 상행이었다?"

"그, 그렇지."

조걸이 청명의 눈치를 살폈다. 조평이 거짓말한 걸 알았으니 이 패악무도한 놈이 또 어떻게 나올지, 벌써 등 뒤가 식은땀으로 축축했다.

그런데 의외로 청명의 반응은 선선했다.

"거, 진짜 상인이시네. 그 상황에서도 거짓말을 해서 상황을 모면하려고 하다니."

……이거 칭찬인가? 욕인가?

"뭐. 자식이 걱정되면 그럴 수도 있지. 여하튼 그럼 운남으로 가는 상행이 아예 없다는 거야?"

"아니, 아냐! 있기는 있어. 그런데 운남과 거래가 워낙 제한적이다 보니 다음 상행이 출발하려면 적어도 한 달은 더 걸린다고 하시더라."

"그걸 좀 당기면 안 되나?"

"최대한 빨리 당겨도 그 정도래."

"으음, 그러면 너무 늦는데……."

청명이 뒷머리를 두어 차례 긁적였다. 이미 당가에서 시간을 많이 지체했다. 화산에서 목이 빠지도록 기다릴 장문인과 장로님들을 생각하면 이 이상 시간을 지체하기는 어렵다. 백천 역시 비슷한 생각인지 눈살을 찌푸렸다.

"혹여 다른 상행을 알아볼 수는 없느냐?"

"그게, 쉽지 않습니다. 운남으로 가는 상행은 굉장히 제한적입니다. 소수의 상단만 참여할 수 있는 데다가, 일이 조금만 잘못되어도 다시는 운남으로 갈 수 없게 됩니다. 그런 상행에 뒷일을 꾸미고 싶어 하는 곳은 없을 겁니다."

"으으음. 그렇구나."

이 이상 사해상회에 부탁을 하는 건 도리가 아니다. 조걸의 아버지에게 너무 많은 부담을 주게 된다.

"그럼 어떻게……."

"뭐, 그럼 어쩔 수 없지. 자체적으로 해결하는 수밖에."

모두의 고개가 청명에게로 돌아갔다.

"어떻게 하려고?"

"걱정하지 마. 뭐 별것도 아닌 일인데."

청명이 씨익 웃었다.

"이럴 때 도와주는 게 친구 아니겠어?"

쾅! 하는 소리가 울리고, 당군악이 눈을 질끈 감았다.

이곳은 사천당가의 가주 집무실이다. 당가에 성격 급한 놈들이 어디 한둘이겠냐마는, 감히 사천당가 가주의 집무실 문을 저딴 식으로 열고 들어오는 놈은 있을 리 없다. 그것도 기별도 넣지 않은 채로 말이다. 그렇다는 건…….

"조건이 하나 더 있어요!"

당군악은 슬그머니 눈을 뜨며, 문을 차고……. 아니, 문을 열고 들어온 이를 바라보았다.

"또 뭐……."

"아니, 조건이 아니라 부탁이라고 하죠! 운남으로 가는 상행을 하나 알아봐 주세요. 거기 껴서 운남에 들어갈 생각이거든요!"

"……."
"시간 없으니까 얼른 준비해 주세요! 부탁드릴게요!"
아무래도 섬서에서는 '부탁'이라는 말이 사천과 다르게 쓰이는 모양이었다. 부탁하는 놈이 저리 목 뻣뻣하게 쳐들고 외쳐 대니 말이다.
"……운남까지만 가면 되는 건가?"
"아니요. 깊이 가야 해요! 야수궁 있는 데까지요!"
청명이 말을 잃은 당군악을 보며 배시시 웃었다.
"쉽지 않은 일이라고는 하던데. 그래도 당가라면 할 수 있겠죠? 에이, 그래도 당간데. 설마."
"……."
"가능하죠?"
"……여라."
당군악의 얼굴에 혼이 빠져나갔다.
"……차라리 나를 죽여라, 이 썩을 인간아."
난생 처음으로 가주의 자리에 오른 것을 후회하는 당군악이었다.

• ❖ •

"가주께서는 대체 무슨 생각을 하시는 것이외까?"
노골적인 힐난이 쏟아졌다. 피로를 느낀 당군악이 표정을 굳혔다.
'망할 늙은이들.'
당가는 피로 이어진 문파다. 때로는 그 사실이 당가를 다른 문파와는 다른, 특별한 곳으로 만들어 준다. 철저하게 혈족 중심인 만큼, 타 문파와는 비할 바 없는 끈끈함을 발휘하니까.

하나 반드시 좋은 점만 있는 것은 아니다. 혈족 중심이라는 것은 결국 나이가 든 이들의 발언권이 강해진다는 뜻이다. 평범한 문파라면 일선에서 물러나고 자신만의 무학을 완성해 나갈 이들이 어른, 또는 가족이라는 이름으로 사사건건 모든 일에 관여하려 든다. 바로 지금처럼 말이다.

일선에서 물러난 당가의 장로들은 태상장로라는 직함을 얻고, 가주에게 조언하는 위치에 선다. 그들이 모인 곳이 바로 당가의 원로원이다.

과거의 원로원은 그저 당가의 가주에게 조언해 주는 기관에 불과했다. 하지만 세월이 흐르면서 어느새 가주와 대등한……. 아니, 그 이상의 발언력을 가지기 시작했다.

아무리 가주가 가문 내에서 절대적인 권한을 가진다고는 하나, 백부와 숙부들을 상대로 권한을 휘두르는 데는 한계가 있는 법이니까.

"화산과 동맹이라니. 무당도, 종남도 아니고 화산이라니! 대체 무슨 생각을 하시는 겁니까, 가주!"

장로 중 하나가 버럭버럭 언성을 높이자 당군악이 눈살을 찌푸렸다. 그래도 가주라고 존대어는 사용해 준다. 하지만 저걸 정말 존대라고 할 수 있을까?

밀려드는 언짢음을 참지 못한 당군악이 막 한 소리를 하려 했다. 하나 그가 입을 열기도 전에 흘러나온 누군가의 나직한 음성이 격해지는 분위기를 내리눌렀다.

"흥분을 가라앉히고 우선은 가주의 말을 들어 보도록 하세."

"하나, 원주님!"

"내 말이 들리지 않는가?"

"……죄송합니다."

원로원주 당외(當巍)가 주위를 찍어 누르고는 당군악을 바라본다.

"가주, 이제 말씀해 보시지요. 무슨 생각을 하시는 게요?"

느긋하게 물어 오는 목소리에 여유가 잔뜩 묻어 있었다. 당군악이 살짝 목을 가다듬었다. 목소리에 적의가 묻어나지 않도록 말이다.

"화산은 충분히 동맹의 가치가 있는 문파입니다."

차분한 대답에, 당외는 당군악을 보며 빙그레 웃었다. 하지만 눈빛은 싸늘하기 그지없었다. 그가 느리게 말했다.

"기이한 일이외다. 가주의 혜안이 흐려진 것은 아닐진대, 어찌 그런 평가가 나오는지 모르겠구려. 내가 모르는 사이 화산이 다시 옛 명성을 되찾은 것이오? 그게 아니면……."

명백한 조롱이 섞인 목소리가 울렸다.

"내가 모르는 사이 당가가 그만큼이나 추락한 것이외까?"

하지만 그 진의를 알면서도 당군악은 그저 냉정한 어투를 유지할 뿐이었다.

"다시 말씀드리지만 저는 화산의 가능성을 보았습니다."

허공에서 두 사람의 눈이 마주쳤다. 한 사람은 당가를 대표하는 당가의 가주. 그리고 다른 한 사람은 당가의 원로들이 모여 있는 원로원의 원주. 당가에서 가장 큰 권한을 가진 두 사람이 무겁게 서로를 바라보았다.

"좋습니다. 화산은 그렇다 치고. 당패를 소가주의 자리에서 폐했다고 들었소이다."

이 이야기도 나올 것이라 예상은 했던 당군악이 가만히 고개를 끄덕인다.

"가주 홀로 결정한 것이오?"

당군악이 대답 없이 당외를 바라보았다. 그리고 담담하게 고개를 끄덕였다.

"그렇습니다."

"그만한 대사를 가주 홀로 결정했다는 말이오?"

"그럼 당패를 다시 소가주의 자리에 올리면 만족하시겠습니까?"

"가주, 이 모든 것은 당가의 미래를 걱정하는 마음에서 드리는 말이외다. 우리가 잇속을 챙기자고 이러는 것이 아니잖소이까?"

날 선 반응에도 당외는 빙그레 웃음 지을 뿐이었다. 당군악이 살짝 입술을 깨물었다.

'권력에만 눈이 먼 늙은이들 같으니.'

저들이 정말 당가를 위해서 살아가는 이들이라면 당군악 역시 저들에게 마땅히 존중을 보였을 것이다. 하지만 원로원은 이미 예전에 변질되었다. 사천에서 더 뻗어 나갈 희망을 잃어버린 이들은 가문 내의 권력을 나눠 먹는 데만 혈안이 되어 있다. 그게 설령 가주의 권한을 제한하는 길이더라도 말이다.

"먼저 연유라도 들어 봅시다. 왜 당패를 폐한 것이오?"

"어울리지 않아서입니다."

"어울리지 않는다?"

당군악이 단호하게 말했다.

"예. 사천당가의 가주라는 중임을 감당하기에 걸맞지 않은 그릇이라 판단했습니다. 그럼 차라리 하루라도 빨리 소가주의 자리에서 내려오는 것이 낫습니다. 또한 그것이 당패에게도 나을 겁니다."

"그럼 새 소가주로는 누굴 올릴 셈이오?"

"그의 동생들 중 하나가 되겠지요."

순간 당외의 눈이 가늘어졌다.

'건방이 하늘을 찌르는군.'

그는 과거 소가주의 자리에 올랐다가 선대의 판단으로 동생에게 자리를 내어 주고 물러난 적이 있다. 그 동생이 바로 당군악의 아비였다. 우연인지, 노린 건지는 알 수 없으나, 지금 당군악의 말은 당외의 아픈 부분을 찌르고 있었다.

"당패 정도면 충분히 그릇이 아니외까?"

당군악은 단호히 고개를 내저었다.

"부족합니다."

"⋯⋯당패는⋯⋯."

"예. 예전이었다면 저도 당패의 그릇을 논하며 소가주의 자리에서 내리는 일은 없었을 겁니다. 하나! 당패로는 만족할 수 없게 하는 이를 제 눈으로 본 이상, 타협은 있을 수 없습니다."

당군악이 씹어뱉듯 말하자 당외가 물었다.

"화산신룡을 말하는 거요?"

"그렇습니다."

당외가 흥미롭다는 듯 당군악을 바라보았다. 눈빛이 요사스레 빛났다.

"소가주의 능력을 무엇보다 우선시하겠다는 것 같구려. 맞소이까?"

"정확합니다."

당외가 의미심장하게 미소를 지으며 물었다.

"그러면⋯⋯ 굳이 가주의 자식이 아니어도 된다는 뜻 아니겠소?"

당군악의 눈가가 꿈틀했다. 이는 무척 민감한 부분이다. 당외가 알면서도 건드린 게 눈에 보였다. 하지만 여기서 부정해 버린다면 자신의 말

그냥 제 변덕이라고 해 두죠 335

을 번복하는 처사가 된다.

"당씨 성을 쓰는 능력 있는 아이라면 누구라도 소가주가 될 수 있습니다."

당외가 가만히 고개를 주억거렸다.

"내 가주의 넓은 뜻에 실로 감탄했소. 그 말 하나로 가주는 이 모든 일이 사사로운 욕심에서 비롯된 것이 아니라는 사실을 증명했소이다."

당외가 당군악의 손을 들어 주었다. 하나 당군악은 이게 절대 자신을 지지한다는 의미가 아님을 알고 있다.

"그렇다면 가주께선 당가의 아이 중 화산신룡을 넘는 이가 나온다면 그를 소가주의 자리에 올리는 것에는 이견이 없으시겠지요?"

아니나 다를까, 당외는 노골적으로 속내를 드러냈다. 당군악이 대답 없이 바라만 보자 당외가 말을 이었다.

"듣자 하니 지금 당가에 와 있는 청명이라는 아이가 천하제일 후기지수로 불린다지요."

"……그렇습니다."

"그렇다면 그 아이보다 좋은 잣대는 없겠지요. 어떻습니까? 그 아이와 비무를 벌여, 이기는 아이를 소가주의 자리에 올리면 되지 않겠습니까?"

당군악이 피식 웃고 말았다. 평소의 그라면 가문의 어른들 앞에서 이런 웃음을 보인다는 건 있을 수 없는 일이었을 것이다. 하지만 지금은 도무지 웃지 않을 수가 없다.

"가주?"

"원로원주께서 굉장히 큰 착각을 하시는 모양입니다만, 지금 당가에 화산신룡을 당해 낼 수 있는 아이는 아무도 없습니다."

당군악이 노골적으로 조소하며 말하자 당외가 비릿한 미소를 흘렸다.

"아, 가주가 그 아이에게 망신을 당했다는 이야기는 나도 익히 들어 알고 있소이다. 하지만 가주께서 아는 것이 전부라 생각지 마시오. 당가의 아이들은 결코 약하지 않소."

당군악이 단호하게 입을 열었다.

"빙빙 돌리실 것 없습니다. 본론만 말씀하시지요."

시퍼렇게 날이 선 말에 당외가 살짝 눈살을 찌푸렸다.

"가주께서 그리 말씀하신다면, 이 늙은이도 더는 말을 돌릴 수 없겠구려. 어떻습니까? 그 청명이라는 아이와 당학이 녀석을 맞붙여 보는 것이."

"……당학을 말입니까?"

"그렇소이다. 당학이가 이긴다면 당연히 소가주의 자리에 오를 자격이 있는 것 아니겠소이까?"

당군악의 입꼬리가 미세하게 비틀렸다.

"어지간히 당학을 소가주로 만들고 싶으신 모양이십니다. 손자라 해서 특별 대우를 하지는 않으시겠다더니?"

"능력만을 본 것뿐이오."

"그 아이의 능력이 감히 화산신룡을 넘을 수 있을 것 같으십니까?"

"당가의 가주라는 사람이 그리 제 식솔을 믿지 못해서야 되겠소이까?"

비수 같은 말들이 서로를 향해 날아들었다. 잠깐의 신경전 끝에 당군악이 조소를 머금고 말했다.

"좋겠지요. 하나…… 도박에는 판돈이 필요한 법이고, 도전에는 대가가 따르는 법이지요. 한 가지 내기를 추가하는 건 어떻겠습니까?"

"내기?"

당군악이 단호하게 말했다.

"예. 만약 당학과 화산신룡의 비무에서 당학이 승리한다면 소가주를 임명할 권한을 원로원에 드리겠습니다."

"허?"

당외가 눈을 살짝 크게 떴다. 이 말인즉, 당학이 이긴다면 굳이 당학이 아닌 누구라도 원로원 마음대로 소가주로 만들 수 있다는 뜻이다. 소가주는 결국 이다음 가주가 될 이. 이는 즉 가주 임명권을 원로원에 넘긴다는 말과 다르지 않다.

"대신 화산신룡이 승리한다면, 제가 가주 자리에서 물러날 때까지 원로원의 간섭은 받지 않겠습니다."

"으으음."

"어떠십니까? 정말로 이 내기를 수락할 자신이 있으십니까?"

워낙 큰 이야기가 오고 가니 잠자코 듣고만 있던 장로들이 숙덕대기 시작했다.

"어찌 이 큰일을 그리 사사로이……."

"이건 위험합니다. 서로에게 위험해요."

그러나 당외는 생각이 조금 다른 모양이었다.

"좋소이다."

"허억! 원주님!"

주위의 만류에도 당외는 조금도 흔들리지 않았다. 당군악이 가만히 그를 바라보다 고개를 끄덕였다.

"그럼 그리 알고 가겠습니다. 비무는 내일 당장 하는 걸로 하시지요."

"그리하시오."

"그럼."

당군악이 살짝 고개를 숙이고는 휙 몸을 돌려 대전을 빠져나갔다. 그가 사라지자 원로원의 장로들이 술렁이기 시작했다.

"괜찮겠습니까? 까딱하다가는……!"

"까딱하다가는? 당학이가 화산신룡에게 지기라도 한다는 뜻인가?"

"……아, 그, 그런 게 아니옵고……."

"한심한 놈들 같으니."

당외가 영 마음에 안 든다는 듯 고개를 내저었다.

"기회란 주어지는 것이 아니라 만드는 게지. 지금 이때가 아니라면 또 언제 가주의 힘을 뺄 기회가 오겠는가?"

"그렇긴 합니다만……."

당외는 슬쩍 주변을 돌아보고는 속으로 혀를 찼다. 죄 한심한 것들이다. 다들 당장 품에 떨어질 작은 이득에만 눈이 벌게져 있으니 큰일을 도모하지 못하는 것이다. 이런 것들을 데리고 일을 치른다는 것이 걱정이기는 하지만…… 도리가 없다. 어차피 완전한 기회 따위는 절대 오지 않는다. 인생의 끝자락에 도달해서야 겨우 얻은 깨달음이 아니던가? 큰일을 이루고 싶다면 어설퍼 보이는 기회에도 모든 것을 걸고 달려들 줄 알아야 한다.

'내 손자를 가주로 만들 수 있는 마지막 기회다.'

당외는 절대 이 기회를 놓치지 않을 생각이었다. 그의 손자가 소가주 자리에 올라, 이윽고 가주의 자리를 계승하게 되어야만 그는 편히 눈을 감을 수 있을 것이다.

"하나, 당학이가 화산신룡을 당할 수 있겠습니까? 그 아이가 괜히 천하제일 후기지수로 불리는 게 아닐 텐데요."

"걱정하지 말게나. 내 그 화산신룡이라는 아이를 얕보고 있음이 아닐세. 아무리 가주가 손속에 사정을 두었다고는 하나, 그 가주를 패하게 만든 아이일세. 추호의 방심도 있을 수 없지."

"하면 어찌……?"

"첫째로, 그 화산신룡이라는 아이는 가주와의 비무에서 큰 부상을 입었네. 그 부상이 벌써 나았을 리는 없지."

"으음. 확실히 그렇습니다."

"둘째로, 그 아이가 상대한 것은 당가의 암기뿐일세. 진짜 당가의 힘을 겪어 본 적이 없다는 뜻이지."

장로들이 고개를 끄덕였다. 당가의 진정한 힘. 그게 무엇을 의미하는지 모를 이는 이 자리에 없다. 순간 당외가 섬뜩한 눈빛으로 모두를 훑어보았다.

"마지막으로! 필요하다면 어떤 수를 써서라도 결과를 만들어 낸다. 그게 당가의 방식이 아니던가?"

"……."

"그 아이가 비무장에나 설 수 있으면 좋겠군. 그도 좋은 구경거리가 될 테니 말이야."

당외의 말이 무엇을 의미하는지 이해한 장로들이 서로를 돌아보았다. 약간의 죄책감과 약간의 민망함이 어려 있었다.

하지만 잠깐 드러났던 그 감정들은 이내 스멀스멀 흘러나온 욕망에 뒤덮여 버렸다.

"모두 걱정하지 말게나. 그 화산신룡이라는 아이는 제 발로 당가에서 걸어 나갈 수 없을 테니까."

당외가 비릿한 미소를 흘리며 생각했다.

'개인적인 원한은 없다만, 하필 이 시기에 당가를 방문한 것이 네 불행이라 생각하거라.'

　　　　　◆ ◈ ◆

"거기 좀 서 보라니까요!"
"아니, 뭐 저런 찰거머리가 다 있어!"
학을 떼며 달아나는 청명의 뒤로, 당소소가 쫓아오고 있었다. 실로 어마어마한 기세였다.
무척이나 괴이한 일이었다. 물론 당소소는 당가 가주의 딸이니 비전은 전수받지 못했다 해도 무학의 기초가 아주 없지는 않을 것이다. 빠른 경신법을 사용한다고 해도 이상할 건 없다.
괴이한 건 그게 아니다.
'뭔 사람이 치마를 입고 저리 빨리 뛰어!'
움직이기도 힘들어 보이는 화려한 궁장에 머리 장식을 저만큼이나 꽂고 저 속도로 달리는 건 천하의 청명도 엄두를 못 낼 일이다. 할 수 있는가 할 수 없는가를 떠나서 하고 싶지도 않다!
"거기 좀 서 보라니까요!"
"……."
"여기서 도망가면 끝일 것 같죠? 내가 화산에 가서 죽일 거야!"
"끄으으으응!"
청명은 결국 한숨을 푹 내쉬고는 그 자리에 멈춰 섰다. 그리고 몸을 획 돌려 당소소를 바라보았다.
"드디어 섰네."

당소소가 청명의 앞까지 와서 깊게 숨을 내쉬고는 허리에 둘러맨 작은 봇짐 같은 것에서 뭔가를 꺼내 들었다. 청명은 순간 저도 모르게 눈을 휘둥그레 떴다.

그녀가 꺼낸 건 물통이었다. 물통과 잔을 꺼낸 당소소가 잔에 차를 따라 내밀었다.

"드세요."

"……이게 뭔데?"

"시원한 차예요. 도망치느라 목이 타실 테니 한잔 시원하게 드세요."

청명이 눈을 껌뻑였다. 보통 사람을 쫓아오면서 이런 걸 준비하나? ……얘 진짜 특이하네?

"얼른요."

"아."

청명은 얼결에 당소소가 내민 차를 받아 들고는 쭉 들이켰다.

"크으!"

일단 시원하긴 했다. 그 모습을 본 당소소가 환한 미소를 지었다.

"시원하죠?"

"으음."

"자, 그럼 이제 허심탄회하게 이야기 좀 해요! 제 어디가 싫어서 그렇게 도망 다니시는 거예요?"

청명은 슬쩍 인상을 찌푸렸다.

'네가 무서운 게 아니라 혼인이 무서운 거지!'

보통은 이런 정략혼 이야기가 나오면 여자 쪽에서 울고불고 싫다고 난리를 치는 경우가 더 많은데 너는 왜 이렇게까지 적극적이냐고! 사람 입장 곤란하게!

"제가 못생겼어요?"

"어……. 그건 아니고."

"성격이 나빠 보여요?"

"그렇게 보이지는 않네."

"그런데 왜 자꾸 그렇게 도망가요? 이런 혼처도 흔치 않다니까요! 얼굴 예쁘지! 성격 좋지! 집안 탄탄하지!"

그렇긴 하지. 과하게 탄탄하지. 물론 남이면 껄끄럽지만, 처가로 둘 수 있다면 당가만큼 좋은 곳도 없……. 아악! 빌어먹을! 처가는 얼어 죽을 놈의 처가!

"저기, 나는 정말 혼인하고 싶은 생각이 없거든?"

"다들 그래요. 그러다가 마음 바뀌는 거죠."

"나는 도사거든?"

"화산은 혼인이 허락된다고 들었는데요?"

"그렇긴 하지만 나는 마음이 없다니까?"

청명이 단호하게 말했다.

"어차피 피차 잘 알지도 못하는 사이인데, 괜히 쓸데없이 시간 낭비하지 말고 더 좋은 혼처를 알아봐. 나는 절대 그쪽이랑 잘해 보고 싶은 마음 없으니까."

그러자 당소소가 묘한 눈길로 청명을 바라보았다.

"그게 아니죠?"

"응?"

"그 사고인가 하는 그 사람한테 마음이 있는 거죠?"

"……어?"

당소소가 검지로 청명을 가리켰다.

"그래서 절 밀어내려는 거죠?"

와. 얘는 혼자서 어디까지 가나?

"뻔하지! 그 여자는 예쁘니까! 남자가 미인을 마다할 리가 없지!"

청명이 한숨을 푹푹 내쉬었다.

'내가 나이가 몇인데, 이것아!'

미인? 아, 미인 좋지! 근데 내가 혼인을 했으면 내 손녀가 니들 할머니뻘이거든? 뭘 해도 손녀가 재롱떠는 걸로밖에 안 보이는데, 뭐? 미이이인?

청명은 허탈하게 웃어 버렸다. 하기야 말해 본들 그 누가 그의 상황을 이해하겠는가?

청명이 대답하지 않자 당소소가 그것 보라는 듯이 턱을 쳐들었다.

"내 말 맞죠?"

"……말을 말아야지."

청명이 한숨을 푹 내쉬었다.

"어쨌든 나는 혼인이고 나발이고 전혀 생각 없으니까, 자꾸 귀찮게 쫓아다니지 말고 다른 데 알아봐."

"그런다고 제가 포기할 것 같아요? 나도 필사적이라고요! 어떻게든 내 매력을 알게 해 주겠어요!"

"……쥐톨만 한 게."

"내가 너보다 연상이거든?"

당소소가 제법 매섭게 눈을 부라렸다. 청명이 그 모습을 보며 다시 한번 한숨을 내쉰다.

'그냥 패 버릴 수도 없고.'

아무리 그래도 그냥 귀찮다는 이유로 사람을 팰 수는 없지 않은가? 아닌가. 생각해 보면 이유가 되는 것 같기도 하고…….

- 에라이! 이 천하의 망종 놈아!

"아! 안 패요! 안 패!"

"네?"

"……아니. 아무것도."

청명이 손을 내저으며 몸을 뒤로 뺐다.

"여하튼 나는……."

"도망가지 말고 이리 와요. 오늘은 좀 찬찬히 이야기해 보자고요. 성도에 좋은 찻집 있는데, 거기 가서 차도 한잔하고, 지는 저녁노을도 같이 보다 보면 없던 연심도 생길 거예요."

아니, 싫다고! 나는 연심 없어도 된다고!

청명이 파랗게 질려서 몸부림치던 그 순간이었다.

"……누님."

당소소가 고개를 획 돌렸다. 당잔이 조금 겸연쩍은 표정으로 다가오고 있었다.

"가주님께서 청명 소협을 찾으십니다."

"응? 하필 지금?"

당소소가 눈살을 살짝 찌푸렸다. 그리 급한 일 아니면 나중에 데려가라는 의미다. 하지만 당잔은 조금 굳어진 표정으로 단호하게 말했다.

"중요한 일인 모양입니다."

그러자 당소소가 아쉽다는 듯 청명을 보며 입맛을 다셨다.

"정말 그렇게 급한 일이시래?"

"촌각을 다툰다고 하셨습니다."

"휴, 할 수 없지. 잔아."

"예, 누님."

"너는 청명 소협을 아버님께 모셔 갔다가 도망치지 못하게 잘 잡아서 내 처소로 데리고 와."

"……."

"알았어?"

"넵."

당소소가 고개를 끄덕이고는 청명의 앞길을 터 주었다. 그리고 당부의 말도 잊지 않았다.

"어디 딴 데로 새지 말고 꼭 와야 해요!"

청명은 아예 넋이 나간 얼굴로 당잔을 따라나섰다. 당잔이 안쓰럽다는 표정으로 그런 그를 슬쩍 바라보았다.

"힘드시죠?"

"……니야."

"예?"

"……당가 것들은 하나같이 제정신이 아니야."

……반박할 수 없어서 서글픈 당잔이었다.

그렇게 멀어져 가는 두 사람의 뒷모습을 바라보던 당소소가 지그시 입술을 깨물었다.

촉박하다. 이제 곧 청명은 당가를 떠날 것이다. 사람이 이리도 간절하게 잡는데 저 정도로 반응이 없다면, 청명이 당가를 떠나는 순간 가능성은 완전히 사라진다고 봐야 한다.

"어떻게든 해야 하는데……."

"그거론 안 돼."

"헉!"

등 뒤에서 들려온 목소리에 기겁한 당소소가 몸을 획 돌리며 머리의 장식을 순간적으로 움켜잡았다. 하지만 이내 그 목소리의 주인공이 아는 사람이라는 것을 확인하고 한숨과 함께 손을 내렸다.
 "……무슨 일이세요?"
 "이야기."
 "네?"
 유이설이 당소소를 보며 단호하게 말했다.
 "이야기를 할 필요가 있어."
 ……어……. 조금 이상한 사람 같은데?

 연못에 떨어진 돌이 커다란 파문을 만들어 내었다. 당소소는 번져 가는 물결을 가만히 바라보다가 입을 열었다.
 "알아요. 좀 추하죠?"
 "……."
 "그런데 나라고 좋아서 매달리는 거 아니거든요? 그쪽 남자한테 찝쩍대는 것 같아서 인간적으로 미안하긴 한데……."
 "사질."
 "네?"
 "사질이야."
 당소소가 슬쩍 고개를 돌려 유이설을 바라보았다. 무표정한 얼굴 탓에 무슨 생각을 하는지 짐작하기 어려웠다.
 다만 같은 여자가 보기에도 감탄이 나올 정도로 아름답다는 생각이 들 뿐이다.
 "아무 관계도 아니라고요?"

"그래."

"당신처럼 아름다운 여자가 있는데 아무런 관심도 안 보인다고요?"

"무공이 나아지는가에는 관심이 있어."

"……세상에."

아무리 도사라지만 그게 정말 가능한 일인가?

"에휴, 글렀네. 내 팔자야."

유이설의 말대로라면 청명은 애초에 여자에 아무 관심이 없는 사람이다. 그런 이를 꼬드겨서 혼인을 할 수 있을 리가 없다. 당소소가 한숨을 푹푹 내쉬었다.

그때 유이설이 그녀를 빤히 바라보더니 말했다.

"그쪽도 감정이 없기는 마찬가지."

"……."

"아냐?"

정곡을 찌르는 말이었다. 당소소가 고개를 작게 끄덕였다.

"아, 다만 오해는 마세요. 이용하려던 건 아니니까. 저는 혼인을 하게 되면 정말 최선을 다할 생각이었어요."

"그렇게 보여."

"이젠 다 날아가 버렸지만."

유이설이 가만히 당소소를 보며 입을 열었다.

"왜 집착해? 혼인."

"네?"

"충분할 것 같은데? 굳이 혼인에 얽매이지 않아도."

당소소가 피식 웃고 말았다. 확실히 바깥에서 보는 사람들의 눈에는 그리 보일 것이다.

"당가가 어떤 곳인지는 알아요?"

"……."

"당가의 율법은 지엄하기 짝이 없어요. 제가 여기서 선택할 수 있는 길은 단 하나뿐이에요. 당가가 원하는 곳으로 시집을 가는 것. 지금 제가 하고 있는 건 그에 대한 최소한의 반항 같은 거죠. 어차피 강제로 시집보내질 처지라면 혼처라도 내가 택하겠다는 거예요. 가문도 마음에 들어 할 곳으로."

"다른 방법은……."

"다른 방법 같은 건 없어요. 여기는 사천당가예요. 사천당가의 여자는 비전을 배울 수도 없고, 당가의 무인으로 살아갈 수도 없는 반쪽짜리에 불과하죠. 특히나 가주의 딸이라면."

당소소가 담담히 어깨를 으쓱했다.

"뭐 그렇게 엄청난 불만을 품고 살았던 건 아니에요. 가주의 딸이라는 신분 덕에 그래도 지금까지 호의호식했으니까. 이건 그 대가라고 생각하면 조금은 마음이 편하죠. 다만……."

당소소가 연못에서 시선을 들어 먼 하늘을 바라보았다.

"다만 그저……."

말끝이 흐려지더니 이내 나직한 한숨이 새어 나온다. 노을빛에 붉게 물든 당소소의 얼굴을 바라보던 유이설이 담담하게 입을 뗐다.

"길은 있어."

"……네?"

"길은 언제든 있어. 갈 생각을 하지 못하는 것뿐."

당소소가 살짝 입술을 깨물었다.

"다 안다는 듯이 말씀하시는 건 그만둬 주실래요? 저는 지금 적당한 위안이 필요한 게 아니거든요?"

"열어 줄게, 그 길."

당소소가 살짝 눈을 크게 뜨고 유이설을 멍하니 보았다. 길을 열어 준다고? 유이설이? 가능한가 아닌가를 떠나서 더 큰 의문이 생겼다.

"왜 저를 도와주시려는 거죠?"

"나도 그랬으니까."

길이 보이지 않았다. 아무리 노력해도. 아무리 애를 써도. 하지만 그녀의 길은 어느 날 갑자기, 화산에 제 발로 굴러 들어왔다. 세상에서 제일 괴팍한 길이 말이다.

이제 그녀는 적어도 길을 찾아 헤매지는 않는다. 그러니…….

"다를 것 없어."

유이설이 단호한 표정으로 당소소를 바라보았다.

"적어도 다른 선택을 할 수는 있을 거야."

유이설을 빤히 바라보던 당소소가 손을 뻗었다. 그러자 유이설이 그녀의 손을 잡아 일으켰다.

"영 미덥지 않은데."

"밑져야 본전."

"그렇긴 하죠."

당소소가 싱긋 웃었다.

"그런데 하나 물어도 돼요?"

"물어."

"정말 아무 관계도 아니에요?"

"……."

"정말? 진짜?"

유이설이 나직이 한숨을 쉬고는 몸을 돌려 처소로 향했다.

"진짜 아니라고? 진짜?"

아무래도 집요하게 달라붙는 것은 상대를 막론한, 당소소의 특성인 모양이었다.

14장

잘 가게나, 친구들

문을 타악 소리 나게 닫은 청명이 당군악을 빤히 바라보았다.
"……바빠 보이는군."
"누구 덕분에요."
"……절대 사과하지 않을 테다."
"끄으으응."
청명이 한숨을 푹푹 내쉬고는 당군악의 건너편에 앉았다.
"무슨 일로 부르셨는데요?"
당군악이 잠깐 말을 고르는 듯 길게 숨을 내쉬었다. 그리고 이내 무거운 목소리로 입을 열었다.
"부탁을 하나 해야 할 것 같네."
"네? 부탁이요?"
청명이 눈을 가늘게 떴다.
"와, 그거 상행 하나 부탁했다고! 꼭 하나 받아먹으셔야겠어요?"
"그런 게 아닐세."

당군악이 손을 들어 미간을 꾹꾹 눌렀다.

"말이 나왔으니 그것 먼저 처리하지. 상행은 확보했네. 성도의 화평상단(和平商團)에서 운남으로 상행을 준비하고 있네. 내 거기에 함께 갈 수 있도록 일러뒀네."

"언제요?"

"모레쯤 출발할 모양이더군."

"생각보다 빠르네요. 감사해요."

당군악이 한숨을 내쉬었다.

"그리고…… 내 부탁 말일세. 무슨 일인고 하니……."

당군악이 원로원과 있었던 일을 청명에게 풀어놓기 시작했다. 뺄 건 빼고 더할 것은 더했지만, 상황을 설명하다 보니 그와 원로원 간의 미묘한 알력 문제를 이야기하지 않을 수 없었다.

내심 불안하기는 했지만, 어쨌든 괜찮을 것이다. 청명은 당가와 친우가 되고 싶다고 했다. 진정한 친우라면 서로의 치부마저도 담담히 받아들일 수 있어야 한다.

"……그렇게 된 거네."

이야기를 마친 당군악이 슬쩍 청명의 눈치를 살폈다. 그가 아는 청명이라면 여기서 또 뭘 내놓으랍시고 난리를……. 하지만 당군악은 예상치 못한 광경에 잠깐 움찔하며 몸을 떨었다. 청명의 얼굴에 지금껏 그가 본 적 없는 표정이 떠올라 있다.

청명의 입에서 고저 없는 목소리가 새어 나왔다.

"……그러니까, 원로원의 태상장로들이 가주님의 발목을 잡고 늘어진다는 소리네요."

"말하자면 그렇네."

"발목이라."

청명의 입꼬리가 살짝 비틀렸다.

- 제가 가문 놈들이 하는 말에 사사건건 딴지를 걸 게 아니라 그냥 믿어 주고 밀어주었으면 가문이 좀 더 강해지지 않았을까. 그럼…… 그럼 한 사람이라도 더 살릴 수…….

- 그래서 전쟁만 끝나면 이번에는 가주 녀석을 조금 도와줘 볼 생각입니다. 제가 이름만 태상장로고, 말만 어른이지 그놈들을 제대로 돌봐 준 적이 없잖습니까.

'……물론 네놈이 나를 여기로 이끈 건 아니겠지.'

죽은 이는 죽은 이일 뿐이다. 죽은 이의 의지 같은 건 없다. 그럼에도 청명은 그의 기억 속에 남아 있는 당보의 의지를 무시할 수 없었다.

"부탁이라고 하셨죠?"

"그렇다네."

"그 부탁은 거절하죠."

당군악이 조금 실망한 표정으로 고개를 끄덕였다. 이건 강요할 수 없는…….

"대신!"

"……음?"

청명의 눈이 새파랗게 빛난다.

"선물을 하나 드리죠."

"선물?"

청명이 가만히 고개를 끄덕였다. 다만 이건 청명이 주는 선물은 아니다. 그는 그저 전해 주는 것일 뿐. 이건 긴 시간을 뛰어넘어, 당가의 태상장로였던 암존(暗尊) 당보가 당군악에게 건네는 선물이 될 것이다.

"비무는 예정대로 진행해 주세요. 그리고 그날 제가 무슨 일을 벌이더라도 절대 나서지 마세요."

"……무슨 일을 하려는 건가?"

청명이 씨익 웃었다.

"뭐, 간단하죠. 제가 제일 잘하는 거요."

• ❖ •

"거기 아직 멀었어?"

"빨리빨리 만들어, 빨리!"

"궁보계정은? 아까 전부터 만들라고 했는데 어떻게 된 거야! 부숙수 어디 갔어!"

사천당가의 숙수들은 필사적인 사투를 벌이고 있었다.

"다섯 명이라고 하지 않았어? 이거 이십 인분은 넘게 들어간 것 같은데 뭘 이렇게 더 만들라고 하는 거지?"

"말도 마십시오. 거의 한 명이 다 먹어 치우고 있답니다!"

"이걸 다?"

"그렇다니까요."

"허허. 무슨 아귀라도 붙었나."

숙수들의 손이 더욱 바빠지기 시작했다. 그리고 그 바쁜 숙수들 사이로 한 사람이 자연스러운 걸음으로 끼어들었다. 끼어든 이의 복장을 본 숙수들이 음식 그릇과 술병을 쟁반에 담아 냈다.

"빨리빨리! 식기 전에 나르거라!"

"예!"

고개를 숙여 얼굴을 감춘 이가 음식 쟁반을 받아 들고는 재게 걸음을 옮긴다.

그는 주방에서 빠져나와 슬쩍 주위를 살피고는 품 안으로 손을 밀어 넣었다. 큰 병 하나와 작은 병 하나를 꺼내어 확인한 그가 차갑게 눈을 빛냈다.

– 놈이 술을 좋아한다더군.

작은 병 하나에 든 가루를 궁보계정에 골고루 뿌린 뒤, 다른 병에 든 액체를 술병 안으로 흘려 넣었다. 그리고 아무 일 없었다는 듯한 표정으로 쟁반을 들고는 태연하게 걷기 시작했다.

화산 제자들의 처소에 도착한 그는 살짝 헛기침하고는 지체 없이 안으로 들어섰다.

"오! 왔다!"

"……또 와?"

"이걸 다 먹는 네가 대단한 건지, 이걸 다 주는 당가가 대단한 건지 모르겠네."

내실 중앙에 놓인 탁자에는 깨끗하게 비워진 그릇들이 널려 있었다. 사내가 가져온 음식들을 청명의 앞쪽에 늘어놓았다. 그러고는 주섬주섬 빈 그릇들을 챙겼다.

"크으. 그럼 다시 시작해 볼까?"

청명이 휘파람을 불며 젓가락을 들었다. 그 모습을 보며 백천이 오만상을 찌푸렸다.

"진짜로 또 먹냐? 또?"

"그럼 주는데 먹어야지."

"뭐 걸신이 들렸나? 야, 이 녀석아! 오후에 비무 해야 한다며! 그런 놈이 이렇게 몸을 무겁게 만들어도 되는 거냐?"

"괜찮아, 괜찮아."

"화산도 음식은 잘 나오잖느냐? 왜 이렇게 굶던 사람처럼……."

"사숙."

"응?"

"그건 밥이지."

"그럼 이건?"

"이건 요리고."

……조금 애매모호한 대답이지만 백천은 귀신같이 청명의 말을 이해했다. 아무리 고기를 아낌없이 퍼붓고, 좋은 재료를 쓴다고 해도 화산의 주방에서 나온 음식과 이곳의 음식을 비교할 수는 없다. 사천 최고의 숙수들이 만들어 내는 요리가 아닌가?

"크으. 일단 한 입……. 어?"

청명이 그 순간 고개를 갸웃했다. 그의 시선이 한쪽으로 휙 돌아간다.

"크으! 뭐지? 이 사람 죽이는 냄새는?"

청명의 눈이 새로 내어진 술병에 고정되었다. 뚜껑이 열린 술병에서 기가 막힌 향이 솔솔 새어 나오고 있었다. 지체 없이 손을 뻗은 청명이 술을 입에 콸콸 들이부었다.

"카아아아아아아아!"

"……누구 죽는 소리가 나는데."

"저리도 좋을까."

청명이 눈을 휘둥그레 뜨고 술병을 다시 확인했다.

"와, 뭐 이런 게 다 있지? 진짜 명주구나."

청명이 연신 감탄하니 호기심이 동한 백천이 슬그머니 다가왔다.

"그럼 어디 나도 한 입만……."
"에헤이! 어디 사질 술에 손을 대려고 해! 버릇없이!"
"……이게 미쳤나?"
문파 꼴이 거꾸로 돌아가는구나. 거꾸로 돌아가.
"크. 이 궁보계정은 거의 예술이네, 예술! 여기 있는 숙수들 다 화산으로 데려가고 싶다."
"화산 주방에 고용하게?"
"아니. 내 전용으로."
……원시천존이시여. 왜 저런 것을 화산에 내리셨습니까?
청명이 거침없이 술을 마시고 음식을 골고루 먹어 대는 것을 확인한 사내는 빈 그릇을 들고 조용히 방에서 빠져나갔다. 술을 들이켜던 청명이 입가를 소매로 쓱 문질러 닦은 뒤 술병을 보고는 피식피식 웃었다. 그러더니 충분히 배를 채웠다는 듯 의자에 등을 기댔다.
"아, 과식했다."
"거봐. 내가 적당히 먹으라고 했지."
"괜찮아, 괜찮아. 이 정도야 뭐."
조걸이 탁자를 보며 살짝 눈살을 찌푸렸다.
"그래도 꽤 남았네. 아까운데. 마저 먹어 치워야……."
그 순간 청명의 젓가락이 빛살처럼 조걸의 젓가락을 탁 때렸다.
"그건 내 거야. 사형은 다른 거 먹어."
"……어?"
"이건 당가에서 날 위해 준비한 음식이거든."
청명이 씩 웃었다. 영문 모를 소리에 조걸이 고개를 갸웃했다.

• ◆ •

 화산신룡과 당학이 비무를 벌인다는 소식은 당가 전체에 급속도로 퍼져 나갔다.

 "그 화산신룡과?"

 "당학 공자가 그 정도였나?"

 "에이, 무슨 소린가! 당학 공자가 가주님의 자식이 아니어서 그렇지, 실력 하나는 당가의 젊은 무인 중 최고가 아닌가."

 "그렇긴 하지만…… 그래도 화산신룡인데. 일전에 가주님도 화산신룡과의 비무에서 낭패를 보았다고 하지 않았는가?"

 "그건 가주님이 봐주신 거지. 설마 그분이 어린 화산의 도사에게 실수를 쓰셨겠는가?"

 저마다 생각과 의견은 달랐지만, 다들 이 비무를 자신의 두 눈으로 확인하고 싶어 했기에 비무가 열리는 사천당가의 중앙 연무장은 아침부터 몰려든 식솔들로 인산인해를 이루었다.

 몰려든 이들을 보는 당학의 심장이 빠르게 뛰기 시작했다. 깊이 심호흡하며 떨리는 가슴을 진정시킨 그는 소매 안에서 주먹을 불끈 쥐었다. 그때였다.

 "긴장할 것 없다."

 들려온 목소리에 당학이 고개를 획 돌렸다. 할아버지이자 원로원의 원주인 당외가 다가오고 있었다.

 "원주님을 뵙습니다."

 "쓸데없이 힘줄 것 없다. 할아버지라 부르거라."

 "예! 조부님."

당외가 가만히 미소 지었다.

"자신은 있느냐?"

"소손이 그동안 노력을 게을리해 온 것은 아니나…… 상대는 천하제일 후기지수로 불리는 화산신룡입니다. 솔직히 이길 수 있을지 확신이 서지 않습니다."

"쯧쯧쯧. 못난 놈. 저보다 열 살은 어린 아이에게 겁을 먹었단 말이더냐?"

"자신이 없는 것은 아니지만……."

"걱정할 것 없다. 설마 내가 하나뿐인 손자인 너를 사지로 보내기야 하겠느냐? 화산신룡은 약 먹은 닭처럼 골골댈 테니, 시간 끌지 말고 때려잡거라."

당외가 비릿한 미소를 지었다. 당학은 조금 당황했다.

"예? 그걸 어찌……."

"단!"

당외가 눈을 매섭게 빛내며 속삭였다.

"살려 둬서는 안 된다."

그제야 당외의 말을 이해한 당학이 천천히 고개를 끄덕였다. 이윽고 그의 입가도 뒤틀리며 비열한 웃음이 배어났다.

"무슨 말씀이신지 알겠습니다. 걱정하지 마십시오. 그놈이 영원히 입을 열지 못하게 만들겠습니다."

"그렇지. 장부는 독해야 할 때도 있는 법이다."

두 조손이 서로를 마주 보며 닮은 미소를 지었다.

"이번 일만 잘되면 너는 소가주의 자리에 오를 것이다. 그럼 가주의 자리 역시 자연히 너에게로 이어지겠지."

"조부님의 은혜에 어찌 보답해야 할지 모르겠습니다."

"네가 가주에 오르는 것이 보답이다. 그럼 내 한도 풀리겠지."

당외가 슬쩍 고개를 돌려 연무장에 모인 이들을 바라보았다.

"보이느냐? 저 많은 이들이 모두 당가의 가솔이다. 형제지간에도 분란이 일어나는데, 이 많은 이들이 어찌 한 가족처럼 살아갈 수 있겠느냐? 진정한 가주가 갖춰야 할 것은, 제 식솔들을 아끼는 마음이 아니다. 차갑고 냉철하게, 오로지 당가의 이득만을 볼 줄 알아야 하는 법이다. 내 말 명심하거라."

"예, 조부님."

당외가 혀를 내밀어 입술을 핥았다. 이걸로 됐다. 수하로부터 청명이 천일취(千日醉)를 복용하는 모습을 확인했다는 보고를 들었다. 제아무리 난놈이라고 해도 천일취에 중독된 상태에서는 당학을 감당하지 못할 것이다.

천일취는 당가의 특수한 독 중 하나다. 천일취의 특징은 양독과 음독이 나뉘어 있다는 것. 둘을 함께 쓰지 않는다면 독으로서 작용하지 못한다. 단순한 가루와 액체에 불과하다. 하지만 두 가지가 배 속에서 만나게 되면 서로 섞이며 독이 되는 것이다.

천일취에 중독된 이는 취한 것처럼 정신이 흐려지고, 공력을 잘 끌어올리지 못하게 된다. 이런 비무에서 사용하기에는 최적의 약인 셈이다.

당외가 묘한 미소를 지으며 고개를 돌렸다. 건너편에 자리를 잡고 있는 당가주를 보니 절로 눈살이 찌푸려졌다.

'가주라는 놈이!'

아무리 청명을 응원해야 하는 입장이라지만, 당가의 가주가 화산 쪽에 자리 잡고 앉아 있는 게 말이나 되는 짓인가?

당외는 저런 놈에게 당가의 미래를 맡길 수 없다고 다시 한번 확신했다. 오늘이 지나게 되면 당가는 그와 당학의 이름으로 재편될 것이다.

그때 저 멀리서 천천히 걸어오는 화산의 제자들이 보였다.

"왔다!"

"화산이다! 화산신룡이다!"

모여 있던 당가의 식솔들이 시선을 보내며 숨을 죽였다. 야유도 환호도 할 수 없다. 당군악이 그쪽에 서 있기에 야유를 보낼 수 없고, 화산이 상대하는 이가 당학이기에 환호도 할 수 없다. 그저 어정쩡하게 높은 목소리만 어수선하게 쉴 새 없이 울릴 뿐이었다.

"준비는 되었느냐?"

"예! 조부님!"

"좋다. 기세를 내어 주면 안 되겠지. 바로 나가거라!"

"예!"

당학이 임시로 만들어진 비무대 위로 뛰어올라, 당당하게 어깨를 펴고 화산의 제자들을 바라보았다.

'내가 소가주가 되는 자리다. 더없이 근엄한 모습을 보여야겠지!'

"화산신룡은 앞으로 나서라. 내가 오늘 너를 상대해 당가의 무학이 화산의 위에 있음을 증명하겠다."

"우와아아아아아아아!"

"그렇지!"

결국 팔은 안으로 굽는 법이다. 그 당당한 선언에 당가의 식솔들이 환호했다. 은근슬쩍 당군악의 눈치를 보는 사람도 있었지만, 당군악은 그 어떤 반응도 보이지 않았다. 그리고 화산의 제자들은……. 응? 쟤들 뭐 하는 거지?

중인들의 시선이 화산의 제자들에게로 쏠렸다. 당학의 위풍당당한 도발을 분명 들었을 텐데도, 그들은 둥글게 서서 자기들끼리 뭔가를 연신 쑥덕거리기에 바빠 보였다.

"진짜요?"

"그래도 되나?"

"……아니, 그…….."

"괜찮아, 괜찮아."

"……정 그렇다면."

긴 쑥덕거림이 끝나고 한 사람이 앞으로 나섰다. 망설임 없이 비무대에 오르는 이를 보며 사람들이 감탄을 토했다.

"저 사람이 화산신룡! 천하제일 후기지수!"

"과연 굉장한 기세……. 어?"

"화산신룡이 여자였어?"

모두의 얼굴이 황당함으로 물들었다. 비무대에 오르는 이는 화산의 여제자였다. 아직 사천까지는 청명의 명성이 크게 퍼지지는 않았지만, 그렇다 해서 화산신룡이 남자라는 것을 모를 정도는 아니다.

"화산신룡을 상대한다고 하지 않았어?"

"웬 여자가?"

"아니! 지금 여자가 당학 공자를 상대하겠다는 건가? 당가를 무시해도 정도가 있지!"

중인들이 웅성거리기 시작했다. 하지만 그들이 아무리 화가 나도 당학만큼 화가 날 리는 없었다. 노기로 얼굴이 잔뜩 일그러진 당학이 우렁우렁한 일갈을 내질렀다.

"대체 이게 뭐 하는 짓거리인가!"

그는 비무대 위로 올라온 유이설을 노려보며 씹어뱉듯 말했다.

"나는 분명 화산신룡을 상대하기로 하였다. 너는 누군데 감히 비무대 위로 올라오는가?"

"화산의 유이설."

"말귀를 못 알아먹는군! 화산신룡은 어디에 있느냐?"

그제야 모여 있던 화산의 제자들 중 한 사람이 터덜터덜 앞으로 나선다.

"전데요?"

그 얼굴에 귀찮아 죽겠다는 티가 팍팍 났다. 청명의 모습을 본 당학은 당황함을 감추지 못했다.

"그대가 나를 상대해야 할 텐데?"

"아, 거 그렇게 됐으니 그냥 이리합시다."

"뭐가 그렇게 이렇게야!"

짧게 혀를 찬 청명이 빵빵해진 배를 툭툭 쳤다.

"과식했더니 소화 불량이 와서."

"……과식? 지금 무인이 과식을 했다는 말이더냐?"

"당가 음식이 엄청 맛있더라고요."

순간 당학은 말을 잃었다. 황당하다. 아니, 황당하다 못해 어이가 없다. 이 와중에 더 황당한 것은, 그런 화산신룡의 옆에서 '그렇긴 하지.' 하고 중얼대며 고개를 끄덕이는 당군악이었다.

"화산은 수치를 모르는가?"

"거참, 말을 이상하게 하시네. 수치를 모르는 게 누군데요."

"뭐라?"

청명이 피식 웃었다.

"그쪽이 나를 상대한다고요?"

"……그렇다."

"뭔 자격으로?"

……당학의 눈이 흔들렸다.

"내가 그래도 화산신룡인데!"

청명이 배를 쭉 내밀었다. 빵빵하다. 빵빵. 뭘 얼마나 먹었으……. 아니, 지금 이게 중요한 게 아니라.

"지금 제 입으로 명성을 자랑하는 건가? 무인이 명성에 연연하다니."

"뭔 거지발싸개 같은 소리예요. 그럼 댁들은 당가가 어디 저 구석에 처박혀 있는 사람 다섯 명짜리 가문이랑 같이 취급받아도 그렇구나 하고 이해하는 모양이죠?"

……아니, 그건 아니지. 여기가 사천당가인데.

"내가 이 명성을 어떻게 얻었는데? 죽어라고 칼질하고 맨발에 땀나도록 뛰어다녀서 얻은 명성인데. 그런데 뭐요? 비무? 그것도 어디서 들어 보지도 못한 양반이 나랑 비무를 한다고?"

청명이 기묘한 표정을 지었다. 이죽거림과 조롱이 동시에 한껏 담겨 있는 표정을.

"헛수작 부리지 마시죠. 도전에도 최소한의 자격은 필요한 거예요. 그게 아니면 당가 현판에다 '지나가시던 분. 비무 신청하면 받아 드립니다. 사천당가주.'라고 써넣으시든가!"

변명할 말도 찾지 못한 당학이 입을 다물자 청명이 구시렁거렸다.

"이 양반들은 내가 별호를 뒷골목에서 도박으로 딴 줄 아나. 개나 소나 다 엉겨드네. 어디 뭐 변변하게 이름자도 못 알린 게 어디 건방지게 비무질이야."

당학의 얼굴이 처참하게 일그러졌다. 혀를 찬 청명이 턱짓으로 유이설을 가리켰다.

"걱정하지 마세요. 나는 관대하니까. 우리 사고랑 싸워 이기면 내가 상대해 줄게요. 아니, 사실 뭐 이것도 귀찮으니까…… 댁이 우리 사고를 이기면 내가 진 걸로 할게요."

청명이 씨익 웃었다. 당학의 얼굴이 새파랗게 질렸다.

"지금 나보고 여자와 싸우라는 거냐?"

순간 청명의 눈이 휘둥그레졌다. 그리고 연이어 파르르 떨린다.

"……헐. 뒈지고 싶으면 그냥 접시 물에 코를 박으면 되지, 굳이 맞아 죽으려고 발악할 것까지야……."

"뭐?"

그 순간이었다.

"다 했나요?"

당학의 고개가 획 돌아갔다. 스르르릉 소리와 함께, 유이설의 검이 천천히 뽑혀 나왔다.

"다 했으면 이제 해요. 싸움."

"이……. 이 수치도 모르는 것들이!"

분노를 참지 못한 당학의 얼굴이 사시나무처럼 떨렸다. 그 순간이었다.

파아아앗!

당학이 고개를 천천히 내렸다. 그의 양 소맷자락이 잘려 바닥으로 너울너울 떨어지고 있었다.

"말이 너무 많아."

유이설의 조용한 한마디에 당학의 이가 바드득 갈렸다.

"……너, 살아서 비무대를 내려갈 생각은 하지도 마라."

순식간에 팽창한 긴장감이 연무장을 휘감았다. 이런 상황에서 단 한 사람만이 다른 말을 중얼거렸다.

"사매. 말이 많다는 건 우리가 할 말은 아니야……."

"응? 뭐라고, 사숙?"

"아니……. 아무것도."

슬쩍 고개를 돌리는 백천이었다.

한편 당학은 화가 머리끝까지 차올랐다.

'나를 우습게 봐?'

더 화가 나는 것은 그 말에 제대로 반박할 수 없다는 사실이었다. 그 역시 아주 이름 없는 자는 아니지만 그의 명성은 겨우 당가나 사천 땅에나 조금 퍼져 있는 정도였다. 천하를 울리고 있는 화산신룡에 비할 바가 못 된다.

화산신룡이 누구인가? 그 빛나는 오룡을 짓밟고 유아독존으로 선 후기지수 중의 절대자가 아닌가. 후기지수 주제에 무당의 무진을 꺾었다는 소문이 도는 사람이다. 아무리 당학이 뻔뻔하다고 해도 그의 이름 앞에 자신의 이름을 내밀기에는 민망할 수밖에 없다.

하지만 그렇다 해서 그 부분을 이리 대놓고 찌르다니. 상대의 약점을 대놓고 논하고 비웃는 것은 군자가 할 노릇이 아니다. 저토록 이름 높은 자가 시정잡배나 다름없는 짓을 하다니 그러고도 도인이라는 말인가? 게다가…….

'감히 내 상대로 여자를 내보내?'

그것도 뭐? 저 여자가 지면 자신의 패배로 친다고? 당학은 손톱이 손바닥을 파고들도록 주먹을 쥐었다. 단 한 번도 여자가 그의 상대가 될 거라고는 생각해 본 적이 없다. 당가에서 살아온 이에게는 당연한 발상이다. 당가에서 여자란 비전을 익힐 수 없는 반쪽짜리에 불과하니까. 그런데 지금 그의 앞에 화산의 여검수가 검을 겨누고 있다.

"……가주님! 이걸 인정하시는 겁니까?"

당학이 소리쳐 물었다. 당군악은 대답 대신 당학과 유이설, 그리고 청명을 차례대로 바라보았다. 심드렁한 청명의 얼굴을 확인한 그는 무표정한 얼굴로 다시금 당학과 시선을 마주했다.

'생각이 있겠지.'

저놈이 사람 속을 긁고, 남의 집 기둥뿌리를 뽑아 갈 만큼 후안무치하고, 무례하고, 개념 없고, 성질이 더러운 건 사실이지만! 그래도 질 만한 싸움을 하는 놈은 아니다.

"상관없다."

"저 여자가 지면 제게 소가주의 직위를 주시겠다는 겁니까?"

"……내가 내 말을 번복하기라도 한다는 뜻이냐?"

당군악의 눈빛이 싸늘하게 가라앉자 당학이 움찔했다. 갈피를 잡지 못하고 갈팡질팡하던 그는 슬쩍 고개를 돌려 당외를 바라보았다.

'저 멍청한 놈이.'

당외가 이를 갈았다. 이 많은 이들 앞에서 그를 봐 버리면 당외가 당학의 뒤에 있다는 것을 모두가 알아 버리지 않는가. 물론 그걸 짐작하지 못하는 멍청이가 얼마나 되겠냐마는, 짐작하는 것과 확신을 가지는 것에는 큰 차이가 있다.

'대체 무슨 생각이냐, 화산신룡 이놈!'

당외는 청명을 보며 입술을 꾹 닫았다. 배탈 같은 게 날 리 없다. 화산신룡쯤 되는 이가 과식 좀 했다고 배탈이 난다는 건 말도 되지 않는 일이다. 고수가 괜히 고수던가?

그럼 설마 천일취의 존재를 알아챈 건가? 그럴 리가 없을 텐데?

'아니야. 중독은 모른다. 하지만 본능적으로 몸이 이상하다는 건 알아챘을지도 모르지. 그래서 저 여아를 내보낸 게 맞을 것이다.'

어차피 이길 수 없다면 가장 명분 있는 패배를 택해야 하는 법. 여아가 나와서 진다면 화산도 체면치레는 할 수 있을 것이다.

'화산신룡을 여기서 죽이는 건 실패했지만…… 방법이 없는 건 아니지. 일단은 천일취의 존재를 어떻게 얼버무리는가의 문제다.'

물론 가주는 대로하겠지만 자신의 입으로 한 말을 번복하지는 못할 것이다. 그렇다면 적당히 숙여 준 뒤 실리만 취하면 된다.

'밀어붙인다.'

당외가 고개를 끄덕여 보였다. 조부의 허락을 구한 당학이 살기 어린 눈빛으로 유이설을 노려보았다.

"건방의 대가를 치르게 해 주겠다."

유이설이 검지를 펴 입에 가져다 댔다.

"화산은 입으로 싸우지 않는다."

"……끝까지 이렇게 나오는군."

당학은 이를 악물며 주머니에 손을 밀어 넣었다. 그의 눈이 시퍼런 살기로 물들었다.

"조심하시오. 나는 이 비무에 독을 사용할 것이오."

당학이 친절해서 미리 경고하는 게 아니다. 당가는 비무에서 독을 사용할 시에 반드시 상대에게 경고해야 한다. 그것이 당가가 정파로 남기 위해 정한 법칙이었다.

"그러세요."

하지만 유이설은 차분하게 당학의 말을 받을 뿐이었다. 두 사람의 시선이 허공에서 차갑게 맞부딪쳤다.

비무대를 바라보는 당소소의 얼굴이 파르르 떨렸다.
'대체 어쩌려고?'
그녀는 유이설을 이해할 수 없었다.
당학이 누구인가? 그는 당가의 후예 중 최고의 기재로 불린다. 당가주의 자식이 아니기에 소가주가 되지 못했을 뿐, 소가주였던 당패도 무위로는 당학에 미치지 못했다. 그런 이를 유이설이 상대하겠다고 나선 것이다.
"마, 말려야 해!"
"누님!"
당잔이 당소소의 옷자락을 급히 잡아끌었다.
"진정하십시오. 지금 누님이 나서시면 꼴이 우스워집니다."
"당학 오라버니를 저분이 상대할 수 있단 말이냐? 잘못하면 목숨을 잃을 수도 있어!"
당소소의 표정은 다급하기 그지없었다. 유이설은 유일하게 그녀의 처지를 이해하고 도와주려고 했던 사람이다. 그런 이가 독에 중독되어 처참하게 쓰러지는 모습은 보고 싶지 않았다.
"모르고 올랐겠습니까?"
"……뭐?"
"당연히 알고도 올라간 겁니다. 무인이니까요!"
"……."
"그녀를 모독하지 마십시오. 저 위에 오른 순간부터 남자고 여자고는 없는 겁니다. 그저 무인 대 무인의 싸움일 뿐입니다. 그걸 방해해서는 안 됩니다!”
당잔의 말에 그녀의 눈빛이 흔들렸다.
'그럼…… 그 길을 열어 준다는 게?'
당소소의 시선이 유이설에게 꽂혔다. 무표정한 그 얼굴이 뇌리에 단단히 틀어박혔다.

당학은 자신을 진지하게 겨누며 심호흡하는 유이설을 향해 이죽거렸다.
“내가 누군지 알았더라면 감히 네까짓 게 나를 상대하겠다고 여기에…….”
“말이 많아.”
유이설이 미간을 좁혔다. 말 많은 걸 싫어하는 건 아니다. 세상 어디에도 없는 고약한 떠버리가 옆에 있으니까. 하지만 저 사람이 하는 말은 하나하나 영 거슬린다.
“……그렇게 죽고 싶다면 소원대로 해 주지.”
당학의 손이 소매를 파고들었다. 살짝 잘려 나간 소매가 펄럭인다.
“각오해라!”
당학의 손이 소매에서 빛살처럼 뽑혀 나왔다. 그와 동시에 십여 개의 사람 손바닥만 한 강침이 유이설을 향해 날아들었다. 살짝 검은빛을 띠는 것으로 보아 극독이 발려 있음이 분명했다.
유이설의 검이 천천히 움직인다. 느릿하게. 부드럽고 유려하게. 검술이라기보다는 마치 춤사위 같았다.
카카카캉! 날카로운 금속음과 함께, 유이설의 검이 날아드는 강침을 쓸어 냈다. 쳐 낸다기보다는 쓸어 낸다는 표현이 더 어울렸다. 날카로운 기세로 날아들던 강침들은 마치 급류에 휘말린 나뭇잎처럼 힘을 잃고 비무장 바닥에 틀어박혔다.

"흐음! 한 수가 있구나!"

당학이 지체 없이 두 번째 수를 발출했다. 쇄애애액, 공기를 가르는 소리가 울렸다. 그의 소매에서 나온 시퍼런 비도가 강맹한 기운을 품고 유이설에게 날아들었다.

유이설의 검 끝이 날아드는 비도를 정확하게 겨누었다. 비도가 막 맞닿으려는 순간, 그녀의 검이 살짝 비틀렸다. 그리고 비도의 옆면에 착 달라붙는다. 비도의 기세를 죽이지 않은 채 몸을 한 바퀴 빙글 회전시키자, 비도가 고스란히 당학에게로 도로 날아들기 시작했다.

"헛?"

당학도 이건 생각지 못한 모양으로, 당황한 기색을 숨기지 못했다.

"감히!"

하지만 그것도 잠시, 자신이 날린 암기가 되돌아온다는 것에 수치심을 느꼈다. 그의 얼굴이 시뻘겋게 달아올랐다. 귀독조(鬼毒爪)의 공력을 한껏 품어 시커멓게 물든 그의 손이 날아드는 비도를 움켜잡았다. 가가각! 쇠와 쇠가 긁히는 소리가 나며 비도가 기세를 잃었다. 그대로 비도를 회수한 당학이 이를 갈아붙였다.

하지만 그러면서도 조금 전처럼 섣불리 움직이지 않았다.

'실력은 있군.'

인정하고 싶지는 않지만, 저 유이설이라는 여자는 생각 이상으로 강하다. 당잔이 조걸에게 망신을 당했다더니, 화산의 제자들은 하나같이 수준이 높은 모양이었다. 하나.

"네가 여자가 아니었다면 나를 이길 수도 있었겠지. 남자로 태어나지 못한 것을 원망해라."

그러자 유이설이 피식 웃었다.

"……뭐가 우습지?"

"생각이 고루해."

"뭐?"

"그런 너는 왜 그렇게 약하지? 남잔데?"

"이……!"

"중요한 게 아냐, 그딴 건. 중요한 건……."

유이설의 검이 당학의 목을 겨누었다.

"네가 약해 빠졌다는 거지."

당학은 더 이상 화를 내지 않았다. 그저 무시무시한 눈빛으로 유이설을 노려볼 뿐이었다.

"죽고 싶은 모양이로군."

"마음대로 생각해."

"소원대로 해 주지."

당학의 손이 소매로 들어갔다. 차이점이 있다면 이전보다 좀 더 깊숙한 곳까지 들어갔다는 점이다.

그 모습을 본 당군악이 미간을 찌푸렸다. 당가의 무인은 습관적으로 좀 더 자신 있고, 손에 익은 암기를 소매 깊숙한 쪽에 보관한다. 하지만 당학의 경우는 조금 다르다. 그는 살상력이 높은 암기를 즐겨 사용한다. 까딱하다가는 승부의 결과와 상관없이 유이설이 큰 변을 당할 수도 있다.

'말려야 하나?'

하지만 그가 나설 틈도 없이 당학의 손이 소매에서 뽑혀 나왔다.

촤아아아악! 지금까지와는 다른 발출음이었다. 분명 날카로운 소음이 터져 나왔음에도 눈에 보이는 것은 아무것도 없었다. 하나 유이설은 뭔가가 보인다는 듯이 허공을 향해 검을 연속으로 휘둘렀다. 검의 잔영이 완전히 그녀의 앞을 뒤덮어 버렸다.

카카카카카캉!

그녀의 검에서 작은 불똥이 연이어 튀어 올랐다.

"뭐지?"

그 순간 관중석 여기저기에 끼어 있던 당가의 고수들이 돌연 일제히 앞으로 뛰쳐나왔다. 그러더니 소매를 좌우로 펼쳐 관중석으로 날아드는 무언가를 쳐 낸다. 날아든 것이 바닥에 떨어지고서야 그 정체를 확인할 수 있었다.

"저, 저건 우모침(牛毛針)인가?"

소털처럼 얇고 가늘다고 해서 우모침이라 불리는 암기. 빠른 속도로 날리면 눈으로는 그 흔적을 좇기 어렵다. 유이설 역시 하나하나 받아 내는 것은 무리라 판단하여 검으로 전방을 뒤덮어 버린 것이다.

그러나 그게 완전할 수는 없었다. 검을 내린 유이설이 살짝 입술을 깨문다. 그녀의 시선이 왼쪽 어깨로 향했다. 눈에 잘 보이지도 않을 정도로 가는 세침 하나가 어깨에 박혀 있었다. 그 가느다란 바늘 하나에 찔렸다 해서 무슨 문제가 있겠냐마는…….

유이설이 우모침을 뽑아냈다. 세침 끝이 검게 물들어 있는 것을 확인한 그녀는 그것을 바닥으로 던졌다.

독이다. 어깨가 욱신거렸다. 문제는 점차 고통이 심해지고 고통이 느껴지는 범위도 커져 간다는 점이었다. 이대로라면 곧 왼팔은 사용할 수 없게 될 것이다.

"당가의 무서움을 알았어야지."

당학이 이죽거렸다.

"수없이 쏟아지는 암기 중 단 하나라도 놓친다면 끝이다. 당가의 진정한 힘은 독과 암기가 결합되었을 때 나오는 법이지. 지금이라도 용서를 빈다면 목숨은 살려 주겠다."

"……중독?"

"그래. 제 몸 상태도 모를 정도로 멍청하진 않겠지?"

유이설이 무표정한 얼굴로 중얼거렸다.

"멍청한 건 그쪽."

"뭐?"

"독이 퍼질 때까지 서 있을 수 있다고 생각해? 그쪽이?"

그 말과 동시에 유이설이 당학을 향해 달려들었다.

"멍청한! 내가 그 정도도 생각하지 못할 것 같았나?"

당학이 예상했다는 듯 양팔을 크게 휘둘렀다. 그의 소매에서 희뿌연 먼지 같은 것들이 뿜어져 나와 당학의 전면을 가려 버렸다. 누군가가 경악하여 외쳤다.

"단혼사(斷魂沙)다!"

독을 품은 모래가 유이설의 공격로를 막아 버렸다. 시간을 끌면 중독이 심해질 테니, 일단은 물러나겠다는 속셈인 것이다. 하지만 당학은 이 순간 큰 착각을 했다. 화산은, 적어도 청명과 함께 수련한 화산의 제자들은 물러나는 법을 모른다는 사실을 말이다.

유이설의 검 끝이 부드럽게 떨리기 시작했다. 그리고 피어난다. 그녀의 매화가.

소담스레 피어난 십여 개의 매화가 몰아치는 바람과 함께 단혼사가 만들어 낸 먼지구름을 휩쓸어 버렸다.

"어엇!"

되레 제게로 몰려오는 먼지구름을 본 당학은 적잖이 당황했다. 그가 단혼사에 중독될 일은 없겠지만, 시야가 가려졌다는 게 문제였다. 피할 곳을 찾지 못한 그는 일단 바닥을 박차며 허공으로 몸을 띄워 올렸다.

그러나, 그 순간 당학은 보고 말았다. 몰려오는 먼지구름 한가운데에서 불쑥 솟아오른 매화검을! 그는 눈을 커다랗게 부릅떴다.

왜, 어떻게 저기…… 단혼사의 한가운데에서? 말도 안 되는 일이었다. 하지만 생각할 겨를조차 없었다.

퍼어어어어억! 솟구친 검이 무방비로 노출되어 있던 당학의 얼굴을 검면으로 후려쳤다.

"끄아아아아악!"

이내 당학은 걷어차인 개구리 꼴로 바닥으로 추락했다.

"끄으……. 끅."

당학이 부들부들 떨며 고개를 들어 올렸다. 먼지구름이 걷힌 곳에 유이설이 서 있다. 그녀의 얼굴에 거뭇거뭇한 기운이 분명하게 보였다.

"미……. 미쳤……. 제정신이 아니……."

단혼사를 피하기 위해 밀어 낸 게 아니다. 그녀는 단혼사 속에 숨어들어 당학의 시선을 피한 것이다. 중독을 감수하면서 말이다.

"말했지. 너 약하다고."

유이설이 싸늘하게 일갈했다.

"싸워 본 적도 없는 놈이 강하고 말고를 논하는 게 아냐."

아무리 강해 봐야 어차피 온실 속의 화초다. 유이설의 상대는 아니었다.

"이, 이익! 내가!"

퍼어어어억!

몸을 일으키려던 당학은 유이설의 검면에 머리를 얻어맞고 다시 나뒹굴었다. 그녀는 연달아 검면으로 당학의 머리를 후려갈기기 시작했다.

백천이 그 광경을 보며 저도 모르게 중얼거렸다.

"대가리……. 대가리. 대가리. 대가리……."

윤종은 보기만 해도 끔찍하다는 듯 아예 부르르 몸을 떨었다.

"아니. 배워도 왜 저런 걸……."

그 광경을 지켜보는 그들의 서글픔도 컸지만, 어찌 당학의 고통과 비교하겠는가? 머리가 두 배는 부풀어 오른 당학이 끝내 고꾸라졌다. 파르르 애처로이 경련하는 그의 다리를 보고 있자니 모르는 이도 눈물이 고일 지경이었다.

그 순간이었다. 어느새 비무대 위로 오른 청명이 유이설의 팔을 잡고 끌어당겼다.

"이리 와, 사고. 중독은 빨리 치료할수록 좋아."

유이설이 가볍게 고개를 끄덕이고는 청명을 따라 비무대를 내려왔다. 그녀의 시선이 뒤에 쓰러진 당학에게로 향했다.

'떠버리.'

그녀의 시선은 이내 앞장서는 청명에게로 향했다.

'달라.'

이쪽도 떠버리이긴 하지만.

청명은 그대로 유이설을 데리고 당군악의 앞으로 가 손을 내밀었다.

"빨리 줘요. 해독단."

"이거면 될 걸세."

당군악도 가타부타하지 않고 재빨리 준비한 해독단을 넘겼다. 유이설의 손에 그걸 쥐여 준 청명이 눈살 찌푸렸다.

"뭘 그렇게 무식하게 싸워?"

"같은 데서 숨 쉬기 싫어."

……어. 그 말을 당학이 못 들어서 다행이네. 납득하여 고개를 끄덕인 청명이 몸을 획 돌렸다.

"중독은 어설프게 치료하면 고생이니까 지금 확실히 치료해. 조걸 사형, 호위 서 주고."

"넌 뭘 하려고?"

청명이 씨익 웃었다.

"나? 나는 이제 선물을 주러 가야지."

그의 시선은 분노로 부들부들 떨고 있는 당외에게로 꽂혔다.

"아니, 선물을 전달해 주러 간다고 해야 하나?"

청명의 손이 매화검의 손잡이를 툭 쳤다.

각오하라고. 조상님의 회초리는 좀 아픈 법이거든.

사방은 쥐 죽은 듯이 조용했다.

당학이 졌다. 그 믿을 수 없는 현실에 당가의 모두가 할 말을 잃었다.

'화산신룡도 아니고.'

그 일행에 불과한 여자에게 지다니. 아무리 저 유이설이라는 화산 제자가 화산신룡보다 배분이 높아 보인다고는 하나, 나이는 되레 당학보다 한참 어렸다. 그런데 당학이 당하다니……. 지켜보던 이들이 마른침을 삼켰다.

이는 너무 큰 의미를 지닌다. 천하에 수많은 문파가 있지만, 당가만큼

남성 중심으로 돌아가는 곳은 흔하지 않았다. 당가는 아무리 식솔이라 해도 딸에게는 비전을 내주지 않는 비정한 곳이다. 그리고 그 당가의 후기지수들 중 최고로 평가받는 당학이 하필이면 화산의 여제자에게 패한 것이다.

당소소가 주먹을 움켜쥐었다. 그녀의 눈이 파르르 떨렸다.

"······이겼어."

유이설이 당학을 이겼다. 다른 이들에게도 놀랄 일이겠지만, 특히나 당소소에게는 더욱 충격적인 일이었다.

당학을 이긴다. 당소소는 단 한 번도 생각해 본 적 없는 일이다.

물론 조건이 다르다. 당가의 여식으로 태어나 당가의 비전을 전수받지 못한 그녀는 죽었다 깨어나도 당학을 이길 수 없을 테니까. 하지만 유이설은 해냈다.

"······굉장해."

유이설을 바라보는 당소소의 표정이 멍했다. 중독을 치료 중인 유이설을 그렇게 한참 바라보던 그녀가 문득 살짝 고개를 갸웃했다. 청명이 휘적휘적 걸어 비무대에 올라서는 모습이 보인 것이다.

응? 저 사람은 왜 또 올라오지? 이미 승부는 났는데 굳이?

청명은 비무대에 올라 주변을 한번 쭉 돌아보았다. 자연히 모두의 시선이 그에게로 꽂혔다.

시선을 모으고도 그는 살짝 더 뜸을 들였다. 모두가 충분히 주목하기를 기다리는 것이다. 사람들이 조금 답답해할 무렵에야 그가 입을 열었다. 그리 높지도, 낮지도 않은 목소리였다.

"솔직히 말해서, 천하의 사천당가라 기대를 했는데······."

그가 말꼬리를 늘어뜨리며 고개를 갸웃했다.

"이게 뭐 하는 짓인지 모르겠네요?"

다들 살짝 놀란 눈빛으로 청명을 바라보았다. 이건 당가를 대놓고 무시하는 발언이지 않은가.

"아, 그렇게 화난 얼굴로 보지 마세요. 제 입장이면 다 저같이 생각할 테니까요. 보세요."

청명이 실려 나가는 당학을 향해 턱짓하자 다들 입을 닫았다. 패자는 할 말이 없는 법이다.

"싸움을 걸기 전에 자기 역량과 상대의 역량을 파악하는 건 기본 중의 기본이죠. 설마 당가가 그 기본도 지키지 못할 줄은 몰랐거든요."

청명이 피식 웃었다. 당가의 식솔들은 당연히 그 나지막한 비웃음에 분노를 느꼈다. 하지만 차마 청명을 향해 분노를 표출하지 못했다.

그럴 수밖에 없다. 당학은 청명에게 패하지 않았다. 청명의 일행에게 패한 것이다. 유이설이 청명보다 강했다면 화산신룡의 별호는 그녀가 가져갔을 터. 즉, 당학이 청명에게 이길 확률은 애초부터 존재하지 않았다는 뜻이다.

그럼에도 이런 비무를 당가에서 추진했다? 이건 대놓고 망신을 당하겠다는 뜻과 다르지 않았다. 상대를 우습게 보고 자신을 과신한다. 이건 한 문파를 이끌어 나가는 이가 결코 해서는 안 될 일이다.

청명이 주위를 둘러보며 말했다.

"그래서 묻는 건데…… 이 말도 안 되는 비무를 하자고 한 사람이 누군가요?"

자연스레 시선이 돌아갔다. 입을 열어 성토하지는 않았지만, 질문은 받는 순간 반사적으로 몇몇이 고개를 돌렸고, 남은 이들은 그 시선을 따라갈 수밖에 없었다. 이윽고 모든 시선이 당외에게로 꽂혔다.

"크흠."

당외가 불편하기 짝이 없다는 표정으로 헛기침했다. 상황이 엿같이 꼬여 버렸다. 당학은 청명의 상대가 되지 못한다. 그걸 당외라고 왜 몰랐겠는가? 그렇기에 청명을 중독시키려 한 게 아닌가.

그런데 당학이 유이설에게 패해 버리며 모든 게 박살 났다. 모양은 꼴사납겠지만, 어찌어찌 힘겨운 승리라도 거뒀다면 가주가 약속한 대로 소가주가 될 수 있었다. 중요한 건 이기는 것이지, 어떻게 이기느냐가 아니니까. 하지만 모든 사람 앞에서 유이설에게 처참히 패해 버린 이상 그 모든 약속은 의미가 없어졌다.

게다가…… 이 비무를 추진한 이유를 묻는 시선들이 그에게로 꽂혔다. 어찌 그의 입으로 설명할 수 있겠는가. 청명을 중독시켜서 이겼으면 다 괜찮았을 거라고. 지금은 그냥 얻어맞는 수밖에 없다. 아무런 생각 없이 제 손자의 역량을 파악하지 못하고 감히 화산신룡에게 비무를 건 명청이가 되어서 말이다.

당외는 금방이라도 폭발할 것 같은 분노를 억누르며 청명을 노려보았다.

'이 모든 게 저놈 때문이다!'

생각 같아서는 당장 아래로 뛰어 내려가 저놈을 갈기갈기 찢어 놓고 싶었다. 하지만 그가 할 수 있는 건 그저 청명을 노려보는 것뿐이었다. 당가의 장로가 제 분을 못 이겨 어린 후배를 공격했다는 말을 들을 수는 없다.

청명은 그런 당외를 보며 히죽 웃었다.

"아, 원로시구나."

원로라는 말을 강조한 청명이 고개를 갸웃했다.

"그런데 참 이상하네요. 제가 듣기로는 당가의 원로원은 가주께 조언하는 위치라고 들었는데……. 제 손자의 역량도 모르고, 적의 역량도 모르는 사람이 누구에게 조언을 한다는 거죠?"

"이, 이놈이 감히……!"

결국 당외가 저도 모르게 발끈하여 언성을 높이고 말았다. 청명은 태연하게 어깨를 으쓱해 보였다.

"보세요. 가주님은 저희가 이긴다는 쪽에 걸었잖아요. 그런데 누가 누구에게 조언한다는 거죠?"

"이……."

당외의 얼굴이 한껏 일그러졌다. 지금 청명은 그의 가장 아픈 곳을 건드리고 있다.

당학이 진 것은 수습할 수 있다. 아쉽긴 해도, 기껏해야 바랐던 것을 얻지 못한 것에 불과하다. 하지만 그의 선택이 잘못되었다는 사실이 이렇게 많은 이들 앞에서 밝혀지는 건 치명적인 일이었다. 이건 원래 그의 역할이기 때문이다.

원로원은 가주에게 조언하는 곳. 당연히 조언하는 자는 가주보다 강하지는 못해도 가주 이상의 식견을 갖추어야 한다. 나이가 들어 원로라는 이름을 달고 안방을 꿰찬 이들이 식견조차 증명하지 못한다면 뒷방으로 밀려나는 건 당연한 일이니까.

"원로원이라, 말은 좋죠. 그런데 괜히 발목이나 잡는 게 아닌지 모르겠네요."

"그 입 조심하는 게 좋을 것이다. 화산 아해의 방자함을 지켜봐 주는 것도 한계가 있으니까."

노기를 참지 못한 당외가 싸늘히 위협했다. 하지만 청명은 그 말을 듣고 겁을 먹기는커녕 되레 당외를 가리켰다. 그러더니 피식 웃었다.

"거보세요. 식견이 없다니까요. 누가 방자함을 봐주는지도 모르잖아요."

"……뭐라 했느냐?"

청명이 어깨를 으쓱하고는 주변을 둘러보았다.

"왜 이런 일이 벌어졌는지 아세요?"

대답하는 이가 있을 리 없었다. 짐작하는 이들도 감히 말을 꺼낼 수 없었고, 모르는 이들은 알지 못하기에 말을 할 수 없었다.

"간단해요."

그들에게 설명해 주겠다는 듯 청명이 손을 들어 단상 위를 가리킨다.

"약하니까."

순간 당외의 눈이 커졌다.

"약해 빠졌으니 상대가 얼마나 강한지도 모르는 거죠. 그런 주제에 가주께 조언을 한다고요?"

청명이 말도 안 된다는 듯 고개를 설레설레 내저었다.

"발목이나 안 잡으면 다행이죠."

"……놈!"

"지금도 그래요. 원로원에서 발목을 안 잡았으면 이런 망신을 당할 일은 없었을 거고, 가주께서는 원하는 일을 빠르게 추진하셨겠죠. 원로원이라는 뒷방 늙은이들의 말을 들은 대가가 이거예요."

그 순간이었다. 당군악이 살짝 나지막한 목소리로 입을 열었다.

"화산신룡, 말을 조심해 주게. 당가의 원로들이시네."

"크으. 우리 가주님은 마음씨도 좋으시지."

과장되게 감탄사를 뱉은 청명이 순간 표정을 굳히곤 싸늘하게 말했다.

"덕지덕지 붙은 짐 덩어리들을 그래도 어른이라고 챙겨 주시네."

"네 이놈!"

결국 당외가 자리에서 벌떡 일어났다.

"듣자 듣자 하니 정녕 끝을 모르는구나! 내가 언제까지 참아 줄 거라 생각했느냐!"

"저 보세요. 식견이 없다니까요."

"뭐라?"

"나는 지금 참지 말라고 이러고 있는 거예요. 그거 하나 파악하지 못하는 양반이, 뭐? 원로?"

청명이 고개를 똑바로 뜨고 당외를 응시했다.

"증명해 보시죠. 그쪽이 원로를 자처할 자격이 있는지."

"어떻……."

당외가 원래 하려던 말은 '어떻게 증명하란 말이더냐?'였다. 하지만 그 말을 내뱉는 것이 화산신룡의 의도라는 것을 깨닫고 바로 입을 다물었다. 그러나 의도를 알고 있음에도 이어진 청명의 말은 그를 더 이상 참기 어렵게 만들었다.

"간단하죠. 아까부터 자꾸 참아 주고 있다고 말하는데, 그건 강자가 약자에게 하는 말이죠."

"……뭐라고?"

"그러니까, 그쪽은 눈이 없다니까요."

청명이 자신의 검집을 툭툭 쳤다.

"내가 더 강하거든요."

"……."

"그 식견을 증명해 보시죠. 원주님이 저를 이기면 원주님이 제대로 본 거고, 제가 이기면 그 눈은 영 쓸모가 없는 것 아니겠어요?"

당외가 허탈하게 웃음을 터뜨렸다.

"하하……. 하하하하! 하하하하하핫!"

파안대소를 터뜨린 그는 어이없다는 투로 청명을 향해 물었다.

"지금 나와 비무를 하자는 거냐?"

"와. 그거 하나 이해시켜 드리려고 정말 오래도 설명했네요. 이 말이 그렇게 어렵지는 않을 텐데."

당외는 저도 모르게 뻣뻣해진 뒷덜미를 지그시 주물렀다. 한 마디, 한 마디가 속을 뒤집어 놓는다. 듣고 있자니 도무지 참아 줄 수가 없었다.

"네가 작은 명성을 얻더니 이성을 잃었구나. 지금 당가의 태상장로인 나와 비무를 하자고?"

청명이 한숨을 푹 내쉬었다.

"저기, 나이가 드셔서 잘 안 들리는 건 알겠는데 같은 말을 계속 하는 게 힘들거든요. 어쩌실 거예요?"

당외가 이를 갈았다. 하지만 생각해 보면 이건 그리 화만 낼 일은 아니다. 어차피 상황은 최악이지 않은가. 저 시건방진 놈을 당가의 식솔들 앞에서 때려잡는다면 일단 이 상황을 봉합할 수는 있을 것이다.

당외가 차갑게 일갈했다.

"가주! 어찌하시겠소? 내가 저 아이를 죽인다 해도 이해하시겠소?"

"화산신룡은 당가의 친구입니다."

당군악이 무표정한 얼굴로 말했다.

"그러니 친구가 하는 일을 막을 수는 없겠지요."

황당하다는 듯 당군악을 바라보던 당외가 파안대소한다.

"허……. 하하하하하핫! 정말 내가 우습게 보인 모양이군."

당외가 즉시 몸을 날려 비무대 위로 올라섰다. 휘날린 옷자락이 내려앉기도 전에 당외가 귀신 같은 얼굴로 청명을 노려보았다.

"너는 도를 지나쳤다. 적당한 수준에서 만족하고 돌아갔어야 하는 것을."

"조심하세요."

청명이 히죽 웃었다.

"사람들 앞에서 함부로 말하는 거 아니에요. 지금 놀림거리가 하나씩 늘고 있거든요. 비무가 끝나도 당가에서 살아야 할 텐데 얼굴을 어떻게 들고 다니시려고?"

당외는 더 이상 대꾸하지 않았다. 이제는 저놈과 더 말을 섞어야 할 이유를 찾을 수 없었다. 저 망종 놈을 독으로 시커멓게 절인 후 배에 비도를 박아 처넣고 싶은 마음뿐이었다.

"아, 혹시나 해서 물어보는 건데. 독 쓰실 거예요?"

당외가 입술을 살짝 깨물었다. 그는 독공이 특기다. 독공을 쓰지 못한다면 제 실력의 삼분지 일도 발휘할 수 없다. 하나…….

'그것만으로도 저놈을 죽이는 건 충분하다.'

막 쓰지 않겠다고 말하려는 순간 청명이 선수를 쳤다.

"독 쓰시려면 조건을 하나 더 달죠."

"……조건?"

"이건 조건이라기보다는 내기에 가까운데."

청명이 슬쩍 당군악을 바라보았다. 그러자 당군악이 가만히 고개를 끄덕였다. 무슨 말인지는 모르겠지만 일단 청명을 신뢰하겠다는 뜻이다. 하지만 뒤이어 나온 말은 천하의 당군악마저 경악하게 만들었다.

"그쪽이 이기면 원래 원했던 건 다 들어드리죠. 화산은 당가를 떠난 후 다시는 이쪽을 돌아보지 않을 거고, 아까 그 얼간이는 소가주? 네, 가주님이 소가주로 만들어 주실 거예요."

"……어어?"

천하의 당군악의 입에서 경악의 목소리가 흘러나왔다. 하지만 이미 된다고 한 것을 물릴 수도 없다. 당외는 믿을 수 없다는 듯 청명을 노려보다 물었다.

"제정신이냐?"

"걱정하지 마세요. 완전하게 제정신이니까. 대신 이쪽은 조건을 바꿔야죠."

"……조건이 뭐냐?"

청명의 웃던 낯이 조금씩 차가워진다.

'자꾸 떠오르지 마라. 원하는 대로 해 줄 테니까, 이 빌어먹을 놈아.'

살짝 심호흡한 청명이 싸늘하게 말했다.

"내가 이기면, 원로원을 해체하고 물러나세요. 당가주께 당신들 같은 조언자는 아무짝에도 쓸모가 없으니까."

그 차가운 목소리가 이 자리에 모인 모두의 귀에 똑똑히 파고들었다.

"아무리 봐도 미친 것 같은데."

백천의 평가는 정당했다.

"확실히 평소의 청명인 것을 보면 미친 게 확실합니다."

물론 윤종의 평가에도 일리가 있었다.

"……매운 사천 음식을 너무 먹어서 돌아 버린 것 아닐까요?"

조걸의 평가는 살짝 의아했지만 듣는 이들을 고민하게 하기엔 충분했다.

"또라이."

유이설의 평가는 언제나 그러했듯, 단호했다.

백천은 반쯤 넋이 나간 표정으로 청명을 보았다. 당가의 장로와 비무라니. 사실상 생각해 보면, 정말로 생각을 잘 해 보면 그렇게까지 미친 짓은 아니다. 이미 저놈은 검총에서 무당의 장로에게 검을 들고 달려든 적이 있었으니까. 천하의 무당 장로에게…….

'생각해 보면 저건 왜 아직 살아 있는 거지?'

하는 짓만 보면 골백번은 더 죽었어도 이상하지 않을 텐데 말이다.

"생각이 있겠지?"

"아마 그렇지 않을까요?"

백천이 곁에 서 있는 당군악에게 슬쩍 곁눈질했다.

"당가주님. 이 일이 청명과 미리 이야기가 된 겁니까?"

당군악이 부드럽게 미소를 지었다. 그 미소에 백천이 고개를 끄덕였다.

"아, 역시 알고…….."

"생전 처음 듣는다."

정적이 흘렀다. 한 대 맞은 듯 멍해진 백천을 보며 당군악이 부연해 주었다.

"내가 화산신룡과 미리 이야기한 것은 다른 부분일세. 직접 나서서 원로원주와 비무 할 거라는 말은 듣지 못했네."

백천이 흐뭇하게 웃었다. 그럼 그렇지. 이래야 우리 청명이지. 빌어먹을!

"청명과 직접 비무 해 보셨으니 대충 무위는 파악이 되셨을 텐데, 저렇게 붙으면 누가 이길 것 같으십니까?"

"일방적으로 박살 내겠지."

"청명이가요?"

"아니. 원로원주가."

모두가 눈을 휘둥그레 떴다.

"처, 청명이는 당가주님과도……."

"오해하지 말게. 화산신룡은 정말 강하네. 그 나이대에서는 결코 있을 수 없는 무위지. 하지만 당외 원주도 강하네. 당가의 진짜 힘은 독과 암기가 조합이 되었을 때 나오는 법이지. 알다시피 나는 화산신룡을 상대하며 독을 쓰지 않았네."

"아……."

"암기술만으로 상대한다면 좋은 승부가 될 수도 있을 걸세. 화산신룡은 몸을 움직이고 검을 휘두르는 데 있어 기이할 정도로 강하니까. 하지만 원로원주는 독공이 특기인 사람이야. 그에 대한 대책이 없다면 십 초가 지나기도 전에 전신이 시커멓게 물든 시체가 되겠지."

아니, 그런 무시무시한 말을 그리 무표정한 얼굴로 하지 말라고요! 지금 쟤가 누구 때문에 저리 싸우고 있는데!

"하지만 청명은 무당의 장로와도……."

"원로원주는 당가의 태상장로네."

"……."

"나도 화산신룡이 무당의 허산자와 싸워 살아남았다는 말은 들었네. 하지만 허산자가 무당의 장로라고는 하나 감히 원로원주와 비견될 만한 이는 아닐세. 장로 사이에도 격이 있는 법이니까. 원로원주를 상대하려면 무당에서도 은퇴한 태상장로들이 나와야 할 걸세."

백천의 표정이 굳었다. 대화를 들으며 분위기를 살피던 윤종이 다급한 목소리로 물었다.

"그럼 말려야 하는 것 아닙니까?"

백천은 입술을 꽉 깨물었다. 그리고 말했다.

"무인이 자신의 명예를 걸고 시작한 싸움이다. 우리가 말려서 끝난다면 청명이 놈의 명예가 어떻게 되겠느냐?"

"저놈이 명예 같은 걸 신경 씁니까?"

"……어? 그러네?"

흔들리려는 백천을 조걸이 붙들었다.

"에이, 사숙. 저놈이 말린다고 들을 놈입니까?"

"……그건 맞는 말이다."

"망할 놈 같으니."

결국 모두가 걱정스러운 표정으로 청명을 바라볼 수밖에 없었다. 그런 화산 제자들을 힐끗 본 당군악이 소매 안에서 주먹을 살짝 쥐었다 풀었다. '친구'라는 두 글자가 자꾸 머릿속에 맴돌았다.

- 그냥 제 변덕이라고 해 두죠.

화산신룡은 그렇게 말했다. 변덕 때문에 당가와 친구가 되고 싶다고. 당군악이 피식 웃고 말았다. 과연 누가 변덕으로 목숨을 걸 수 있겠나? 쥔 주먹에 더욱 힘이 들어갔다.

친구. 친구라……. 아무래도 제 생각이 좀 잘못되었던 모양이다.

'대가 없이 주는 것이 친구겠지.'

당군악의 손이 소매 안에 들어 있던 비도를 틀어쥐었다.

'죽게 내버려두진 않는다.'

원로원과 전쟁을 벌이는 한이 있어도.

당외의 입술이 실룩였다.

"원로원을 해체하라?"

"네."

"그리고 뒷방으로 사라져라?"

"아주 당가를 떠나는 것도 좋겠네요."

당외는 피식 웃었다.

"똑똑한 줄 알았더니 아주 멍청한 소리를 하는구나. 나는 당학이 비무에서 지면 당가주에게 간섭하지 않기로 이미 약조를 맺었다. 그리고 내가 너 같은 애송이에게 지고도 뻔뻔하게 고개를 들고 목소리를 낼 수 있을 것 같으냐?"

"네. 그럴 것 같은데요?"

"……뭐라?"

"부끄러움을 아는 사람이라면 그럴 수 없겠죠. 그런데…….".

청명이 어깨를 으쓱했다. 그리고 이내 고개가 모로 꺾였다.

"아세요?"

"……무슨 소리냐?"

"부끄럽다는 게 뭔지 아시냐고요."

"이, 이놈이!"

청명은 우습다는 듯 피식 웃었다.

"그걸 아는 사람이면 상황을 여기까지 끌고 오지도 않았겠죠. 이번 일도 마찬가지예요. 보나 마나 온갖 핑계를 붙여 가며 다시 간섭하려 들겠죠. 왜? 댁들에게는 남은 게 그거밖에 없으니까."

당외의 눈에 업화가 피어났다. 동시에 이가 으드득 갈린다. 청명이 천천히 검을 뽑아 당외를 겨누었다.

"한 줌을 손에서 놓을 수 없다면…… 제가 잘라 드리죠. 그 손모가지."

당외를 노려보는 눈에 한기가 서려 있었다.

나이를 처먹었다고 다 어른은 아니다. 사실 청명은 문파의 나이 든 이들에 대한 적대감이 없는 사람이다. 애초에 청명부터가 따지고 보면 늙은이인 데다가 이미 문파 최고의 어른으로 지내 본 경험이 있으니까.

하지만 저런 이들은 어른이 아니다. 문파의 어른들은 아랫사람들을 돌봐야 한다. 아랫사람들을 짓눌러 자신의 권위를 세우고, 다른 이와 이전투구를 벌이는 순간 어른이라는 말을 들을 자격 따윈 사라진다고 봐야 한다.

만일 당보가 지금 저놈들을 보았다면 청명처럼 온화하게 나오지는 않았을 것이다. 아마 피눈물을 뿌리며 모조리 제 손으로 쳐 죽이고도 남았을 테지.

진짜 어른은 저런 것들이 아니다. 화산의 현 장문인인 현종. 그리고 묵묵히 그를 지원하는 현상. 그리고 현……. 아, 현영 장로는 생각 좀 해 보자. 생각 좀.

그리고…….

'장문사형.'

이제는 안다. 그들이 얼마나 화산을 생각하고 아끼며 사랑했는지. 청명은 그들에게 그저 골칫덩이에 지나지 않았다. 나이만 처먹었지, 화산에 해 준 것이 뭐가 있는가?

'이제는 네 말이 무슨 뜻인지 알겠다.'

당보 역시 그 사실을 후회했다. 그는 제 잘난 맛으로 평생을 살았다. 하지만 이제 남은 것은 아무것도 없다. 아무짝에도 쓸모없는 명성이 그가 남긴 전부다. 청명은 뭐가 다른가?

짧게 한숨을 내쉬었다. 그래도 괜찮다. 잘못을 되돌릴 기회를 얻었으니까. 이번 삶은 과거와 다를 것이다.

"자, 이제 덤비시죠."

"……나는 아직 그 조건을 허락하지 않았다."

청명이 좌우로 시선을 돌렸다.

"그럼 말해 보세요. 이 많은 이들 앞에서 저한테 질까 봐 겁나서 그런 약속은 못 하겠다고 한번 말해 보시죠. 그럼 저는 그냥 내려갈게요. 굳이 안 싸워도 되니까요."

당외가 뒤로 한 발짝 물러났다.

"하, 오냐. 네가 원하는 대로 해 주마. 대신…… 너는 세상에서 가장 고통스럽게 죽을 것이다."

그의 눈에서 서슬 퍼런 기운이 뿜어져 나왔다. 청명이 과장되게 몸을 부르르 떨더니 씨익 웃었다.

"아이고, 무서워라. 걱정하지 마세요. 저는 별 고통 없이 끝내 드릴 테니까요."

이제 말은 필요 없다. 당외의 얼굴에서 한순간에 표정이 사라졌다. 저놈의 수에 말려들고 말았다. 이곳의 모든 이들이 둘의 대화를 들었다. 이쪽을 바라보는 식솔들의 시선에서 부정과 불만이 느껴진다. 아마 그가 화산신룡을 일수에 쳐 죽여 버린다고 해도 그는 두 번 다시 과거의 입지를 회복할 수 없을 것이다.

이걸 노렸을 것이다. 이리되면 승패는 중요하지 않다. 화산신룡은 살아서 비무대를 내려가기만 해도 목적을 모두 달성하게 된다. 당가의 장로를 이기지 못했다는 게 저 어린아이에게 흠이 될 리는 없을 테니까.

당외는 이미 졌다. 하지만, 최소한의 체면치레는 해야 할 것이었다. 뒷방에도 격이 있으니까.

'너는 반드시 죽는다!'

당외가 소매 속으로 손을 깊이 밀어 넣었다. 안쪽 깊숙하게 넣어 둔 독 병 여러 개가 그의 손에 잡혔다. 비무에 이런 독까지 쓰는 건 과할지 모른다. 하지만 그를 이렇게까지 몰아간 것은 다름 아닌 저 화산신룡이다. 이건 그 대가다.

당외의 손에 붉은색 병이 잡혀 나왔다. 그는 천천히 마개를 열고 제 손에 흩뿌렸다. 이제 그의 손에 잡히는 암기에는 모두 독이 묻어날 것이다.

청명의 표정이 미묘해졌다. 보통 사천당가의 고수들은 독을 사용할 때 특수하게 제작된 사슴 가죽 장갑을 낀다. 하지만 지금 당외는 맨손으로 극독을 다루고 있다. 그만큼 독공에 대한 숙련도가 높다는 뜻이다. 청명이 입술을 살짝 핥았다.

"각오는 됐겠지?"

"그쪽 상대하는 데 각오까지 필요하지는 않아서요."

"……광오하기 짝이 없군. 그 알량한 명성이 너를 지켜 주지 못한다는 걸 알게 될 것이다."

"알았으니 시작하시죠."

청명이 검을 슬쩍 내렸다. 선공을 하라는 듯이 말이다. 이윽고 당외의 몸에서 서서히 기운이 흘러나오기 시작했다. 처음에는 부드러웠던 기세가 이내 차가워지고, 독해지더니 이내 그의 몸을 휘감고 도는 기파를 불러왔다.

"내가 힘이 없어 그동안 참고 살았다고 생각하는 모양이군. 내가 마음만 먹는다면 가주조차 내 상대는 아니다."

"와……."

피부가 따끔따끔해 왔다. 기세가 아니라 저 기파에 섞여 나오는 독이 그만큼이나 지독하다는 뜻이리라. 과연, 당외가 딛고 선 비무장 바닥의 청석이 스멀스멀 녹고 있었다.

'돌을 녹여 버릴 정도의 독이라…….'

무시무시하다는 말은 이럴 때 쓰는 것일 테다.

"물러나라!"

"뒤로! 뒤로 물러나! 당장!"

두 사람의 대치를 지켜보던 당가의 식솔들이 기겁하며 우르르 물러났다. 독을 밥처럼 먹는다는 당가인들조차 저 가공할 독력에 겁을 집어먹은 것이다. 어설프게 주변에 있다가는 휘말려 중독될 수도 있다. 가솔들이 물러나는 것을 지켜보던 당외의 눈이 시커멓게 물들었다.

"죽어라!"

파아아아아아아! 그의 양손에서 시커먼 경기가 마구 뿜어졌다.

독장(毒掌)! 독과 경기를 섞어 만들어 내는 독장이 청명을 향해 가공할 속도로 날아들었다. 하지만 청명은 살짝 몸을 비트는 것만으로 당외의 독장을 피해 버렸다. 너무도 수월하게 말이다.

"쉽게 당하면 재미가 없지!"

그 정도는 예상했다는 듯 당외가 앞으로 두어 발 나섰다. 그리고 곧장 좌우로 소매를 털어 내었다.

쐐애애애애애액! 공기를 가르는 매서운 소리와 함께 우모침이 사방으로 비산했다. 눈에 잘 보이지도 않는 미세한 세침들이 저마다 독기를 품고 청명을 향해 날아들었다. 이전 비무에서 당학이 보여 주었던 일수와는 감히 비교도 할 수 없을 정도로 살벌한 기세였다.

하지만 당외를 상대하는 자 역시 유이설이 아니라 청명이었다.

"읏챠아아아아아!"

청명이 검을 과격하게 좌에서 우로 휘둘렀다. 검을 휘둘러 만들어 낸 검풍이 날아드는 세침을 살짝 밀어 내었다. 그 틈을 놓치지 않고 검을 연격으로 휘둘렀고, 세침의 비 사이에 틈을 만든 청명이 주저 없이 몸을 앞으로 날렸다.

"이 정도로는 어림없지!"

청명이 앞으로 돌진했다. 하나 그 모습을 지켜보는 당외의 입가에 걸린 건, 비릿한 미소였다.

"쥐새끼가!"

퍼어어어어어엉! 거대한 폭약이 터지는 듯한 소리와 함께 사방에서 붉은빛의 먼지가 뿜어져 나온다. 순식간에 비무장 전체가 뒤덮여 버렸다. 당군악이 비명을 내질렀다.

"귀, 귀왕령(鬼王令)! 원주! 제정신인가! 이 미친놈이!"

화산의 제자들이 황급히 당군악을 돌아보았다. 그의 얼굴이 경악으로 한껏 일그러져 있었다.

당가의 독은 두 종류로 나뉜다. 하나는 해약이 존재하는 약이고, 다른 하나는 오로지 적을 살상하기 위해 해약을 만들지 않거나, 만들 수 없는 약이다.

귀왕령(鬼王令)은 후자에 속하는 독이다.

비무에 귀왕령을 사용한다는 것은 살초를 쓰는 것과 다르지 않다. 아니, 오히려 더 심한 경우다. 당가가 정파로 남기 위해 지켜야 하는 것 중 하나가, 같은 정파인을 상대로는 해약이 없는 독을 사용하지 않는 것이다. 그런데 지금 원로원주가 그 법칙을 깨 버린 것이다.

"막아야 한다! 빌어먹을, 저 미친 늙은이를 끌어내!"

당군악이 목에 핏대를 세우며 고함을 내질렀지만, 누구도 비무대에 접근하지 않았다. 그럴 만도 했다. 귀왕령은 해약이 없다. 다시 말하자면 당가인들조차도 중독이 된다면 살아날 수 없다는 뜻이다.

"쯧쯧. 놀라기는."

당외가 당군악의 반응을 보며 혀를 찼다. 이미 논리로 힘을 얻는 건 글러 먹었다. 그렇다면 남는 것은 실력 행사뿐. 진즉에 이리했어야 했다. 애초에 공포로써 지배했다면 이런 일은 벌어지지 않았을 것이다. 명분과 체면에 집착한 것이 문제였다.

"아이야. 너는 너무 건방졌다."

그가 소매에서 한 줌의 모래를 잡아 뺐다.

"당가는 독과 암기의 가문이 아니라, 독의 가문이란다. 암기술만 보고 당가를 너무 얕봤구나."

촤아아아아악. 모래가 비무대 위로 뿌려진다.

당학이 사용했던 단혼사가 아니다. 당외가 특별히 제조한 칠보추혼사(七步追魂砂)였다. 말 그대로 한번 중독이 되면 일곱 걸음을 걷기도 전에 혼이 달아난다는, 무시무시한 독 모래다.

"제아무리 대단한 무인이라 해도 피어오르는 먼지 한 톨까지 모두 피할 수는 없고, 쏟아지는 모래를 모두 막아 낼 수는 없다. 너희 정파 놈들은 당가를 우습게 여기지. 하지만 그건 당가가 너희의 사정을 봐주고 있었기 때문이다. 우리가 진짜 독을 아낌없이 사용했다면 천하의 패자는 당가가 되었을 것이다."

이죽거린 당외가 먼지 속에 드러나는 청명의 그림자를 보며 가볍게 웃었다. 바닥에 무릎을 꿇은 청명의 모습이 얼핏 보였다. 이대로 둬도 죽겠지만······.

"그 정도로는 안 되지."

당외의 손에 또 다른 병이 잡혔다. 그는 뚜껑을 열자마자 지체 없이 장력으로 병을 날려 버렸다. 뿜어져 나온 새파란 연기가 당외의 장력과 섞이며 청명에게 날아가 그의 몸을 강타했다.

"이건 네게 주는 마지막 선물이다. 환희연(歡喜煙)이라고 하지. 너는 죽는 그 순간까지 지옥의 고통을 겪게 될 것이다."

고통에 겨워 발악하고 몸부림치는 모습이 마치 기뻐 날뛰는 것과 같다고 해서 붙여진 이름. 청명에 대한 응징을 끝낸 당외가 슬쩍 고개를 돌려 당군악을 바라보았다.

"어떻소, 가주?"

"이…… 이 미친 늙은이가 잘도 이런 짓을!"

당군악의 눈에 핏발이 섰다. 그가 소매 안으로 손을 쑤셔 넣었다. 비도를 꽉 움켜쥔 그의 어깨가 금방이라도 출수할 듯 들썩였다. 당군악이 얼마나 흥분했는지를 말해 주는 듯한 움직임이었다. 하지만 그 모습을 바라보는 당외는 그저 비웃을 뿐이었다.

"정당한 비무였을 뿐이오."

"정당한 비무에 극독을 사용한다는 말이오! 그것도 해약도 없는 극독을!"

당군악이 입술을 꽉 깨물었다.

늦었다. 이제 와서 비무대로 뛰어든다고 한들 이미 청명을 살릴 길은 없다. 괜히 당군악만 함께 중독될 뿐이다. 피가 거꾸로 치솟는 분노에 눈앞이 아찔해진 당군악은 목에 핏대를 세우며 일갈했다. 처절하리만치 끓어오르는 목소리였다.

"이런 짓거리를 하고도 그대가 당가의 원로라고 자부할 수 있소이까?!

정파의 아이와 비무를 하면서 해약도 없는 극독을 쓰는데, 당신이 극악무도한 사파의 무리와 뭐가 다르단 말이오!"

이제 당가주는 당외를 원로원주라 부르지 않았다. 당외는 더 이상 원로원주라 불릴 자격이 없다. 정파로서 지켜야 할 최소한의 것마저 저버린 이를 어찌 원로라 부르며 존중할 수 있겠는가? 그러나 그런 당군악의 피 끓는 외침에도 당외는 그저 비웃음만 보일 뿐이었다.

"하하, 사파의 무리라 하셨소?"

"그렇소!"

"가주, 정신 차리시오! 바로 그것 때문에 당가가 천하를 손에 넣지 못한 것이오!"

당외가 양손에 독 기운을 끌어 올렸다. 그의 눈이 기이한 빛으로 일렁이고 있었다.

"당가의 처지가 어떻소! 마음만 먹으면 언제든 천하를 질타할 수 있는 독과 암기를 가지고도 이 사천 구석에 처박혀 지역의 패자나 자처하고 있을 뿐! 이 낡아 빠진 법도에 언제까지 묶여 있어야 한단 말이오! 청성? 아미? 웃기지도 않는 소리! 정말 적으로 돌아선다면, 우리가 청성산과 아미산을 피로 물들이는 데 단 하루도 걸리지 않을 것이오! 그런데 우리의 처지가 어떻소? 그 어중이떠중이에게 둘러싸여 아무것도 못 하고 있지 않소! 이게 가주가 원하는 당가의 미래요?"

"그래서? 아무에게나 극독을 뿌려 대시겠다? 그랬다가는 천하의 공적이 될 뿐이외다!"

"혹은 천하를 지배하거나. 그렇지 않소?"

당군악의 얼굴에서 핏기가 사라졌다. 노기가 끓어올라 정신을 잃을 지경이었다. 뿌드득 이를 갈아붙인 그가 가열한 어조로 소리쳤다.

"뭐 하느냐! 당장 저 죄인을 붙잡아 하옥하라!"

"죄인? 누가 죄인인가!"

당외가 당군악을 가리키며 당당히 일갈했다.

"죄인은 당가를 약하게 만든 가주를 말함이겠지! 그대가 얼마나 당가를 무시했으면 화산 따위와 동맹을 맺는다는 말이오?"

"이……."

당외가 끌끌 혀를 차고는 말했다.

"가주. 우리 원로들이 물러난 이유는 약해서가 아니오. 자꾸 이런 식으로 원로원을 핍박하려 든다면 우리도 생각을 달리할 수 있다는 걸 잊지 마시오."

당군악의 손톱이 손바닥을 파고들었다. 부들부들 떨리는 주먹은 차마 소매에서 빠져나오지 못했다. 아무리 당외가 끔찍한 짓을 저질렀다고는 하나 당외는 가문의 어른. 그를 공격하는 모습을 모두에게 보일 수는 없다. 더구나…….

식솔들을 돌아본 당군악이 이를 악물었다. 대놓고 티를 내지는 않지만, 은근히 당외의 말에 동조하는 듯한 분위기가 느껴졌다. 당군악은 속으로 통탄하였다.

'모두 내 잘못이다.'

이 많은 이들 앞에서 발언할 기회를 당외에게 준 것도, 그리고 당외가 저만한 야심을 숨기고 있다는 걸 알아채지 못한 것도, 무엇보다 당외와 화산신룡이 비무를 벌이게 둔 것도 모두 당군악의 실수였다.

말렸어야 했다. 어설프게 끼어들 결심을 할 게 아니라, 이 비무 자체를 말렸어야 했다. 그리하여 시작조차 못 하게 해야 했다. 잠깐의 망설임과 대책 없는 믿음이 이토록 끔찍한 결과를 가져오고 말았다.

결국 당군악이 막 소매에서 비도를 뽑아 들려는 찰나였다.

"어, 어엇! 저기!"

어디선가 불어온 바람이 비무장을 메운 독연을 날려 버렸다. 멀찌감치 떨어져서 지켜보던 이들이 기겁하며 사방으로 뿔뿔이 달아났다. 이를 본 당외는 장력을 날려 독연을 하늘 위로 밀어 올렸다. 혹여 식솔 중에 중독되는 이가 나온다면 지금까지 그가 이뤄 놓은 것들이 모두 엉망이 되고 말 테니까.

독연이 걷힌 곳을 향해, 당외는 비릿한 미소와 함께 고개를 돌렸다. 이제 한 줌의 핏물이 되어 있을 청명을 보며 애도를 보내 주면…….

"뭐, 뭐냐?"

그 순간, 당외의 눈이 화등잔만 하게 커졌다. 그의 시야에 들어온 것은 모조리 녹아 버린 시체가 아니었다.

그냥, 청명이었다.

"어떻게…….."

입은 의복이 독에 물들긴 했으나, 옷 밖으로 드러난 청명의 몸은 별다른 이상이 없어 보였다. 다만 멀쩡한 상태는 아닌지 바닥을 부여잡은 채 경련을 하고 있었다.

"우웨에에에에에엑!"

청명이 연신 헛구역질을 해 대었다. 우스꽝스럽기 짝이 없는 모습이지만 당외는 결코 그 광경을 보며 웃지 못했다.

"우욱! 우웨에에에엑!"

두어 번 헛구역질해 댄 청명이 마른 입가를 쓱 문질러 닦고는 힘겹게 몸을 일으켰다. 당외가 어렵게 입을 열었다.

"중독이…….."

"아오. 너무 먹었나?"

청명이 중얼거리며 고개를 휙휙 저었다.

"날 이렇게까지 만들다니. 과연 사천요리."

당외는 도무지 믿을 수 없다는 눈빛으로 청명을 바라보았다. 요리? 독이 아니라?

"……어떻게?"

어떻게 중독이 되지 않을 수 있지? 당외는 저도 모르게 벌어진 입을 다물 줄을 몰랐다. 분명 이곳에 있던 모두가 보지 않았는가? 귀왕령에 휩싸이고, 칠보추혼사에 뒤덮이고, 마지막으로 환희연까지 얻어맞았다. 그 어느 독도 사람을 한 줌 핏물로 만들기에는 충분한 독이다.

물론 내력이 높은 고수라면 어느 정도 버틸 수 있거나, 중독 자체를 웬만큼은 억누를 수 있을 것이다. 그러나 저놈이 그럴 수준이 될 리가 있는가!

"퉤!"

청명은 입 안이 까끌까끌하다는 듯 몇 번 침을 뱉어 내고는 고개를 들었다.

"일단 몇 가지 정정할 게 있는데요. 첫째. 당가가 천하를 질타하지 못하는 이유는 독을 쓰지 않기 때문이 아니에요. 독이 통하지 않기 때문이지."

"……뭐라 했느냐?"

청명이 피식 웃었다. 당외의 반응을 보고 있으니 절로 웃음이 나왔다. 옛 생각이 나서다.

– 그런데 너는 당가인이라는 놈이 왜 독을 쓰지 않는 거냐?

– 아이고, 형님. 언제 당가에서 천하제일인이 났다 소리를 들어 보신

적 있습니까?

- 없지.

- 그러니까요. 애초에 당가 하면 남궁세가랑 쌍벽을 이루는 명문가 아닙니까. 남궁가나 팽가는 잘도 배출하는 천하제일인이 유독 당가에서는 안 나온단 말입니다.

- 그게 독 때문이라고?

- 그렇지요. 독 그거 좋은 게 아닙니다. 물론 적당한 수준에서야 만능열쇠나 다름없죠. 대충 침 몇 개 던져서 스치기만 해도 애들이 픽픽 쓰러지는데 세상 겁날 게 뭐가 있습니까.

- 그런데?

- 그렇게 쉽게 이기는데 누가 암기술을 갈고 닦겠습니까? 당가의 독만 쓰면 무적이라고 생각해서 콧대가 높아지고 실력은 늘지 않는 거죠. 그러다가 형님 같은 고수 만나면 모가지 날아가는 겁니다. 그 등신들은 아무리 말해도 이해를 못 해요.

고수에게는 독이 통한다. 하지만 절대고수에게는 독이 통하지 않는다. 독으로 천하를 제패한다? 그게 가능했으면 당가가 천마를 피해서 도망쳤을 리가 없다. 단순히 천마뿐만이 아니다. 당가는 결국 마교의 고수들조차 감당해 낼 수 없었기에 달아난 것이다. 당외가 말하는 대로 독을 쓰는 것만으로 고수들을 쓰러뜨릴 수 있다면 어디 마교 따위가 당가를 쫓아냈겠는가.

해독제가 없는 독? 그건 해독제가 없다는 뜻이지 해독이 불가능하다는 뜻이 아니다. 독에 대처하는 방법은 분명히 있다. 청명이 아는 것만 해도 두 가지나 되니까.

"주, 중독을 피할 수 없었을 텐데? 귀왕령은 숨을 참는다 해도 피부로 스며든다. 다른 독들 역시 마찬가지다!"

하나는 지금 당외가 말한 것. 내력을 이용해 몸 주위를 완전히 차단해 버리면 된다. 독을 들이마시지 않고 피부에도 닿게 하지 않으면 중독당할 이유가 없다.

하지만 이 방법으로는 암기에 묻은 독을 피할 방법이 없다. 하나의 암기라도 몸을 파고드는 순간 독이 몸 안으로 스며드니까. 그래서 절대고수들이 쓰는 방법은 바로, 몸속에 들어온 독을 내력으로 정화해 버리는 것이다. 기의 운용이 극에 달한 고수들은 내력으로 독을 해소해 버릴 수 있다.

해독제 같은 건 필요 없다. 해독제란 고수가 아닌 이들이 섭취하는 것만으로도 독을 중화할 수 있게끔 만들어진 약일 뿐이다. 그러나 애초에 중독이 되어도 버틸 수 있는 이들에게 해독제가 무슨 의미가 있겠는가? 그렇기에 당가는 독이라는 무기를 들고도 천하제일이 되지 못한 것이다.

당보는 진작부터 이 사실을 알고 있었다. 당가에서는 거의 내놓은 사람 취급을 받던 당보는 천하를 누비며 수많은 비무와 생사결을 치렀다. 덕분에 독에 기대서는 천하제일이 될 수 없다는 것을 깨닫고 오로지 암기술에 제 모든 것을 걸었다. 암기술 하나로 천하를 질타했던 암존 당보는 그렇게 탄생한 것이다.

"뭐 여러모로 설명해 봐야 이해 못 할 테니, 그냥 제가 특이 체질이라고 해 두죠."

"마, 만독불침이라고?"

"너무 나가셨네."

청명이 손을 내저으며 눈살을 찌푸렸다.

"계속해서 둘째! 당가가 화산이랑 동맹을 맺어 주는 게 아니라, 화산이 당가랑 동맹을 맺어 주는 거예요. 이건 중요한 문제니까 꼭 기억하세요."

당외가 어안이 벙벙한 표정으로 입을 열려는 순간, 청명이 단호하게 말을 가로챘다.

"마지막으로 셋째. 당가주님은 진작부터 이러한 점을 꿰뚫어 보고 화산과 손을 잡으려고 했는데 그쪽은 마지막까지 영 눈치가 없네요. 당가주님도 참 힘들었겠어요. 그쪽 같은 인간도 식솔이라고 먹여 살려야 하니."

"이, 이놈이!"

청명은 손에 들린 검을 들었다.

"자, 그럼 계속하자고요. 쓰고 싶은 독이 더 있으면 마음껏 써 보세요."

"자, 잠깐. 내력을 끌어 올릴 수 없었을 텐데? 너는 이미······."

황급히 입을 열었던 당외는 순간 움찔하더니 입을 닫았다. 너무 당황한 나머지 꺼내지 말아야 할 말을 꺼낸 것이다. 청명이 피식 웃었다.

"아, 그거요?"

"그······."

"멍청한 사람의 특징이 뭔지 아세요? 자기만 똑똑하다고 생각하는 거죠. 이미 비무가 있기 전부터 이런 수작질이 벌어질 거라 예상했어요. 댁 같은 양반들이 하는 짓들은 대개 뻔하니까."

"미리 해약을 먹었단 말이냐?"

"아, 진짜 자꾸 멍청한 소리 하시네. 댁들 독은 나한테 안 통한다니까. 못 믿겠으면 다시 해 보시든가."

"그렇지 않아도 그럴 생각이다!"

당외의 소매에서 귀왕령이 다시 뿜어져 나왔다. 뭉클뭉클 피어난 연기가 청명의 주위를 희뿌옇게 물들인다. 조금 전보다 좁은 범위를 점하는 대신 독의 농도를 끌어 올린 것이다.

"소용없다는데도."

청명이 검을 한번 휘둘러 주위로 날아든 귀왕령을 밀어 내었다. 그러더니 아무렇지도 않다는 듯 터덜터덜 당외에게로 걸어갔다.

당외는 거의 넋이 빠진 얼굴로 청명을 바라보았다. 분명 귀왕령이 청명의 코와 입을 타고 들어가는 것을 두 눈으로 똑똑히 보았다. 그러면 응당 중독되어야 하고, 지금쯤은 온몸이 녹아내리다 못해 타들어 가고 있어야 한다.

하지만 지금 청명은 누가 보아도 중독된 이가 아니다.

"미안하지만 이 정도로는 어림도 없어요. 말했잖아요. 나는 특이 체질이라고."

황당하게 들릴지도 모르지만 사실이다. 청명의 몸속에는 천하에서 가장 정순한 기운이 모여 있다. 그것도 도가 계열의 기운이다. 도가의 기운은 본래 파사(破邪)와 정화(淨化)에 특화된 기운이다. 그리고 천하의 어떤 도가 고수도 청명보다 정순한 기운을 지니지는 못했다. 도가 내력의 끝을 보고, 처음부터 다시 시작한 청명이기에 모을 수 있었던 기운이다. 그 기운 앞에 독 따위는 아무런 문제가 되지 않는다.

여차하면 혼원단이라도 한 알 꺼내 먹으려 했는데, 생각보다 깔끔하게 독을 해독해 버렸다. 배 속 기운의 머리라도 쓰다듬어 주고 싶은 심정이었다. 하기야…… 이걸 모으느라 개고생 했던 걸 생각하면 이 정도 효능쯤은 있어야지!

"자, 이제 어떻게 하실래요?"

청명이 피식 웃으며 묻자 당외의 표정이 일변했다. 조금 전까지 당황과 공포로 일그러져 있던 얼굴이 일순 평온을 되찾은 것이다.

"하하하하. 자신의 상태도 제대로 모르는구나. 네 손이나 제대로 보고 말하거라!"

청명이 쫙 펼친 제 손을 내려다보았다.

"엥? 어? 이거 왜 이래?"

손끝부터 손목까지가 시커멓게 물들어 있다. 이건 당연히 중독의 증상이었다.

"네놈이 대단하다는 건 알았다. 하지만 그 대단한 네놈도 독 기운을 끝까지 몰아내지는 못한 모양이구나."

"와……. 뭐 이런 독이 다 있지?"

기어코 이걸 뚫고 들어오네. 얼마나 지독한 독이면.

당외가 득의양양한 표정으로 말했다.

"지옥에 가 염왕을 만나거든 사천당가의 독을 얕본 대가로 지옥에 왔노라 말하거라."

"거참, 성격까지 급하시네."

"……뭐라?"

청명이 피식 웃었다.

"자체적으로 해결하는 데는 한계가 있는 모양이네요. 그런데 그게 뭐 어때서요?"

"그 독은 해독할 수…….'"

그 순간이었다. 화아아아아악 하고 뭔가 뿜어지는 소리가 들린다 싶더니 청명의 양손에서 커다란 불꽃이 피어올랐다. 동시에 매캐한 연기가 화염을 타고 허공에 솟구쳤다.

삽시간에 주위가 조용해졌다. 청명이 배를 쭉 내밀었다.

"해독 못 하면 태워 버리면 그만이지!"

당외는 저도 모르게 두어 발 뒤로 물러났다.

"사, 삼매……. 삼매진화(三昧眞火)?"

어떻게? 초절정의 고수들만이 피워 낼 수 있다는 삼매진화를 어떻게 저 어린놈이 쓸 수 있다는 말인가? 그는 경악으로 말도 제대로 잇지 못했다.

비무대 아래에서 그 광경을 지켜보던 윤종이 돌연 한숨을 푹 내쉬었다.

"……저놈은 술독도 불로 태우더니 진짜 독도 불로 태우네."

화산은 태우지 말아야 할 텐데…… 제발.

윤종의 답답한 심경을 모르는 화염은 독을 태우며 독연을 피웠다. 독연은 하늘 높이 번지며 퍼져 나갔다. 당외의 입은 경악으로 쩌억 벌어져 있었다.

"어…… 어떻게?"

청명이 그런 당외를 보며 피식 웃었다. 황당하긴 할 것이다. 새파란 애송이가 절정고수의 상징이라 할 수 있는 삼매진화를……. 그것도 이만한 삼매진화를 피워 내는 걸 누가 상상이나 하겠는가?

사실 이 삼매진화라는 건 막대한 내력이 필요한 수법은 아니다. 중요한 건 내력이 아니라 무학의 경지와 이해도. 수련과 수련을 거듭해 내력을 자유자재로 운용할 수 있게 되는 것이 핵심이다. 내력의 운용이라는 측면에서 청명은 천하에 따라올 자 없는 독보적인 수준을 이룩했다.

'그래도 내가 매화검존 출신인데.'

출신이라고 하기에는 좀 이상하지만 말이다. 여하튼 청명에게 삼매진화를 피우는 건 그리 어려운 일이 아니었다. 몸의 기운이 자체적으로 정화하지 못하는 잔독들은 이런 식으로 태워 버리면 그만이다. 일전에 주독을 태워 버렸던 것처럼.

경악한 당외의 얼굴을 보자니 자꾸만 피식피식 웃음이 새어 나왔다.

"우물 안 개구리들 같으니."

당보는 사천당가의 폐쇄성을 부수려 했다. 사천의 패자라는 이름으로 저들만의 무학을 틀어쥐고 살아서는 영영 천하의 패자가 될 수 없다고 생각했으니까. 하나 당외의 반응을 보니 백 년이 지났음에도 당가는 달라진 게 없는 모양이다.

그럼 달라지게 해 줘야지. 대가리를 깨서라도 말이다.

청명이 검을 들고 천천히 당외를 향해 다가섰다. 당외가 황급히 뒤로 한 발 물러서며 소매에서 뽑아낸 칠보추혼사를 청명에게 마구 뿌려 댔다.

"주, 죽어라! 이 괴물 같은 놈!"

파스스스 날아온 모래가 청명의 몸에 부딪혀 휘날렸다. 청명이 입 안으로 들어오는 모래를 뱉었다.

"아, 퉤퉤! 에이, 진짜 더럽게 흙을 뿌려!"

당외는 그저 넋을 놓은 채 그 광경을 바라보았다. 물소도 일곱 걸음을 채 떼기 전에 절명한다는 칠보추혼독이 듬뿍 밴 모래를 평범한 모래처럼 털어 낸다. 이제는 허탈하기까지 할 지경이다.

"독……. 당가의 독이…….."

넋을 잃었던 당외가 악을 쓰며 소리쳤다.

"이럴 리가 없다! 절대 이럴 리가 없어! 으아아아아아아!"

그의 소매에서 온갖 독이 뿜어져 나왔다. 검고 붉은 연기, 새파란 액체에, 보랏빛을 띠는 독환까지 청명을 향해 마구잡이로 날아들었다. 그 가공할 기세에 비무장을 지켜보던 당가의 식솔들마저 기겁하여 더욱더 멀리 뒤로 물러날 정도였다.

하지만 청명은 구름처럼 피어나는 독연을 손으로 헤치고, 비처럼 쏟아지는 독액을 검으로 밀어 냈다. 그리고 아무 일도 없었다는 것처럼 담담히 말했다.

"소용없다니까 그러시네."

"이, 이노오오오오옴!"

당외가 정신이 나간 사람처럼 울분을 터뜨렸다.

'어떻게! 어떻게 이런 일이!'

이렇게 져서는 안 된다. 지더라도 이렇게는 질 수 없다. 이렇게 패해 버린다면 그는 존재의 모든 이유를 잃어버리게 된다. 평생에 걸쳐 쌓아 온 모든 것을 부정당하게 된다. 평생을 수련해 온 독이 무용지물이 되어 버리고, 그의 마지막 자존심이 되어 준 식견마저 부정당한다면 대체 그가 무인으로서 존재할 이유는 무엇이란 말인가?

"나는! 나는 이렇게 끝나지 않는다!"

두 눈에 독기를 가득 머금은 당외가 소매 안에서 암기를 뽑았다. 날이 매섭게 벼려진 비도가 청명을 향해 엄청난 속도로 날아들었다. 청명이 매화검을 휘둘러 날아드는 비도를 쳐 낸다.

'약해.'

청명이 눈살을 찌푸렸다. 날아드는 비도는 그저 빠를 뿐이었다. 당군악의 비도처럼 기묘한 무리를 품고 있지도 못했고, 끊임없는 수련으로 쌓아 올린 노련함도 보이지 않았다.

"이노오오오오옴!"

당외의 손끝에서 십여 개의 동전이 발출되었다.

당문전(當門錢). 당가에서 암기로 쓰는 동전을 통칭하는 말이다.

과거 당보가 쓰던 당문전은 손때가 묻어 꼬질꼬질하기 짝이 없었다. 관리를 좀 하라고 해도 이게 수련의 증거라며 되레 자랑스러워했다. 하지만 지금 청명을 향해 날아드는 당문전은 깨끗하기 이를 데 없다. 얼마나 사용하지 않았는지 새 동전으로 보일 정도다.

청명의 얼굴이 일그러졌다.

과거의 당보와 지금 당외의 지위는 그리 다르지 않다. 당외는 원로원주라는 지고한 지위로 당가를 뒤흔들고, 당보는 당가를 떠난 외인이나 다름없는 처지이긴 했으나 두 사람은 모두 당문의 태상장로라는 신분을 역임하고 있다. 한데 이 수준의 차이는 뭔가?

"멍청한……!"

청명의 검이 날아드는 당문전을 단칼에 쳐 냈다. 이게 천하의 매화검존 청명조차 기겁하게 했던 당가의 암기술이라고?

지금 건너편에 당보가 있었다면, 지금의 청명 따위는 삼 초식도 채 버티지 못하고 박살이 났을 것이다. 그런데 겨우 이런 실력으로 당가의 장로입네 하고 거들먹거리고 있었다니. 화가 치밀었다.

'너는 이 꼴을 보고 싶지 않았던 거겠지.'

독이 만능인 줄 알고 독만 연구하다 보면 결국 당가는 퇴보할 수밖에 없다는 것을 당보는 훤히 들여다보고 있었던 것이다. 그리고 지금 청명의 앞에 펼쳐진 광경이 당보가 결코 보고 싶지 않아 했던 당가의 미래다.

"머리로 이해 못 한다면 몸에 때려 박아 주지!"

청명이 날아드는 암기를 쳐 내며 당외를 향해 일직선으로 돌격했다. 당외의 표정에 당혹이 어렸다.

"으아아아아! 나는 지지 않는다아아아아!"

너른 소매에서 암기와 독이 마구잡이로 나와 뿌려졌다. 독과 암기는 하늘로 솟았고, 흡사 비처럼 쏟아지기 시작했다.

"마, 만천화우(滿天花雨)?"

"만천화우다!"

누군가가 내지른 경악성이 청명의 귀를 파고든다. 청명은 조소했다.

'아니야, 이 멍청이들!'

만천화우는 무형지독과 함께 당가의 양대 전설로 불리는 비다. 당외 따위가 쓸 수 있는 게 아니다. 과거 당보가 보여 준 미완성의 만천화우는 보는 이로 하여금 환상에 빠지게 할 만큼 아름다웠다. 그래. 세상을 가득 뒤덮는 꽃잎의 비. 그건 마치……

'잘 봐 둬! 당가!'

비슷하게 흉내 내는 것뿐이지만…… 지금 천하에서 이걸 흉내라도 낼 수 있는 사람은 오직 나뿐일 테니까! 이건 백 년의 세월을 뛰어넘어 당보가 당가에 전하는 심득이자, 선물이다!

하늘로 솟구쳤던 암기와 독이 비처럼 쏟아졌다. 청명은 그 독과 암기의 빗속에서 그저 가만히 검을 들어 올렸다. 떨어지는 독도 암기도 존재하지 않는다는 듯, 검을 하늘로 겨눈 채 가만히 눈을 감았다.

흔들린다. 청명의 검 끝이 한없이 흔들리기 시작한다. 이윽고 그 검 끝에서 무수히 많은 매화가 피어오르기 시작했다.

한 송이. 또 한 송이. 이내 수십 송이로 불어난 매화는 다시 수백 송이로 불어나며 비무대를 모조리 매화로 뒤덮어 버렸다.

"아……."

당군악은 저도 모르게 입을 벌리고 넋을 놓았다. 이건…… 그와의 비무에서 청명이 보여 주었던 검과는 무언가 다르다. 확연하게 집어 말할 수는 없지만, 당군악의 본능은 이 검을 놓치지 말라 소리치고 있었다.

매화가 피어난다. 온 산 가득 피어난 매화는 어디선가 불어온 훈풍에 일제히 그 꽃잎을 날려 보냈다. 그 무수한 매화 잎이, 아래로 쏟아지는 독과 암기의 비를 맞이한다.

쇄애애애애애액! 쇄애애액! 가공할 기세로 쏟아지던 암기의 비는 한없이 연약해 보이는 매화의 꽃잎과 맞부딪힌 순간, 그 기세를 잃고 힘없이 튕겨 나갔다.

독도, 암기도, 그 어떤 것도 매화의 춤을 뚫지 못했다.

"아아……."

당외는 양손을 늘어뜨린 채 망연히 그 광경을 바라보았다. 그가 날린 독과 암기들이 맥없이 튕겨 나갔다.

그리고, 피어난다. 피어나고 또 피어난 매화가 무심하게 꽃잎을 하늘로 날려 보낸다.

이윽고 순식간에 당외의 하늘이 모조리 매화의 꽃잎으로 가득 차 버렸다.

온 하늘에 꽃잎의 비가 내린다(滿天花雨). 어떤 꽃잎은 가볍게 솟아올랐다가 부드럽게 유영하고, 어떤 꽃잎은 위태위태하게 잡히지 않는 변화를 그리며 추락한다. 또 어떤 것은 일직선으로 바닥으로 내리꽂히고, 그저 그 자리에 머무르며 단아하게 춤을 추기도 했다. 하늘을 뒤덮은 수백, 수천의 꽃잎이 제각각 다른 변화를 보인다.

꽃잎의 비. 그리고 꽃잎의 춤이었다.

당외가 세상 다시없을 처절한 비명을 내질렀다.

"어, 어떻게 네놈이이이이이이!"

세상을 뒤덮었던 꽃잎들이 일제히 날아들었다.

"으아아아아아아아아!"

당외는 공력을 불어넣은 양손을 미친 듯이 휘저으며 날아드는 꽃잎을 튕겨 냈다. 소매가 보이지도 않을 만큼 엄청난 속도였다.

카카카카카캉! 공력이 잔뜩 주입되어 강철보다 더 단단해진 소매는 여린 꽃잎들을 있는 대로 후려쳐 대었다. 그러나 인간의 두 팔로 막아 내기에는 날아드는 꽃잎이 너무도 많았다.

서걱.

"큭!"

옆구리에 스친 꽃잎이 작은 자상을 만들어 냈다.

푸욱!

"끄으윽!"

등에 내려앉은 꽃잎이 살을 베어 낸다. 당외의 두 눈에 시뻘건 핏발이 섰다.

"나, 나는! 나는 당가의 당외다!"

소용돌이치는 꽃잎이 당외의 전신을 뒤덮었다.

"으아아아아아아아악!"

이제 당외의 모습은 보이지 않았다. 그의 처절한 비명만이 당가를 쩌렁쩌렁 울렸을 뿐이다.

잠시 후, 온 세상을 휘돌 것 같았던 꽃잎들이 봄볕을 받은 눈처럼 사르르 녹아내렸다.

스르르릉.

청명이 뽑은 검을 검집에 밀어 넣었다. 그리고 고개를 들어 그의 앞에 서 있는 이를 바라보았다. 당외. 그는 반쯤 풀린 눈으로 멍하니 청명을 바라보고 있었다. 옷은 모두 갈가리 찢겨 나간 지 오래다. 그 틈으로 보이는 몸에는 수없이 자잘한 상처가 나 있었다.

당외가 힘겹게 입을 뗐다.

"……이 검은?"

"매화만천(梅花滿天)."

"……매화만천. 이게…… 이게 화산의 검이로군."

"어……."

청명이 뒷머리를 긁적였다. 이건 사실 화산의 검 매화만천에 당보가 보여 주었던 만천화우의 심득을 청명의 나름대로 섞어 넣은 검이었다. 즉, 화산의 검이지만 당가의 비기이기도 하다. 당외가 거기까지는 알 수 없겠지만 말이다.

당외의 몸이 천천히 넘어갔다.

"정말…… 꿈……같은 검이었…….."

그가 바닥에 털썩 쓰러진 순간, 청명의 눈이 차갑게 빛났다.

'이자의 무공을 폐했으니, 이제 당가주가 알아서 하겠지.'

아무리 청명이 내기를 걸어 가며 사람들 앞에서 당외를 쓰러뜨린다고 해도, 어차피 모든 것은 당가의 의지에 달렸다. 청명이 해 줄 수 있는 건 여기까지. 당외를 쓰러뜨리고 그의 무공을 폐하는 것. 그리고 수많은 이들 앞에서 원로원이 얼마나 쓸모없는 곳인지를 증명하는 것뿐이다.

청명이 몸을 빙글 돌려 당가주를 비롯한 당가의 식솔들을 바라보았다.

"어때요?"

그를 바라보는 당군악의 표정이 복잡 미묘했다. 하지만 그도 잠시, 짧게 심호흡을 한 그는 청명을 똑바로 바라보며 말했다.

"이번 비무는 화산신룡 청명 소협의 승리다!"

그리 높지 않은 함성이 울렸다. 하늘은 맑디맑았다. 당가의 새로운 변화를 암시하는 순간이었고, 조금의 어색함과 다소간의 기대감이 공존했다. 그 기묘한 공존을 느끼며 청명은 하늘을 바라보았다.

'이걸로 됐느냐?'

한참이나 그렇게 하늘을 바라보던 그는 씁쓸한 미소를 지으며 고개를 내렸다.

들릴 리가 없지. 알고 있다. 그들이 하는 모든 말은 그저 자신이 만들어 낸 환상일 뿐이라는 걸. 죽은 자는 말이 없고, 죽은 자는 돌아오지 않는다. 그저 죽어야 할 때 죽지 못해 홀로 다른 세상에 떨어진 청명만이 미련을 부여잡고 과거를 돌이키고 또 돌이켜 볼 뿐이다.

천천히 고개를 내린 청명이 그의 사형제들을 바라보았다. 그리고 속으로 읊조렸다.

'걱정하지 마라, 이놈아. 당가는 내가 가끔 돌봐 줄 테니까. 아, 물론 공짜는 아니지만.'

청명이 씁쓸한 표정으로 비무대를 내려가려는 찰나였다.

- 고맙습니다. 도사 형님.

문득 선명하게 들린 목소리가 있었다. 저도 모르게 뒤를 돌아보니 당보가 생전의 모습 그대로 그를 보며 환히 웃고 있었다. 하지만 그 모습은 이내 환상처럼 사라져 버렸다.

주먹을 꽉 움켜쥐며 눈을 감았다. 이어진 인연은 여기에서 끝났다. 이전 생에 미처 지키지 못했던 약속이 이 순간 지켜졌다. 그러니…….

'편히 눈감거라.'

안녕. 내 하나뿐인 친우여.

비무대를 내려온 청명은 사형제들에게로 가 양팔을 벌렸다.
"하하. 뭐 그런 표정들을 하고 있어. 내가 누군……. 응?"
사형제들이 슬금슬금 그에게서 물러났다.
"뭐 해?"
"아, 아니."
백천이 어색하게 웃는다. 그의 이마에 식은땀이 맺혀 있다.
"흐음?"
그 기묘한 반응에 청명이 미간을 찌푸렸다.
"아니……."
그러다 돌연 빠르게 움직여 보았다.
호다닥.
"……."
그가 다가간 만큼 후다닥 물러나는 사형제들을 보며 청명이 얼굴을 일그러뜨렸다.
'물러나?'
더구나 모두 표정이 영 좋지 않다. 마치 마마에 걸린 사람이라도 보는 것 같은 표정들이다.
"아니, 누가 병 걸렸나! 왜 사람을 피하고 난리야!"
"야! 인마! 생각을 하고 사람한테 다가와야 할 것 아냐! 전신에 독을 철철 바르고 뭘 그렇게 아무렇지도 않다는 듯이 슬금슬금 다가오고 있어! 우리는 중독되면 바로 죽는다고!"
"어?"

'그러네?'

청명이 슬쩍 제 몸을 내려다보았다. 물론 그는 중독이 되지 않았지만, 그의 전신에는 당외가 뿌린 독이 잔뜩 묻어 있었다. 청명이야 몸이 알아서 해독한다지만, 그의 사형제들은 독이 묻는 순간 염라대왕에게 '빌어먹을 사제 놈이 실수로 독을 묻히는 바람에 죽었습니다.'라는 황당한 말을 해야 한다.

청명은 머리를 긁적거리며 슬쩍 주변을 둘러보았다. 그러고 보니 그의 사형제들뿐 아니라 다른 사람들도 그에게서 멀찌감치 떨어져 슬슬 눈치만 보고 있다. 에라, 아무리 그래도 그렇지! 사람을 무슨 역신(疫神) 보듯이 하나그래.

"응? 당가주님……?"

댁은 왜 그렇게 떨어져 계십니까? 명색이 당가의 가주라는 사람이?

"크흠."

당군악이 낮게 헛기침을 하더니 느릿하게, 아주 느릿하게 청명을 향해 다가왔다. 청명이 돌연 그를 향해 콱 한 발짝 내딛자 당군악이 화들짝 놀라며 뒤로 획 물러났다.

"가, 가만히 좀 있게!"

어……. 나 이거 뭔가 익숙한데. 그러고 보니 예전에는 그가 뭘 하려고만 해도 사형제들이 이런 반응을 보였던 것 같다.

'나는 대체 어떤 삶을 살았던 거지?'

새삼 매화검존이 얼마나 개차반이었는지를 실감한 청명은 자신도 모르게 시큰해진 눈가를 훔쳤다.

'미안하다. 사제들아. 이 사형이 잘못했다.'

그렇게 청명이 한숨을 쉬며 회개하는 동안, 당군악은 뒤에서 달려온 누군가에게서 작은 병을 수십 개 정도 받아 들었다. 그리고 가차 없이 청명을 향해 뿌리기 시작했다.
"에, 에취!"
"가만히! 가만히 있게! 기침도 하지 말게!"
"아니! 이 양반들이!"
십여 가지의 가루와 십여 가지의 물약을 골고루 뿌리고도 안심이 되지 않는지, 당군악은 미묘한 표정으로 청명을 바라보았다.
"독기가 느껴지는가? 일단 한 일주일 정도 격리를 해 볼까 하는데 협조를 해 주겠……."
"에라! 빌어먹을!"
그 순간 청명의 전신이 화염으로 뒤덮였다.
"오?"
몸 주위의 독 기운까지도 삼매진화에 완전히 타 버렸다. 청명은 헐떡거리며 그 자리에 주저앉아 투덜거렸다.
"아오, 진짜 내공 더럽게 잡아먹네."
손끝에서 작은 불을 일으키는 것쯤이야 적당한 내공으로 때울 수 있다. 하지만 이만한 불을 일으키는 건 보통 내공으로 가능한 일이 아니다. 더군다나 격전을 치르면서 내공이 반쯤 동나 버린 상황이라 기력이 바닥나는 걸 어찌할 수 없었다.
"에고. 이제 알아서 하세요."
당군악이 고개를 끄덕였다. 그리고 천천히 비무대 위로 올라섰다.
"원로원주 당외는 들으시오."
당외가 힘겹게 고개를 들어 올렸다. 하지만 더는 힘이 없는지, 그의 몸은 여전히 비무대에 쓰러진 채였다.

당군악이 목소리에 내공을 실었다. 그의 목소리가 우렁우렁 퍼져 나갔다.

"당신의 죄를 알겠소?"

"……내, 내가! 내가 무슨 죄를 지었다는 말인가!"

당외의 눈이 핏발이 섰다. 단전이 파괴되어 기력 하나 없는 당외였지만, 독기만은 아직 멀쩡했다. 소리치는 기세만 보면 금방이라도 당군악에게 달려들어 목덜미라도 물어뜯을 것 같다.

"저 괴물 같은 놈에게 패한 게 죄라면 죄겠지! 하나, 그건 가주 역시 마찬가지가 아닌가?"

피를 토할 기세로 악을 쓰는 당외를 보며, 당군악이 고개를 내저었다.

"승패가 죄가 될 수는 없는 법이지. 내가 말하는 그대의 죄는 따로 있소."

"……."

"끌고 와라!"

당군악의 시선이 한쪽으로 향한다. 자연히 그의 말에 집중하고 있던 당가의 가솔들의 시선도 당군악을 따라 돌아갔다.

"저……."

"소가주?"

"소가주가 어찌?"

당가의 소가주였던 당패가 한 사람을 포박해 끌고 오고 있었다. 모두의 시선이 당패에게로 집중되었다. 그러나 오직 한 사람, 당외만은 당패에게 끌려 오는 이에게 시선을 고정했다.

"어, 어찌……."

당패가 포박한 이를 비무대 위에 팽개쳤다.

잘 가게나, 친구들 423

"끌고 왔습니다, 가주님."

당군악이 싸늘하게 일갈했다.

"당화!"

"가, 가주님······."

당화라 불린 이가 몸을 부르르 떨며 그 자리에 납작 엎드렸다.

"네가 네 모든 죄를 이곳에서 고백한다면, 그 목숨은 부지하게 해 주겠다."

그 말을 들은 당화가 입술을 질끈 깨물었다. 어차피 끝났다. 그를 비호해 줄 당외는 이미 힘을 잃었고, 저 모양 저 꼴이 되어 쓰러져 있다. 이곳에서 의리를 지킨다고 해도 그에게 남는 것은 처참한 죽음이나 지하뇌옥에서 평생을 보내는 길뿐이다. 무얼 위해 그 길을 택하겠는가?

"저, 저는······."

"당화 이놈! 무슨 말을 하려는 거냐!"

당외가 처절하게 외쳤지만 당화는 들리지 않는다는 듯 말을 내뱉었다.

"당외······ 원로원주의 지시로 화산신룡이 먹을 술과 음식에 천일취를 탔습니다."

주변의 모든 사람이 술렁이기 시작했다.

비무에 극독을 쓴 것? 끔찍한 짓이다. 가주에게 대항한 것? 그것 역시 논란이 있을 만한 일이다.

하나, 그것들을 모두 합친다 해도 비무 할 이를 미리 중독시키려 한 죄에 비한다면 우스웠다. 이건 당가의 근본적인 정체성을 뒤흔들어 버리는 일이니까. 독을 쓰는 당가인으로서 가장 해서는 안 될 일이 바로 이런 짓거리였다.

"천일취라니! 그런 끔찍한 짓을!"

"잠깐만. 천일취에 중독이 되었다면 어떻게 싸운 거지?"
"귀왕령도 안 통하는 사람에게 천일취가 통하는 게 더 이상하지."
"……그도 그렇군."
수군대던 사람들이 새삼스러운 눈빛으로 청명을 바라보았다. 저 화산신룡이 얼마나 괴물 같은 이인지 실감하고 만 것이다. 모두의 반응이 진정되기를 기다린 당군악이 싸늘하게 확인했다.
"원로원주 당외의 지시가 확실한가?"
"그렇습니다."
당군악의 차가운 시선이 당외에게로 떨어졌다.
"변명할 게 있소?"
당외는 그만 눈을 질끈 감았다.
끝났다. 모든 것이 끝났다. 이제 다시는 당가의 원로로 대접받지 못할 것이다. 그리고 그와 같은 파벌을 이루었다는 이유만으로, 원로원의 태상장로들은 모두 힘을 잃고 뒷방으로 물러나게 될 것이다. 이 하나의 사건으로 당군악은 완전무결한 권력을 손에 넣고 당가를 마음대로 주무를 수 있게 된 것이다.
"가주……. 나는 정말 당가를 위하는 마음으로……."
"결과를 내기 위해 뭐든 해도 되는 건 아니오."
당군악이 감정이 실리지 않은 목소리로 말했다.
"진정성이란 올바른 과정이 함께했을 때 평가를 받을 수 있는 법이지. 더는 지껄이지 마시오. 내 귀가 더러워질 것 같으니까."
당외에게서 시선을 뗀 당군악이 식솔들 모두를 돌아보며 입을 열었다.
"대 사천당가의 가주로서 명한다!"
식솔들이 모두 그 자리에 무릎을 꿇었다.

"참담한 죄를 저지른 당외를 원로원주의 자리에서 폐하고 하옥한다. 조사가 끝날 때까지 원로원은 기능을 정지시키고, 원로원의 태상장로들은 가택을 벗어나지 않도록 한다! 이 모든 일의 전말이 명명백백히 밝혀질 때까지 당가의 식솔들은 모두 행동을 조심해야 할 것이다!"

"가주님의 명을 받듭니다!"

당군악이 고개를 돌려 청명을 바라보았다.

"그리고! 화산신룡 청명!"

"넵!"

청명도 이번에는 너스레를 떨지 않고 자세를 바로 한 채 그를 똑바로 마주 보았다.

"그대의 노력과 헌신 덕에 당가에서 벌어지고 있는 참담한 일들을 알고 바로잡을 기회를 얻게 되었소. 대 사천당가의 가주로서 그대와 그대의 사형제들에게, 그리고 화산파에게 공식적으로 감사를 표하오!"

당군악이 양손을 꽉 맞잡고 앞으로 내밀며 청명을 향해 고개 숙였다. 정중한 포권. 일가의 가주로서 보일 수 있는 최고의 예의였다. 그 예의에 당가의 식솔들 역시 반응했다.

"화산에 감사드립니다!"

"화산신룡께 감사드립니다!"

"화산의 제자들에게 감사드립니다!"

모두가 일제히 고개를 숙이며 포권 했다. 화산의 제자들은 저도 모르게 가슴이 뜨거워지는 것을 느꼈다. 당가의 인정을 받았다. 구파에서 쫓겨난 천덕꾸러기에 지나지 않았던 화산이 불과 몇 년 만에 사천의 지배자인 당가에게 인정을 받는 입장이 되었다. 이런 날이 오리라고 누가 상상이나 했겠는가?

그때 청명이 한 걸음 앞으로 나섰다.

"화산의 삼대제자 청명이 화산을 대표하여 사천당가의 감사를 받습니다."

청명이 당군악을 향해 마주 포권을 했다.

"그리고…… 어……."

그러더니 문득 고개를 갸웃하며 포권을 풀고 한 발짝 물러났다.

"사숙. 이건 사숙이 해야지."

"……어?"

"뭐 해?"

"크흠."

헛기침한 백천이 앞으로 나섰다. 그리고 당군악에게 맞포권을 하며 입을 열었다.

"화산 이대제자 백천이 화산을 대표하여 당가에 감사를 표합니다. 이 일을 통해 양 문파의 우애가 더욱 깊어지고, 진심으로 친교를 나눌 수 있게 되기를 기원합니다."

당군악이 가벼운 미소를 지었다.

"당연히. 응당 그리될 것이오."

"우와아아아아아아아아아아!"

"사천당가 만세!"

"화산 만세!"

당가주의 말이 끝나자마자 사방에서 환호성이 터져 나왔다.

당군악이 원로원을 누르고 완벽한 권력을 손에 넣은 순간인 동시에, 저 당외를 쓰러뜨린 화산신룡이 있는 화산과 공식적으로 동맹을 맺는 순간이다. 일이 너무도 급박하게 전개되는 바람에 모두가 이 사태에 대해 완벽하게 파악하기는 힘들었다. 하지만 가주와 화산 제자들의 태도만 보아도 이게 당가에 득이 되는 일이라는 것쯤은 모두가 이해할 수 있었다.

쏟아지는 환호 속에서 청명이 어깨를 으쓱했다.

"뭐 대단한 일 했다고. 환호가 과한걸."

"청명아."

그때 백천이 굳은 표정으로 청명을 돌아본다. 심지어 목소리마저도 사뭇 진지했다.

"너는 대단한 일을 했다."

"응? 헤헤. 당연한 소리…….."

"하지만! 다음부터는 이런 일을 벌일 거라면 먼저 우리에게 말을 해라!"

청명을 노려보는 백천의 얼굴이 노기로 가득했다.

"아니, 뭐 그런 걸 굳이…….."

"반드시!"

뭔가 말을 하려던 청명은 백천의 눈빛을 보고 움찔하며 입을 다물었다. 정말로 드물게 노기 어린 눈빛이었다.

"네놈이야 그 독이 아무렇지도 않았겠지만, 우리는 네가 죽은 줄 알았다, 이 빌어먹을 놈아!"

그러자 뒤쪽에서 윤종이 말을 보태었다.

"……솔직히 거기까진 아닌데."

"그러게요."

백천이 휙 뒤를 돌아보며 노려보자 윤종과 조걸이 찔끔하여 눈을 내리깔았다. 백천은 다시 청명을 보며 거듭 말했다.

"내 말 명심해라. 다음에 또 이런 일을 네 마음대로 벌이면 그때는 절대 참지 않겠다."

뭔가 말을 하려는 듯 입을 벌리던 청명이 다시 입을 꾹 닫았다. 살짝 얼굴을 움찔움찔 일그러뜨리던 청명이 결국에는 한숨을 푹 내쉬었다.

"알았어, 알았어. 앞으로는 그럴게."

백천이 한숨을 쉬고는 고개를 내저었다.

"빌어먹을 놈 같으니. 일단은 몸부터 돌려라!"

"응?"

백천이 대뜸 청명의 어깨를 잡아 뒤로 돌렸다. 그러자 청명의 시야에 환호하는 당가의 사람들이 들어왔다.

"네게 보내는 환호다."

청명은 순간 말을 잃었다. 쏟아지는 환호를 얼떨떨하게 바라보았다.

화산 밖에서 이런 환호를 받아 본 적이 있던가? 글쎄. 예전 매화검존일 때는 이보다 더 굉장한 일을 수도 없이 해냈지만, 이토록 순수한 환호는 받아 본 적이 없었다.

"손이라도 흔들어 줘라."

청명의 입가에 미소가 맺힌다. 뭐, 아무려면 어때!

"아이고! 감사합니다. 아이고! 뭐 대단한 일 했다고 이러세요. 하하하핫! 네네! 감사합니다."

너스레를 떠는 청명을 보며 화산의 제자들이 다들 피식피식 웃음을 터뜨렸다.

"와……. 정말 대단하다."

당잔은 먼 곳의 청명을 바라보며 몸을 떨었다. 저런 사람에게 시비를 걸려고 했었던 자신이 믿기질 않았다. 목이 붙어 있는 게 다행이었다.

"누님, 정말 대단하지 않습니까?"

"……대단하지."

"화산신룡은 정말 천하제일 후기지수입니다. 너무 대단합니다."

"그쪽 말고."

"네?"

당잔이 의아한 표정으로 누이의 얼굴을 보았다.

당소소의 시선은 한곳에 완전히 꽂혀 있었다. 그 시선을 따라간 당잔은 의외의 사람을 발견하고는 눈살을 찌푸렸다.

"유이설?"

"잔아."

"예, 누님."

"나 결심했다."

"네?"

마치 절대로 눈을 뗄 수 없는 것처럼, 당소소는 한 번 깜박이지도 않고 유이설을 보고 있었다. 살짝 입술을 깨문 그녀가 단호하게 말했다.

"나…… 화산에 입문할 거야."

• ❖ •

당가의 상황이 정리되는 데는 그리 오랜 시간이 걸리지 않았다.

당군악은 마치 이 순간만을 기다렸다는 듯이 본격적으로 움직여 당외의 모든 권한을 폐하고 그를 지하 뇌옥에 처넣었다. 동시에 당외의 전횡을 견제하지 못했다는 이유로 원로원을 임시 폐쇄하고 그를 구성하던 태상장로들의 권한 역시 제한했다.

태상장로들은 어떻게든 자신의 권한을 지키려 발악했지만, 이미 가문의 주도권은 당군악에게 넘어가 버린 뒤였다. 그들이 아무리 태상장로라는 지고한 신분이라고 하나, 가솔들의 지지가 없다면 감히 가주의 권한에 대항할 수 없는 법이었다. 결국 그들은 얌전히 권한을 반납하고 뒷방으로 물러날 수밖에 없었다.

당외의 수작에 동조한 당학을 비롯한 그의 식솔들은 줄줄이 제압되어 유폐되었고…….

"조사는 아주 천천히 할 생각일세."

"굳이요?"

당군악은 반문하는 청명의 잔에 차를 따라 주며 고개를 끄덕였다.

"죄는 명명백백하지 않나요?"

"그렇지. 마음만 먹는다면 굳이 시간을 끌 것도 없이 그들의 죄를 증명할 수 있다네. 게다가 그들이 저지른 일이 워낙 심각하여 아마 다시는 해를 보지 못할 걸세."

"그런데 왜 시간을 끌어요?"

"그 외에도 정리할 게 많기 때문이지."

"아하."

청명이 고개를 끄덕였다. 당외가 조사를 받는 동안 당가에는 절로 공포 분위기가 조성될 것이다. 가문의 가장 큰 어른이 조사를 받는 상황이다. 누가 감히 그런 상황에 목소리를 낼 수 있겠는가? 그 분위기를 이용하여 이 기회에 얻을 수 있는 건 모조리 얻어 내겠다는 뜻이었다.

"가주님, 생각보다 무서운 분이시네요."

"자네만 하겠나?"

"제가 뭘 했다고요."

"말을 말아야지."

당군악이 고개를 휘휘 저었다. 길다면 길고 짧다면 짧은 삶을 살았지만, 그간 그가 봐 온 이들 중 청명보다 무서운 자는 없었다. 말도 안 되는 무력이야 그렇다 치더라도, 도저히 젊은 무인이라 생각할 수 없는 저 심계는 어찌 설명해야 한단 말인가?

'어쩌면 화산을 친구로 받아들인 건 내 인생 최고의 선택이 될지도 모르겠군.'

하기야, 청명의 말대로라면 당가가 화산을 선택한 게 아니라 화산이 당가를 선택한 것이다.

"그건 그렇고 정말 괜찮겠는가?"

"뭐가요?"

"당패 말일세."

"아, 걔요?"

청명이 피식 웃었다.

"뭐 잘못을 저지른 건 사실이지만 뭐 그런 일로 소가주 자리에서 자를 것까지야 있겠어요?"

"당패는 소심하네. 그런 행동을 한 것만 봐도 알 수 있지."

"가주님. 어린 제가 이런 말을 하는 건 좀 건방질지 모르겠는데……."

"이제 와서?"

"……아니, 거참 이 양반. 사람 뻘쭘하게."

"여, 여하튼요."

"크흠. 그래, 말해 보게나."

청명이 그답지 않게 진지한 눈빛으로 말했다.

"사람은 실수로부터 배우는 거예요. 음……. 아니 이건 실수라 하기는 뭐하니 과오 정도로 하죠."

"……."

"당외가 왜 그렇게 속물이 되었다고 생각하세요?"

"글쎄. 나도 그게 궁금하군. 내가 소가주였을 때 아직 젊었던 그는 그리 이상한 사람이 아니었네."

"당가 안에서만 살아서 그래요."

"……."

"당가에만 있으니 상처받을 일도 없고, 고생할 일도 없죠. 세상에 얼마나 많은 것이 있는지도 몰라요. 그러니 소가주 자리에서 쫓겨났다는 그 작은 일을 아직 품고 사는 거죠. 세상을 보며 실패하고 좌절하고 실수해서 곤욕도 치르고, 그러면서 사람은 성장하는 거죠. 거꾸로 말하면……."

청명이 당군악을 빤히 보며 말했다.

"한 번의 잘못으로 그 사람의 모든 것을 앗아 가 버리는 사람 밑에서는 누구도 성장할 수 없어요."

이건 당군악을 찌르는 말이다. 청명의 말에 느끼는 바가 있었던 당군악이 가만히 고개를 끄덕였다.

"처음부터 완전무결한 사람은 없다는 거로군."

"누구나 그렇죠."

청명 역시 마찬가지였다. 그는 무학에서는 타의 추종을 불허하는 대신 성격 파탄자에 가까웠다. 새로운 삶을 살지 않았다면 과거의 자신이 얼마나 끔찍한 인간이었는지, 그 끔찍한 인간을 사람 만들어 보겠답시고 장문사형이 얼마나 개고생을 했는지 결코 느끼지 못했을 것이다.

다시 말하자면, 성격이 개차반이란 이유로 장문사형이 청명을 꺼렸다면 매화검존 청명은 물론이고 지금의 청명도 존재하지 않았을 것이다.

"중요한 건 실수를 하지 않는 게 아니라, 실수로부터 무엇을 배우느냐죠."

"그렇지. 기본적인 일이지. 내가 그 기본을 잊었던 모양일세."

당군악이 나직하게 한숨을 내쉬었다. 당패 역시 그의 자식이다. 그리 칼같이 잘라 내고서 그의 마음이 편했을 리 없다. 게다가 당패는 소싯적의 당군악이었다면 화를 내고 반발했을 만한 처분을 묵묵히 받아들였을 뿐만 아니라, 자신의 좁아진 입지를 이용해 은밀히 당외의 수하를 잡아들이는 공을 세우지 않았는가? 청명이 이리 말해 주니 뱃속에 들어앉아 있던 돌덩어리 하나가 깨어져 내려가는 기분이었다.

"그런데 정말 괜찮겠는가? 당패는 자네의 배에 칼을 꽂았네. 앞으로 당패가 가주가 된다면 자주 마주해야 할 텐데, 그 껄끄러움을 감당할 수 있겠는가?"

"제가 왜 껄끄러워요?"

"......응?"

"껄끄러우려면 그 양반이 껄끄러워야죠. 저야 당패 소가주가 가주 자리에 오르면 좋죠. 내 배에 칼 박아 놓고 뻔뻔하게 뒤통수치거나 할 수 있겠어요?"

"......."

"후후후후. 이쪽이야 고맙죠."

당군악은 생각했다. 아무래도 당패를 가주로 만들면 안 되겠다고…….

"……무슨 말인지는 알겠네. 하지만 당패가 잘못을 저지른 것도 사실이니 공정하게 다시 소가주의 자리를 두고 경쟁하게 하겠네. 그쪽이 당패의 성장에도 도움이 되겠지."

"그건 마음대로 하세요."

당군악이 깊게 한숨을 내쉬었다.

"그럼 이제 다음 문젠데……."

그가 머리를 벅벅 긁어 댄다. 평소에 근엄하던 당군악과는 확실히 다른 모습이다.

"소소……. 소소가 화산에 입문한다고 하더군."

"걔는 대체 왜 그런대요?"

"끄으으응. 난들 알겠는가!"

당군악이 버럭 소리를 질렀다. 까딱하다가는 애지중지 키워 온 딸내미를 화산에 날름 뺏기게 생겼다.

"거절이라도 해 드려요?"

"자네에게 그럴 권한이 있는가?"

"저는 없죠. 그런데 백천 사숙……. 하기야 사숙도 이 일은 장문인께 여쭤야 한다고 하겠네요."

"장문인은 어떤 성향이신가?"

"허허허허. 당가의 여식이라. 화산의 품에 안기에는 너무 큰 사람이 왔구나. 그래도 어쨌든 귀한 걸음을 하였으니 자리를 내어 주고 잘 돌봐주어라."

"……."

"그런 분이시라."

당군악이 한숨을 푹 내쉬었다.

"나는 절대 소소를 화산으로 보내고 싶지 않네."

"그럼 그러세요."

"……그러니 잘 부탁하네."

"네?"

뭔 말이 그렇게 흐르나? 청명이 멍하니 보자 당군악이 한숨을 내쉬었다.

"내가 아무리 가문의 권력을 틀어쥐었다고는 하나, 수백 년을 내려온 전통을 하루아침에 뜯어고칠 수는 없네. 어마어마한 반발이 생기겠지. 결국 이대로라면 한두 해 내에 권세가에 시집을 보낼 수밖에 없다는 소리야."

"……흐음."

"나는 그저 그 아이가 행복했으면 좋겠네. 하지만 당가에서 그 아이가 행복할 방법이 없다면 적어도 행복해질 수 있는 곳에 보내야겠지."

"그게 왜 하필 화산이죠? 무당이나 종남을 추천드리죠. 아, 아미도 괜찮겠네요."

"지금 내 딸을 출가시키라는 말인가?"

당군악이 눈에서 불을 뿜었다. 그 가공할 기세를 보며 청명이 입맛을 다셨다. 정말 딸 하나는 끔찍하게 생각하는 아저씨였다.

"어쨌든 그러니 그 아이를 잘 부탁하네. 자네가 돌봐 준다면 나도 안심하고 보낼 수 있겠지."

"아니, 누가 받는대요? 저는 필요 없어요. 내가 이 나이에 애나 보고 있을 수는 없잖아요."

"내 딸이 연상이네만?"

"나이는 중요하지 않죠."

당군악이 허탈한 표정으로 빤히 청명을 바라보다 입을 열었다.

"의술을 전수해 달라고 했었지?"

"그거 이미 끝난 이야기잖아요! 여기서 설마 그걸로 협박하려는 거 아니죠?"

"소소가 그쪽으로는 전문가일세."

"……네?"

당군악이 살짝 얼굴을 일그러뜨렸다.

"소소가 가문에서 배운 것은 몸의 내부를 깨끗하게 만드는 몇 가지 내공심법과 비전이 아닌 몇 가지 암기술과 경공."

"어쩐지 우라지게 빠르더라니."

"그리고 의술을 배웠네. 그 외에 배울 것이 마땅히 없으니까. 가문의 의술은 대부분 전수받았다네. 의약당주의 수제자라고 할 수 있지. 의약당주가 시집보내지 말고 의약당을 물려주자고 직접 건의할 정도의 경지에 올랐다네."

"헤헤. 제가 막내 사매를 받아 보는 게 소원이었죠!"

어색한 정적이 흘렀다. 당군악은 심각하게 고민했다. 정말 이놈을 믿고 보내도 되는 걸까?

청명이란 인간은 보면 볼수록 이상한 인간이었다. 어떨 때 보면 세상에서 가장 믿음직한 사람인데, 어떨 때 보면 이 인간만은 죽는 한이 있어도 믿어서는 안 되겠다는 생각이 든다.

"물론 그것만으론 안 돼요."

"당연하지. 약속은 약속이니까. 화산의 제자들을 당가로 불러들이든, 아니면 당가의 의원들을 화산으로 파견하든 하여 제대로 의술을 전수하겠네. 소소는 거기에 도움이 될 뿐이지."

"네."

청명이 흐뭇한 미소를 지으며 고개를 끄덕였다.

"자네들이 떠나는 대로 나는 식솔들과 소소를 데리고 화산으로 갈 걸세. 그리고 장문인을 만나 뵙고 저간의 사정을 설명해 드린 후 직접 소소를 부탁할 셈이네."

"가주님이 직접 가시게요?"

"친구가 되자는 사람이 아랫사람을 보낼 수는 없지."

청명이 묘한 미소를 지었다.

"흐음, 정말 친구가 될 생각이신가 보네요."

"안 되는가?"

"그럴 리가요."

청명이 어깨를 으쓱했다. 오히려 바라 마지않던 일이다. 당가 자체만으로도 동맹으로 삼기에는 손색이 없다. 아니, 오히려 지금의 화산에는 과분할 정도다. 게다가 청명 개인적으로는 소중했던 옛 인연을 잇는 부분도 있지 않은가?

"상단은 내가 출발을 하루 늦추었네. 내일 합류해서 운남으로 가면 될 걸세."

"아, 길었네요. 원래는 훨씬 빨리 갔어야 하는 건데."

"운남에는 왜 가는지 물어도 되겠는가?"

"이게 대외비라서요."

"친구에게도 숨길 만큼?"

"장문인이 허락하시면 말씀드리죠."

당군악이 피식 웃었다. 섬서에 있는 화산 장문이 무슨 수로 허락을 한단 말인가?

"결국 내가 직접 화산으로 가서 들어야겠군."

"네. 선택은 장문인께서 하실 거예요."

당군악이 고개를 끄덕였다. 이걸로 청명과 그 사이에 정리해야 할 모든 일이 끝났다. 당군악이 자리에서 일어났다. 의아한 눈빛으로 바라보는 청명에게 그가 깊이 고개 숙였다.

"과분한 은혜를 입었네."

"어? 에이, 왜 이러세요! 저번에 다 이야기했잖아요."

"그건 당가 가주로서의 인사였고, 이건 당가의 무인인 당군악으로서의 인사네."

"……."

"고맙네. 정말 고맙네."

청명은 살짝 감격에 찬 눈빛으로 당군악을 바라보았다. 그 반응에 당군악이 미소를 지었다. 겉으로는 욕심만 가득한 척하지만, 결과적으로 보면 청명은 당가에 많은 것을 베풀었다. 사실 알고 보면 속이 따뜻할…….

"말로만?"

……리가 있나. 당군악의 얼굴이 붉으락푸르락해진다.

"그만큼 뺏어 먹고 또 뭘 뺏어 처먹으려고!"

"계산이 철저해야 친구죠!"

"그런 친구가 어디 있는가!"

"헤헤. 화내지 말고 들어 보세요. 이건 정말 별거 아니니까요."

"……별거 아니면 미리 말하지 그랬나."

"지금만 가능한 일이거든요."

당군악이 미간을 찌푸렸다. 그때는 안 됐지만, 지금은 된다? 그럼 원로원의 권한이 없어지고 당가주가 모든 권한을 잡아야 가능한 일이라는 뜻이다. 그럼 작은 것이 아닐 텐데.

"제가 원하는 건요……."

청명이 작게 속삭였다. 당군악의 얼굴이 경악으로 물들었다.

"뭐, 뭘 달라고?"

"들으신 그대로요."

"……그걸 어디다 쓰려고? 아, 아니 그걸 쓸 데야 뻔하지만……."

"별거 아니죠?"

당군악이 얼굴을 와락 일그러뜨렸다.

"자네도 알고 있겠지만, 당문의 독은 외부로 반출할 수 없네."

"알아요. 그러니까 지금만 되는 거라잖아요."

"으으음."

앓는 소리를 흘리던 당군악은 이내 긴 한숨을 내쉬었다. 원로원의 기능이 정지된 지금이라면 어찌어찌 가능할 것도 같았다.

"정말 속곳 안에 든 마지막 비상금까지 탈탈 털어 가는군."

"먼 길 가는 친구한테 그 정도는 해 줄 수 있잖아요."

"끄으응."

당군악이 청명을 빤히 바라보다가 웃고 말았다.

"좋네. 하지만 이렇게 되면 내가 손해를 보게 되니 나도 조건이 하나 있네."

"거, 가주님씩이나 되시는 분이 조건이 많으시네요. 뭔데요?"

당군악이 살짝 머뭇거리다가 입을 열었다.

"한 번 더 보여 주게."

"네?"

"그때 자네가 비무대 위에서 펼쳤던 그 검. 그걸 한 번만 더 보여 주게."

생각지 못한 말에 잠시 멈칫했던 청명이 가만히 미소를 지었다.

이어지는구나. 사람은 사라져도 뜻은 이어진다. 선대가 평생에 걸쳐 이룩한 것은 후대로 전해진다. 그리고 그 뜻이 이어지는 한, 사람의 의지는 사라지지 않는다. 그래. 그게 문파였지.

청명이 환하게 웃으며 대답했다.

"그거 엄청 힘든데."

"어려운가?"

"사천요리를 잔뜩 먹여 주시면 보여 드리죠!"

당군악 역시 환히 웃었다.

"얼마든지 먹여 주지. 그 배가 터질 만큼 말이야."

두 사람이 빙그레 웃으며 서로의 손을 맞잡았다.

· ◆ ·

"당가에서 사람이 왔다. 무너진 전각의 보수 비용을 비롯한 모든 피해액을 당가에서 배상하겠다는구나."

"아……."

조평의 말에 조걸이 나직이 탄성을 흘렸다.

"놀랄 일은 아니다. 의외로 당가는 그런 면에 있어서는 철저하니까. 그런데 가주께서 직접 오셨더구나."

"예?"

조평이 묘한 표정을 지으며 말했다.

"당가는 체면을 모르는 가문은 아니다. 자신들의 실수로 해를 끼친 경우에는 반드시 과하다 싶을 정도로 보상하지. 하지만 그리 피해를 본 문파들이 사천당가 가주의 사과를 받았다는 말은 들어 본 적이 없다. 금전적인 보상은 별것 아니나, 가주가 타인에게 고개를 숙이는 것은 인정할 수 없어서였겠지. 그런데 이번 일엔 당가주가 직접 와서 사과했다. 아무래도…….”

조평이 슬쩍 조걸을 돌아보며 말했다.

“사해상회의 둘째인 네가 화산의 제자라는 사실이 영향을 미쳤겠지.”

“…….”

“네가 가문 밖에서 이룬 일이 내가 생각하는 이상으로 컸던 모양이구나. 천하의 당가주가 네 체면을 고려해 주는 걸 보니.”

조걸은 아무 말 없이 아버지의 말을 들었다. 지금은 그가 입을 열 때가 아니었다. 잠시간 침묵하던 조평은 낮은 목소리로 다시 입을 열었다.

“그래서, 너는 가문에 아예 복귀하지 않을 생각인 게냐?”

“아버지…….”

조걸이 입술을 잘근잘근 깨물었다. 불편하고 껄끄러웠다. 하지만 언젠가는 겪어야 할 일이고, 언젠가는 해야 할 말이다.

“저는 화산이 좋습니다.”

“가족보다 더 말이더냐?”

“물론 가족과 비교할 수는 없습니다. 하지만…….”

조걸이 고개를 들었다. 조평을 똑바로 응시하는 눈빛이 단단했다.

“거기에 제 길이 있다고 생각합니다.”

“……흠.”

“저는 우리 가문이 자랑스럽습니다. 아버지와 형님이 하시는 일이 더없이 대단하다고 생각합니다. 그렇지만 제가 있어야 할 곳은 여기가 아닙니다. 죄송합니다, 아버지. 한 번뿐인 생이라면 저는 화산의 제자로 죽고 싶습니다.”

조걸의 눈을 본 조평이 저도 모르게 입꼬리를 실룩였다. 그러다 이내 나직이 한숨을 쉬었다.

"걸아."

"예, 아버지."

"내 꿈이 뭔지 아느냐?"

"……잘 모르겠습니다."

조평이 고개를 들어 하늘을 보았다.

"내 꿈은 별것 없다. 선대로부터 물려받은 이 사해상회를 네 형과 네가 서로 도와 잘 이어 가는 것뿐이다. 그게 네가 태어났을 때부터 내가 꿔 온 꿈이었단다."

조금은 쓸쓸한 그 목소리에 조걸이 고개를 푹 숙였다. 그런 아들을 바라보는 조평의 목소리에 힘이 들어갔다.

"하지만, 이제는 알겠구나. 그건 내 꿈이지, 네 꿈이 아니라는 걸. 내게 꿈이 있다면 당연히 네게도 꿈이 있는 것을. 나의 꿈을 위해서 너의 꿈을 짓밟아서는 안 되겠지."

놀란 조걸이 다시 번쩍 고개를 들었다.

"아버지……."

"청명 도장이 그랬지. 결정하는 건 너라고. 그때는 그 말이 무척이나 건방지게 들렸지만, 이제는 왜 그가 그런 말을 했는지 이해한다. 아비라고 해서 자식의 삶을 마음대로 결정할 수는 없지. 너 역시 너의 꿈을 꿀 자격이 있으니까."

조평이 빙그레 미소를 지으며 조걸의 어깨를 두드렸다.

"힘내거라."

부드러운 응원에, 조걸이 떨리는 눈빛으로 아버지를 바라보았다.

"죄송합니다, 아버지."

조평은 어색한 낯으로 헛기침했다. 그리고 조금 상기된 목소리로 말했다.

"가문은 걱정하지 말거라. 내가 있고 네 형도 있으니까. 다만…… 네가 화산의 문하로 살아가더라도 우리는 항상 너를 응원하고 있다는 걸 잊지 말거라."

"명심하겠습니다."

조평이 빙그레 미소를 지었다.

"운남은 무서운 곳이다. 당가에서 너희가 한 일을 보면, 운남에서도 잘 해낼 수 있으리라 생각한다만…… 부모 마음이라는 게 생각같이 되는 게 아니라 걱정을 아주 놓을 순 없구나. 모쪼록 몸 성히 돌아오거라."

"예, 아버지."

조평이 다시 한번 조걸의 어깨를 두드렸다. 어깨에서 든든하게 느껴지는 따뜻함에, 조걸은 저도 모르게 미소를 지었다.

◆ ◈ ◆

"이분들입니까?"

화평상단(和平商團)에서 운남으로 출발하는 상행의 책임자인 곽경(郭境)이 묘한 눈빛으로 화산 제자들을 돌아보았다.

"그렇다네."

"가주님께서 친히 부탁하신 일이니 불편함이 없도록 잘 모시도록 하겠습니다."

"고맙네."

곽경이 슬쩍 당군악의 눈치를 살폈다. 그러더니 조금 작은 목소리로 속삭이듯 말했다.

"다만…… 운남행에 외인을 동행시킨다는 건 저희 상단에게도 큰 부담이 가는 일인지라……."

"내 사례는 심심찮게 하겠네."

"어찌 가주님께 사례를 바라겠습니까? 그저 저희 상단이 당가의 부탁을 들어드리기 위해 최선을 다했다는 사실만 꼭 좀 기억해 주십시오."

"내 당연히 그리하지."

"감사합니다. 감사합니다, 가주님!"

깊게 고개 숙여 인사한 곽경이 일행의 대표로 보이는 백천을 향해 말했다.

"나눌 말씀이 있으면 마저 나누십시오. 준비가 끝나면 제게 말씀해 주시면 됩니다."

"알겠습니다."

곽경이 자리로 돌아가자, 백천이 상행을 이룬 이들을 가만히 바라보다 당군악에게로 시선을 돌렸다.

"여러모로 사정을 봐주신 것, 다시 한번 감사드립니다."

"화산이 사천당가에 준 것을 생각하면 이 정도는 아무것도 아니네. 운남은 우리도 함부로 들어갈 수 없는 곳이니 부디 조심하시게."

"명심하겠습니다."

당군악은 그래도 안심이 되지 않는다는 듯 말을 덧붙였다.

"운남은 남만야수궁이 지배하는 곳이라 해도 과언이 아니네. 당대의 남만야수궁주는 중원인들을 증오하는 데다가 그 성정이 포악하기 짝이 없다고 하니 특히 조심하거나. 운남에서 뭔가를 이루고 싶다면 야수궁과는 최대한 충돌하지 않는 게 좋을 걸세."

"다시 한번 명심하겠습니다."

"웃는 낯으로 다시 만나기를 바라겠네."

백천이 당군악을 향해 깊게 포권을 했다. 두 사람이 대화를 끝내자 뒤쪽에서 기다리고 있던 당소소가 슬쩍 나와 배시시 미소를 지었다.

"잘 다녀와요! 갔다 오면 자주 보겠네요."

"끄으으응."

청명이 한숨을 푹 내쉬었다.

저걸 정말 받아야 하나……. 애초에 이건 장문인이 결정할 일이지만.

청명의 반응이 영 곱질 않으니 당소소가 샐쭉한 표정으로 말했다.

"그러지 마세요. 이제 한솥밥을 먹게 될 사인데!"

백천이 가볍게 웃는다.

"그리된다면 좋은 인연이 되겠지요."

"네! 앞으로 잘 부탁드리……."

"소소."

그때 당군악이 나직한 목소리로 당소소의 말허리를 끊었다.

"네, 아버님."

"네가 정말 화산의 제자가 될 생각이라면 네가 당가의 여식이라는 사실은 잊어라."

"네. 그럴 생각이에요."

"그럴 생각? 까마득한 막내가 웃어른에게 그런 식으로 말을 하더냐?"

"……."

"너는 당가의 여식으로 화산에 가는 것이냐? 아니면 화산의 제자가 되기 위해서 화산으로 가는 것이냐?"

당군악의 말을 들은 당소소가 몸을 바로 폈다.

"몸 건강히 다녀오십시오, 사숙, 그리고 사형들. 이 순간부터 소매는 당가의 여식이 아닙니다. 먼저 화산으로 가 그곳의 법도와 율법을 배우고 있겠습니다."

백천이 빙그레 웃었다. 살짝 날카로워졌던 유이설의 눈빛도 그제야 느슨하게 풀렸다.

'고단수시네.'

청명은 당군악이 하는 양을 보며 슬쩍 웃었다. 일부러 공공연히 당소소를 야단쳐 분란의 싹을 막고, 당소소의 입지가 무너지지 않게 했다. 당군악이 얼마나 딸을 아끼는지 볼 수 있는 부분이다.

당소소가 화산에 적응하는 데는 시간이 좀 걸리기야 하겠지만…… 그야 뭐 다들 마찬가지 아니었는가. 천둥벌거숭이처럼 날뛰던 조걸이 지금 어떻게 되었는가를 생각해 보면 당소소의 미래도 빤하다. 그래도 안 고쳐지면 뭐……. 대충 낙안봉 세 번 찍고 오면 현실을 알게 되겠지.

청명의 생각을 알 리 없는 당군악이 백천을 보며 평화로이 말했다.

"나는 자네들이 떠나는 대로 화산으로 가서 이곳에서 있었던 일을 전하고 소소의 입문에 관한 일을 마무리하겠네."

"장문인께서도 환영하실 겁니다."

청명이 고개를 갸웃하며 물었다.

"그럼 저희가 돌아왔을 때는 당가에 안 계실 수도 있겠네요?"

"흐음. 그리 오래 걸리기야 하겠는가? 게다가 자네들이 운남 깊숙이 들어가는 거라면 여기서 섬서까지 가는 거리보다 더 멀 수도 있지. 그곳까지 가는 길이 제대로 정비되어 있지 않아서 생각보다 시간이 꽤 걸릴 것이네."

"아, 그래요?"

청명이 슬쩍 그의 사형제들을 바라보았다.

"가는 길이 멀면 그 나름대로 괜찮죠. 해야 할 일이 많으니까요."

청명의 시선을 느낀 화산의 제자들이 몸을 부르르 떨었다.

'그걸 또 할 생각인가?'

'운남으로 가는 내내? 상행에 끼어들어서도?'

'……그냥 가문을 잇는다고 할 걸 그랬나?'

사천으로 오는 동안 당했던 일들을 생각하니 절로 몸이 덜컥 굳었다. 제자들의 생각을 알 리 없는 당군악은 청명에게 다가가 작게 속삭인다.

"내가 준 건 절대 함부로 사용해서는 안 되네. 알고 있겠지?"

"걱정하지 마세요. 내가 애도 아니고."

당군악의 얼굴이 슬며시 일그러졌다. 차라리 애면 걱정을 덜 하지. 너니까 내가 걱정을 하는 거지, 이놈아.

"그럼 이만 출발하겠습니다."

백천이 당군악을 향해 가볍게 포권을 했다.

"대접 잘 받고 가요. 돌아와서도 부탁드릴게요."

"……또 들를 셈인가?"

"당연하죠."

당군악이 눈을 질끈 감았다.

"그럼 강녕하십시오, 당가주님."

"살펴 가게나."

백천이 뭔가 미련이 남은 듯한 청명을 질질 잡아끌며 걸음을 옮겼다.

"너는 뭔 놈의 말이 그렇게 많으냐! 이미 시간이 많이 지체됐다. 이리 오거라!"

"그럼 다음에 봐요."

청명이 질질 끌려가면서 손을 흔들었다. 그때, 그들을 지켜보고 있던 당소소가 갑자기 앞으로 뛰어 나갔다. 그리고 무심하게 걸어가는 유이설을 향해 소리쳤다.

"저, 저기……!"

유이설이 슬쩍 뒤를 돌아보았다. 뭔가 말을 하러 왔음에도 당소소는 차마 입을 떼지 못하고 유이설을 그저 빤히 바라보기만 했다. 그런 그녀의 마음을 짐작이라도 한 듯, 유이설이 낮은 목소리로 입을 열었다.

"후회는 없어?"

"……네."

유이설이 가볍게 고개를 끄덕였다.

"화산에서 봐."

"예!"

그걸로 끝이었다. 유이설이 미련 없이 몸을 돌려 걸어갔다. 그 모습을 본 백천은 가볍게 웃으며 말했다.

"삼대제자 중 여자가 없어서 조금 섭섭해하는 것 같더니, 새로 들어오는 막내가 마음에 드는 모양이구나."

"큰 관심은 없어요."

"하나 조금 걱정이긴 하구나. 당가의 여식이라 다루기가 쉽지 않을 텐데."

"네?"

유이설이 멍한 눈빛으로 고개를 돌려 백천을 바라보았다.

"……어려워요?"

"청명이 놈도 쩔쩔매지 않았느냐?"

"그건 남의 집 자식이라."

"……응?"

"화산의 제자면 모두 평등한 사람. 아마 다시 만나는 날, 머리를 부여잡고 바닥을 구르게 될 거예요."

……백천의 등골에 식은땀이 흐르기 시작했다. 당가 가주의 딸을 후려 깐다고? ……하기야 저놈이면 그러고도 남지. 사숙도 까는 놈이 누굴 못 까겠는가?

"그 전에 시간이 있죠. 화산에 잘 적응한다면 괜찮겠죠. 다만."

유이설의 눈에 한기가 돌았다.

"당가 여식이라고 건방지게 굴면 청명이 전에 제가 머리를 깨 버릴 거예요."

백천은 눈앞이 아득해지는 걸 느꼈다. 마음속으로 간절히 빌었다. 부디 당소소가 자신의 선택을 후회하지 않기를.

"갔구나."

"네, 갔어요."

화평상단의 상행이 마침내 성도에서 완전히 빠져나가는 걸 확인한 당군악이 나직이 탄식했다.

"정말 폭풍처럼 당가를 휩쓸고 갔군."

"……중원에는 다 저런 사람들뿐인가요?"

"그럴 리가 없지."

저만한 사람들은 천하를 뒤져도 다시없을 것이다. 고소를 머금은 당군악이 가만히 입을 열었다.

"우리도 최선을 다해야 한다. 얼마 지나지 않아 저들은 중원 전체에 폭풍을 몰고 올 테니까."

청명이 있는 한 화산은 바람 잘 날이 없을 것이다. 그리고 어마어마한 속도로 커 나갈 게 분명했다. 그 속도에 뒤지지 않으려면 당가 역시 지금부터 쉼 없이 달려야 한다. 개혁에 박차를 가하고 그들과 보조를 맞춰야 한다.

"네 짐이 무겁다."

"걱정하지 마세요. 최선을 다할 테니까요."

가만히 고개를 끄덕인 당군악이 입꼬리를 살짝 말아 올렸다.

"그럼 어디 확인하러 가 보자꾸나."

"네? 뭘요?"

"화산의 다른 이들은 어떤 사람들인지 말이다."

"네, 바로 출발하죠."

당소소와 당군악이 몸을 돌렸다. 두어 발짝 떼었던 당군악은 문득 다시 청명 일행이 떠난 방향을 돌아보았다. 그리고 웃으며 읊조렸다.

"잘 가게나, 친구들."

친구. 당군악의 인생 처음으로 해 보는 말이었다.

· ❖ ·

"네? 이걸 입으라고요?"

"그렇습니다."

백천은 눈앞의 옷을 보며 미묘한 표정을 지었다.

"이건 어……. 그쪽 상단의?"

"예. 상단원들이 입는 옷입니다."

"그런데 저희가 굳이 이걸?"

"아이고, 무사님. 지금 가는 곳은 운남입니다. 운남에 그런 옷을 입고 들어가면 난리가 납니다. 저희 일행으로 보여야 별문제 없이 조용히 들어갈 수 있습니다."

"아, 그렇군요."

백천이 슬쩍 고개를 돌렸다. 일단 그럼 청명이 놈을 설득해…….

"왜?"

……이미 옷을 거의 다 갈아입은 청명을 보며 백천이 움찔했다.

"입었나?"

"응. 왜?"

"아니……. 너는 안 갈아입겠다고 할 줄 알았지."

그들이 입고 있던 무복에는 화산을 상징하는 매화 문양이 새겨져 있다. 인간에 대한 존중 같은 건 존재하지 않지만, 화산에 대한 존중만은 차고 넘치는 청명이다 보니 혹여 억지를 부릴지도 모른다고 생각했다.

"왜?"

"아니, 그 옷이……."

"이거?"

청명이 손에 든 화산의 무복을 흘끗 보더니 봇짐에 대충 쑤셔 넣었다.

"옷이 옷이지, 뭘. 사숙도 얼른 갈아입어. 빨리 운남으로 가야지."

"……끄응."

부글거리는 속을 달래며 백천이 옷을 받아 들었다.

그렇게 환복을 마친 화산의 제자들은 한곳에 모여 서로를 보고는 피식피식 웃었다. 매일 무복 입은 모습만 보다가 짐꾼 옷을 입은 걸 보니 서로 어색하기가 짝이 없었다.

"조걸은 거의 맞춤옷인데?"

"크으, 역시 출신이 출신이라 완벽하네."

"노, 놀리지 마십시오, 사숙!"

조걸이 얼굴을 붉히며 꽥 소리쳤다. 그때 화평상단의 곽경이 그들에게 다가와 신신당부를 했다.

"아시다시피 운남은 위험한 곳입니다. 원래는 허가된 인원 외에 다른 이들을 상행에 동행시켜서는 안 됩니다."

"예, 행수님."

"그러니 부디 정체가 드러날 만한 행동은 하지 말아 주시길 간곡히 부탁드리겠습니다. 정말 다시 한번 꼭! 부탁드립니다."

곽경 행수가 몇 번이고 거듭 당부하자, 호기심이 인 백천이 넌지시 물었다.

"운남의 통제가 철저한 모양이군요."

"운남을 다스리는 이들이 분명 존재하긴 하나, 그건 명목상일 뿐입니다. 운남은 야수궁의 영향력을 피할 수 없지요. 운남에 중원인이 들어오는 것을 통제하는 이들도 바로 그 야수궁입니다. 아무래도 관의 영향력이 미치지 않다 보니 더욱 횡포가 심하지요."

"관이 그런 것을 내버려두는 이유가 뭡니까?"

"운남은 척박한 땅입니다. 그들과 대립하여 정복한다고 해도 얻을 것이 없습니다. 그러니 관은 그곳을 수복하는 데 딱히 미련이 없습니다. 그러다 보니 운남의 차를 무역하는 상인들만 피해를 보고 있는 실정이죠."

하기야 백천만 해도 자목초를 구할 일이 없었다면 평생 운남에 올 일이 없었을 것이다.

"그러니 다시 한번 부탁드리겠습니다. 이번 일이 잘못되면 저희 상단은 다시는 운남에 발을 들이지 못합니다. 그럼 망하는 길밖엔 남지 않습니다."

"걱정하지 마십시오. 저희도 사고를……."

말하던 백천이 저도 모르게 청명을 돌아보았다.

"……안 치도록 최대한 노력하겠습니다."

노력은 합니다. 노력은. 그런데 그게 제 마음대로 되는 게 아니라서.

"꼭 부탁드리겠습니다."

곽경이 마지막으로 신신당부하고 자신의 자리로 돌아갔다. 곽 행수의 말을 들으며 야수궁이 운남에서 얼마나 절대적인 존재인지 다시금 확인한 백천이었다.

"사천에서 당가가 가지는 영향력보다 더한 것 같은데?"

"아무래도 그렇지 않겠습니까? 사천에는 당가를 견제할 만한 문파들이 있지만, 운남에는 딱히 이름 있는 문파가 없으니까요."

윤종의 말에 백천이 고개를 갸웃했다.

"음? 하지만 운남에도 점창파가 있지 않으냐."

"……어. 그렇긴 한데……."

윤종이 머뭇거리자 두 사람의 대화를 듣고 있던 청명이 대수롭지 않다는 듯 대신 대답해 주었다.

"점창은 그런 일에 일절 관심이 없는 문파거든."

"무슨 뜻이냐?"

"말 그대로야. 점창은 세력을 키운다든가, 영향력을 끼친다든가 하는 문제엔 전혀 관심이 없는 곳이야. 그냥 자기들끼리 깊숙한 산에 모여서 도 닦고 무공 익히는 곳이지."

"우리도 그렇지 않으냐."

"에이. 점창이나 곤륜에 비하면 화산이나 무당은 도인도 아니야. 무늬만 도인이지."

……아니, 저 미친놈이 이제는 하다 하다 자기 문파를 까네.

"도인이 다 같은 도인이지."

"아니, 정말이라니까. 점창이나 곤륜은 자기들이 세간에서 어떤 평을 받는지도 별 관심이 없어. 구파에서 쫓겨난다고 해도 그러려니 하고 말걸?"

"그…… 그게 말이나 되냐?"

"생각해 봐. 조금이라도 그런 쪽에 관심이 있었으면 그 먼 청해나 운남에 문파를 세우겠냐고. 사천만 해도 시골 취급 받는데 운남이야 말해 뭐 하겠어?"

"으음. 그도 그러네."

백천이 이해했다는 듯 고개를 주억거렸다.

"같은 도인으로서는 존경할 만한 문파지. 정말 속세의 명리에 일절 관여하지 않으니까. 점창은 바깥에서 야수궁이 뭘 하든 말든 관심도 없을걸?"

"대단하다면 대단하다."

백천이 고개를 휘휘 저었다. 대단하긴 하지만 그더러 그렇게 살아 보라고 한다면 영 자신이 없었다.

"그러니까 점창은 신경 쓰지 마. 중요한 건 야수궁이니까."

"……너는 그런 걸 어떻게 그리 잘 아는 거냐?"

"내가 거지 출신이잖아. 온갖 소문은 다 듣고 자랐지."

천연덕스럽게 대꾸한 청명은 다른 말이 나오기 전에 재빨리 말을 돌렸다.

"사천에서 시간을 많이 지체했으니까 쓸데없이 사고 치지 말자고. 일단은 빨리 운남으로 가는 게 중요하니까 최대한 상단에 협조하고."

백천은 저도 모르게 입을 쩍 벌렸다. 아니, 지금 누가 누구에게 훈계를 하는 것인가?

"시간은 네가 다 끌었잖아! 너만 좀 빨리빨리 움직였어도 며칠 전에 출발했다!"

"거, 사람이 쪼잔하게! 지난 일 가지고!"

목이 뻣뻣해지며 혈압이 오르는 것을 억지로 억누른 백천이 힘없이 한숨을 내쉬었다.

"여하튼 알았다. 우선은 최대한 협조해서 조용히 운남으로 가자."

과연 그 말이 지켜질지는 두고 볼 일이었다.

화산의 제자들은 짐마차들의 주변에 붙어 걸으며 상행을 따라갔다. 사천으로 올 때 사두마차의 말을 쉴 새 없이 갈아 가며 달렸던 것을 생각하면, 비교할 수도 없을 만큼 느린 속도였다. 답답한 것은 어쩔 수 없었다.

하지만 다른 방도가 없다. 상행을 떠나는 이들이 말을 여러 필 여분으로 가져갈 수는 없는 노릇이니 말의 체력을 감안하며 이동하는 수밖에.

"끄으응. 이래서 어느 세월에 운남에 도착하나?"

청명이 한숨을 푹 내쉬었다. 운남에 직접 가는 것은 그도 이번이 처음이다. 갑갑함이 심하니 온몸에 쥐가 날 지경이었다.

"길이라도 좀 잘 닦여 있으면 더 빨리 갈 수 있을 것 같은데."

백천이 엉망으로 펼쳐진 길을 보며 눈살을 찌푸렸다.

성도에서 멀어져 운남에 가까워질수록 길은 점점 더 험해졌다. 길이란 것은 꾸준히 관리해 주어야 유지가 된다. 관리를 해 주지 않으면 짐마차가 오고 갈 때마다 바닥이 파이고 돌이 드러나 엉망이 되고 만다. 평소 이런 길의 관리는 관에서 하기 마련인데, 운남은 관의 영향력이 미치지 않는 곳이다 보니 관리가 전혀 이루어지지 않는 모양이었다.

곽경이 그들의 대화를 들으며 고소를 머금었다.

"아직은 사천 땅입니다."

"아, 그래요?"

"예. 다만 이곳이 운남으로 가는 길이다 보니 관에서도 굳이 정비할 필요성을 느끼지 못하는 거지요."

"그럼 갈수록 길이 더 나빠질 거란 말이군요."

"그렇습니다. 게다가 문제는 그뿐만이 아닙니다. 사천과 운남의 경계에 가까워질수록 산적과 야적들이 횡행합니다. 목숨을 걸어야 하는 상행이지요."

곽경이 어두운 표정으로 한숨을 내쉬었다.

"중원의 관이나 무파들도 야수궁과의 충돌을 꺼려 그쪽으로는 무인들을 파견하지 않고 있습니다. 때문에 지금 운남과 사천의 접경지는 무법지대나 다름없는 상황입니다."

백천이 아, 탄성을 흘리며 상단을 호위하고 있는 호위무사들을 돌아보았다. 안 그래도 인원이 한정되어 있어 사람이 부족할 텐데 웬 호위무사들을 저리 많이 끌고 왔나 했더니, 마적 떼에 대비하는 인원인 모양이다.

"이미 접경에 접어들었으니 다들 조심하셔야 합니다. 혹 수상한 이들을 발견하시면 저희에게 바로 말해 주십시오."

"그러겠습니다."

"나름대로 최선을 다해 속도를 내고 있으니 답답하더라도 조금 참아 주시면 감사하겠습니다."

"아. 아닙니다, 행수님. 폐를 끼쳐 드린 것만으로도 죄송한데 저희 때문에 무리하실 필요는 없습니다."

백천이 곽경을 향해 고개를 숙였다. 하지만 그 여유로운 모습이 사라지기까지는 얼마 걸리지 않았다.

"늦어……."

"…….''

"늦어. 늦다고! 이건 너무 늦어!"

"……왜 또 심통이 났느냐?"

청명이 볼을 부풀리며 불만을 쏟아 냈다.

"이렇게 가서 언제 운남에 도착해!"

"어쩔 수 없는 노릇 아니냐. 말들이 짐마차를 끌고 가니 속도가 늦을 수밖에. 바꿀 말이 있는 것도 아니고, 사람이 끌고 갈 수도 없잖으냐?"

"그래도 너무 느려! 이렇게 운남에 다녀오면 계절이 바뀌는 게 아니라 해가 바뀔 지경이야! 돌아가는 길에 장문인이 살아 계시길 빌어야 할 판이라고!"

"야, 이 빌어 처먹을 놈아! 그게 할 말이냐!"

"답답해서 이러잖아, 답답해서!"

청명이 와락 얼굴을 구겼다.

"차라리 우리가 끌고 가는 건 어때?"

"……일단 사람이 마차를 끌어서 눈에 띄는 건 둘째 치고. 그럼 우리가 무공을 익힌 이들이란 걸 운남 사람들이 다 알게 될 텐데, 그건 어떻게 감당하려고."

"끄으으응."

청명이 머리를 벅벅 긁었다.

'하지만 이건 너무 느린데.'

상행에 끼어들 때부터 어느 정도 각오는 했지만, 생각하는 것보다 두 배는 더 느렸다. 이래서야 한 달 내로 도착이나 하면 감지덕지할 정도다. 무슨 수를 내긴 해야 한다. 청명이 한숨을 쉬며 고개를 돌렸다.

"그런데 뭔 야영 준비가 이리 오래 걸려?"

가던 길을 멈추고 야영 준비에 들어간 지 한참인데 아직도 상단원들이 분주하게 움직이고 있었다.

"조걸 사형. 원래 이렇게 야영 준비가 오래 걸리나?"

"보통은 이렇게까지 걸리지 않지만……."

조걸이 머리를 긁적였다.

"안 그래도 호위무사들을 배치하느라 상단원들이 부족한데, 우리까지 슬그머니 끼어들면서 상단원이 더 줄어 버린 모양이다."

청명이 혀를 찼다.

"엥, 그럼 지금 일손이 부족해서 오래 걸리는 거라고?"

"그런가 보네."

"에이! 그럼 진작부터 도와달라고 했으면 빨리 끝냈을 건데! 왜 말을 안 해. 사람 민망하게."

청명이 자리에서 벌떡 일어났다.

"아무래도 당가주님의 손님이니 부려 먹기 애매했겠지."

"그 시간에 빨리 도와서 빨리 자고 빨리 출발하는 게 낫지!"

"우리 입장은 그렇다만……."

백천이 고소를 머금었다.

'확실히 이놈은 이런 점이 재미있다니까.'

화산에서야 웃고 마는 별호지만, 화산신룡이라는 이름은 지금 중원 전체를 흔들고 있다. 천하제일 후기지수라는 말이 아무에게나 붙는 게 아니다. 그럼 자연히 콧대가 높아질 만도 한데, 청명은 명성이 없었을 때나 지금이나 한결같이…….

'개차반이지.'

아, 이게 좋은 게 아니구나?

"뭐 해? 얼른 도와. 저 아저씨들이 빨리 쉬어야 내일 조금이라도 일찍 출발하지."

"그래. 그러자꾸나."

백천이 나름 흐뭇한 미소를 지으며 자리에서 일어난 그 순간이었다.

"응?"

"어?"

"뭐지?"

화산의 제자들이 일제히 한곳으로 시선을 돌렸다. 어둠 속에서 수풀이 흔들리는 게 보였다.

"흐흐흐흐흐."

"흐하하하하하!"

이윽고 음흉하고 호탕한 웃음소리와 함께 십여 명의 괴한들이 수풀 속에서 모습을 드러냈다. 상단을 호위하던 호위무사들이 일제히 병기를 뽑아 들고는 괴한들의 앞을 막아섰다.

"웬 놈들이냐!"

"흐흐흐흐. 팔자 좋게 이곳에 야영지를 만들다니. 너희는 여기가 우리 장호채(障虎砦)의 앞마당임을 몰랐단 말이더냐? 물건만 놓고 가면 목숨은 살려 주겠다."

"그게 아니면 그 목숨까지 내어놓고 가든지!"

나타난 괴한들을 바라보던 화산의 제자들이 일제히 입을 벌렸다. 신음 같은 목소리가 새어 나왔다.

"산적이네?"

"산적이야."

"아니, 여긴 들판이니까 마적(馬賊)이나 야적(野賊)이라고 불러야 하는 것 아닙니까?"

"여하튼 강도네."

"네, 그렇죠."

세상에. 강도라니. 백천이 헛웃음을 흘렸다.

"살다 살다 내가 강도를 다 당해 보네."

"처리할까요?"

조걸이 한 발짝 앞으로 나선 그 순간이었다.

"에이, 아니지."

등 뒤에서 만류하는 목소리가 들려왔다. 좋아서 어찌할 바 모르는 듯한 목소리가. 화산의 제자들이 불안을 숨기지 못하는 표정으로 돌아보았다. 그곳에 부처의 미소를 짓고 있는 청명이 있었다.

"쟤들이 무슨 마적이야. 내 눈에는 전혀 다르게 보이는걸?"

"……뭐로 보이는데?"

"마적이 아니라 말이지, 말."

"……말?"

청명이 한껏 입을 벌려 웃었다.

"응. 우릴 운남까지 데려다줄 힘 좋은 말들이네. 아이고, 우리는 참 운도 좋지."

"……."

"뭐 해? 달아나기 전에 빨리 잡아!"

……하필이면 여길 털러 나타난 마적들이 불쌍해 콧잔등이 다 시큰해지는 백천이었다.

◆ ❖ ◆

"사, 사여 주입이오!"

"자모해쓰빈다!"

"사여만 주이면 뭐은 다 하게으미다!"

백천이 고개를 갸웃했다.

"뭐라는 거지?"

"살려만 주면 뭐든 다 하겠다는 것 같습니다."

조걸의 대답에 백천이 눈을 찌푸렸다.

"입은 때리지 말라고 했잖으냐?"

"아니, 저놈들이 반항을 해서……."

보통은 반항한다고 턱주가리를 돌려 버리지는 않는단다, 사랑하는 사질아. 백천이 결국 고개를 휘휘 젓고 말았다. 조걸이 놈도 못 써먹겠다 생각하면서. 어떻게 된 놈들이 하나같이 청명을 닮아 간다. 그럴 거면 평소에 그렇게 청명이 욕이나 하지 말든가!

그는 한숨을 크게 내쉬고는 줄줄이 무릎을 꿇은 마적들을 바라보았다. 생각해 보면 이놈들에게 동정의 여지는 없다. 이놈들은 선량한 양민들과 상인들을 등쳐 먹는 놈들이니까. 곽 행수의 말에 따르면 이 길에서 마적들에게 죽는 사람들도 수두룩하다고 하니, 이것들 역시 선량한 이들을 죽여 제 잇속을 탐하는 쓰레기들일 확률이 높았다.

하지만, 그걸 모두 알고 있음에도…….

"흐흐흐흐."

……가여웠다. 등 뒤에서 자꾸 침을 질질 흘려 대는 청명의 존재 때문에, 자꾸 솟아나는 동정심을 금할 길이 없었다.

때마침, 내내 음흉하게 웃던 청명이 슬금슬금 다가왔다. 백천이 물었다.

"이제 어쩔 셈이냐?"

"어쩌긴?"

청명은 흐뭇하게 웃으며 마적들을 둘러보았다.

"얘들 여물은 좀 먹을 줄 아나 몰라. 잘 먹어야 힘내서 잘 끌 텐데."

……차라리 죽여라, 이놈아.

◆ ◈ ◆

곽경이 눈을 비볐다. 하지만 아무리 눈을 비벼도 그의 시야에 들어오는 광경은 달라지지 않았다. 힘겹게 마차를 끌고 있어야 할 말들은 지금 가벼운 몸으로 또각또각 마차 옆을 걷고 있었다. 그리고 상단의 말 대신에 짐마차를 끌고 있는 건, 놀랍게도 사람이었다. 눈탱이가 밤탱이가 된 마적들이 몸을 부들부들 떨면서 짐마차를 끌었다.

"끄으으으으으."

"끄으으으으으응!"

대체 평소에 뭘 처먹고 살면 사람한테 짐마차를 끌게 할 생각을 할까? 이게 제정신 박힌 인간이 할 생각인가?

더 놀라운 건, 사람이 끄는 마차가 말들이 끌 때보다 최소 세 배는 빠르게 나아가고 있다는 사실이었다. 인간이 저리 훌륭한 짐말이 될 수 있는데, 지금껏 굳이 말을 인간 대신 사용한 이유가 대체 뭐란 말……. 아니, 이게 아니라!

마차 마부석에 앉은 청명이라는 도사가, 들고 있던 검집으로 마적들의 머리를 콕콕 쥐어박았다.

"농땡이 치지? 다리에 힘 빠지는 것 같은데?"

"아, 아닙니다!"

"니들은 운 좋은 줄 알아라. 내가 원래 마적이니 산적이니 이런 애들을 살려 두는 사람이 아니에요. 그래도 쓸모가 있어서 살려 줬더니 애들이 자꾸 쓸모가 없어지려고 하네?"

"아닙니다! 절대 아닙니다!"

짐마차들이 더 빠른 속도로 나아가기 시작했다. 마차 주변에서 걷던 이들이 이제는 거의 달려야 할 속도다. 불쌍한(?) 마적들은 차마 반항할 생각도 하지 못한 채 눈물을 줄줄 흘리며 온 힘을 다해 마차를 끌었다.

살아생전 단 한 번도 상상해 보지 못한, 황당하기 짝이 없는 광경에 곽경이 입을 헤 벌렸다. 그때 호위대장이 슬그머니 다가와 속삭이듯 말했다.

"행수님. 지금 저 마차를 끄는 이들 말입니다…….""

"예, 호위대장님. 허허. 황당하기 그지없지요? 죄송합니다. 호위대장님께서는 이해하기 힘드시겠지만, 저기 저분들이…….""

"아니요, 아니요. 그런 게 아닙니다."

"예?"

호위대장이 살짝 창백한 얼굴로 말했다.

"저놈들 저보다 강합니다."

"예?"

"저보다 강하다고요."

"……예?"

곽경이 전혀 이해하지 못한 표정으로 호위대장을 바라보았다.

지금 이 상행의 호위대장을 맡고 있는 이 사람의 이름은 사마회(司馬懷), 별호는 섬전쾌수(閃電快手). 사천 일대에서는 나름 명성이 높은 이였다. 워낙 운남으로 향하는 길이 험하고 위험하다 보니 화평상단에서 거금을 주고 호위대장으로 영입한 사람이다.

사천에서 웬만큼 굴러먹은 사람이라면 섬전쾌수라는 별호를 들어 보지 못하기가 더 어려울 정도이다. 그런데 그런 이가 한낱 마적 떼보다 약하다고?

"그러니까…… 저놈들이라는 게?"

"지금 마차를 끌고 있는 마적들 말입니다. 저놈들이 저보다 강하단 말입니다."

마적을 제압한 화산의 제자들도 아니고, 저 마적들이 섬전쾌수보다 강하다고?

"이 새끼들이! 지금 발이 보이지?"

지금 저 젊은 놈한테 걷어차이고 있는 마적이?

"그것도 한 놈이 아니라, 모두 저보다 강합니다."

"……열 놈 전부요?"

"네. 하나도 빠짐없이."

호위대장이 질린 얼굴로 마적들을 힐끔힐끔 바라보았다.
"어젯밤에 저놈들이 장호채란 말을 하지 않았습니까?"
"……그런 말을 들은 것도 같고."
"제가 아는 장호채가 맞는다면, 이 부근에서는 사신과도 같은 악명을 떨치는 놈들입니다. 주변에 횡행하던 마적들을 단숨에 규합한 신흥 세력이라고 들었습니다."
"그 말 역시 들어 본 것 같고……."
이쯤 되자 한 가지 의문만이 남는다.
"대체 저분들은 뭐 하는 분들입니까?"
"그, 글쎄, 그게 저도 잘……."
곽경은 당군악에게 딱히 화산 문하들에 대한 설명을 듣지 못했다. 그저 자신의 손님들이니 잘 부탁한다는 말만 들었다. 그가 주워들은 것은 단 하나뿐.
"화산의 제자들이라고는 들었습니다만."
"화산? 화산이라고 하셨습니까? 혹시 그 섬서의 화산 말씀이십니까?"
"예, 제가 알기로는……."
"화산이 최근 옛 명성을 되찾고 있단 말이 있더니, 과연……."
호위대장이 몸을 부르르 떨었다. 아무리 그래도 이건 좀 심하지 않은가? 강하기 그지없는 장호채의 마적들을, 저토록 어린 이들이 단숨에 때려잡았다. 심지어 저들 모두가 몰려가 몰매를 놓은 것도 아니다. 개중 어려 보이는 이 하나가 터덜터덜 나서더니 순식간에 저 무서운 마적들을 개 잡듯이 두들겨 잡아 버린 것이다.
당가주께서 잘 모시라고 하시더니, 그게 손님이니 내 체면을 봐서 잘 돌봐 주라는 말이 아니라…… 잘 모시지 못하면 모가지가 날아갈 수도 있으니 조심하라는 뜻이었나? 곽 행수가 크게 헛기침했다. 워낙 황당한 일이고 워낙 폭풍같이 벌어진 일이라 지금까지는 손을 놓고 있었지만, 이제는 정리를 해야 한다.

"저……."

"네?"

이제까지는 백천을 통해서만 대화를 했던 곽 행수지만, 지금 그의 시선은 청명에게로 향해 있었다. 마적들을 말처럼 다루는 모습을 보아하니 지금은 이 사람과 대화해야 한다 싶었던 것이다.

"괘, 괜찮겠습니까?"

"뭐가요?"

청명이 밝은 얼굴로 곽 행수를 돌아보았다. 상행의 속도가 빨라지면서 기분이 좋아진 모습이었다.

"이, 이렇게 운남에 들어가도 되겠습니까?"

"네? 안 될 이유라도?"

아니, 인마! 아무리 봐도 이상하잖아! 사람이 짐마차를 끄는데!

"아, 애들요?"

"예. 아무래도 시선을 피할 수 없습니다. 게다가 인원 문제도 있습니다. 이자들은 뭐냐고 물으면 어떻게 대답합니까?"

"마적이라고 하면 되죠. 습격했던 마적들을 잡아서 부린다고 하면 설마 뭐라고 하겠어요? 굳이 거짓말할 필요도 없지 않나요?"

"……아, 아니, 그렇긴 한데…….''

청명이 배시시 웃었다.

"중간에 잡은 마적들까지 인원으로 치지는 않겠죠. 그 정도도 생각 못 할까 봐요. 야수궁 애들도 사람인데."

"마적을 어찌 제압했냐 물으면…….''

"저기 호위하시는 분이 다 때려잡아서 벌을 준답시고 말 대신 짐마차를 끌게 했다고 하죠. 그럼 다들 좋아할 거예요. 좋은 일을 한 거니까요."

……정말 좋아할까? 하긴 새, 생각해 보면 싫어할 이유는 딱히 없을 것 같기도 하고.

"얼마나 좋아요? 말 대신 마차도 끌어 주지, 밤 되면 야영 준비도 해 줄 거지. 그 외에도 부려 먹을 일 있으면 다용도로 알차게 부려 먹으세요."

"그, 그래도 되겠습니까?"

"네. 지들도 뒈지는 것보다는 그게 낫지 않을까요?"

"……예?"

"행수님이 정 안 된다고 하시면 적당한 데다 묻어 놓고 가야죠. 풀어 주면 또 강도질할 텐데 그럴 순 없잖아요."

청명의 말에, 말처럼 마차에 매여 있던 마적들이 눈물 콧물 다 쏟으며 소리쳤다.

"개처럼! 아니, 소처럼 부지런히 끌겠습니다!"

"일하게 해 주십시오! 시키는 건 뭐든 다 하겠습니다!"

"제발 저희를 버리지 마십시오! 저 비실비실한 말들보다 저희가 훨씬 잘 끌 수 있습니다! 제발!"

참으로 일에 대한 열정이 넘치는 아름다운 광경……은 얼어 죽을, 생사가 오가는 처절한 현장이었다. 곽 행수의 마음을 돌리기 위한 절절한 외침이 이어졌다.

"행수님!"

"형님!"

"부처님!"

어디까지 가냐, 너희들? 곽 행수가 눈을 질끈 감았다.

"괘, 괜찮겠습니까? 아무래도 마적들을 데리고 간다는 게……. 좀 위험해 보이기도 하고."

"위험이요?"

청명이 고개를 갸웃했다. 그러더니 매여 있는 마적의 엉덩이를 툭툭 차며 웃었다.

"애들이요?"

"……."

"아, 행수님 입장에서는 걱정이 될 수도 있겠네요. 그럼 음……."

청명이 짐짓 고민하는 시늉을 하더니 말했다.

"어, 그럼…… 다리는 짐마차 끌어야 하니까 안 되겠고. 팔 두 짝은 그냥 못 쓰게 부러뜨려 놓을까요?"

마적들이 세상 다시없을 간절함을 담아 곽 행수를 바라보았다. 격하게 고개를 젓는 그 모습을 보니 없던 동정심마저 살아나는 곽 행수였다. 그 때 청명이 고개를 끄덕였다.

"그럼 허락하신 걸로 알고, 걱정 안 하시게 팔은 부러뜨려 놓을게요!"

"아, 아니! 소협! 잠시! 잠시만! 아무리 그래도 사람 팔을 그렇게……!"

"에이, 저것들이 무슨 사람이에요? 돈 벌자고 사람 죽이는 놈들인데. 저희가 없었으면 여기 있는 사람들 다 죽었을 텐데요."

"그, 그렇긴 하지만……."

"원래는 죽어야 하는 놈들 살려서 부리는 건데, 팔 부러지는 정도는 감수해야죠. 생각 같아서는 다리도 한 짝만 남겨 두고 싶은데, 갈 길이 구만리라. 끄응."

청명이 검집을 들고 마부석에서 일어나자 곽경의 목소리가 더욱 다급해졌다.

"지, 진정하시오! 진정하십시오, 소협! 저는 괜찮습니다! 하나도 불안하지 않습니다! 말로 하면 알아먹을 겁니다!"

그러자 마적들이 재빨리 소리쳤다.

"다 알아먹었습니다! 정말 이해했습니다, 소협!"

"팔이 있어야 더 열심히 일할 수 있습니다! 저는 땅도 잘 파고 밥도 잘 짓습니다! 제발 일을 할 수 있게 해 주십시오!"

"상단 분들에게 손가락 하나라도 대면 제가 갭니다! 개!"

"살려 주십쇼!"

청명이 고개를 갸웃했다.

"진짜 말로 해서 알아들었다고?"

"그렇습니다!"

"정말입니다."

멀쩡하던 청명의 눈이 돌연 희번덕거렸다.

"말로 알아먹을 놈들이 애초에 왜 마적질을 해, 이 새끼들아!"

따아아아아아아악!

부러진 매화검 대신 당군악에게 강탈해 온 한철검이 검집째로 마적의 머리에 세게 내려앉았다!

"이 새끼들이, 팔다리 멀쩡하고 무공까지 익힌 놈들이 어디 할 짓이 없어서 마적질을 해! 내가 녹림왕도 후려 깐 사람이야! 어디 싸가지 없게 내 앞에서 마적질이야! 콱 뒈질려고!"

따아아아아악! 따아아아아아악!

짐마차를 끌고 있는 모든 마적들이 가여웠다. 하지만 가장 불쌍한 마적은, 하필이면 청명이 탄 짐마차에 묶인 놈이었다.

"니들은 운남 도착할 때까지 사람대접받을 생각 하지 마라! 내가 말이고, 내가 소다! 마아일체(馬我一體)의 경지에 오를 때까지 끌고 또 끈다! 내가 너희한테 도(道)가 무엇인지 알려 주마!"

청명이 눈을 부라리며 외치는 모습을 멍하니 보던 곽 행수가 슬그머니 백천에게로 고개를 돌렸다. 백천은 그 산뜻한 외모로 빙그레 웃었다.

"포기하십쇼. 쟤는 못 말립니다."

곁에서 사형제들이 한마디씩 거들었다.

"와, 사숙. 그래도 청명이가 정말 많이 착해졌습니다. 옛날 같았으면 일단 팔다리 부러뜨려 놓고, 짐마차 끌어야 하는데 실수했다고 아쉬워했을 텐데."

"아니지. 팔다리 부러뜨리고 짐마차를 끌라고 했겠지."

"아, 그게 맞네요."

그때 유이설이 낮은 목소리로 말했다.

"대가리."

"예?"

"대가리는 안 깼어. 착해."

"……."

"걱정하지 마십시오. 어쨌든 덕분에 가는 길이 훨씬 편해질 거고, 겸사겸사 저 마적들도 개과천선할 테니까요."

'개과천선 안 하면 뒈질 텐데, 안 하고 배겨?' 하고 혼자 중얼거리는 백천을 보며, 곽 행수는 자신도 모르게 흐뭇하게 웃고 말았다. 이제 모르겠다. 될 대로 되라지!

그렇게 운남으로 가는 상행은 예상보다 몇 배는 빠른 속도로 문제없이 질주하기 시작했다. 문제없이……. 문제…….

"어디 말 새끼들이 사람 먹는 밥을 먹어! 여물이나 처먹어, 이 새끼들아!"

문제가 조금 있긴 했다. 사소한……. 아주 사소한 문제가.

· ◆ ·

"보이느냐?"

"예, 형님!"

"보아라! 저 광활한 대지를! 이곳이 모두 우리 형제의 땅이 될 것이다!"

호호탕탕한 목소리가 널리 퍼져 나갔다.

"이곳에는 우리를 귀찮게 하는 관도, 심심하면 사람을 못살게 구는 협객 놈들도 없다. 이제 우리는 이곳에서 우리의 뜻을 마음껏 펼치면 된다!"

"물론입니다! 형님!"

"흐하하하하하! 올해가 지나기 전에 이곳의 모든 이들이 우리 장호채의 이름을 기억하게 만들겠다! 자아, 가자! 나의 형제들아! 훗날 역사는 이곳을 우리의 시작점으로 기억할 것이다!"

"물론입니다, 채주님!"

들끓는 열정. 뜨거운 의리. 그야말로 역사의…….

따아아아아아악!

"끄륵!"

방요가 머리를 부여잡고 몸을 움츠렸다.

"이게 딴생각을 하네? 이제 편하다 이거지?"

"아닙니다! 절대 그렇지 않습니다! 아이고, 도사님! 제가 미쳤다고 딴생각하겠습니까?"

"미쳐서 딴생각하는 게 아니지. 뒈지려고 딴생각을 하는 거지."

"아닙니다! 절대 아닙니다!"

방요의 눈가에 눈물이 맺혔다.

그냥 고향으로 내려가 땅이나 일구고 살 것을. 뭐? 변방의 지배자? 지배자는 얼어 죽을! 이러다 맞아 죽게 생겼다.

"소처럼 끌란 말이야! 소처럼!"

"넵, 도사님! 소처럼 끌겠습니다! 음머어어어어!"

방요의 눈에 고여 있던 서글픈 눈물이 끝내 또르르 흘러내렸다.

"끄으으응."

팔다리를 주무르며 방요가 앓는 소리를 내었다. 청명 무리에게 잡힌 이후로 그들의 일과는 아주 단순해졌다. 아침부터 새벽까지 정말 말 그대로 우마(牛馬)처럼 짐마차를 끈다. 새벽이 깊어 더 이상 이동할 수 없게 되면 다른 이들의 숙영 준비를 돕고, 그러고 나서야 겨우 짧디짧은 휴식 시간을 가질 수 있었다.

"부, 부채주님. 너무 힘듭니다."

"어흐흑. 진짜 죽을 것 같습니다. 차라리 죽는 게 낫습니다."

어느새 피골이 상접한 수하들이 질질 짜며 한탄을 시작했다. 방요의 눈가에도 살짝 눈물이 고였다.

'내가 어쩌다 저런 놈들에게 걸려서는……'

그들은 마적이었다. 그것도 사천의 외지에서는 사신처럼 악명을 떨치는 장호채. 하지만 부채주인 방요는 세상은 넓고 진짜 '사신'이라 불릴 만한 이들은 따로 있다는 것을 절절히 실감하는 중이었다.

"막내는 아직 정신이 없느냐?"

"……아마 제정신으로 돌아오는 건 무리일 것 같습니다."

방요는 구석에서 입을 헤 벌리고 있는 막내를 보다 눈을 질끈 감고 말았다. 나름 준수하게 생긴 막내의 입가에서 침이 질질 흘러내린다.

"……평생을 백치로 살아야 한다고?"

"아무래도……."

"끄으으응."

젊다는 건 패기가 있다는 뜻이다. 하지만 막내 공소는 그 젊은 패기를 하필 저 청명이라는 도장에게 대드는 것으로 증명하고 말았다.

그리고 그 대가는 너무도 컸다. 버럭버럭 대드는 공소의 패기를 마주한 청명 도장은 푸근한 미소를 지었다.

─ 허허. 소 새끼가 말을 하네.

방요는 그 목소리를 평생 잊지 못할 것 같았다. 청명은 마차에서 일어나지도 않은 채 뒤꿈치로 공소의 대가리를 찍어 버렸다. 그 이후로 공소는 내내 저 꼴이었다. 남은 인생 동안 제 손으로 밥 한술이나 제대로 뜰 수 있을지 모르겠다.

공소가 그리된 후로는 발이 부르트고 팔다리가 부러질 것 같아도 누구 하나 힘들단 말을 감히 입 밖에 내지 못했다. 게다가…… 진짜 힘든 건 그들이 아니었다.

털썩. 털썩!

"끄으으으으으……."

방요는 저 앞에서 털썩털썩 쓰러지는 화산의 제자들을 질린 표정으로 바라보았다. 불과 한 식경의 수련만으로도 거의 걸레짝이 되어 버린 그들을 보고 있자니 감히 힘들다는 말을 입에 올릴 수가 없다. 방요의 눈에 유일하게 서 있는 한 사람의 모습이 들어왔다.

"수련하면 버티는 시간이 늘어나야지! 왜 매번 버티는 시간에 차이가 없어? 노오력을 하란 말이야, 노오오오력을!"

방요의 허망한 시선이 바닥에 쓰러져 꿈틀꿈틀 경련하고 있는 조걸에가 꽂혔다. 이제는 잘 기억도 나지 않지만, 아마도 처음에 자신들을 복날 개 패듯이 팬 게 바로 저자였던 것 같은데…… 지금 그 조걸이 저 청명이라는 어린놈에게 얻어맞아 먼지를 풀풀 날리고 있다.

뭐? 변방에서 힘을 키워 중원을 도모한다고? 채주 놈의 말을 떠올리자 혈압이 극도로 상승하기 시작했다. 중원? 중워어어어언? 그 또라이 같은 놈이!

저런 놈들이 득실거리는 중원을 무슨 수로 도모한다는 말인가! 중원을 도모하기 전에 내 모가지가 도모당하게 생겼다!

그때 청명이 슬쩍 고개를 돌렸다.

"어쭈? 여길 볼 힘이 남아 있네?"

마적들이 재빨리 눈을 내리깔았다.

"쯧쯧쯧. 저것들도 사람이라고."

청명은 혀를 차며 어딘가로 휘적휘적 걸어갔다. 이윽고 그가 시야에서 사라지자 바닥에 쓰러져 있던 화산의 제자들이 힘겹게 몸을 일으켰다.

"끄으으으응."

조걸이 몸을 바들바들 떨었다.

"귀신은 뭐 하나! 저놈 안 잡아가고!"

"……귀신도 겁은 있겠지."

조걸이 한숨을 푹 내쉬고는 윤종을 일으켰다.

"사형. 정신 좀 차려 보십시오."

"여, 여기가 어디냐?"

"……아닙니다. 그냥 주무십시오."

그 와중에도 사형제는 알뜰살뜰하게 챙기는 조걸이었다. 백천이 한숨을 내쉬며 입을 뗐다.

"얼른 씻고 정리하자. 그래야 조금이라도 자지."

"저는 오늘 수련한 걸 조금 더 정리해 보겠습니다."

"괜찮겠느냐?"

"잠이야 낮에 짐마차 위에서 자면 되니까요. 말들에겐 미안해도 저것들에게는 미안할 것도 없고."

"흐음. 듣고 보니."

화산의 제자들이 슬쩍 마적들을 곁눈질했다. 방요는 저도 모르게 눈을 질끈 감았다.

'저 개도 안 물어 갈 것들.'

화산의 제자들이 저들끼리 쑥덕대더니 한쪽으로 멀어져 간다. 그 모습을 지켜보던 도적 떼가 일제히 한숨을 내쉬었다.

"형님. 혹시 우리가 살아 돌아가게 된다면 다시는 중원 쪽으로는 오줌도 싸지 맙시다."

"……그래. 꼭 그러도록 하자."

지금도 그들보다 어리고 강한 이들이 저리 피를 토할 정도로 수련을 하는데 당해 낼 도리가 있겠는가? 중원은 저런 괴물들이 득실거리는 곳일 텐데 말이다.

화산의 제자들은 자신들이 이상한 오해를 낳았다는 사실을 전혀 알지 못했다.

"끄으으으응."
"꺼어어어어……."
"끄으으으으……."
사람이 끄는 짐마차가 쉼 없이 길을 나아갔다. 그 광경을 보는 이들은 하나같이 고개를 갸웃거릴 수밖에 없었다.
"뭐야. 왜 사람이 짐마차를 끌고 있어? 말은 왜 그냥 따라가고?"
"허어. 살다 보니 별 희한한 꼴을 다 보는구먼."
"사천에서 온 상행 같은데?"
방요가 눈을 질끈 감았다. 접경지대를 넘어 운남으로 깊숙이 들어갈수록 사람들을 마주치는 일이 잦아졌다. 그리고 마주친 사람들은 하나같이 호기심을 내비치며 상행 주변으로 모여들었다.
'뭐가 그렇게 재미있냐?'
방요는 울컥 치미는 화에 저도 모르게 눈을 부라렸다. 예전이었다면 그를 보는 즉시 벌벌 떨면서 달아났을 것들이 다들 신기한 구경이라도 하는 듯이 슬금슬금 모여드니 화가 나지 않을 수가 없었다.
따아아아아악!
그리고 물론 청명은 그런 놈을 응징하지 않을 수 없었다. 머리로 날아든 회초리에 방요의 눈이 툭 튀어나왔다.
"끄륵!"
"어디 소 새끼가 사람한테 눈을 부라려?"
"……끄으으응."

잘 가게나, 친구들 477

"쯧쯧. 나도 참 착해졌다. 옛날이었으면 너 같은 놈들은 보이는 즉시 쓱싹쓱싹 썰어 버렸을 텐데."

저게 농담으로 안 들리는 게 가장 큰 문제였다.

청명은 혀를 차며 슬쩍 주변을 돌아보았다. 그런 그의 뒤에서 짐마차에 몸을 싣고 있던 백천이 가만히 입을 열었다.

"이제는 완전히 운남에 들어왔구나."

청명이 고개를 끄덕였다. 사실 모두가 처음 느낀 건, 이곳이 생각 이상으로 척박하다는 것이었다.

"여긴 원래 이렇게 산이 많나?"

"보이는 거라고는 솟아 있는 산과 들밖에 없군. 왜 관이 운남에 관심을 두지 않는지 알 것 같다. 게다가 아직은 야수궁의 궁도도 보이지 않는군."

백천이 눈살을 찌푸렸다.

"저들이 소림쯤 된다고 해도 이 넓은 운남을 모두 지킬 수는 없겠지."

청명의 말에 백천이 고개를 끄덕였다. 운남은 야수궁이 지배한다는 이야기를 하도 들어서인지, 운남에 들어서면 바로 야수궁의 검문을 받을 줄로만 알았다. 하지만 생각해 보면 운남 깊은 곳에 있는 야수궁이 이런 곳까지 나와서 주변을 지킬 것 같지는 않았다.

둘의 대화를 듣고 있던 곽경이 넌지시 말을 건넸다.

"그들이 직접 관리하는 곳은 차의 거래가 이루어지는 곤명(昆明) 쪽부터입니다. 그 외에는 간간이 순찰을 다니기는 합니다만, 그리 자주 보이지는 않지요."

"그런데 그런 것치고는 너무 경계하고 계시는 것 아닙니까?"

"경계해야 합니다."

곽경이 살짝 목소리를 죽였다.

"운남에서 야수궁의 영향력은 사천에서 당가의 영향력을 뛰어넘습니다. 다시 말하자면 지금 만나는 모든 사람이 야수궁의 정보원이 될 수 있다는 뜻이지요. 우리가 운남에 접어들었다는 사실은 이미 야수궁에 전해졌을 겁니다."

백천이 미간을 좁히고는 주위를 둘러보았다. 모여드는 이들이 모두 야수궁의 눈과 귀가 될 수 있다고 생각하니 새삼스럽게 경계심이 자라났다.

"사람들의 행색도 그리 좋아 보이지는 않는데?"

청명이 백천을 향해서 말했다. 아닌 게 아니라, 마주치는 이마다 다들 굶주려 있다는 느낌이 확연했다. 복색은 초라하기 그지없었고, 옷 사이로 드러난 몸은 피골이 상접해 있었다.

"본디 운남은 식량 산출량이 그리 좋지 않은 곳입니다. 기본적으로 농사를 지을 만한 땅이 많지 않습니다. 오는 길에 산을 깎아 만든 논을 보셨지요? 본래 농지가 많지 않아 그런 식으로 농사를 짓는 곳이 많습니다. 그런데 최근에 가뭄이 들면서 상황이 더 안 좋아졌다고 하더군요."

곽경이 고개를 절레절레 저으며 혀를 찼다.

"그나마 예전에는 차 무역으로 번 돈이 운남에 풀리면서 나름 먹고살 만했었는데, 이제는 차 무역까지 금하고 있으니……. 농사가 잘되지 않으면 다 굶어 죽는 거지요."

경청하던 백천이 고개를 갸웃했다.

"서역과는 거래를 하고 있다 하지 않았습니까?"

"사실 서역인들은 차를 그리 즐기지 않습니다. 중원만큼 차를 좋아하는 곳은 없지요. 게다가 서역인들이 즐겨 먹는 차는 운남의 것과 종류가 다릅니다."

그제야 이해가 된다는 듯 백천이 고개를 끄덕였다.

"결국은 중원과 거래를 끊은 것이 운남에게 좋지 않게 작용했다는 뜻이군요."

"운남만 그렇겠습니까? 사천에서도 지금 곡소리가 나고 있습니다. 예전에는 중원 중심부의 상단들에게도 뒤지지 않았던 사천의 상단들이 지금은 영 힘을 쓰지 못하고 있지요. 그나마 차는 먹고사는 것과는 크게 관련이 없어서 배는 곯지 않는 것뿐입니다."

백천이 복잡한 눈빛으로 사람들을 바라보았다.

"이제 얼마 가지 않아 곤명에 도착할 겁니다. 거기까지만 별일 없이 도착할 수 있다면 저희의 임무는 다한 셈이지요."

곽경의 말에, 백천은 그를 향해 포권 했다.

"다시 한번 감사드립니다."

"감사는 무사히 도착한 뒤에 받겠습니다."

곽경이 사람 좋은 미소를 지었다.

그러고도 여정은 계속되었고, 화산의 제자들은 곽경의 말대로 긴장을 유지하며 주변을 살폈다. 눈앞에 보이는 건 험한 길과 척박한 대지뿐, 크게 문제 될 만한 일은 벌어지지 않았다.

"으라라아아아아!"

"으아아아아아!"

그리고 혼신의 힘을 다해 마차를 끄는 인간 우마 덕에 예정보다 세 배는 빨리 도착할 수 있었다.

"저기가 곤명입니다."

청명이 낡은 성벽을 보며 눈을 찌푸렸다.

"성도라기보다는 마을 같은 느낌인데."

"운남에는 중원에서처럼 높은 성벽이 존재하지 않습니다. 작은 땅에 모여 살 수 있을 만큼 식량이 나질 않기 때문이지요."

청명이 고개를 끄덕였다.

"여하튼 감사해요. 덕분에 잘 왔어요."

"별말씀을."

화산의 제자들은 찻잎을 사기 위해 움직일 화평상단과 작별 인사를 나누었다. 곽경은 몇 가지 당부를 건넨 뒤 바삐 길을 떠났다. 화평상단 사람들이 멀어지자 청명이 뒤로 빙글 돌아서며 중얼거렸다.

"이제 문제는 이것들인데."

눈이 마주치자마자 마적들이 움찔하며 고개를 숙였다.

'착한 표정. 착한 표정!'

'최대한 불쌍한 표정.'

청명이 슬쩍 백천을 바라보았다. 의견을 묻는 것이었다. 백천은 잠시 고민하는 듯하다 입을 열었다.

"풀어 주는 것이 좋지 않겠느냐?"

"응? 풀어 줘?"

"그래. 이들이 죄를 지은 건 사실이지만, 이곳까지 오면서 고생도 했고…… 또 나름대로 반성하고 있는 것 같으니 풀어 주는 것도 나쁘지 않아 보이는구나."

청명이 고개를 크게 끄덕였다.

"크으. 자비를 베풀라는 말이네. 내가 이래서 사숙을 좋아한다니까."

"……이상한 소리 하지 말고."

청명이 빙그레 웃으면서 마적들을 빤히 보았다.

"풀어 주라네."

"감사합니다! 정말 감사합니다!"

"이제는 착하게 살겠습니다! 크흐흐흑!"

"다시는 마적질을 하지 않겠습니다."

눈물겨운 감사가 쏟아지는 가운데 청명이 피식 웃었다.

"그런데 너희 그거 알아?"

"……예?"

"사람은 시키면 반대로 하고 싶어지지."

순간 청명의 손이 번개같이 움직였다. 타타타탓! 그의 손이 정확하게 마적들의 단전을 후려쳤다.

"커억!"

"아아아악!"

삽시간에 아랫배를 얻어맞은 마적들이 땅에 나뒹굴었다. 청명이 그들을 보며 씨익 웃었다.

"풀어 줄게. 여기서 잘 놀고 있어. 단전에 금제를 가해 뒀으니 내가 돌아오지 않는 이상은 무공을 되찾을 방법이 없을 거야. 아니면 뭐 달아나서 양민으로 살든지. 편한 대로 해."

청명이 몸을 빙글 돌렸다. 그리고 미련 없이 곤명을 향해 걸었다. 윤종이 그의 옆으로 따라붙었다.

"왜 잡아 둔 거냐?"

"돌아갈 때 마차는 누가 끌어?"

"……."

"쟤들이 말보다 낫지."

청명이 어깨를 으쓱했다.

"그리고 겸사겸사 돌아가는 길에 저놈들 있던 산채도 좀 털고. 많이 모아 뒀을 것 같은데."

윤종은 조용히 다짐했다. 사는 동안 절대로 청명과는 척을 지지 않으리라고.

• ❖ •

"다들 명심해라. 우리는 화산의 제자가 아니다. 화평상단의 상인으로 자목초를 구입하러 온 것뿐이야."
"거, 뻔한 소리를."
"화산의 제자라는 사실을 드러낼 어떤 행동도 해서는 안 된다. 이번 일은 은밀함이 생명이다."
"다들 잘 들었지?"
"그러니 무슨 일이 있더라도 두 번! 세 번! 또 생각하고 생각해라!"
"그래. 생각하라고!"
자신의 말끝마다 추임새를 넣는 청명을 향해 끝내 백천이 버럭 소리를 질렀다.
"너 말이야, 인마! 너! 다른 사람 말고 너!"
청명이 눈을 동그랗게 떴다.
"나?"
"그래! 여기서 지금 이런 말을 들을 사람이 누가 있냐! 너 말고 누가 사고를 친다고!"
"쯧쯧. 사숙도 이상한 편견이 있네, 내가 사고 치는 거 봤어?"
"……말을 말아야지."
말하기도 지친 백천이 한숨을 푹푹 내쉬었다.

불안이 영 가시질 않았다. 여기까지 오는 데는 어떻게든 성공했지만, 저 청명이 놈을 데리고 곤명에 들어가려니 다리가 절로 꼬이는 기분이었다.

'그렇다고 두고 갈 수도 없고.'

말이라도 들어 먹는 놈이면 어떻게든 해 보겠지만, 사숙의 신분으로도 청명을 통제하는 건 무리였다.

"유 사매."

"네, 사형."

"청명 옆에 바짝 붙어서 절대 저놈이 사고 못 치게 감시해!"

"네!"

유이설의 의욕에 찬 눈으로 청명을 노려보았다. 그러자 그가 영 불만이라는 표정을 지으며 입을 열었다.

"나를 대체 뭐라고 생각하는 거지? 내가 이런 위험한 곳에서 사고나 칠 사람으로 보이나?"

"응."

"그러고도 남지."

"안 그러는 게 더 이상하다."

청명이 억울함에 몸을 뒤틀었지만, 그의 사형제들은 눈 하나 깜짝하지 않았다.

'그나마 유 사매는 조금이라도 신경을 쓰는 편이니 좀 낫겠지.'

하지만 근본적인 대책이 될 수는 없다. 백천도 유이설이 청명을 말릴 수 있을 거라 생각하지 않는다.

가장 좋은 방법은, 청명이 사고를 치기 전에 재빨리 자목초에 대한 정보를 얻어 내어 곤명을 벗어나는 것이다. 백천이 조걸, 윤종과 시선을 교환했다. 그들도 같은 생각을 하는 건지, 얼굴에서 단호한 결의가 엿보인다.

"가자!"

"예!"

화산의 제자들이 당당하게 곤명의 성문으로 진입했다. 말이 성문이지 앞을 지키는 이도 보이지 않고, 딱히 오가는 이도 보이지 않았다. 살짝 을씨년스럽기까지 한 분위기에, 백천은 묘한 표정으로 성문을 통과했다.

"……뭐야? 여기 왜 이렇지?"

심지어 성문 안은 더했다. 모두 의외의 광경에 눈살을 찌푸렸다.

"……역병이라도 돈 건가?"

"그런 건 아닌 것 같은데요……?"

굳이 말하자면…… 활력이 없다. 눈앞에 펼쳐진 대로에는 사람의 기척이 거의 없었다. 아주 간혹 구석구석 벽에 몸을 기댄 채, 숨을 몰아쉬는 이들만 보일 뿐이었다.

"……심한데?"

주변을 돌아보며 백천이 눈살을 찌푸렸다. 본디 상행이 발달한 도시는 유동 인구가 많으니 활기가 넘쳐야 한다. 게다가 도시에 돈이 돌면 조용할 수는 없는 법이다. 그런데 지금 그들의 눈에 들어오는 곤명은, 말 그대로 죽은 도시였다. 청명마저도 영 찝찝한 기색을 숨기지 못했다.

그때 주위의 암담한 광경을 보던 윤종이 입을 열었다.

"여기까지 오면서 본 모습도 그리 좋아 보이지는 않았지만…… 적어도 곤명은 다를 줄 알았는데, 오히려 여기가 더 심한 것 같습니다."

"……그렇구나."

백천이 가만히 고개를 끄덕였다. 뒤에 있던 조걸이 슬쩍 말을 보태었다.

"차 무역을 그만두면서 운남의 상황이 어려워졌다는 말은 들었지만 이 정도일 줄은 몰랐습니다."

"설마 그 이유뿐이겠느냐? 가뭄이 들었다고 하던데, 아마 그 영향이 클 것이다."

"예, 저도 그렇게 생각합니다."

청명이 뒷머리를 벅벅 긁었다.

"여하튼 이게 중요한 게 아니니까 얼른 자목초에 대한 정보부터 모아 보자고."

"음, 그래."

백천이 동의하며 고개를 주억거렸다.

"흩어져서 자목초의 행방을 수소문해 보고, 해가 지면 다시 여기에서 만나기로 하자."

"예, 사숙."

"조심하십시오."

사형제들이 다들 일사불란하게 흩어지자 청명이 흐뭇한 미소로 앞을 바라보았다.

"자, 그러니까 이제 자목초의 행방을 수소문해 보면 된다 이거지!"

의욕이 넘쳐 나고, 의지가 불타오른다. 문제가 있다면 딱 하나뿐이다.

"……그런데 뭘 어떻게 수소문해야 하는 거지?"

유이설이 망연한 표정으로 청명을 바라보았다.

"크으. 역시 운남이네."

청명이 손에 든 찻잔을 내려놓으며 감탄했다. 차에 대한 조예가 없는 그도 알 수 있었다. 이 차향은 중원의 것과는 분명 뭔가 다르다. 더 좋은지 나쁜지를 떠나서, 확연하게 다르다는 느낌이었다.

"고관들이 좋아할 만해."

청명이 여유롭게 미소를 지었다. 하지만 그 한가해 보이는 모습에 꽤 불만을 품은 사람도 있었다. 유이설이 뚱한 눈빛으로 청명을 바라봤다.

"자목초."

그녀의 짧은 말과 시선에는, '지금 다른 사람들은 죽어라 자목초에 대한 정보를 구하러 이 땡볕 아래 돌아다니고 있는데, 사문의 막내라는 놈이 다관에 처박혀서 차나 처먹고 있으니 이게 가당키나 한 일이냐?'라는 의미가 가득 담겨 있었다. 하지만 청명이 누구던가? 이 정도 압박쯤은 깔끔하게 회피할 수 있다.

"그럼 나가?"

"……."

"돌아다녀 봐? 내가 막 들쑤셔 봐?"

유이설의 표정에 갈등이 어렸다. 청명이 노는 꼴을 볼 수 없다. 절대 청명이 사고를 치게 두어서는 안 된다. 이 두 가지가 그녀의 머릿속에서 충돌하고 있는 것이다.

어느 쪽이 더 중요한가를 저울질하던 유이설이 결심을 굳힌 듯 청명을 똑바로 응시했다.

"차 한 잔 더 시켜 줘?"

……뭔가 약간 서글펐다. 청명은 피식 웃고는 고개를 돌렸다. 그리고 다관에서 내려다보이는 곤명의 풍경을 응시했다.

망해 가고 있다. 도시 전체에 활력이라곤 없다. 그가 알기로, 이 곤명은 사천으로 따지자면 성도라고 할 수 있는 곳이다. 운남의 중심이 되는 도시라는 뜻이다. 그런 곳이 이토록 활력이 없다는 건 운남 전체가 활기를 잃어 가고 있다는 말과 다르지 않다. 청명의 눈이 살짝 일그러졌다.

'옛날 화산을 보는 것 같네.'

한때는 이곳도 활력이 넘쳤을 것이다. 하지만 마교가 운남을 첫 침략 대상으로 잡으면서 모든 것이 무너졌다. 그리고 잘못된 대처로 예전의 영광을 전혀 회복하지 못하고 있다. 그나마 화산은 청명이 돌아오는 천운이라도 있었지. 만약 청명이 알 수 없는 이유로 되살아나지 않았더라면, 지금 이곳과 화산의 꼴이 뭐가 달랐겠는가?

청명은 가볍게 혀를 차며 내려다보던 시선을 거두었다. 운남은 운남이고 화산은 화산. 그 비슷한 처지에 동정이 가지 않는 것은 아니지만, 청명이 관심을 둘 일은 아니다. 지금 관심을 두어야 하는 건…….

"주인장!"

"예! 예이! 또 필요한 것이 있으십니까, 손님?"

한쪽에서 이쪽을 뚫어지게 주시하던 다관 주인이 부리나케 청명을 향해 달려왔다.

"일단 씹을 거리 좀 가져다주시고."

"예! 어떤 걸로 드릴까요?"

"적당히 괜찮은 걸로 알아서 가져다주세요. 그리고 차도 시원한 걸로 한 주전자 더 주시고."

"아이고! 예예! 당장 가져다드리겠습니다!"

다관 주인이 희희낙락하며 차를 가지러 바삐 몸을 돌렸다. 그때 청명의 입이 다시 열린다.

"그 전에."

"네!"

주인의 몸이 다시 휙 회전했다. 아주 자연스럽고 잽싸게 자세가 훅 낮아졌다. 최근 곤명에 돈이 돌지 않으면서 다관의 운영도 끔찍해진 마당이었다. 그런 와중에 비싼 차를 주전자째 척척 시키는 호구……. 아니, 귀한 분이 오셨으니 어찌 자세를 낮추지 않을 수 있겠는가?

"찻잎 때문에 그러는데. 혹시 자목초라는 풀에 대해서 들어 본 적 있어요?"

"흠, 자목초요?"

다관 주인이 곰곰 생각하더니 고개를 갸웃거렸다.

"글쎄요. 제가 이곳에 나는 차와 왕래하는 차까지 모조리 꿰고 있는데, 자목초라는 찻잎은 들어 본 적이 없습니다."

"그럼 약재 쪽에 대해 잘 아는 이를 아시나요?"

"약재. 약재라……."

다관 주인이 고개를 끄덕였다.

"제가 아는 이 중에, 곤명에서 알아주는 약재상을 하는 이가 있습니다."

"아, 그래요? 거기가 어디죠?"

"아이고, 손님. 뭘 굳이 귀한 걸음을 옮기려 하십니까? 제가 그놈을 여기로 부르겠습니다."

"……그래도 돼요?"

"하하하. 물론이죠. 다만…… 오려면 시간이 좀 더 필요할 텐데……."

말꼬리를 주욱 늘이는 모양새에 청명이 씨익 웃었다. 품 안에서 은전을 꺼내 탁자에 올렸다.

"여기 간단한 요리 같은 것도 하나?"

"물론입죠!"

다관 주인이 재빨리 은전을 낚아챘다. 그러고는 허리가 부러지도록 꾸뻑 고개를 숙였다.

"차는 바로 준비하겠습니다! 조금만 기다려 주십시오. 그리고 약재상 놈도 바로 불러 바치겠습니다!"

실로 격렬한 반응이었다. 다관 주인이 거의 뛰다시피 주방으로 사라지자 청명이 웃었다. 유이설은 묘한 표정으로 청명을 바라보았다.

"처음부터 이럴 생각으로?"

"여기가 어디라고 발품 팔고 돌아다녀. 내가 돌아다니면 뭘 아나? 이 동네 문제는 이 동네 사람한테 맡겨야지. 사람 좋은 양반이야 물어보면 대답은 해 주겠지만, 돈 받은 사람 대답에 비할 수 있나."

유이설이 가만히 고개를 끄덕였다.

"똑똑해."

"……."

"안 어울리게."

"차나 마셔."

청명이 차를 홀짝이기 시작했다. 그런 그를 유이설은 새삼스럽게 바라보았다. 사람들이 청명에 관해 가장 크게 착각하는 것 하나가 있다. 바로 '청명은 주먹만 앞서고 생각이 깊지 않다'는 것이다.

'그냥 그렇게 보일 뿐이야.'

유이설은 이제껏 청명을 지켜본 결과 그건 절대 아니라고 확신했다. 냉정하게 바라보면 청명은 화산의 제자들 중 가장 심계가 깊다. 그가 아무 생각 없이 들이댄 것처럼 보이는 일도, 알고 보면 몇 번을 고심한 끝에 결론을 미리 내려놓은 일이었다.

'그러니까 여기까지 올 수 있었지.'

"안 마셔?"

청명의 말에 유이설이 찻잔을 잡았다. 어쨌든 이 땡볕에 고생하고 있을 사형제들에게 미안한 마음이 드는 것도 사실이라, 그녀는 조금 느린 동작으로 차를 머금었다.

조걸이 한숨을 푹 내쉬었다. 이리저리 자목초에 관한 정보를 수소문하고 다녔건만, 이상하게도 곤명에 자목초에 관해 아는 이들이 단 한 명도 없다. 예전에 사천의 상행에서 취급하던 품목이었으니 당연히 아는 이가 있어야 할 텐데 정보가 이토록 없다니. 실로 기이한 일이었다.

'사천에서 좀 더 수소문해 봤어야 했나?'

운남에서 자목초가 난다고 했으니 일단 들어오기만 하면 어떻게든 될 줄 알았는데, 조금 안일했던 모양이다. 하지만 이제 와 후회한들 어쩔 수 있는가? 미흡한 정보는 발품으로 채워야지.

"그런데 정보는 발품으로 채운다고 해도…….''

조걸이 눈살을 찌푸렸다. 막상 샅샅이 돌아본 곤명의 상황은 처음 보았던 것 이상으로 좋지 않았다. 가게는 대부분 문을 걸어 잠갔고, 마주치는 이들은 다들 굶주렸는지 눈에 생기가 없다. 때때로 구걸하겠답시고 그의 옷자락을 잡는 이들마저 있었다. 이러니 제대로 된 정보가 나올 수가 없는 것이다. 아무래도 다른 방법을 강구해야겠다고 생각하던 그때였다. 조걸이 고개를 갸웃했다.

"……사형?"

저 앞쪽에 윤종이 서 있는 모습이 보였다. 물론 이상할 건 아니다. 곤명이 넓다고는 해도 무인인 그들이 이리저리 헤집고 다니면 몇 번은 서로 마주치는 게 당연할 테니까.

이상한 건, 마주침 자체가 아니라 윤종의 상태였다. 그의 주변에 작은 아이들이 우르르 몰려들어 있었다. 조걸이 고개를 갸웃하며 다가갔다.

"사형. 뭐 하시는 겁니까?"

"……아? 조, 조걸이냐?"

윤종이 어색한 표정으로 조걸을 돌아보았다.

"왜 애들이랑……. 으응?"

조걸이 눈을 가늘게 떴다. 윤종의 손에 곡식 주머니와 아이 주먹만 한 만두들이 잔뜩 쥐여 있었다.

"……사형?"

"나도 안다. 지금 내가 이럴 때가 아니라 빨리 정보를 얻어야 한다는 걸. 그런데……. 하…….'

윤종은 겸연쩍은 표정으로 말하다 아이들을 내려다보았다. 그의 손만 바라보며 침을 흘리는 아이들에게 만두를 나누어 주자, 모두 허겁지겁 앞다투어 달려들었다.

"저도 주세요!"

"저요!"

"동생이 굶고 있어요! 하나만 더 주세요!"

윤종이 살짝 입술을 깨물었다.

"이게 떨어지면 더 사 줄 테니 진정하거라. 그러다가 다친다!"

한 손으로는 만두를 나눠 주며, 다른 한 손으로는 몰려들어 부딪히는 아이들을 슬쩍슬쩍 밀어 다치지 않게 해 주었다. 땟국으로 꾀죄죄한 아이들이 다들 눈이 벌게서 윤종만 보았다. 그러다 윤종의 손에 있던 것이 동나자 아이들의 얼굴에 망연한 기색이 스쳤다. 윤종이 말했다.

"일단은 그걸 먹고, 가족들을 챙겨라. 내가 곧 새 음식을 사 올 테니 여기로 다시 오고!"

아이들이 고개를 끄덕이더니 고맙다는 말도 없이 멀어졌다. 그 광경을 지켜보던 조걸이 눈살을 찌푸렸다.

"……도움을 받았으면 고맙다는 말 정도는 해야 할 텐데."

그러자 윤종이 살짝 굳은 표정으로 돌아보았다.

"그럴 여유도 없는 거다. 도덕 같은 건 일단 배를 채워야 나오는 거야. 당장 허기가 져 쓰러질 것 같은 아이들이 어찌 그런 것을 따지겠느냐! 집에 더 허약한 동생들이 있을 수도 있고, 부모가 쓰러져 있을 수도 있다. 그렇게 쉬이 아이들을 탓하지 말거라."

"아……. 예, 사형. 죄송합니다."

거의 화를 내다시피 하는 윤종의 모습에, 조걸은 내심 움찔하였다. 오랜 세월 함께 지냈지만, 윤종이 이리 화를 내는 모습은 처음 보는 듯했다.

"혹시……."

그때였다.

"아아아악! 아니에요! 진짜 아니란 말이에요!"

"이놈이 감히 물건을 훔쳐?! 이리 와! 내가 오늘 아주 혼쭐을 내 주마!"

"훔친 거 아니에요! 아악! 아아아아악! 아파요!"

윤종과 조걸의 표정이 삽시간에 굳어졌다. 두 사람은 재빨리 비명이 들려오는 곳으로 몸을 날렸다.

"이놈이! 어디 물건을 훔쳐! 그거 당장 내놓지 못해!"

"아니라니까요! 아까 어떤 사람이 준 거란 말이에요! 훔친 거 아니에요!"

"이놈이 어디서 새빨간 거짓말을! 이 곤명 땅에서 다른 이들에게 제 먹을 것을 나눠 줄 사람이 어디 있단 말이냐! 당장 그 손 안 푸느냐?"

아이를 매섭게 후려치던 상인이 콧김을 뿜었다.

"오냐! 내놓기 싫다는 말이지? 네놈이 손목이 잘려 나가도 그 손을 안 푸는지 어디 보자!"

그러더니 끝내 허리에 찬 커다란 식도를 뽑아 들었다. 아이의 손을 틀어쥐고는 식도를 높이 쳐든 그 순간이었다.

"뭐 하는 짓이오!"

아이의 비명을 듣고 달려온 윤종이 버럭 고함을 질렀다. 그리고 식도를 든 상인의 손을 꽉 움켜쥐었다.

"이건 또 뭐……!"

뜻밖의 방해에 화를 내려던 상인은, 제 손을 옥죄어 오는 힘에 재빨리 입을 닫았다. 험악하던 말투가 삽시간에 누그러졌다.

"아, 아니, 그게 이유 없이 괴롭히는 게 아니옵고, 이놈이 만두를 훔쳐서……."

"훔치기는 뭘 훔쳤단 말이오! 내가 조금 전 이곳에서 사서 나눠 준 것인데!"

"……나, 나으리께서 주셨단 말입니까?"

윤종의 눈이 사나우니 상인은 점점 더 당황했다.

"상황을 제대로 알아보지도 않고 아이를 때리다니! 그게 어디 사람이 할 짓이오?!"

"아이고! 죄송합니다, 나으리! 외, 외지인이신가 본데……. 곤명에는 더는 다른 사람에게 음식을 나눠 주는 이가 없어서, 당연히 훔쳤을 거라 생각했습니다요."

윤종이 굳은 표정으로 꾸짖었다.

"하지만 아무리 그래도 그렇지. 물건을 훔쳤다고 아이의 손을 자르려 들다니. 사람이 어찌 그럴 수가 있소!"

"거, 겁만 주려고 했습니다! 진짭니다!"

상인이 죽는소리하자 한참 동안 상인을 노려보던 윤종이 그제야 손목을 놓아주었다. 그리고 심각한 어조로 물었다.

"이곳 인심이 그리 좋지 않소?"

상인이 울상으로 손목을 어루만지며 눈치를 살피다 허리를 조아렸다.

"어, 어찌 남에게 먹을 것을 주겠습니까? 제 입에 넣을 것도 없는데요. 다들 굶어 죽을 판입니다. 오는 길에 보셨잖습니까."

윤종이 한숨을 내쉬었다.

"상황은 알겠으나, 아이에게 함부로 손을 댄 건 잘못이오!"

"죄, 죄송합니다."

엄히 일갈한 그는 상인을 노려보던 시선을 거두고 쓰러진 아이를 부축해 일으켰다.

"괜찮으냐?"

"……저, 저는 괜찮은데…….."

입술이 터지고 여기저기 까진 아이가 다친 곳을 돌볼 생각은 하지 않고 제 손만 물끄러미 바라보았다. 짓밟히는 바람에 만두가 뭉개지고 흙투성이가 되어 버렸다. 아이의 퀭한 눈에 눈물이 한가득 고였다.

"동생 가져다줘야 하는데……."

윤종이 안쓰러운 듯 웃으며 아이의 어깨를 두드렸다.

"걱정하지 말거라. 만두는 내가 새걸로 또 사 주마."
"지, 진짜요?"
"그럼."
그 광경을 보던 조걸은 저도 모르게 고개를 끄덕였다.
'확실히 대사형은 도인이시구나. 이런 상황에서도 어려운 이의 사정부터 챙기다니.'
자목초에만 정신이 팔려 주변의 어려움을 돌보지 못한 자신이 부끄러울 지경이었다.
'대사형을 본받아 나도…….'
"걸아."
윤종의 부름에 조걸이 재빨리 대답했다.
"예, 사형!"
"돈."
"……예?"
살짝 삐딱하게 고개를 꺾은 윤종이 투명하고 무구한 눈빛으로 조걸을 바라보았다.
"내 쌈짓돈은 다 썼다. 주머니 까 봐라."
"…….."
"얼른."
사형. 왜 그 자비심이 사형제에게는 발휘되지 않는 것입니까. 왜…….

싹 털렸다. 주머니에 든 돈은 물론이거니와 소매에 꿍쳐 둔 돈, 심지어 버선에 끼워 둔 최후의 비상금까지 모조리 털렸다.
'청명이 놈에게 이상한 것만 배우셔서는!'

어떻게 사람을 이리 먼지 한 톨 남지 않게 깨끗이 털어 버릴 수가 있는가?

"……사형. 그걸 다 가져가 버리면 저희는 돌아갈 때 뭘 먹고 돌아갑니까?"

"별소리를 다 하는구나. 경비는 사숙께서 가지고 계시잖느냐?"

"……그건 그렇지만, 저희도 돈 쓸 곳이 있는데……."

"돈 쓸 곳? 운남에 돈을 쓸 곳이 있더냐?"

없죠. 아니, 없었죠. 말은 맞는 말이다. 사천에서 출발하여 곤명에 도착하는 동안 제대로 된 도시를 본 적이 없다. 본 것이라고는 황량하기 짝이 없는 들판과 산지뿐이다.

"사천에 돌아가면 집에 가서 돈을 타 쓰면 되지. 부잣집 아들놈이 뭐가 문제라고."

"그, 그래도……."

윤종의 고개가 조걸을 향해 다시 슬쩍 돌아왔다.

"그래도?"

"……아닙니다."

윤종의 눈에서 청명의 똘기를 보고 만 조걸이 조용히 입을 닫았다. 자칫 입을 잘못 열었다가는 죽빵이 날아올 것 같았다. 다들 이상해졌다. 그 자애롭던 윤종은 어디로 갔는가? 슬픔에 잠긴 조걸이 한숨을 푹푹 내쉬었다.

그러는 와중에도 윤종은 조걸에게서 강탈(?)한 돈으로 곡식과 만두를 사서 아이들에게 퍼 주고 있었다. 하지만 아무리 나눠 주어도 아이들의 수는 줄지를 않았다.

"하, 하나만 더 주세요."

"여기 있다."

"이거 먹어도 되는 거예요? 정말 먹어도 돼요?"

"많이 먹어라. 배고프면 내일도 나오거라. 내일도 줄 테니."

"……감사합니다. 정말 감사합니다."

윤종이 살짝 입술을 깨물었다. 아이의 넝마 같은 옷 사이로 앙상하게 드러난 갈비뼈가 보여서였다. 아이는 만두를 잡자마자 입에 허겁지겁 밀어 넣더니 캑캑거리기 시작했다.

"뭐 하느냐! 가서 물이라도 떠 오지 않고서!"

"넵!"

조걸은 두말없이 우물가로 달렸다. 청명이 사형도 몰라보고 패악질을 부릴 때나, 화산을 뒤집어 놓을 때도 윤종은 한숨을 내쉴지언정 화는 내지 않았었다. 그런 그가 저토록 화를 내니 청명이 화를 낼 때와는 전혀 다른 느낌이었다.

'일단 쥐 죽은 듯, 시키는 대로 하자!'

조걸의 생존 본능이 그렇게 속삭였다. 그는 우물에서 뜬 물을 묵묵히 아이들에게 나눠 주었다. 양손으로도 다 들지 못할 만큼 사 왔던 만두와 곡식은 순식간에 동이 나고 말았다. 윤종은 비어 버린 자루의 바닥을 보며 침음을 흘렸다.

곡식 자루가 모두 비어 버렸다는 것을 눈치챈 아이들의 눈빛에서 순식간에 생기가 사라졌다. 윤종은 안타까운 마음에 입술을 지그시 깨물었다.

보통 아이들은 생각이 짧다. 정확하게 말하자면 어떤 일이 벌어졌을 때, 이유를 따져 생각하지 않는다. 다른 아이들이 받던 것이 자신에게는 돌아오지 않는다면 화를 내고 생떼를 부려야 한다. 윤종의 사정을 살피는 것이 아니라.

하지만 이 아이들은 이런 것에 익숙하다는 듯 그저 울먹일 뿐 윤종에게 화를 내지 않았다. 그게 윤종을 견딜 수 없게 했다. 그는 고개를 획 돌려 조걸에게 말했다.

"더 사 오거라."

"사형. 쌈짓돈은 다 털지 않았습니까? 이제 돈이 없습니다."

"숨겨 둔 것 없느냐?"

"속곳에 있는 비상금까지 다 털어 가셨잖습니까! 이제는 진짜 먹고 죽으려고 해도 없습니다."

"……그래?"

윤종이 얼굴을 일그러뜨리며 아이들을 둘러보았다. 울먹이던 아이들이 입술을 꽉 깨물곤 되레 고개를 숙였다.

"고맙습니다."

"괜찮아요. 저희 배 안 고파요."

윤종의 이마에 핏대가 섰다. 그는 요대를 잡고 허리에 찬 검을 검집째로 뽑아 들었다. 아이들이 그 모습을 보고는 겁을 먹은 듯 순간적으로 몸을 움츠렸다. 하지만 윤종은 말없이 그 검을 조걸에게 내밀었다.

"이걸 팔아서 곡식을 사 오거라."

조걸의 표정이 굳었다.

"사형, 이건 매화검입니다!"

"나도 눈이 있다."

"사형! 사문의 물건을 제멋대로 판다면 징계를 피할 수 없습니다! 왜 이렇게까지 하십니까?"

"징계라고 했느냐?"

"예."

"장문인께서, 왜 검을 팔아 아이들을 먹였느냐고 화를 내신다 이 말이냐?"

"……어?"

아니지. 그분이 그럴 분이 아니시지. 되레 너는 칼 안 팔고 뭐 했냐고 조걸에게 화를 내고도 남으실 분이지.

"긴말할 것 없다. 나는 검수이기 전에 도인이다. 사람과 싸우는 칼을 지키기 위해서 아이들이 굶주리는 걸 지켜볼 수는 없다. 빨리 가서 이걸 팔아 곡식을 사 오거라."

"사, 사형. 하지만……."

완강한 말에도, 조걸이 이것만은 따를 수 없다는 듯 머뭇거리자 윤종의 입에서 커다란 목소리가 터져 나왔다.

"얼른!"

그때, 어쩔 줄 모르는 조걸에게 구원자가 등장했다.

"무슨 일이더냐?"

"사, 사숙!"

백천을 발견한 조걸과 윤종이 깊숙이 고개를 숙였다. 백천은 윤종의 손에 들린 곡식 자루와 모여 있는 아이들을 보며 슬쩍 미간을 찌푸렸다.

"일단 무슨 일인지 들어 봐야 할 것 같구나."

윤종이 마른침을 삼키고 차분하게 입을 열었다.

잠시 후, 설명을 모두 들은 백천이 눈살을 찌푸리며 침음하였다. 그러고는 말했다.

"윤종."

"예, 사숙."

"네 마음은 잘 알겠다마는, 가뭄으로 말라 버린 논에 물 몇 방울 떨어뜨린다고 바뀌는 것은 없다. 알고 있느냐?"

"……예. 압니다, 사숙."

윤종이 고개를 숙이며 침착하게 대답했다. 그 모습을 가만히 살펴본 백천은 한숨을 쉬고 말았다.

"알지만 마음을 바꿀 생각은 없다는 뜻이구나."

"죄송합니다."

윤종도 자신이 무슨 짓을 하는지 알고 있다. 좋은 마음으로 베푸는 것도 때와 장소가 있는 법이다. 그들의 목적은 곤명에서 눈에 띄지 않고 자목초에 대한 정보를 수소문하는 것이다. 그런데 이리 곡식을 나눠 주고 일을 벌인다면, 자연히 사람들의 시선이 모이게 된다. 백천이 윤종에게 화를 낸다고 해도 변명할 수 있는 상황이 아니다.

백천이 고개를 끄덕였다.

"그래. 그럼 서둘러라."

"예?"

백천이 품 안에서 전낭을 꺼내 조걸에게 던졌다. 엉겁결에 전낭을 받아 든 조걸이 눈을 끔벅였다.

"사숙?"

"곤명 상가에도 곡식이 많지 않을 것이다. 일단 살 수 있는 것은 모두 사거라."

"괘, 괜찮겠습니까?"

"임무는 물론 중요하다. 하나, 임무를 성공적으로 이루기 위해 헐벗은 이들을 외면했다고 하면 장문인이나 장로님들이 잘했다 하시겠느냐?"

단호하게 말하던 백천이 잠깐 말을 멈추더니 고개를 저었다.

"잘못된 게지. 나는 화산의 영광을 바란다. 하지만 그 화산의 영광은

협의가 없이는 무의미하다. 우리가 협의를 내려놓는다면 화산이 다른 문파들 위에 설 의미가 어디에 있느냐?"

조걸이 고개를 끄덕였다.

"물론 나도 상황을 가리지 않고 협의만 좇겠다는 의미는 아니다. 다만 지금은 별문제가 없을 것 같구나. 그러니 서둘러라."

"예?"

말이 앞뒤가 맞지 않는다. 별문제가 없을 것 같은데 서두르라니? 조걸이 의아하게 바라보자 백천이 살짝 껄끄러운 눈빛으로 주변을 휙휙 돌아보았다. 그리고 작게 속삭였다.

"청명이 놈이 알기 전에, 어서!"

"……바로 다녀오겠습니다!"

조걸이 부리나케 곡식을 사러 달려갔다. 남은 백천과 윤종은 혹여나 멀리서 청명이 오지 않는지 초조하게 살폈다.

"여기 있다!"

"여기도 있습니다."

"아직 많이 남았으니 서두르지 마세요!"

커다란 곡식 포대를 가운데에 두고, 윤종과 조걸, 그리고 백천이 함께 곡식을 나눠 주었다. 분명 모여 있던 아이들에게만 나눠 주었었는데, 어떻게 소문이 퍼진 건지 다른 아이들까지 구름처럼 몰려왔다.

"애들이 이렇게 많았습니까?"

"곤명은 큰 도시다. 다들 굶주려 밖을 돌아다니지 못하는 것뿐이지."

"아무래도 곡식이 턱없이 모자랄 것 같은데……."

백천이 낮은 한숨을 내쉬었다.

"할 수 있는 데까지 해야지."

백천은 끝없이 몰려드는 아이들을 보며 입술을 살짝 깨물었다. 평소 자신이 자비롭다 자부하는 이는 아니었지만, 아이들의 꾀죄죄한 몰골을 보니 참을 수가 없었다. 일행을 통솔하는 그의 입장에서는 뜻하지 않게 시선을 끌어 버린 윤종을 탓해야 할 것이다. 하지만 솔직한 심정으로는 그가 먼저 하지 못한 일을 해 준 윤종에게 고마울 지경이었다.

"빨리 끝내자꾸나!"

"예, 사숙!"

윤종이 만두를 나눠 주며 아이의 머리를 쓰다듬었다.

"많이 먹어라."

"가, 감사합니다."

큰 눈망울이 살짝 겁에 질려 있다. 이리 음식과 곡식을 나눠 주고 있음에도 낯선 이에 대한 경계를 풀지 않는다. 이들이 그만큼 많이 시달렸다는 뜻이리라.

"점점 더 많이 오는 것 같은데요?"

"이젠 슬슬 어른들까지도 오는구나. 음……."

백천이 살짝 미간을 찌푸렸다. 이대로라면 정말로 이목이 집중되고 만다. 차라리 곡식을 여기에 두고 가면 어떨까도 고민해 봤지만, 역시 고개를 저을 수밖에 없었다. 그럼 사고가 몇 번은 날 것이다. 아비규환이 되어 버릴 수도 있다. 한 톨이라도 더 가지기 위해 서로 죽고 죽이게 될 것이다. 고민에 휩싸인 그때였다.

"웬 놈들이냐!"

곡식을 나눠 주던 세 사람의 고개가 번쩍 들렸다. 백천의 표정이 딱딱하게 굳어졌다. 상의를 반쯤 가린 백색 무복, 그 위에 걸쳐진 짐승 가죽.

어느새 나타난 야수궁의 궁도들이 화산의 제자들을 향해 걸어오고 있었다. 백천이 빠르게 주변을 살폈다. 그들을 향해 다가오는 야수궁의 궁도는 모두 다섯.

감당할 수 있는 수인가? 잠깐 생각하던 백천은, 이내 이런 고민 자체가 별 의미가 없단 걸 깨달았다. 중요한 것은 충돌해 승리할 수 있는가가 아니라 충돌하지 않는 것이다. 적을 상대하러 온 것이 아니라 자목초를 구하러 온 것이니까.

"뭐 하는 짓들이냐?"

다가온 야수궁도가 아이들을 헤치며 화산 제자들의 앞에 와 섰다. 그러더니 펼쳐진 곡식 자루와 아이들 손에 들린 음식을 확인하고는 눈살을 찌푸렸다.

"너희는 누구냐?"

"저희는 사천 화평상단의 상인들입니다. 허가받고 상행을 온 와중에 굶주린 아이들을 발견하여 음식을 나눠 주고 있었습니다."

"음식을 나눠 줬다고?"

야수궁도의 얼굴이 일그러졌다. 흡사 모욕적인 말이라도 들은 사람처럼 말이다. 백천이 살짝 고개를 갸웃거렸다. 의아한 일이 아닐 수 없다. 저리 반응할 일이던가? 어찌 되었건 힘든 이들을 도운 것이다. 그런데 고마워는 못 할망정 화를 내다니? 아무리 외지인이 달갑지 않다고 해도 쉬이 이해하기 힘든 반응이었다.

"중원 놈들이 감히 운남인을 거지로 보는 것인가! 감히 제멋대로 이딴 일을 벌여? 상행을 왔으면 곱게 할 일만 하고 돌아갈 것이지! 병 주고 약 주는 것도 아니고. 네놈들이 벌인 일 때문에 운남이 이토록 피폐해졌거늘! 이제는 음식을 나눠 주며 운남인들을 농락해?"

붉으락푸르락하며 야수궁도가 사납게 외쳤다. 백천은 당황한 기색을 숨길 생각조차 하지 못했다. 아니, 이 일로 그 이야기까지 나오는 건가? 적대감이 상상 이상이었다. 아무래도 논리가 통할 상대가 아닌 듯했다. 그는 즉시 고개를 숙였다.

"죄송합니다. 일을 벌일 생각은 아니었습니다."

깊게 고개 숙인 백천의 미간이 남몰래 찌푸려졌다. 그러고 보니, 아무리 아이들에게만 곡식을 나눠 준다고 했다지만, 어른들이 이렇게 조금밖에 찾아오지 않는 건 이상한 일이기는 했다. 굶주린 이들이 어디 그런 것을 일일이 신경 쓰겠는가?

'운남인들이 중원인을 크게 적대한다는 걸 고려해야 했구나.'

깨달음이 다소 늦었지만, 수습할 수 있으면 된다. 백천이 최대한 공손한 자세로 입을 열었다.

"바로 정리하도록 하겠습니다."

하지만 그가 자세를 낮추었음에도 야수궁도는 못마땅하게 혀를 찼다.

"어디 소속이라고?"

"화평상단입니다."

"화평, 화평이라……."

잠깐의 정적 후, 야수궁도가 묘한 미소를 머금으며 물었다.

"나는 화평상단에서 너 같은 놈을 본 적이 없는 것 같은데?"

백천의 표정이 굳었다. 그런 것까지 일일이 알 리가 없단 생각이 먼저 들었다. 하나, 이자가 곤명을 관리하는 자이고, 그래서 소수만 드나드는 상단원들의 면면을 알고 있다면 불가능한 일은 또 아닐 것이다. 결국 백천은 가장 무난한 대답을 골랐다.

"제가 신입이라."

"호오, 그래?"

야수궁도가 뒤쪽을 가리켰다.

"그럼 너와 같이 있는 이들도 모두 신입 상인들이겠군."

"예, 그렇습니다. 화평상단에 확인해 보시면 될 것입니다."

"음, 그렇군."

야수궁도의 미소가 짙어졌다.

"새로 들어온 신입 상인들이 본단과 떨어져서 구휼을 하고 있었다는 말이지?"

"저희는……."

야수궁도가 빙그레 미소를 지으며 말허리를 끊었다.

"아, 알고 있다. 확인해 보라는 말이겠지. 그러니…… 내가 너희의 신원을 확인해 볼 동안 잠시 잡혀 있는 것 정도는 감수할 수 있겠지? 너희가 정말로 화평상단의 상인들이라면 말이야."

윤종의 눈이 살짝 흔들렸다. 화평상단이야 당연히 그들이 새로 들어온 상인들이라고 말할 것이다. 하지만 문제는 이미 야수궁도들이 의심을 품었다는 점이다.

"물론입니다."

백천은 최대한 시빗거리를 만들지 않았다. 지금은 그게 최선이니까. 순순히 고개를 끄덕이자 재미가 없어졌는지 야수궁도가 묘한 표정을 짓는다.

"너희는……."

"그만해라."

그때, 뒤에서 상황을 지켜보기만 하던 다른 야수궁도가 싸늘하게 일갈했다.

"중원인들이라고는 하나, 어려운 이들에게 베풀려 한 이들이다. 중원인들에게 우리가 은혜도 모르는 놈이란 소리를 들어서야 되겠느냐?"
"……알겠습니다, 사형."
백천이 안도의 한숨을 내쉬었다. 그래도 말이 통하는 사람이 있어서 다행이다.
그 순간이었다.
체념한 듯 순순히 몸을 돌려 돌아가던 야수궁도가 허리춤에 차고 있던 도를 빛살처럼 뽑아 백천의 목을 향해 그었다. 백천은 반사적으로 검을 뽑아 날아드는 도를 막아 냈다.
카앙! 날카로운 소리와 함께 매서운 공격이 막혔다. 야수궁도는 오히려 회심의 미소를 지었다.
"무인이로군."
"……"
"그것도 내 도를 막을 정도의 무인인데, 한낱 상인 짓을 하고 있다니."
백천이 입술을 잘근 깨물었다. 여기서 더 변명하는 건 불가능했다.
"수상한 놈들이다. 모두 잡아가도록!"
백천은 검을 잡은 채 뒤로 천천히 물러났다. 그러자 뒤쪽에서 상황을 지켜보던 야수궁도들이 천천히 화산의 제자들을 포위하기 시작했다.
"사숙……. 어찌합니까?"
이젠 응전할지, 아니면 달아날지 양자택일할 수밖에 없다.
'빌어먹을.'
백천은 속으로 욕지거리를 하며 검을 쥔 손에 힘을 주었다. 겨우 반나절도 안 되어 이 꼴이 될 줄이야. 운남 땅을 너무 얕봤다. 윤종이 참담한 표정으로 고개를 숙였다.

"죄송합니다, 사숙. 저 때문에……."

하지만 백천은 단호하게 그 말을 잘랐다.

"사과하지 마라. 결정을 한 건 나다. 그러니 책임도 내가 지는 게 맞다."

그 행동이 옳았는가 틀렸는가는 중요하지 않다. 백천은 허락했고, 그 순간부터 모든 책임은 그가 지게 되는 것이다. 찰나의 고민 끝에 굳어진 얼굴로 외쳤다.

"응전한다!"

"예, 사숙!"

조걸이 검을 뽑아 들었고, 윤종 역시 재빨리 허리춤에 손을 가져갔다.

"……."

아. 팔아먹었지.

분신과도 같은 검이 없다는 사실에 윤종의 얼굴이 새하얗게 질렸다. 조걸이 뚱한 눈빛으로 윤종을 보며 말했다.

"……어디서 나무 작대기라도 주워 보십쇼."

"궈, 권각술이 있다."

"나무 작대기 찾아보십쇼."

윤종은 차마 반박하지 못했다. 물론 기본적인 육합권이야 배웠다만, 어디 그걸 검술에 가져다 대겠는가? 청명은 그들에게 말 그대로 '기본으로서의' 육합권을 강조했고, 그 덕분에 윤종의 권각술도 말 그대로 딱 기본만 하는 수준이었다.

윤종이 전력에서 제외되었다는 것을 깨달은 백천의 표정이 굳었다. 아무래도 쉽지 않을 듯했다. 점차 포위망을 좁히는 야수궁도들의 기세가 상상 이상이었다. 새외오궁은 결코 구파일방에 뒤지지 않는다더니, 세인들의 말이 아주 틀리지는 않은 것 같았다.

"돌파한다! 윤종은 내 뒤에 바짝 붙어라!"

"예, 사숙!"

백천이 검을 앞으로 겨눴다. 그러자 앞을 막아섰던 야수궁도가 헛웃음을 흘렸다.

"빠져나갈 수 있을 거라고 생각하는 거냐? 이곳은 운남이다. 너희에게 남은 선택지는 둘뿐이지. 이곳에서 단칼에 죽든가. 아니면 끝없는 들판에서 죽어 가든가."

"어느 쪽도 달갑지 않군."

말을 하면서도 백천의 눈은 퇴로를 살피고 있었다. 일단은 이 성안을 빠져나가야 한다. 생각은 그 이후에 해도 늦지 않다. 백천이 뒤쪽을 바라보자 야수궁도가 이를 드러내며 웃었다.

"헛된 꿈을 꾸는군. 야수궁이 어떤 곳인지를 알려 주지! 쳐라!"

명이 떨어지자 주변을 둘러싼 야수궁도들이 일제히 그들을 향해 달려들었다.

"앞쪽으로 간다!"

"예! 사숙!"

백천이 이를 악물고 앞으로 달려 나갔다. 아니, 나가려 했다. 하지만 그가 채 땅을 박차기도 전에 이상한 광경이 눈에 들어왔다.

쾅! 쾅! 쾅!

커다란 소음과 함께, 이쪽으로 돌진하던 야수궁도들이 빠른 속도로 도로 튕겨 나갔다.

"뭐, 뭐야!"

"웬 놈이냐!"

온몸에 털이 쭈뼛 선 백천이 그 자리에 멈춰 섰다. 그의 등골을 타고 식은땀이 흘러내렸다. 설마…….

"호오오오오오오?"

망할. 검을 천천히 내렸다. 그리고 빠르지 않은, 정말 빠르지 않은 동작으로 고개를 돌려 뒤를 바라보았다.

그곳에, 악마가 하나 서 있었다.

"누가…… 사고를 친다고?"

"…….'"

그 악마는 당연히, 그의 사랑스러운 사질 청명이었다. 청명의 고개가 옆으로 삐딱하게 꺾였다.

"내가?"

"…….'"

"아니면 사숙이?"

백천이 두 눈을 질끈 감았다. 차라리 야수궁에 잡혀가는 게 낫지. 하필이면 이 상황에 저놈이 올 줄이야.

"거, 사고를 치니 마니 하시던 분이 아주 거어어어어하게 저지르셨네! 거하게! 세상에, 어떻게 곤명에 들어온 지 반나절도 안 돼서 이런 대규모 사고를 치시나?"

"그, 그게…….'"

"말을 말아야지. 어휴! 사숙, 사형들 뒤치다꺼리하는 게 내 일이지. 아이고, 내 팔자야!"

백천과 윤종, 그리고 조걸이 동시에 몸을 부들부들 떨었다.

'진짜 양심도 없나!'

'아니, 왜 하필 이럴 때 귀신같이 나타나서는!'

'차라리 야수궁이 친근하다! 차라리!'

정말 끔찍한 상황이다. 그러나 몸을 떨어 대면서도, 그들의 표정은 어느 정도 풀리기 시작했다. 그래도 청명이 놈이 왔으니 어떻게든 사태를 수습할 수 있으리란 생각이 들어서다. 하지만 그 미묘한 반가움도 오래가진 못했다. 고개를 획획 돌리던 청명의 시선이 한곳에 고정됐다.

"매화검은 또 어디 팔아먹었어!"

윤종은 마땅한 대답을 찾으려 필사적으로 머리를 굴렸다. 그런데 안타깝게도 그와는 달리 조걸은 딱히 눈치가 없었다.

"곡상에."

"……응?"

"곡상. 곡물상."

"……진짜 팔아먹었어?"

청명이 멍한 눈으로 윤종과 조걸을 바라보았다.

"아니……. 이젠 하다 하다, 허……. 허허……."

정말로 어이가 없다는 듯한 그의 시선에, 둘의 고개가 한없이 아래로 추락했다. 사실 어떻게든 이리저리 말을 하면 이해시킬 수는 있을 것 같은데, 도무지 설명할 수 있는 상황이 아니다.

"문파 꼴 자알 돌아간다! 자알 돌아가!"

어이없음을 지나 분노하기 시작한 청명에게서 두 사람을 구해 준 건, 우습게도 다름 아닌 야수궁도였다.

"웬 놈이냐!"

패기 넘치는 야수궁도의 외침에 청명의 고개가 획 돌아갔다.

"아니, 근데 진짜 저 새끼가 뒈지려고?! 처음 보는 사람한테 어디서 놈놈거려! 그러는 너는 웬 놈인데, 이 새끼야!"

폭풍 같은 욕설에 야수궁도의 눈이 휘둥그레졌다. 웬 놈이냐 한마디 했다고 저런 반응이 나오나? 화가 나기보다는 황당했다.

"이, 이놈이……."

"이게 그래도 미쳐서 놈놈 대네. 너는 이따 보자."

청명이 눈살을 한번 찌푸리고는 사형제들을 돌아보았다. 셋 다 슬쩍 청명의 눈을 피하며 애먼 데다 시선을 꽂았다. 청명은 그 셋 중에서도 백천을 콕 집어 뚫어져라 보았다.

"걱정하지 마십시오, 사숙! 저는 사고를 치지 않았습니다!"

"……잘못했다고."

그만하라고, 이 망할 사질 놈아!

청명이 이죽거리며 말했다.

"상황이 여기까지 와서 하는 말인데, 오는 길에 내가 좀 알아봤거든. 근데 이게 여기서 어떻게 할 수 있는 일이 아니더라고."

"음? 그게 뭔 말이야?"

"자목초를 구하려면 애초에 야수궁에 말하는 수밖에 없다는데? 사정 잘 안다는 약재상이 그러더라고."

"……정말? 그럼 어떻게 하려고?"

"어떻게 하긴."

청명이 씨익 웃으며 검을 검집째 들어 올렸다.

"얘네 적당히 패서 잡은 다음에 야수궁에 가서 궁주 만나 봐야지. 그게 제일 빠른 방법 아니겠어?"

"제일 빨리 죽는 방법 같은데."

"생과 사는 여일하니, 시주는 삶에 너무 집착하지 마시구려."

"그건 불교야, 이 미친놈아!"

"아. 착각했다."

청명이 씨익 웃고는 목을 좌우로 두 번 꺾었다. 그러고는 야수궁도들에게 물었다.

"자, 그럼…… 그냥 순순히 궁주에게 안내할래? 아니면 맞고 안내할래?"

누구라도 분노할 상황이건만, 개중 가장 지위가 높아 보이는 야수궁도는 의외로 별다른 반응을 보이지 않았다. 다만 한참 동안 청명을 바라보다 가만히 입을 열었다.

"궁주님을 만나 뵙고 싶다고?"

"그래."

"안내해 달라 이거지?"

"잘 아네."

그가 선선히 고개를 끄덕였다.

"간만에 곤명을 방문해 주신 손님이신데, 내가 안내를 해 드려야지."

"말귀를 잘 알아듣는 놈이네. 앞장서."

"아, 다만. 안내는 해 줄 수 있는데 방식은 조금 생각과 다를 수 있다."

그때였다. 등 뒤에서 뭔가 시끄러운 소리가 들리기 시작했다. 청명이 의아한 표정으로 슬쩍 돌아보았다. 저 모퉁이에서 걸어 나오는 수십 명의 야수궁도가 보였다.

"하하. 저걸 믿고 지금……."

비웃으며 고개를 앞으로 돌리니 반대편 길에서 나타난 수십 명의 야수궁도가 보였다.

"오, 좀 많은데? 오늘 운동 좀……."

옆 건물 위로 수십 명의 야수궁도가 모습을 드러냈다.

"……."

골목길에서, 담벼락 위로, 그리고 심지어는 건물 안에서까지 야수궁도들이 걸어 나왔다.

"……이쯤 되면 땅 밑에서도 나올 만한데?"

다행히 거기까진 가지 않았다. 주변을 포위한 수백의 야수궁도들을 보는 청명의 표정이 떨떠름했다.

"어, 그래서 안내는 해 준다고?"

앞에 선 야수궁도가 환하게 웃었다.

"물론이다. 침입자는 살려서 궁주님의 앞까지 끌고 가는 게 원칙이니까."

"아, 그래?"

청명이 자신의 사형제들을 보며 잘됐단 듯 고개를 끄덕였다.

"데려가 준다는데?"

……데려가는 게 아니라 잡아가는 거잖아, 이 새끼야!

화산귀환 4

발행 ㅣ 2024년 5월 31일

지은이 ㅣ 비가
펴낸이 ㅣ 강호룡
펴낸곳 ㅣ ㈜러프미디어
디자인 ㅣ 크리에이티브그룹 디헌
기획 편집 ㅣ 러프미디어 편집부

ISBN 979-11-93813-34-8 04810
　　　 979-11-93813-32-4 (set)

출판등록 ㅣ 2020년 6월 29일
주소 ㅣ 경기도 부천시 송내대로 29 리슈빌딩 3층
전화 ㅣ 070-4176-2079
E-mail ㅣ luffmedia@daum.net
블로그 ㅣ http://blog.naver.com/luffmedia_fm

해당 도서는 ㈜러프미디어와 독점 계약되었으며, 저작권법에 의해 보호받는 저작물입니다.
무단 전재와 무단 복제를 엄금합니다.